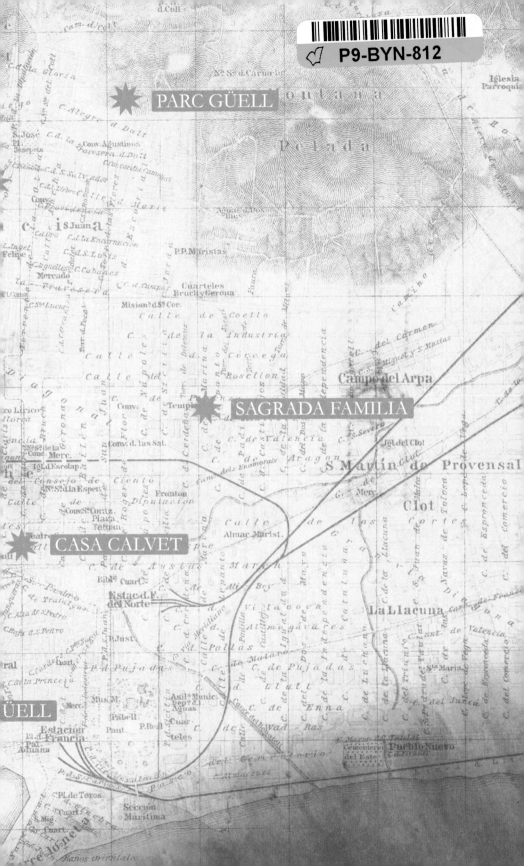

LA CLAVE GAUDÍ

LA CLAVE
GAUDÍ

Esteban Martín
Andreu Carranza

PLAZA JANÉS

Primera edición: abril, 2007
Segunda edición: mayo, 2007
Tercera edición: mayo, 2007
Cuarta edición: mayo, 2007
Quinta edición: julio, 2007
Sexta edición: julio, 2007
Séptima edición: agosto, 2007
Octava edición: agosto, 2007
Novena edición: noviembre, 2007

Printed in Spain – Impreso en España

ISBN: 978-84-01-33632-4

Depósito legal: B. 47.353-2007

Compuesto en Fotocomp/4, S. A.

Impreso en A & M Gràfic, S. L.
Molins de Rei (Barcelona)

Encuadernado en Imbedding

L 3 3 6 3 2 4

El templo de la Sagrada Familia es una obra que está en las manos de Dios y en la voluntad del pueblo…

La Providencia, según sus altos designios, es la que lleva a término la obra.

El interior del templo será como un bosque.

ANTONIO GAUDÍ

PRIMERA PARTE

El caballero

1

Barcelona, 6 de junio de 1926

—Tiene que parecer un accidente, ¿entendido? —dijo con voz cavernosa el hombre de la máscara.

—No se preocupe, Asmodeo. Así se hará —afirmó uno de los dos sujetos que, atemorizados, se encontraban frente a él.

Ambos habían llegado a la cripta a la hora indicada por el hombre al que llamaban Asmodeo. Se vistieron con sus hábitos de lana negra y cubrieron sus cabezas con la gran capucha. Después se dirigieron al altar, un pentágono esculpido en un bloque de mármol negro, donde Asmodeo les estaba esperando. La cripta, situada bajo la señorial mansión de Las Siete Puertas, estaba iluminada por pequeñas bujías en las paredes cuyas llamas azuladas producían una atmósfera espectral. Dos candelabros, situados a ambos lados del altar, alumbraban la figura de Asmodeo, que preparaba el cáliz para la ceremonia. Lo depositó lentamente sobre el altar y levantó la vista hacia los dos encapuchados. La tenue luz hizo brillar su máscara de carnaval veneciano. Ocultaba un rostro que ningún miembro de los Hombres Ménsula había visto jamás. Con un leve gesto de la mano derecha les indicó que ya podían hablar.

—Le hemos seguido durante mucho tiempo, tal como nos ordenó. El viejo siempre hace el mismo recorrido. Sale de su taller sobre las cinco y media de la tarde y se dirige a la iglesia de la plaza de Sant Felip Neri —dijo el más alto de los esbirros.

—Es un buen paseo.

—El viejo cree que es bueno para su reumatismo —afirmó el otro matón.

Éste era más corpulento que su compañero y de voz aflautada; una voz que no se correspondía con la fisonomía de su rostro cruel. Aunque, bien mirado, ambos sujetos tenían un semblante bastante parecido. Como si el mal, con escasas variantes, siempre moldeara el mismo rostro.

—Va por la Gran Vía y cambia de acera a la altura de Bailén, junto a la plaza Tetuán. Luego sigue por Urquinaona y después por Fontanella hasta la Puerta del Ángel. Desde aquí continúa por la calle Arcs, plaza Nova, calle del Bisbe, arco de Sant Sever y termina, como le habíamos dicho, en Sant Felip Neri —dijo y miró a su compañero para que completara la información.

—El viejo permanece en el oratorio hasta que cierran. Después regresa por el mismo camino…

—Pero al llegar a la plaza Urquinaona se detiene en el quiosco y compra la edición de la tarde de *La Veu de Catalunya*. Entonces regresa a su taller —cortó el compañero.

—Llega sobre las diez de la noche —concluyó el otro.

Si hubieran podido ver el rostro del enmascarado, hubieran comprobado una sonrisa de satisfacción. Decididamente trabajaban bien. No se había equivocado al elegirlos entre todos los miembros de los Ménsula.

—El viejo se ha convertido en un auténtico meapilas, ¡Quién lo iba a decir! ¿Visita a alguien?

—Al padre Agustín Mas, en la iglesia de San Felipe Neri.

—Es su director espiritual —confirmó el matón de la voz aflautada.

—Os he elegido porque sois los mejores. No puede haber ningún error.

—No se preocupe —dijo el más alto.

El otro pareció dudar y Asmodeo se dio cuenta.

—¿Hay algún problema?

—Un niño.

—¿Un niño?

—Sí. Desde hace unos días al viejo le acompaña un niño. Vive con él en el taller; lo hemos comprobado.

—¿Desde cuándo?

—Unos meses.

—¿Cuántos?

—Casi un año… once meses.

—¿Y qué hace un niño viviendo en un taller con un viejo loco?

Mientras los tres mantenían la conversación, otros encapuchados iban entrando. A medida que lo hacían se iban colocando, ordenadamente, a una distancia de varios metros, detrás de los dos matones que conversaban con Asmodeo. Ocupaban las baldosas negras y blancas a modo de ajedrez y recitaban unas extrañas palabras. Palabras que, a fuerza de repetirlas, iban subiendo de tono y producían un murmullo grave, hondo, que parecía salido de las entrañas mismas de la tierra.

Asmodeo, en un susurro, volvió a formular la pregunta casi como para sí mismo:

—¿Qué hace un niño viviendo en un taller con un viejo loco?

El esbirro de voz aflautada intentó quitarle importancia:

—Algunas mañanas suelen pasear sin rumbo fijo y, por la tarde, le acompaña a misa. No creo que tengamos que preocuparnos por un niño. Podemos…

—¡No! —cortó Asmodeo—. Dos accidentes levantarían demasiadas sospechas.

—No se preocupe por el niño, lo neutralizaremos. Se trata sólo de eso, de un niño.

—¿Es algún pariente?

—Creemos que no. El viejo vivía solo en su taller como un ermitaño. Es un tipo muy raro.

—Sí, muy raro. Una vida perdida cuya alma espero que le entreguéis a su dios mañana por la tarde. Entonces me traeréis su secreto.

—¿Siempre lo lleva encima? —preguntó el de la voz aflautada.

—Siempre. Incluso duerme con él —afirmó—. Acabad con él, registradle y traedme su secreto. Tendréis poco tiempo, aunque suficiente, hasta que empiece a acudir todo el mundo. No quiero fallos.

—No los habrá. Confíe en nosotros.

—Eso espero.

Ellos también lo esperaban. Por su propio bien. Ambos sabían que Asmodeo jamás perdonaba un error.

—*Dei Par! Dei Par! Dei Par!*

Era la frase que constantemente todos los encapuchados, una veintena contando a su jefe, repetían desde que llegaron. El extraño ruego iba creciendo en intensidad. Lo que había empezado como una plegaria, se había convertido en un canto agónico, extenuante. En la súplica de un grupo de locos que invocaban un nombre absurdo…

—*Dei Par!*

Asmodeo extendió la mano hacia los dos matones y ambos besaron el anillo con la piedra pentagonal de ónice negro, símbolo de su poder. Cuando el griterío adquirió tonos desgarrados, casi inhumanos, los dos matones sumergieron sus manos en la sangre que contenía el recipiente de metal que, un instante antes, sostenía Asmodeo. Todos en perfecto orden pasaron ante el altar y sumergieron las manos en el cáliz metálico y negro.

La plegaria ahora había alcanzado el clímax. Los encapuchados empezaron a oscilar como un oleaje, mientras se llevaban las manos al rostro y lo manchaban de sangre.

La voz seca de Asmodeo abrió aquel mar oscuro y los dos matones salieron del lugar atravesando por el medio de las dos filas que formaban los encapuchados y dejando tras ellos un reguero de sangre. Tenían una misión que cumplir. Tras su paso las sombrías olas se cerraron, se volcaron sobre el pasadizo. Los congregantes lloraban, gritaban el nombre de rodillas, postrados en el suelo, como poseídos por una fuerza aberrante, lamiendo el rastro de sangre que habían dejado en el suelo los dos elegidos.

—*Dei Par! Dei Par!*

Poco después, el hombre al que llamaban Asmodeo se quedó solo en la cripta. Por fin, después de tanto tiempo, el secreto estaría en su poder. El viejo podía haber sido el mejor de los suyos, pero no se puede servir a Dios y al diablo al mismo tiempo. Desde sus años de estudiante, había empezado a aprender todos los conocimientos antiguos, el arte secreto del constructor, del maestro de obras. Los Hombres Ménsula le tentaron por aquellas fechas, pero él se negó a entrar en su cofradía. Los enemigos de los Hombres Ménsula, los Siete Caballeros Moria, le captaron y, más tarde, influido por su poderoso mecenas y ya en posesión del secreto, se convirtió en el mejor de todos y en el depositario del mayor de los enigmas.

Pero los Hombres Ménsula siempre estuvieron vigilantes, atentos a todos sus movimientos durante años. El viejo había recibido el don, la revelación y la orden de culminar la Gran Obra. Los Hombres Ménsula estaban dispuestos a impedírselo. El viejo, como Moisés, jamás entraría en la Tierra Prometida. Nunca habría Tierra Prometida. Asmodeo sabía hasta dónde había llegado. El viejo había trabajado toda la vida con una sola idea. Y la idea estaba a punto de cumplirse. Había trazado el mapa, desplegado su proyecto durante años, conocía el emplazamiento correcto, los puntos, las coordenadas, las estructuras, la combinación de símbolos exactos, el lenguaje de los arcanos. Los Ménsula le habían dejado en paz durante años, mientras los espías informaban de cada avance. No le molestaron. Incluso le ayudaron. Sin que el viejo lo supiera, también trabajaba para ellos. Ellos sabían, desde el principio, cuándo y dónde fue la entrega.

Ahora era tiempo de morir.

«*Dei Par* —pensaba Asmodeo—. Dioses iguales. Barcelona, la ciudad de la eterna dualidad. Fundada por Hércules, el sol, la luz y, también, por la luna; Tanit, la oscuridad. La ciudad elegida. *Dei Par*. Ha llegado nuestro tiempo.»

Asmodeo sabía esconder su verdadera personalidad, un asunto de vital importancia. Sólo él tenía acceso a los pasadizos secretos. Esperó el tiempo prudente hasta que supo que estaba solo. Ahora recuperaría la apariencia de ilustre ciudadano. Salió envuelto en su capa oscura y empuñando el bastón con la mano izquierda. Dos empleados de su escolta personal le esperaban fuera. El chófer abrió la puerta del Hispano-Suiza aparcado en la acera. Él hizo un ademán que todos entendieron inmediatamente. Cuando aún no se había alejado caminando ni unos metros, un ruido ensordecedor le paralizó; después hubo unos cuantos disparos, griterío. Los dos guardaespaldas se adelantaron unos pasos hacia el centro de la calle. Uno de ellos se acercó y le dijo:

—Son del sindicato. Esta noche tienen trabajo, no es seguro ir caminando, actúan por esta zona. Mejor sería subir al coche.

Barcelona era una ciudad peligrosa, pero algunas veces prefería caminar, regresar a su casa sin escolta; aunque fuera una temeridad. Aquélla era una noche especial, necesitaba caminar a solas, masticar el peligro, perderse entre las sombras. Necesitaba sentir el poder de la oscuridad; recordar viejos tiempos, cuando su nombre era Bitrú y era sólo el príncipe que aspiraba a llegar a convertirse en el nuevo Asmodeo. Siempre fue así; durante siglos. Ahora otro Bitrú ocupaba su lugar; otro príncipe que no tardaría en convertirse en el nuevo Asmodeo.

Pronto su silueta se perdió en la noche. A esa hora sólo la niebla y algunas putas viejas, entre el hedor del puerto de la Barceloneta, transitaban por las calles. Se escondió en la oscuridad de un zaguán, esperó unos minutos y se colocó otra vez la máscara. Caminó bajo los soportales. El verano sería muy caluroso. Miró al otro lado del paseo de Isabel II, al edificio de la Lonja. Nadie, ni un alma. A esa hora, aquella parte de Barcelona se convertía en la ciudad de las sombras. Eso le gustaba. Pensaba en ello cuando alguien le tomó por el brazo.

—¿Quieres pasar un buen ratito conmigo?

Se volvió y apartó el brazo. Quien le había tocado era un mamarracho de mujer, un engendro sucio y maloliente, saco de todas las enfermedades.

—¡Suelta!

—¿Tan feo eres que te tapas la cara? A mí me gustan mucho los pervertidos.

Pensó que podía matarla. Pero sólo el asco que le producía le salvó la vida. Se alejó deprisa.

Cortó por la calle Avinyó y minutos después penetró en la plaza Real.

Quería verlas de nuevo.

Se adentró en la plaza. Entre palmeras y sobre una base de piedra, se encontraban las dos farolas de seis brazos con sus faroles de bronce, hierro y vidrio. Levantó su bastón y arremetió contra el animal forjado en una de ellas: la serpiente enroscada. Los golpes resonaron en la plaza.

—¡Eh, pirado! ¿Qué te ha hecho la jodida farola?

Se dio la vuelta y vio al borracho que, tambaleándose, le seguía diciendo que dejara la farola en paz. El borracho lo miró.

Lo último que vio en su vida aquel pobre desgraciado fueron los ojos de su atacante. El miedo le paralizó. Con un movimiento certero Asmodeo tiró de la empuñadura del bastón. Y le hundió la hoja del espadín que ocultaba en el corazón.

Después sonrió satisfecho. Esa noche dormiría bien.

2

6 de junio de 2006

Juan Givell se sentía como un lagarto al sol. Sentado en un banco del jardín de la residencia de ancianos, se preguntaba si todo lo que, a ráfagas, pasaba por su mente lo había soñado, imaginado o vivido alguna vez. Tenía noventa y dos años, al menos eso era lo que había oído ¿esa mañana? ¿Ayer? Juan Givell no lo sabía. Su mente era como un vuelo de gaviotas. En cualquier caso era feliz al sol. En el banco. En el jardín. Aquella joven enfermera vestida de blanco, como cada mañana, le había dejado allí, en su banco preferido.

—¿Está bien aquí?

—Sí, hija, ¿cómo te llamas?

—Eulalia.

—¡Qué bonito! Como la santa. La patrona de Barcelona. Fue martirizada por el gobernador Daciano en el año 304; durante la persecución ordenada por Diocleciano. Su festividad se celebra el día 12 de febrero.

Aquellos momentos de lucidez no dejaban nunca de sorprender a la enfermera.

—Es mi banco, ¿verdad? —preguntó el anciano.

—Sí, el de todas las mañanas.

—Se está bien aquí; me gusta mucho este banco.

—Ya lo sé. Si necesita algo, estoy aquí cerca.

—Gracias, hija.

—De nada.

La enfermera iba a alejarse cuando Juan Givell preguntó:

—¿Cómo te llamas, hija?

—Eulalia… como la santa. Ya sabe, la patrona de Barcelona que fue martirizada por Daciano.

—Sí, una historia muy bonita. Y terrible.

Eulalia Pons se alejó entristecida. Trabajaba en la residencia desde hacía dos años, pero nunca se acostumbraría. ¿Por qué esa triste decadencia humana? ¿Qué sentido tenía? Una cosa era saber que eso pasaba, y otra vivirlo cada día; atender a todos aquellos ancianos que no sabían ni dónde tenían la mano derecha. Desde que trabajaba en la residencia, Eulalia había dejado de creer en Dios.

El anciano se quedó solo. Se dejaba mecer por el pasado cuando alguien se sentó a su lado.

—¿Quieres un caramelo? Cuando eras pequeño te gustaban.

Juan miró a la izquierda, hacia el hombre alto y fornido que le ofrecía un caramelo; parecía un jugador de baloncesto. Sonrió al gigante y aceptó el ofrecimiento. Le quitó el envoltorio y se lo introdujo en la boca con dedos temblorosos.

—Es bueno

—Lo sé. ¿Cómo estás, Juan?

—Bien, muy bien. ¿Vamos a ocultar el secreto?

—No, Juan; de eso hace ya mucho tiempo, ¿te acuerdas?

—No.

El gigante sabía que ahora mentía.

—Yo sé que te acuerdas. A ratos, pero te acuerdas.

—Tú no puedes ser el gigante. Él es mucho más viejo que yo. Tu barba espesa y oscura es igual que la de aquella noche. Pero ha pasado tanto tiempo…

—No para mí. Hace mucho que hice un pacto con el tiempo.

—Estoy soñando.

—Ahora no, Juan. Tal vez antes, pero ahora no. Estoy aquí, a tu lado.

—Entonces, ¿no vamos a ocultar el secreto?

—No, Juan. Ahora tenemos que recuperarlo. Ha llegado el día. El plan debe cumplirse.

La cabeza de Juan iba y venía. Sabía que ella, su nieta María, tenía que acabar la obra. Por eso el gigante estaba allí. Pero durante años intentó protegerla apartándola de todo aquello.

—Es lo único que tengo. La matarán. Si se enteran la matarán.

—Nosotros la protegeremos.

—¿Como al maestro?

El gigante no contestó.

—Mi nieta es lo único, todo lo que tengo en el mundo —repitió.

El gigante sabía que debía aprovechar aquel momento, antes de que la oscuridad regresara de nuevo a la mente de Juan Givell.

—Mi cabeza es como un agujero negro. A veces se va. Bueno, eso he oído… Aquí dicen que se me va… pero nunca me acuerdo.

—Ella vendrá, como cada tarde.

—¿Viene siempre?

—Sí, desde su regreso. Ya te digo, cada tarde.

—Sí, sé que lo hace. Pero no que venía todos los días.

—Pues así es.

—Es una buena nieta. Entonces, ¿debo entregarle el…?

—Sí. Y contárselo todo; todo lo que recuerdes.

—No sé dónde lo oculté. Tú te quedaste fuera. No quisiste acompañarme.

—No podía. No debía hacerlo; sólo protegerte. Tú eras el guardián. Yo sólo te monté sobre mis hombros para vadear el río. Éste es mi trabajo, sólo soy un siervo del Señor.

—¡Menudo guardián!

Sí, menudo guardián, pensó aquel hombre alto y fornido. Sus ojos grandes y oscuros, rodeados de pequeñas arrugas, estaban llenos de bondad. Su mirada parecía surcar el tiempo. Él, Cristóbal, había jurado servir al señor más poderoso de la tierra. Por eso estaba ahora allí, junto a aquel anciano al que le costaba recordar y a quien, hacía ya mucho tiempo, prometió proteger.

—Ella vendrá. Debes contarle todo lo que recuerdes —volvió a repetir el gigante.

Juan permaneció en silencio. «Lo tengo, aquí…», se decía llevándose la mano al pecho.

Cuando volvió a mirar hacia su izquierda el gigante ya no estaba.

Recordó. Él era un caballero. Posiblemente el último de los caballeros. Y debía cumplir la promesa hecha a don Antonio. El futuro del mundo estaba ahí, perdido en algún lugar de su cabeza. Recordar, recordar. No quedaba mucho tiempo.

3

Esa tarde María Givell franqueó la puerta de entrada que daba acceso a la residencia de ancianos situada en la calle Numancia, en una zona tranquila detrás de Diagonal y cercana a la Illa. La residencia tenía un gran jardín donde los ancianos podían pasear y tomar el sol.

Desde su regreso de Estados Unidos, hacía ya tres meses, no había dejado de visitar a su abuelo ni un solo día. A veces él no la reconocía. María se sentaba a su lado, junto a la ventana, y se pasaba el tiempo contándole sus cosas o leyéndole un libro hasta que terminaba la hora de visita. No tenía un trabajo estable y las pocas horas que pasaba en la Fundación, dos días a la semana, le permitían combinárselo y estar con su abuelo el mayor tiempo posible. Se lo debía. Se lo debía todo.

Había vivido con él desde la muerte de su madre. Al cumplir siete años le preguntó por primera vez qué había ocurrido. Su madre falleció durante el parto. El abuelo nunca supo quién fue su padre. No le gustaba hablar del tema.

Su infancia fue una larga mañana agradable junto a un anciano que siempre la protegía, le leía cuentos, le contaba historias, la llevaba al parque Güell, a la Sagrada Familia, de excursión a Montserrat o a algún cine a ver las películas de dibujos animados que tanto le gustaban. Ni siquiera en su adolescencia le causó problemas a aquel anciano que siempre se preocupaba por ella. Fue una estudiante brillante; una auténtica empollona con un horroroso corrector de dientes, algo taciturna y solitaria, que aguantaba con estoicismo las burlas de sus compañeros de instituto.

Durante su etapa en la universidad aparecieron los primeros síntomas de la enfermedad del abuelo; cuando terminó la carrera, él se empeñó en que continuara sus estudios en Estados Unidos.

—No te dejaré, abuelo. No ahora —le dijo.

Era testarudo. Le había programado la vida.

—No puedes ni debes ocuparte de mí. Tengo noventa años y mi cerebro se va. Estaré bien en la residencia. Debes ir a Estados Unidos; eso es lo único que me hará feliz. Y estudiar, completar tu educación. Allí están los mejores. Cuando regreses podrás visitarme cuanto quieras.

Y así lo hizo. Al abuelo nunca se le contradecía. Él jamás le levantó la voz, jamás le impuso un castigo. Nunca la trató como a una niña, sino como a un igual. Los niños son personas, no enanos, decía siempre. Los niños lo comprenden todo si se les explican bien las cosas. Y eso es lo que hizo: explicarle bien las cosas. Su decisión era la mejor. María así lo entendió. Nueva York le abrió los ojos a otro mundo.

Ahora tenía veintiséis años. Era una joven decidida y atractiva. Ayudaba en la Fundación y estaba acabando la tesis. Una brillante historiadora del arte que además, sin ser guapa, atraía las miradas de todos aquellos capaces de percibir el influjo seductor que desprendían sus hermosos ojos verdes. Era alta, esbelta y con una turbadora rotundidad de formas. Pero, quizá por su infancia solitaria y siempre protegida, había alrededor de ella una aureola de melancolía y desamparo.

—La enfermedad avanza. En estos dos años ha empeorado seriamente. Sé que no es un consuelo, pero su abuelo… en fin, pocos llegan a su edad —le dijo el director de la residencia antes de entrar a verle.

María atendía a las explicaciones.

—Tiene momentos de lucidez; ráfagas intermitentes… pero cada vez menos. Hacemos lo único que está en nuestras manos: atenderle lo mejor posible; ya sabe que esta enfermedad no tiene cura.

—Tendría que haberme quedado.

—¿Y qué hubiera hecho durante estos dos años? Nada. Mire, como le digo, tomaron la decisión correcta. Usted no le hubiera atendido mejor. Hay muchas personas que esto no lo comprenden. Pero nosotros estamos para eso, para hacerles más llevaderos los últimos años. —El médico se detuvo en sus explicaciones para, poco después, afirmar con rotundidad—: Usted no podía hacer nada.

—¿Cómo está hoy?

—Estos días está algo nervioso, más excitado de lo normal.

—Sí, me he dado cuenta en las últimas visitas.

—Aproveche los momentos de lucidez. Le quedan muy pocos.

—¿Se convertirá en un vegetal?

El médico no podía mentirle. Ni siquiera disfrazar su respuesta como hacía con otros familiares de escaso temple.

—Es cuestión de tiempo.

—Hay días que ya no me recuerda.

—Es normal. Y llegará un día en que la olvidará por completo. Esto es así y no podemos engañarnos.

Mientras se dirigía a la habitación, recordaba las palabras que le dijo cuando le pidió que lo ingresara en la residencia de ancianos. «Mi cerebro es como un vuelo de gaviotas. Mi vida ha sido buena, María. Una vida intensa. Tú eres lo que más he querido en el mundo. Mi auténtico orgullo, aunque posiblemente, dentro de poco ya no lo recuerde. Estaré bien y tú no debes ni puedes ocuparte de mí. Vete, estudia, pásalo lo mejor posible. Te esperaré. Y, aunque no recuerde ni tu nombre ni el mío, quiero que sepas que te he querido más que a nada en el mundo.» Repitió sus explicaciones una y otra vez. Volvía sobre lo mismo machaconamente. Sí, estaba enfermo; irremediablemente enfermo, pensó la joven antes de partir hacia otro continente.

Entró en la habitación. Él estaba sentado frente a la ventana abierta y ella se acercó por detrás, despacio; lo llamó con cariño, casi susurrando. No sabía si la reconocería, acaso lo había perdido para siempre. Debía comportarse con naturalidad, nada de sobresaltos ni de escenas sentimentales. Se plantó delante de él sin taparle el chorro de luz dorada que bañaba su rostro.

—Hola, abuelo. Soy yo, María.

No contestó. La mirada perdida más allá de las cosas cercanas. Se sentó a su lado y esperó. Después tomó su mano.

—¿María?

—Sí, abuelo.

El contacto de la mano de su nieta le había hecho regresar de un profundo abismo.

—¿Por qué no dijiste nada al entrar?

—No quería molestarte —mintió.

Los dos guardaron silencio.

—¿Sabes quién soy? —preguntó María cinco minutos después.

—Sí, hija, sí. No estoy tonto del todo; sólo a veces —bromeó el abuelo.

—¿Quieres que te lea algo?

—No; tengo que contarte cosas. Pero antes háblame tú. ¿Sales con alguien?

—Sí.

—¿Cómo se llama?

—Miguel.

El abuelo se sobresaltó.

—No podía llamarse de otro modo. ¡Miguel! —pronunció muy alto—. ¡Como el cazador del dragón! ¿A qué se dedica?

—No caza dragones, abuelo, si es eso lo que te preocupa —bromeó María.

—Bueno, todo es cuestión de tiempo. Eso es lo que quiero contarte. Pero antes dime, ¿qué hace? Cuéntame cosas sobre él. Y sobre todo, ¿te quiere?

Guardó unos segundos de silencio, cada día le preguntaba lo mismo. Respiró profundamente y le dio la misma respuesta:

—Mucho, abuelo; mucho —iba a añadir «tanto como tú», pero se contuvo—. Es matemático. Da clases en la universidad y, además, es investigador.

—Eso ya lo sé. Hace cuatro años ganó la medalla Fields; algo así como el premio Nobel de las matemáticas. Cuando tenía treinta y seis años… Pero ¿te quiere de verdad?

A María ya no le sorprendían esos vaivenes de la memoria, intentaba seguir la conversación.

—¿Y qué investiga?

—Bueno, intenta resolver uno de los siete problemas del milenio. Se pasa el día haciendo cálculos sobre cosas que no entiendo; teorías y conjeturas sobre geometrización. Pero no creas que es una rata de biblioteca. También es divertido y tiene múltiples intereses, música, libros. En fin, Miguel está en el mundo.

—Y así debe ser. No se puede ser bueno en algo si perdemos la perspectiva. Mi maestro decía que es la naturaleza quien da las mejores soluciones. Es cuestión de saber mirar… ¿Él sabe mirarte? ¿Te quiere de verdad, María?… Quiero decir si pensáis en casaros, formar una familia… Yo soy un viejo

27

carcamal y no comprendo muy bien a las parejas de hoy en día, parejas de amigos que se encuentran. Sin compromisos… Cada cual va por su lado, libres, independientes, pensando únicamente en la carrera profesional.

María, antes de su partida a Estados Unidos, había discutido algunas veces con su abuelo sobre este tema, pero hoy se alegró. Esperaba encontrarlo peor. La conversación, lo podía comprobar, le alejaba de su agujero negro. ¿Cuánto tardaría en volver a él?

—¿Serías capaz de dejarlo todo por él? ¿Y tu novio? ¿Sería capaz de dejar las matemáticas, su carrera por ti, simplemente porque te quiere?

Al decir estas palabras su abuelo se giró y la miró a los ojos. María se estremeció; se sintió contenta porque estaba perfectamente lúcido. Así era como lo recordaba. Pero aquella pregunta la dejó un poco desconcertada. ¿Realmente sería capaz? ¿Y él? ¿Dejaría Miguel todo por ella?… ¿Todo?… ¿Qué era todo? Un buen trabajo, reconocimiento profesional, un buen piso, una vida cómoda y sin sobresaltos y… ¿qué más?…

—Es importante que me digas la verdad… —insistió el anciano.

—Abuelo, nosotros…, no queremos comprometernos… Sentimos una atracción pero somos personas adultas, independientes, compréndeme. El mundo ha cambiado mucho desde que tú eras joven. Nuestro trabajo es muy importante, nos respetamos. No queremos formar una familia, nos queremos y…

Su abuelo negó con la cabeza y se volvió de nuevo hacia la ventana; contempló el exterior, el bullicio de la calle.

—No importa, no vamos a discutir por eso, pero me parece todo muy extraño… los jóvenes de hoy sois así. Hoy debo contarte cosas que quizá cambien tu vida para siempre. Y tengo miedo, porque lo que voy a decirte sólo pueden comprenderlo las personas que están verdaderamente enamoradas, que están dispuestas a darlo todo por amor, sin recibir nada a cambio. Cuando encuentres a alguien por el que seas capaz de eso... Cuando encuentres a alguien que sea capaz de darlo todo por ti, entonces se producirá el milagro... Ya sé que esto está pasado de moda, pero vivir una vida sin saber lo que es el amor de verdad, es tan triste...

María no sabía qué responder. Sentía atracción por Miguel, compartían algunas aficiones, se entendían en la cama, salían a cenar, se veían con cierta frecuencia; pero eran libres y sin compromisos. Además, en lo fundamental, no había decepcionado ni decepcionaría al abuelo: ella era una persona de profundas creencias y respetaba y valoraba sus enseñanzas.

El anciano se volvió de nuevo y contempló el rostro de su nieta. Ella advirtió en su mirada que estaba perfectamente bien, parecía haber recuperado toda la memoria, aunque sabía que era tan sólo un espejismo, que en cualquier momento podía perderse otra vez en el abismo.

—No estés triste, María, cuando llegue el momento sabrás descubrir lo que te digo... Estoy seguro de que encontrarás a alguien especial, muy especial, que tendrá fe en ti... No importa que os caséis, que tengáis hijos, que viváis juntos, nada de eso importa, pero cuando encuentres a la persona que quieras de verdad, aunque esté lejos, la llevarás siempre en el corazón, la querrás más que a tu propia vida.

Una lágrima corría por la mejilla de María. Su abuelo levantó un dedo y, muy tiernamente, cogió la gota, después la miró a través de la luz de la ventana. Un destello dorado, del sol de aquel atardecer, iluminó la lágrima.

—¿Lo ves, María? Aquí está todo el universo... Mi maestro siempre me lo decía... En la vida de un hombre está la humanidad entera. En esta pequeña gota puedo ver todo el universo, el tiempo, la vida, las estrellas… Es como un espejo. Si…

El anciano se quedó ensimismado durante unos minutos. María creía que aquéllos habían sido los últimos momentos de lucidez. Sentía un nudo en la garganta porque había escogido la forma más hermosa para despedirse de ella quizá para siempre. Pero aún no había llegado el momento, porque el anciano reaccionó preguntándole:

—¿Sabes quién fue mi maestro?

—No, abuelo.

María nunca supo a qué se había dedicado su abuelo ni quién era ese maestro del que siempre hablaba. Solamente le recordaba muy mayor, jubilado y rodeado siempre de libros de arquitectura.

—¿Quién fue? —preguntó María con curiosidad.

—Antonio Gaudí.

Aquella afirmación no le resultó difícil de creer. Aunque, calculó mentalmente, su abuelo era un niño cuando falleció Gaudí. Que sentía una gran admiración por el genial arquitecto le fue muy patente a lo largo de toda su vida; una admiración que logró transmitirle a ella. Y, además, el conocimiento que su abuelo siempre manifestó sobre Gaudí se salía de lo común. Tal vez su abuelo, con aquella afirmación, quiso decir que conoció a algunos de los colaboradores del maestro. Lo que sí era cierto es que casi todo lo que ella sabía de Gaudí se lo debía a su abuelo y que, cuando era niña y le preguntaba si le había conocido, él respondía: «Algún día, hija, algún día sabrás la verdad». Parecía que ese día había llegado.

—Bien, déjame que te cuente. Ahora recuerdo cosas. Quizá las olvidaré dentro de un rato; ya sabes que mi memoria viene y va… sobre todo se va. Necesito contártelas hoy. Es importante que tú las sepas. No viviré mucho tiempo. Sé que voy a morir.

—Abuelo, no digas eso.

—Lo sé.

La excitación del anciano iba en aumento. María tomó su mano. Hacía tiempo que no veía pasión en los ojos de su abuelo, al menos aquella pasión casi desaforada.

—Yo estaba con Gaudí el día que lo mataron.

4

María, con tristeza, se dio cuenta de que su abuelo había perdido totalmente la razón. Aquel precioso intervalo, cuando le habló del amor, de la vida, del universo contenido en la lágrima, quizá había sido el último. Su abuelo se despidió de ella con un verso. Ahora ya no era el mismo, hablaba como un iluminado, casi sin mirarla. Arañando lo que él pensaba que eran recuerdos, uno detrás de otro, hilvanando una historia fantástica que, a veces, le hacía dudar. Pero no, todo aquello era imposible. Se le fue la cabeza, pensó con un enorme desconsuelo mientras él le pedía una y otra vez que atendiera a cada una de sus explicaciones y ella trataba de que no se le saltaran las lágrimas. Sin embargo, toda aquella serie de fabulaciones imposibles estaba arropada por datos que, históricamente, concordaban. Le impresionó toda la narración que desplegó el anciano sobre su abuelo Alfonso Givell, que vivía en Riudoms y era amigo de Gaudí, y sobre los primeros tiempos de ambos en Barcelona. ¿Cómo un enfermo podía ser capaz de urdir una trama tan descabellada uniendo realidad y ficción? Pero lo que vino después la desconcertó aún más.

—¿Qué estás diciendo, abuelo? Antonio Gaudí fue atropellado por un tranvía —dijo María cuando su abuelo volvió de nuevo a aquel punto.

—Exacto, hija mía, atropellado en el cruce de Bailén con la calle de las Cortes, la que ahora se llama Gran Vía. Como te he dicho, yo estaba con él. Tenía once o doce años. Eran las cinco y media de la tarde del día 7 de junio de 1926. Pero no fue un accidente.

—Abuelo, por favor.

María no quería volver a oír otra vez lo mismo. El puesto de periódicos, los asesinos, la huida, el secreto que tenía que ocultar, el gigante que le ayudó y que, aquel mismo día, había regresado. No, aquello era demasiado. Sin embargo, por compasión, debía escucharle. ¿Qué otra cosa podía hacer?

—Yo asistí al entierro, me oculté entre toda la gente que esperaba junto al muro y en los alrededores de la Sagrada Familia. Sabía que corría peligro, que ellos estarían por allí, buscándome, como así fue. Me costó convencer al gigante de que me permitiera ir. Pero yo tenía que ver al maestro, decirle que había cumplido. Y eso fue lo que hice. Entonces les vi… pero ellos a mí no. Sólo había visto una vez a su jefe, pero le reconocí de inmediato, al igual que a su lugarteniente. Sabía que eran ellos porque el maestro se encargó de representarlos en la Sagrada Familia. Los esculpió en piedra. El mal siempre tiene el mismo rostro, ¿te acuerdas del hombre ménsula?

—¿El malo?… pero, abuelo, de eso hace ya tanto tiempo…

—Tú eras una niña, te daba un poco de miedo; pero siempre querías verlo.

—Sí, lo recuerdo, el anarquista con la bomba Orsini en la mano, esculpido en la ménsula del pórtico del Rosario de la Sagrada Familia —dijo María y completó—: la tentación del hombre, el monstruo mitológico recorre la espalda del hombre, le da fuerzas, le empuja hacia el mal. Lo sé de memoria, abuelo.

Sí, aún recordaba las múltiples visitas que, de niña, hacían juntos a la Sagrada Familia.

—¡Ten mucho cuidado!... ese hombre existe... Recuerda su rostro; es el rostro del mal. El mal siempre tiene el mismo rostro, se repite; el mal es clónico y, a la vez, cambiante, a veces se disfraza... ¡no te fíes de nadie! Como te digo, ese ser de las tinieblas, cuyo rostro está esculpido, estaba allí, buscándome entre la multitud que había acudido al funeral.

El anciano guardó silencio, asustado, como si estuviera viendo en la habitación al malvado del que estaba hablando.

María pensó que, si aquel malvado aún vivía, poco daño podía hacer. Habían pasado ochenta años y sería un anciano como su abuelo. Los años también pasaban para los malos.

—¿Y qué ocurrió? —preguntó intentando hacerle volver.

—Después mis compañeros me ocultaron. Yo aún no les conocía; al menos no a todos.

—¿Qué compañeros?

—Los caballeros de la orden.

—¿La orden?

—Sí, en la que fui iniciado a los once años. Los siete caballeros encargados de velar y guardar el gran secreto. El que me fue entregado por el gran maestre Gaudí.

—¿Me estás diciendo que Gaudí era masón? ¿Que tú, abuelo, perteneces a una secta secreta?

—¡No, por Dios! ¡No has entendido nada! Gaudí no era masón. Gaudí creía en Jesucristo, en la divinidad de Nuestro Señor. Hizo los votos de humildad, obediencia y pobreza. Hasta el último día de su vida vivió como san Francisco, pobremente. Los masones consideran a Jesús un hombre bueno, un gran líder, un gran profeta; pero nada más. Nosotros creemos y sabemos que es el Hijo de Dios.

—¿Nosotros?

—Sí, nosotros: los caballeros Moria. —El anciano se detuvo, quizá consciente de lo que la siguiente revelación podía suponer en el ánimo de su nieta—: Yo soy el último gran maestre de los caballeros Moria y Antonio Gaudí fue mi antecesor.

Aquella revelación le pareció excesiva a María; un punto de locura que no sabía cómo rebatirle.

Con gesto paciente, pero sorprendida al escuchar por primera vez el nombre de los Moria, le dijo a su abuelo:

—Abuelo, ¿quiénes son esos Moria? ¿qué estás diciendo?

—¿Acaso no escuchas lo que te estoy diciendo? Durante siglos siete caballeros nos hemos ido sucediendo en el tiempo guardando el mayor secreto de la cristiandad. Defendiéndolo no sólo de sus enemigos, sino de algunos de los miembros de la propia Iglesia. ¡De la Iglesia de Cristo!… Sé que hay muchas leyendas sobre sectas de todo tipo. Utilizan algunos rituales, toda esa parafernalia medieval, esotérica que ya no tiene ningún sentido… Todo son supercherías, son unos farsantes. Los auténticos caballeros sabemos que hay una verdad, una revelación interior que importa. En nosotros murió el hombre viejo para dar paso al hombre nuevo… Esta experiencia nos marca para siempre. Los siete caballeros somos hombres y mujeres que vivimos en este mundo con una misión que cumplir. Perdidos en el anonimato, ésta es nuestra mayor seguridad. Somos siete almas que estamos vigilantes para guardar el secreto y ahora tú, María… Eres tú la que debe completar la misión… En ti está la señal, el Espejo de los Enigmas. Todo está contigo. ¿Querrás creerlo?

No, María no podía creer todo aquello, incluso le costaba reconocer a su propio abuelo, del que se había apoderado una energía y vitalidad que le eran desconocidas. Pero, sin embargo, había tanta convicción en sus palabras, tanta pasión… Aun así, dijo:

—Abuelo, ¿qué es eso de que tú eres un caballero Moria?

—Soy el último gran maestre de los caballeros Moria.

—Entonces, ¿eres un monje?

—Los monjes guerreros son un puro mito. Los caballeros Moria no somos monjes guerreros aunque vistiéramos como tales, sino caballeros aguerridos y devotos de Cristo preparados para dar nuestra vida… Lo cierto es que, durante siglos, nos hemos batido contra el mal para que el mundo conservara su equilibrio. Y ahora no podemos perder.

—¿Perder contra quién?

—Contra una sociedad satánica: los Hombres Ménsula. Una desviación de la masonería que utiliza sus símbolos y rituales desde el lado oscuro. Unos asesinos que profanan hostias, asesinan niños, practican rituales sangrientos y adoran a Bafomet… Un representación de Satanás.

—Lo que se dice siempre de las sectas satánicas —dijo María con desgana.

—Sé que no me crees. No te culpo. Si a mí me vinieran con ese cuento también me costaría creerlo, sobre todo si la historia sale de un viejo enfermo cuya memoria tiene más agujeros que un queso —dijo con voz lastimera, pero, al momento, recobró la energía para añadir—: Aun así debes hacerlo pues te va en ello la vida. Te he estado protegiendo desde que naciste, pero ellos han regresado. Sé que me han encontrado. Por eso debemos cumplir con nuestro destino.

—¿Quién te ha encontrado? ¿Qué destino, abuelo?

—Los que mataron al maestro. Los mismos que intentarán matarte a ti.

Aquella revelación la asustó. ¿Por qué querrían matarla? ¿Para qué había sido elegida?

—¡Escúchame! ¡No tenemos tiempo! ¡Le mataron! ¿Comprendes? Le mataron… El secreto está envenenado, quien lo oculta está en peligro. Así fue, así ha sido hasta que tú…

El abuelo empezó a hablar con dificultad, entrecortadamente.

—Ellos se pusieron en contacto con Gaudí… joven… Dijo

no… Satánicos… Darle la vuelta… El regreso del diablo… Pero no… el templo de los pobres…

—Abuelo, no te entiendo.

María sabía que en breve entraría en su agujero y lo perdería. ¿Qué peligro era el que a ella le acechaba?

—Yo estaba con Gaudí… el día que lo mataron…

—Eso ya lo sé. ¿Qué más?

Decidió dejarle hablar, no interrumpirle y, luego, intentar hilvanar las palabras del abuelo.

—Me llevaba a ver la Casa Encantada.

—¿La casa del bosque?

—Sí, María… Yo viví en ella… al principio… Después… taller… Esta ciudad es como un bosque, me decía. Él… trazar el camino… con piedras… edificios… perdidos… la llegada… él me dio la clave… Tienes que ver, saber mirar a través del Espejo de los Enigmas… Tú lo llevas.

El abuelo guardó silencio. Tenía la mirada perdida.

—Dime, abuelo; te escucho. Estoy aquí contigo, como cuando era pequeña y me contabas un cuento.

Aquella última palabra pareció sacarlo de su letargo. Rompió a hablar pero ya no la miraba.

—Eso es, niña, como en Hänsel y Gretel.

—Tú siempre cambiabas el final.

—Y así debe ser… ¡Recuerda el juego de los acertijos!… Adivina qué es…

—¿Qué escondiste, abuelo?

—¿Qué escondí? —repitió. El anciano ya no la estaba escuchando.

Volvió a hundirse en el silencio. María esperó; sabía que era cuestión de esperar. Dentro de aquel cuerpo enfermo se libraba una gran batalla.

—¡El hueso, el hueso! —empezó a gritar mientras intentaba abrirse los botones de la camisa.

Los dedos del anciano hurgaban alrededor de su cuello sin destreza alguna.

—¡El hueso, el hueso! —repetía una y otra vez.

—Yo te ayudaré, abuelo.

No hizo falta; tomó la mano de su nieta y depositó el objeto que, poco antes, pendía alrededor de su cuello. Le cerró la mano y presionó el puño de su nieta con fuerza.

—¿Qué es?

—Es un hueso, hija mía. Cada día le enseño este hueso a la bruja entre los barrotes. Ella cree que estoy muy delgado y me da más comida, quiere devorarme cuando esté bien rollizo. Como en el juego… Debo resolver los acertijos… Ahora te pertenece… pero antes el arcángel tendrá que matar a la Bestia de la Tercera Puerta. Tendrá que matar a la bestia que va consigo… y ver las estrellas. Tú completas el mapa… todo está en ti… Toma el hueso… recuerda.

Y entonces el abuelo, con voz temblorosa, pronunció aquella adivinanza infantil:

Duro por arriba,
duro por abajo,
cara de serpiente
y patas de palo.

—¿La tortuga?

—¡Sí! —exclamó el abuelo con satisfacción y añadió—: ¡Chica lista, la tortuga! La que más te gustaba… Hay dos… Cara de serpiente y patas de palo.

Cuando era niña siempre jugaba con ella a las adivinanzas. Incluso había construido un juego consistente en un pequeño tablero, como el del ajedrez, en donde cada casilla tenía un símbolo. Entonces inventaba un acertijo que ella debía adivinar… Así podían matar a la bruja metiéndola en el horno y Hänsel y Gretel volvían a casa con un gran tesoro.

Ni es cama ni es león
y siempre desaparece en cualquier rincón.

A su memoria acudían muchas de las adivinanzas que le enseñó su abuelo. Y aquella que más le gustaba:

De celda en celda voy
pero presa no estoy.

Pero ¿qué tenían que ver las adivinanzas con todo aquello?

—El hueso… en la tortuga… Cara de serpiente… Patas de palo… Un día alfa te salvará… En la Sagrada Familia… el primer enigma… luego Jonás te ayudará… Tengo que ver a Jonás… Debes decir: «Así en la tierra como en el cielo»… Ellos contestarán: «Lo que está arriba es como lo que está abajo»… La carrera va a empezar con la tortuga… No hay mucho tiempo… Quedan pocos días… No dejes que te alcancen…

Estas últimas palabras las repetía una y otra vez como una letanía.

María estaba desolada; las lágrimas empañaban sus bellos ojos. Ya no era su abuelo. La tarde había caído irremediablemente. María se levantó y encendió la luz.

—Matar a la Bestia de la Tercera Puerta, la carrera, la tortuga… Ve pronto… mañana… a las seis…, a las seis, mañana a las seis —repetía Juan Givell machaconamente con los ojos inmutables, bien abiertos y perdidos en la noche de su alma. María le dio un beso.

—Abuelo, mañana volveré.

—Espera, espera. María, sé que vas a sufrir. Pase lo que

pase, prométeme que no te detendrás a llorar… Quedan pocos días y debes cumplir la profecía.

—Pero abuelo… ¿qué estás diciendo?

—¡Prométemelo!

—Está bien, te lo prometo.

Salió de la habitación.

María apretaba fuertemente lo que su abuelo le había dejado en la mano. No se atrevía a mirarlo y cuando por fin lo hizo, vio que se trataba de una llave.

5

Salió de la residencia y caminó Numancia arriba hasta llegar a la avenida Diagonal. Necesitaba dar un paseo, ordenar todo aquel cúmulo de sensaciones incontrolables que iban y venían anárquicamente por su cerebro. El tráfico en la Diagonal era intenso. Se encontró frente al hotel Hilton, después El Corte Inglés y, más tarde, el edificio de La Caixa, dos cubos negros que siempre le habían gustado y a los que esa vez no prestó atención. En el cruce con los grandes almacenes un río humano casi la tiró al suelo. Pero ella continuaba sin rumbo. Se sentó en un banco y estuvo a punto de encender un cigarrillo, pero recordó que lo había dejado.

La tarde caía.

Abrió su bolso, tenía la llave. La sacó del interior, la sostuvo en la mano, la miró. La forma era extraña, difícil de hacerla entrar en una cerradura normal. Pero aquella llave… aquel hueso, le pareció entender, no abría una puerta, sino una tortuga. Y debía visitarla pronto; a las seis de la mañana.

Se levantó del banco, caminó un poco más y entró en el Bugui, un bar que recordaba de sus tiempos de estudiante en la facultad. Pidió un café y se sentó a una mesa. El Bugui estaba lleno, como siempre.

Intentó recordar todo lo que le había dicho su abuelo y

quiso grabar en su memoria cada detalle, todas las palabras. Creía haber entendido que había dos tortugas y una carrera. Ella creía que se refería a las que estaban en la Sagrada Familia, pero no tenía la certeza. Lo que no conseguía descifrar era aquello de «Matar a la Bestia de la Tercera Puerta» o «Así en la tierra como en el cielo». ¿Qué quería decir su abuelo cuando le dijo que ella completaba el mapa?

Cuando le trajeron el café se dio cuenta de que aún tenía la llave fuertemente apretada en la mano derecha. No la guardó en el bolso, sino que la deslizó instintivamente en el bolsillo derecho de su pantalón vaquero.

¿Por qué le costaba tanto recordar su infancia? El abuelo, un piso amplio con muchas habitaciones en la avenida Gaudí. Desde luego el abuelo estaba obsesionado con su maestro y hasta vivía en un lugar que llevaba su nombre y muy cerca de su gran obra. ¡La gran obra! Múltiples paseos por los alrededores cuando era niña, de la mano de él, observando una de sus tres fachadas con más detenimiento que las otras dos: la fachada del Nacimiento.

—Hija, no es una iglesia cualquiera: es un templo expiatorio, cuya idea partió de un librero. ¡La catedral de los pobres! ¡Un templo que recordará los principios de nuestra fe y nos devolverá a su origen!

Ésa era una de las cosas que su abuelo le decía constantemente, cuando se detenían frente a ella. Pero ¿a qué se dedicaba su abuelo? Nunca lo supo.

—¿Qué hacías cuando eras joven, abuelo? —le preguntaba muchas veces de niña.

—Velar por nuestra fe —le decía sonriendo mientras le acariciaba la cabeza.

Una frase ambigua que no le aclaraba nada. Dejó de preguntar. Tal vez ya nunca lo sabría. Pero desde ese momento, no dejó de observarle cuando trabajaba en su estudio. De intentar averiguar qué era lo que más le interesaba. En su biblioteca se agolpaban libros y artículos sobre construcciones medievales, ermitas románicas, catedrales, libros sobre arquitectura, imaginería. Dibujaba mucho. Y escribía, sobre todo escribía en un cuaderno que, cuando terminaba, guardaba bajo llave en el cajón central de su escritorio. Sí, todo eso era lo que recordaba.

Había alimentado su locura durante muchos años, pensó. Pero ¿y si todo fuera cierto, si gran parte de lo que le había contado fuese verdad? Todo aquel cúmulo de revelaciones había sacudido su alma. Sobre todo que ella era la elegida, que corría un gran peligro y que debía, junto con el arcángel, abrir la tortuga y matar a una bestia que vivía en la tercera puerta. Intentaba ordenar sus últimas palabras, buscarles un sentido.

Recordó el juego de los acertijos, una versión muy particular del final del cuento de Hänsel y Gretel que su abuelo se inventó. En algún lugar del trastero estaba el tablero. Sesenta y cuatro celdas, sesenta símbolos y en las cuatro celdas centrales, la Casa Encantada oculta bajo un cartón negro. En ese juego estaba buena parte de la iconografía que Gaudí utilizó en sus obras… La salamandra, el dragón, el caduceo, la serpiente enroscada en la cruz, el hexágono, la tortuga, el árbol de la vida, el toro… Triángulos, círculos y otras figuras geométricas… Las recordaba. Su abuelo Juan lo construyó para ella. Era como un tablero de ajedrez pero mucho más ancho, porque dentro estaba el mecanismo. Tenía cuatro patas de madera, una en cada ángulo. Su abuelo buscaba un símbolo, dos o tres… Para cada uno de ellos se inventaba un acertijo. Luego presionaba en la celda, después accionaba una pequeña palanca lateral, donde se abría una ventana de color verde. Eso quería decir que el mecanismo estaba activado y podían empezar a jugar… Cada vez se lo ponía más difícil. Empezó con un solo acertijo y ella debía adivinarlo; entonces cuando tenía el símbolo apretaba la celda del tablero y si acertaba, el cartón negro central se retiraba y se encendía la luz, la bruja se quemaba dentro del horno de la Casa Encantada… Después continuó con series de dos, tres, cuatro, cinco acertijos… El proceso siempre era el mismo. Ella debía resolverlos, adivinar a qué símbolo se refería y luego apretar las celdas con el orden establecido. Sólo tenía una oportunidad.

Su abuelo le había dicho que debía jugar en la Casa Encantada… «¿Por qué?», se preguntaba ahora. Ella sabía cuál era la Casa Encantada, de niña la había visto muchas veces con su abuelo, en el parque Güell… «Cuando llegue al piso buscaré el tablero… Lo guardé en una caja en el trastero. Si la ventana está verde, entonces, mi abuelo… ¿Quizá dejó allí un mensaje? Pero ¿qué acertijos debo resolver? De momento ya tengo la llave, sé que debo ir a la tortuga. Y sé dónde está.»

Puede que no todo fuera verdad, pero gran parte sí lo era. No, su abuelo no alimentó su locura durante los años que vivió con él. Le recordaba como un anciano con sentido común, que le inculcó su amor por los buenos libros, la música, las cosas bellas. Que le enseñó a ver. «Hay muchos modos de ver, y algunos son engañosos. A veces, hija, lo que vemos no es verdad —le decía—. Ahora vemos el enigma a través del espejo.» Su abuelo le dio un código moral, alegría de vivir y un placer por el descubrimiento, por la curiosidad que, ahora comprendía, era su mejor herencia. «Estima a los buenos, ama a los débiles, huye de los malos, pero no odies a nadie.» «El corazón de los sabios está donde se practica la virtud y el de los necios donde se festeja la vanidad.» ¿Por qué recordaba ahora tantas cosas?

Su abuelo no estaba loco. Allí ocurría algo que no comprendía y que ella debía descubrir. Se lo debía.

María abandonó el bar y se dirigió a la parada del autobús. Había anochecido. El autobús tardaba en llegar y, mientras tanto, no dejaba de darle vueltas a todas las palabras, de buscar su sentido.

Un desconocido, vestido de negro, se acercó a la parada del autobús. Se situó a pocos metros de ella. María, sin saber por qué, se inquietó. Aunque el desconocido intentaba disimular mirando hacia el frente, hacia el otro lado de la Diagonal, ella tenía la impresión de que la vigilaba. El autobús se retrasaba; miró su reloj. Llevaba esperando casi quince minutos. Poco después otro desconocido, igualmente vestido de negro, se aproximó por el otro lado de la parada y también se situó a pocos metros de ella. Parecían gemelos, pensó. Y, sin saber por qué, recordó al hombre ménsula, la imagen del anarquista esculpida en la Sagrada Familia. «Son iguales a él... pero ¿qué estoy haciendo?... sólo son fantasías infantiles», se dijo con la intención de mantener la calma. Pero no podía. Sintió la amenaza. El primero de ellos, con un cigarrillo colgando de los labios, comenzó a acercarse a ella, lentamente. Ella apartó la mirada. Sí, tenía los mismos ojos que el hombre de la bomba Orsini. Quería huir, salir corriendo, pero tenía miedo. Volvió la cabeza y vio al otro gemelo que se le acercaba por el otro lado. Parecían estar sincronizados, como sombras simétricas, iguales, que avanzaban hacia ella al unísono, por ambos lados, y se dio cuenta de que no tenía escapatoria. Nadie en la calle. Nadie más esperando en la parada. El miedo se iba apoderando de ella.

Un sonido estridente la sobresaltó. Unas puertas correderas se abrieron delante de ella. Todo ocurrió muy deprisa. Antes, un deslumbramiento. Un haz de luz, breve, rápido, fugaz.

—¿Suben? —preguntó el conductor, que acababa de abrir la puerta justo delante de su cara atemorizada.

María lo hizo rápidamente sin contestarle. Los dos desconocidos también subieron. Introdujo su tarjeta mientras miraba el interior del autobús. Poca gente. Seis viajeros. No se atrevió a ir al fondo. Se colocó en uno de los asientos delanteros individuales. Delante tenía una señora mayor. Detrás un hombre joven, alto, fornido y con barba, con aire de jugador de baloncesto; sus piernas ocupaban el otro asiento de al lado, parecía concentrado leyendo un libro. Antes de que ella se sentara, el hombre levantó la cabeza y le sonrió. María miró el título del libro que estaba leyendo: *La clave Gaudí*.

Uno de los dos individuos se colocó al otro extremo y el otro hombre de negro junto a la plataforma de salida. No dejaban de observarla.

María abrió el móvil…

El florete en manos de Miguel cruzó el aire y cortó el aliento a su oponente. Alto y delgado, se movía con agilidad. La hoja de este arma, ligera y fina, es mortal en manos de un experto. Miguel lo era. Afortunadamente para su contrincante, se trataba de un entrenamiento; se habían acabado los tiempos de capa y espada. Miguel realizó con la muñeca unos ligeros movimientos de molinete que lograron desarmar al contrario. El botón de la espada se quedó a unos centímetros de su pecho.

—¡Tocado! —dijo Miguel.

En ese instante sonó su teléfono móvil. Miró la pantalla y reconoció el número. Dio por terminada la clase y levantó su protector facial, que descubrió un rostro delgado y atractivo, de ojos oscuros y penetrantes. Se movía como un hombre de firmes músculos, como alguien de una gran fortaleza física, disimulada por una distinguida delgadez. Tenía enganchado el hilo electrónico a su traje, completamente blanco.

—¿Sí, María?

La voz de ella sonó levemente, como en un susurro. La escasa cobertura no ayudó a la comprensión de lo que ella le decía.

—…hay poca cobert… Ven a buscarme, rápido.

Miguel se dirigió hacia una de las ventanas del gimnasio.

—¿Qué ocurre?

—Por favor, es urgente. Recógeme en diez minutos en la parada de autobús de Balmes, junto a la Cooperativa Abacus.

La señal empezó a estabilizarse.

—¿Ocurre algo?

—Es muy importante que me estés esperando cuando yo llegue.

—Pero en Balmes no se puede aparcar.

—¡Pues hazlo! ¡Y no apagues el motor!

—En tres minutos —dijo Miguel.

La conversación se interrumpió. María colgó sin atender a su respuesta. Había intentado disimular su conversación, pero no estaba muy segura de que aquellos dos tipos vestidos de negro no se hubieran dado cuenta de todo. Miró a su alrededor. El hombretón, con las piernas cruzadas en el asiento de al lado, seguía leyendo. La mujer había bajado en la última parada. Uno de los tipos vestidos de negro ocupaba su asiento. Podía ver su nuca, poderosa como la mandíbula de un perro de presa.

El tiempo no corría. Los segundos eran eternos. Recordó las palabras de su abuelo: ella era la elegida y corría un gran peligro.

Se levantó con calma, intentando sosegarse. Se acercó a la plataforma de salida. Los dos hombres vestidos de negro también lo hicieron. Uno de ellos se situó a su derecha y el otro fue hacia la otra puerta de salida, al fondo del autobús.

El autobús se detuvo y María no bajó. Había tocado el botón de parada, pero no hizo un gesto que indicara que quería abandonar el transporte. Los dos tipos tampoco lo hicieron. Miró hacia la parte delantera del autobús, pero no vio ningún vehículo esperándola. Pensó en saltar mientras el corazón le bombeaba ríos de adrenalina; no estaba muy segura de lo que tenía que hacer. ¿Por qué saltar? Bastaría con empujar a aquel individuo y salir de allí a toda prisa.

—¿Va a bajar alguien? —preguntó el conductor.

Nadie contestó. María cerró los puños por la tensión.

El conductor se dispuso a arrancar y accionar el mecanismo de cierre automático de las puertas. Pero antes de hacerlo volvió a preguntar.

—¿Bajan?

Silencio. El conductor fue a iniciar la maniobra.

Ella debía dejar de pensar. Actuar. Era cuestión de segundos.

Y empujó al hombre situado a su derecha y corrió hacia la parte delantera del autobús. Todo fue tan rápido que al hombre vestido de negro le costó unos segundos reaccionar. Corrió tras María. Pero el joven gigante que leía el libro se había levantado y se interpuso entre él y la chica. El hombre vestido de negro le empujó.

—Oiga, ¿qué pasa? —disimuló el joven agarrándolo.

—¡Suelta, imbécil! —dijo el individuo golpeándole.

María, de un salto, había bajado del autobús por la plataforma delantera ante el asombro del conductor y ya corría por la calle Balmes en dirección al mar. Los dos hombres de negro también abandonaron el vehículo a toda prisa. Les llevaba ventaja pero no veía el coche. «¿Dónde estará el maldito coche?», se dijo sin dejar de correr. Para ella todo estaba oscuro. De nada le servían las farolas de la calle Balmes. Todo estaba oscuro. La perseguían e iban a alcanzarla.

En ese momento un vehículo, a pocos metros y aparcado sobre la acera, se iluminó.

—¡Sube!

—¡Te dije que no apagaras el motor! —dijo cerrando la puerta tras de sí.

—Se me caló… ¿qué ocurre?

—¡Arranca!

—Pero ¿qué está pasando?

—¿Quieres arrancar de una vez?

Miguel, aún enfundado en su traje blanco de esgrimista miró por el retrovisor. Un hombre se abalanzó sobre la parte trasera del coche. Otro corría a escasos metros. Aceleró. Las ruedas chirriaron como un animal herido. Entonces oyeron aquel sonido una, dos, tres veces.

—¿Nos están disparando?

—Sí.

Miguel no salía de su asombro. No se detuvo en el semáforo en rojo de Balmes con Rosellón. Se saltó el disco a toda pastilla.

—¡No puedo creerlo! ¡Nos están disparando!

6

Miguel había intentado calmarla nada más llegar a casa. Pero María le dijo que debía contarle algo importante. Miguel se sentó junto a ella, tomó una de sus manos y se dispuso a escucharla.

—¿Me estás diciendo que tu abuelo cree que es un caballero y que pertenece a una orden? —preguntó Miguel casi en un murmullo, después de un buen rato de intentar procesar las atropelladas y a veces desordenadas explicaciones de María.

—Sí, lo que digo es que él afirma ser el último gran maestre de una orden llamada de los caballeros Moria y que Gaudí le precedió —afirmó ella casi disculpándose y con el convencimiento de que no la creería.

Miguel no salía de su asombro.

—¿Y tú crees eso?… Tu abuelo padece demencia senil y eso tienes que aceptarlo —dijo en tono conciliador.

—Sí, ya lo sé… Pero después de todo lo que me ha pasado hoy ya no sé qué creer.

—Tu abuelo está mal, los ancianos inventan historias. Está enfermo, ésa es la verdad y tú te sientes culpable —insistió en el mismo tono e intentando no herirla.

—Lo sé, lo sé —repitió—. Pero ¿qué me dices de los hombres del autobús? —preguntó aferrándose a un clavo ardiendo.

—Dos ladrones o dos salidos con ganas de meterse con una chica guapa. No entiendo por qué te seguían ni por qué nos han disparado. Estoy seguro de que debe haber un malentendido… Quizá te han confundido con alguien… ¡No sé! —dijo Miguel, aunque no lo tenía del todo claro. ¿Podían dos salidos liarse a tiros con una desconocida?

«Como poder pueden», pensó Miguel; pero lo cierto es que no era muy normal. No contestó. No sabía qué hacer para calmarla. De hecho, su primera intención fue llamar a la policía. Pero ella se lo impidió, antes tenía que escucharla, dijo cuando entraron por la puerta.

—No me crees, ¿verdad?

—Ésa no es la cuestión. La cuestión es que sí quiero hacerlo —dijo atrayéndola hacia él—. Y quiero hacerlo porque te quiero. Pero, como comprenderás, no puedes llegar a tu casa y soltarme que tu abuelo pertenece a una antigua orden de monjes guerreros… Una organización secreta, una secta…

—No, no, ellos no son así. Mi abuelo no es un monje, sino un caballero… Y son siete… —María se detuvo—. Bien, admito que empecé mal. Pero estoy muy nerviosa —puntualizó.

—Lo sé. Haremos una cosa. Prepararé café, nos sentaremos tranquilamente y ¿por qué no me lo cuentas todo desde el principio y entonces sabremos qué hay que hacer? Mientras tanto descansa un poco, ¿te parece?

Ella asintió con la cabeza. Miguel fue a hacer café. Intuía que la noche sería larga. Mientras tanto María intentó ordenar sus ideas.

—Mi abuelo era nieto de Alfonso Givell, un amigo de juventud de Gaudí. Coincidieron en el colegio de los Padres Escolapios y luego en la escuela de Arquitectura; parece ser que allí ocurrió algo.

—¿Qué? —preguntó él con interés.

—No le entendí muy bien. Intentaron ponerse en contacto con ellos. Una secta satánica o algo parecido. Eran dos jóvenes idealistas y parece ser que, durante unos días, tontearon con la secta pero decidieron no integrarse.

—Y eso no les gustó. Nadie abandona una secta satánica.

—De hecho, no abandonaron nada. Les contactaron, vieron de qué iba y decidieron que no querían pertenecer a ella, decisión que no fue bien asimilada por esos pirados. Nunca les perdonaron que renunciaran a entrar en su organización o como quiera que se llame...

Miguel parecía prestar gran atención. Observó cómo María, a medida que avanzaba en la historia, se iba calmando poco a poco y que intentaba ordenar las confusas explicaciones de su abuelo.

—Sigue, por favor —le pidió Miguel.

—Parece ser que se alistaron en las filas del socialismo utópico. Como te digo eran dos jóvenes repletos de idealismo. Después estudiaron juntos en Barcelona, en la Escuela Provincial de Arquitectura. Conocieron a mucha gente, se relacionaron con intelectuales de la época. Imagínate, dos chicos de pueblo... Bueno, no tan de pueblo, eran de Reus...

Bebió un sorbo y continuó con su historia:

—...estaban en la Barcelona de finales del siglo XIX, en una ciudad que bullía y en plena expansión, centro de todas las corrientes políticas y sociales de aquella época y amalgama de las tendencias de una Europa en constante convulsión: anarquistas, socialistas, comunistas, carbonarios, masones y movimientos que veneraban el secreto de una u otra forma. Cuando me contaba todo esto yo pensaba que, tanto la *Renaixença* como después el Modernismo, entroncan directamente con todos esos movimientos...

María se detuvo, apuró la taza y prosiguió:

—...éste es un tema que indirectamente me ha interesado en mis estudios, en la Fundación. Cualquier corriente artística se nutre y está íntimamente relacionada con su entorno social... ¿Sabías que en la Barcelona de la *Renaixença*, del Modernismo, existieron dieciséis logias adscritas a siete obediencias? La ciudad crecía en todos los sentidos y parecía despedir un influjo, una atracción por todas esas corrientes. Muchos artistas e intelectuales del momento estaban relacionados con todas estas sectas secretas. Barcelona llegó a arrebatarle a Lyon su preponderancia y la ciudad se convirtió en la capital del esoterismo de la época.

—Me dejas sorprendido, María, no sabía que en la Fundación os interesarais por temas esotéricos, sectas, masonería...

—No. Sólo te estoy diciendo que el entorno social donde floreció el modernismo era éste...

—¿Y qué tiene que ver tu abuelo con todo eso? No era masón, ni Gaudí tampoco. Al menos eso es lo que él te dejó claro desde un principio —comentó con interés.

—Sí, pero por algún motivo quería que yo supiera todo esto. Tiene que ver con su secreto. Estoy intentando encajar todo lo que me reveló esta tarde con las historias que me contaba durante mi infancia. Recuerdo una leyenda en la que se dice que Barcelona fue fundada por Hércules camino de su noveno trabajo, en ruta hacia el Jardín de las Hespérides en busca de los frutos del Árbol de la Vida... ¡El naranjo de antimonio!

—Sigo sin comprender —repuso Miguel que estaba empezando a extraviarse y no quería perder el hilo de tan increíble narración.

—Yo también sigo sin comprender. Pero intento atar cabos. —María se detuvo y luego añadió—: Gaudí representó el naranjo de antimonio en la finca de la Colonia Güell, y también al dragón forjado en hierro, que es su guardián. Además el antimonio es un elemento esencial de los alquimistas. Una ciencia, un saber muy antiguo que está directamente relacionado con el gótico. De hecho, las catedrales son consideradas el libro de piedra de los alquimistas… En el aspecto arquitectónico, la *Renaixença* es precisamente un movimiento que pretende hacer renacer un nuevo arte gótico.

—¡Espera un momento, María! ¡No tan deprisa! Sabes que mis conocimientos sobre tu especialidad, sobre arte, son más bien precarios… Conozco y he leído algunos libros que tú me has recomendado… Pero no deja de asombrarme tu planteamiento… ¿Ahora vamos a empezar con las pseudoteorías de Fulcanelli, el alquimista? —preguntó intentando no herirla, ser amable, pero sin abandonar su papel de abogado del diablo—. ¿No te das cuenta? A partir de una conversación desquiciada por parte de tu abuelo estás en medio de una empanada mental e intentando que datos históricos e ideas esotéricas liguen y te lleven hacia no se sabe dónde.

Se contuvo, intentó darle un respiro y suavizar el tono. Le pidió disculpas y le rogó que continuara. María le relató el resto de la conversación con su abuelo hasta que llegaron a la parte que Miguel ya conocía: el día del asesinato de su maestro.

—Te juro que fue muy convincente; como si lo estuviera viviendo. Por momentos se perdía en la narración y me costaba entender lo que decía, pero regresaba a ella con más pasión si cabe.

Ante el rostro de incredulidad de Miguel que, a pesar de ello, intentaba seguirla con interés, ella añadió:

—Le pedí que hiciera un esfuerzo, que intentara recordar. Un personaje extraño le ayudó esa noche. Aquellos hombres le persiguieron. Iban detrás del objeto que Gaudí le había entregado a él.

—¿De qué objeto se trataba?

—No lo recuerda.

—Claro, han pasado ochenta años y además padece Alzheimer…

—Lo que sí que recuerda es que lo ocultó.

—Pero tampoco sabe dónde —afirmó Miguel, intentando hacerle ver lo absurdo de toda aquella historia.

—Tampoco —reconoció ella.

—Y entonces sus amigos Moria o lo que fueran le ocultaron durante un montón de años.

—Hasta el final de la Guerra Civil.

Hubo un silencio. Un largo silencio que Miguel aprovechó para servir más café en las tazas.

Él era matemático, acostumbrado a las hipótesis de Riemann, y cuya línea de investigación consistía en intentar convertir conjeturas en teoremas. Le gustaba la fantasía, la imaginación. Sabía que sin ellas, sobre todo sin la última, no se podía ser un genio en matemáticas. También disfrutaba con la literatura y no le costaba nada, si estaba bien escrito y el narrador sabía seducirle, entrar en una historia en la que el protagonista se convierte en una cucaracha ya en la primera página. Pero todo lo que ella le había contado le resultaba muy difícil de creer, a pesar de aquellos dos sujetos que les persiguieron a tiros por la calle Balmes. Por otro lado, aunque no era un experto en Gaudí, tenía sus ideas al respecto. Reconocía que su arquitectura era genial, nueva, singular; pero tan inmoral como todo el gótico. Para Miguel eran inmorales las catedrales, las iglesias, los templos edificados sobre el miedo de la gente. Una arquitectura que respondía a los esquemas de los poderosos; la arquitectura al servicio del poder. La Iglesia no era obra de Dios. Y Dios era una invención de los hombres para aprovecharse de otros hombres. Así de simple, así de sencillo. Era lo que pensaba. El resto de su cerebro lo ocupaba en cosas que sí servían para hacer feliz a la gente. Y desde muy joven se dio cuenta de que las matemáticas así lo hacían a través de la historia. Si había algún dios en este mundo y en el universo eran las matemáticas. Un dios que servía para algo.

Una ciencia comprensible con dedicación, esfuerzo y estudio. Una ciencia demostrable.

—Por lo que yo sé, Gaudí, si exceptuamos sus veleidades juveniles con el socialismo, fue un cristiano católico, apostólico y romano que en los últimos años hizo vida de monje, incluso ahora le quieren beatificar. —No hablaba para María, sino para sí mismo, intentando resumir y saber adónde conducía todo—. Y ahora tenemos a un Gaudí masón, templario, miembro de una sociedad secreta o algo por el estilo… que guarda un gran secreto que, antes de morir asesinado, se lo pasa a un niño, quien, ya anciano, no recuerda qué hizo con él, dónde lo ocultó…

—Tal vez el hueso nos aclare el dilema. Posiblemente eso era lo que aquellos dos matones estaban buscando —interrumpió María.

—¿El hueso? —preguntó desbordado…

—Si… Mi abuelo me dio esto… Dijo que era un hueso…

Miguel contempló atónito la extraña llave.

—¿Esto te lo dio tu abuelo?

—Sí, quizá la llave nos abra la puerta hacia el mayor secreto de la cristiandad. Yo le creo, Miguel. Sé que puede parecer una locura, pero le creo. ¿Dudas de mí?

Miguel no supo qué responder; guardó silencio unos momentos, intentando procesar rápidamente todo lo que María, hasta ese momento, le había revelado; luego dijo:

—No, no… Creo que esta noche debemos descansar y mañana hablaremos con más calma de todo esto… Sólo te pido que me comprendas. Ponte en mi lugar…

—Está bien… Sé que todo parece una locura, pero… ¿Me acompañarás mañana a la Sagrada Familia? Tengo que estar allí a las seis, es lo que me dijo mi abuelo.

—Sí, ¿para qué negarlo? Yo también estoy intrigado por esa llave…

—Creo que abre una tortuga —dijo María.

Miguel no contestó. Ya había oído demasiadas cosas increíbles.

—Mi abuelo me dijo: la carrera va a empezar con la tortuga, quedan pocos días y no debes dejar que te alcancen… No entiendo nada.

Salieron al balcón. Era casi medianoche. Al otro lado del paseo de Gracia, un poco a la izquierda de la ventana, podían ver La Pedrera iluminada. Tenía a su alrededor un aura de otro mundo, casi irreal, que se alzaba frente a ellos como un acantilado de formas mágicas. Miguel no dejaba de darle vueltas a las últimas palabras de María… estaba desconcertado; habían pasado demasiadas cosas en un momento.

—¿No te parece sobrenatural? —preguntó María. Y añadió—: ¿Puedes quedarte? No quiero estar sola en casa esta noche.

Ni por un momento había pensado en dejarla sola aquella noche. Puede que no creyera en todo aquello que María le había contado. Pero lo que sí era cierto es que dos matones la persiguieron, les dispararon, que María estaba realmente intranquila y que le necesitaba.

—¡Por supuesto que sí! Y no te preocupes. Si hay algo que confirman las matemáticas es que todos los problemas tienen su solución… que siempre es la más lógica —dijo intentando tranquilizarla.

—Hay algo más —dijo ella tímidamente, pues comprendía que todo aquello podía ser demasiado para esa noche.

—¿Algo más? Suéltalo, creo que hoy estoy dispuesto a todo —bromeó.

—Sé que no me vas a creer pero… espera un momento.

Fue al trastero; una pequeña habitación al fondo del pasillo. Buscó entre las estanterías, en la parte alta. Al fin su mano tocó la caja de cartón. La bajó con cuidado y sacó el juego de su interior. Le limpió el polvo mientras sentía un punto de excitación. Miró la banda lateral y... ¡verde!

Su abuelo le había dejado el juego preparado.

Cuando Miguel la vio aparecer con la mirada radiante y con aquel extraño tablero en las manos, no supo qué pensar de todo aquello. ¿Iban a jugar ahora con un juego de su niñez? Ella dijo:

—Mi abuelo hoy, en su delirio, me ha dicho que debía jugar... Ha insistido.

Miguel, con asombro, miraba aquel tablero que ella depositó sobre la mesa: las casillas eran del tamaño de las del ajedrez, con pequeños dibujos en cada una de ellas.

—Son símbolos que empleaba Gaudí en sus obras —dijo ella.

Luego le explicó el funcionamiento del juego.

—Mi abuelo lo construyó para mí.

Miguel se dio cuenta de que estaba hecho a mano, pero parecía tener un mecanismo interior. Era una auténtica obra de artesanía.

—¿Ves? La ventana está en verde: preparado para empezar el juego.

—¿Crees que tu abuelo te dejó preparado este juego de acertijos?

—No lo sé, pero...

Miguel iba a pulsar una de las casillas cuando ella detuvo el movimiento de su mano.

—¡No! Sólo tenemos una oportunidad. Podemos jugar una sola vez: éstas son las reglas y... no tenemos acertijos.

—¿Quieres decir que si aciertas los símbolos de los acertijos el cuadrado central se abre y... encontramos un mensaje?

—Sí.

—¡Podemos resolver los enigmas de tu abuelo ahora mismo! —exclamó con decisión—. Déjame un destornillador, un martillo y...

—¡Por Dios, Miguel!... ¿Crees que mi abuelo hubiera sido tan simple? —Y afirmó—: Hay que jugar. Primero hay que utilizar la llave. A las seis de la mañana estaremos en la Sagrada Familia y trataremos de averiguar qué tortuga abre. Debemos jugar, pero no esta noche.

Esa noche no. Estaban cansados y, además, volvió a repetir María, faltaban los acertijos.

—Tengo miedo —dijo María antes de irse a dormir.

Miguel la abrazó. Ella se hundió en su pecho; buscaba calor y amparo.

—No te preocupes; yo estoy contigo.

—Te quiero —dijo María levantando la cabeza y mirándole a los ojos.

—Yo también te quiero.

Ella era la elegida; una idea que no podía quitarse de la cabeza y que, intuía, encerraba una amenaza.

—Anda, ve a dormir. Yo iré más tarde.

María se fue a la habitación pero tardó en conciliar el sueño mientras daba vueltas al conjunto de increíbles revelaciones de aquel día.

Miguel tampoco podía dormir. Fue a lavarse la cara y se contempló en el espejo. Se pasó la mano por el pelo corto, ligeramente bañado por el blanco rocío de una madurez prematura; no conseguía borrar de su cara aquella fuerza que emanaba de sus ojos rasgados y oscuros, muy vivos, que escondían una personalidad curiosa, analítica, acostumbrada a retarse a sí misma, aunque nunca lo manifestaba. Pero aquella historia era un reto demasiado increíble.

Su admirado Sherlock Holmes necesitaba dos pipas para pensar en un caso. Él se conformaba con el sonido de fondo del televisor. Y así lo hizo. Lo conectó y se sentó frente al aparato sin prestar atención a las imágenes, intentando ordenar y buscar un sentido a todo lo que le había contado María. El abuelo le había dicho que tenían poco tiempo, que debían visitar la tortuga y aprovechar su ventaja... ¿Qué quiso decir? La pantalla del televisor le devolvió una imagen del pasado. Álvaro Climent aparecía en primer plano en un programa sensacionalista sobre temas sobrenaturales. Miguel dejó sus cavilaciones y le escuchó. Álvaro teorizaba sobre el misterio de la Atlántida. ¿Cuánto tiempo hacía que no veía a su amigo? La imagen de éste le hizo recordar momentos de su pasado. Su entusiasmo por la lógica, que le había llevado a las matemáticas. De su época de juventud recordaba también su pasión por la esgrima. «Es un deporte que es pura matemática», le había dicho su viejo amigo, quien le aficionó a él. Álvaro abandonó las matemáticas en primero y se dedicó a dirigir la librería de su padre y a sus temas obsesivos. Y allí estaba, en la tele, hablando de la Atlántida y de una civilización perdida.

—¿Qué haces? —preguntó María que se había levantado.

—Pensar.

—¿Viendo la tele?

—No la veo; el ruido me permite evadirme. Es un viejo amigo —dijo señalando el televisor—, estudió conmigo.

Luego se levantó y apagó el televisor.

—Me vuelvo a la cama.

—Yo iré enseguida.

Pero aún tardó un poco. Miguel dejó de pensar y buscó en la estantería de María hasta dar con lo que deseaba. Se tumbó en el sofá intentando sumergirse en la lectura de aquella biografía de Gaudí.

Era muy tarde cuando cerró el libro y entró en la habitación de María.

Y más tarde aún cuando se quedó dormido, pues durante no sabía cuánto tiempo estuvo velando el sueño intranquilo de ella, mirando el rostro de aquella mujer que iba a cambiar su vida.

SEGUNDA PARTE

El maestro

7

Juan Givell se revolvió entre las sábanas. A sus noventa y dos años, percibía la realidad como un eco del pasado. Estaba cansado. Quizá ella debería saber, saberlo todo. Pero ¿saber qué? Su memoria se perdía. Venía. Iba. Desaparecía. Regresaba de improviso. Cerró los ojos y vio la imagen de su viejo maestro que caminaba a paso vivo con sus zapatillas de felpa. De la mano llevaba a un chiquillo de once o doce años. Era él mismo. Se reconoció y el corazón le dio un vuelco.

Sus padres habían fallecido de fiebres tifoideas. Su abuelo, el único familiar que le quedaba en Riudoms, mandó una carta a la capital.

Una tarde, al cabo de un par de semanas, un hombre extraño se presentó en el pueblo. Vestía un abrigo viejo y raído, sombrero negro, zapatos desgastados que dejaban entrever unas vendas de lana que envolvían sus tobillos. Pero su barba blanca, sus ojos de un azul claro penetrante y sus movimientos desmentían que se tratara de un simple vagabundo.

Juan vio cómo su abuelo y aquel desconocido se abrazaban sin pronunciar palabra. Luego el hombre extraño permaneció de pie junto a la puerta. El abuelo no le invitó a pasar y el desconocido no se quitó el sombrero.

—Me debes un favor, Antón —dijo el abuelo.

El desconocido asintió con la cabeza.

El abuelo ya tenía preparado el hatillo: unas alpargatas, unos pantalones, dos camisas y un poco de pan y butifarra para el camino.

Abrazó al niño con lágrimas en los ojos.

—Vete, Juan. Este señor es mi mejor amigo. Te llevará a la capital, cuidará de ti y, un día, serás un hombre de provecho.

El pequeño Juan no quería marcharse, temblaba de miedo. Nunca había salido de Riudoms. El pueblo era su mundo, allí estaban sus amigos. Pepe el Canijo y Andrés Tres Historias, al que llamaban así porque se inventaba y contaba las historias de tres en tres. Andrés era quien le había dicho que la capital era muy grande y que los niños que se perdían en ella aparecían colgados de las farolas. Juan sabía que Andrés era un exagerado y, además, él nunca había visto una farola.

El carruaje esperaba. Juan se abrazó a su abuelo llorando. Era todo lo que le quedaba en el mundo.

—Te gustará la capital, Juanito. Yo estudié y trabajé en ella con este señor. Pero de eso hace ya mucho tiempo. Recuerda a tus padres, tu nombre, tu familia. Mi amigo Antón te enseñará a ser un caballero.

Juan se despidió de su abuelo y le dio la mano al desconocido.

El niño tenía un nudo en la garganta, pero no quería volver a llorar. ¿Por qué todo el mundo le abandonaba? Fue entonces cuando vio los ojos del desconocido. Sin duda aquel hombre tenía carácter, pero sus ojos eran bondadosos.

—¿Has viajado alguna vez en tren?

¡El tren! Todos los niños del pueblo soñaban con ver un tren. Algo tan mágico, misterioso y extraordinario como el mar, que tampoco había visto salvo en las viejas fotografías que llevaba un buhonero a su paso por el pueblo, con su carro lleno de chucherías y baratijas.

El niño no contestó.

Subieron al carruaje e instantes después el cochero tiró de las caballerías. Los animales se dirigieron hacia Reus. El camino se adentraba en un espeso bosque que cruzaron; aquél era el límite, la frontera de su pequeño universo que ahora quedaba atrás. ¿Qué había más allá del bosque? Una gran pesadumbre, a medida que se alejaba, se apoderó del niño. Juan creía que estaba viviendo el cuento de los hermanos abandonados por sus padres en un bosque; el cuento que muchas noches le explicaba su abuelo y que a él le gustaba tanto. «¿Por qué siempre me abandonan? Primero mis padres, ahora mi abuelo», volvió a preguntarse.

El carruaje no tardó mucho en recorrer los escasos cuatro kilómetros que separaban Riudoms de Reus. Las luces del día declinaban, el crepúsculo alargaba unos instantes los últimos destellos de claridad. El anciano procuró dar conversación al pequeño con tal de distraerle y alejarle de sus sombríos pensamientos. Debía ganarse su confianza. Después de todo, era un niño perdido. Perdido como él, en el bosque, pensó el anciano.

—¿Sabes? Mi padre y mi abuelo también eran de tu pueblo. Ambos eran caldereros.

—¿Qué es un calderero?

—Una persona que fabrica calderas.

Era una respuesta poco convincente para un niño, lo sabía. Pero si tenía algún interés por la conversación preguntaría, como así hizo.

—¿Y qué es una caldera?

—Una vasija grande y redonda de metal que se usa para calentar agua u otras cosas. También trabajaban los alambiques de cobre que se usan para destilar el alcohol de las uvas.

—¿Y su madre?

—No, mi madre no era calderera.

—No, que si nació también en Riudoms.

—No, hijo. Mi madre era de Reus. Por cierto, que ya estamos llegando.

Se encontraban en las afueras. Juan miraba el paisaje de su alrededor con temor y excitación. Entonces vio luces que se encendían aquí y allá. Las ventanas de las casas y edificios se iluminaban poco a poco. Él estaba acostumbrado a su casa de Riudoms iluminada por candiles. Pero en la ciudad ya no había candiles, le dijo en una ocasión su abuelo. Sus ojos contemplaron un grupo de casas bajas con muchas ventanitas de las cuales salía un resplandor intenso. Le extrañó mucho que los habitantes de aquellas casas necesitasen tanta luz. De repente vio algo que le despertó una gran curiosidad: aquellas luces se movían. Se frotó los ojos, no se lo acababa de creer. Y tuvo un susto de muerte. Se alejó de la ventanilla y buscó refugio entre las rodillas del que había de ser su maestro, cubriéndose la cara.

—¿Qué te pasa, Juanito?

—He visto la Casa Encantada… La casa del bosque. Es la misma que la del cuento de Hänsel y Gretel. Tengo miedo, quiero volver con mi abuelo. ¡Por favor, señor… no me abandone aquí!

—¿Has visto la Casa Encantada? ¿Y dónde está?

—Mire, ahí fuera… he visto sus luces… La casa que corre en la oscuridad. Es como un gusano de luz. ¡La casa embrujada del bosque!

La carcajada del anciano no se hizo esperar.

—No, no… ¡Qué ocurrencia! ¡La Casa Encantada! ¡Dios mío, santa inocencia! No tengas miedo, Juan, esas luces no son de ninguna casa. Es el tren. El tren que sale de la estación.

Las palabras del anciano, sus ojos iluminados por el asombro, calmaron un poco a Juan, que se incorporó despacio para mirar de nuevo por la ventanilla, aunque no se fiaba demasiado.

El anciano le indicó al cochero que diera una vuelta por el centro de la ciudad antes de ir a la estación; les sobraba tiempo.

—Así tus ojos se irán acostumbrando a las cosas nuevas, Juan.

El niño nunca había estado en Reus, era la primera vez que visitaba una ciudad. Miraba entusiasmado a través de la ventanilla.

—¡Hay mucha gente! —exclamó el niño.

—Claro; treinta mil personas.

—¿Todos viven aquí?

—Sí.

—¿Y caben?

—En Barcelona hay muchos más.

El carruaje, ante la mirada atónita del niño, continuó el recorrido por algunas de las calles principales de la ciudad en dirección hacia la estación de ferrocarril. Al llegar a la calle de Sant Joan el niño se quedó con la boca abierta mirando el exterior.

—Bonita, ¿verdad?

—¿Es de fantasía? —dijo con un enorme candor en la voz.

—Es la Casa Rull. ¿Ves esos motivos vegetales, esas flores?

—Parecen de verdad —dijo el niño.

—Sí, hijo, sí; cobran vida. Es una casa muy hermosa con un jardín fantástico.

—¿Quién la ha hecho?

—Uno de los más grandes arquitectos, ¡Domènech i Montaner. Esta ciudad, gracias a él y a muchos otros, ha cambiado maravillosamente. ¡Es otra ciudad!

Juan también se quedó boquiabierto cuando llegaron a la estación. Todo le impresionaba. Las máquinas, los vagones con multitud de ventanas iluminadas; ciertamente parecían casas, pero tenían ruedas encajadas en los raíles de las vías. Él nunca había imaginado un tren así. En sus sueños sólo había una inmensa locomotora que echaba mucho humo; como en la vieja fotografía del buhonero.

—¿Montaremos en un tren?

—Montaremos.

—¿En uno muy rápido?

—¿Qué te parece un expreso?… Es un tren que se detiene solamente en las estaciones principales y va a mucha velocidad.

—¿A cuánto?

—A cuarenta kilómetros por hora. Calculo que, si todo va bien, llegaremos a Barcelona en unas cuatro horas y media.

—¿Le pasa algo, señor?

—¿Por qué lo dices?

—Porque desde que hemos llegado a la estación mira a todas partes. Parece asustado.

Aquel niño era bastante listo y observador, pensó el anciano. Buscó una excusa.

—No, chico. Miro por si veo a algún conocido antes de subir al tren. Ya te dije que mi madre nació aquí. Y yo también.

Caminaron de la mano por la estación hasta llegar al tren. El anciano ayudó al niño a subir. No había muchos pasajeros y estaban casi solos en el vagón.

—¿Sabes la historia de Hänsel y Gretel?

—Sí, mi abuelo me la cuenta muchas veces.

—¿Quieres que yo también te la cuente?

—No, ahora no; gracias.

—Yo la sé un poco diferente. En mi historia sale un dragón.

—Prefiero dormir, señor, si no le importa.

—No, hijo, no. Duerme. Nos queda un largo camino.

Al cabo de un rato el niño preguntó:

—¿Sale un dragón?

—Sí. Y un girasol, una cruz, un pelícano, unos guerreros de piedra y otras maravillas.

—¿Me la cuenta mientras me duermo?

—Sí, chico, te la cuento.

Juan dejó que aquel hombre le explicase de nuevo el relato. Y el anciano empezó con la historia de dos niños cuyo padre y madrastra intentaron abandonarlos en el bosque.

—«Hace mucho tiempo, en un gran bosque, vivía un pobre leñador con su mujer y sus dos hijos; el muchacho se llamaba Hänsel y la niña Gretel. Un año, el hambre se apoderó del país y faltó el pan. Por la noche el leñador se atormentaba con tristes pensamientos. Y le dijo a su mujer, que era la madrastra de los niños:

»—¿Qué será de nosotros? ¿Cómo vamos a alimentar a nuestros hijos?

»Y contestó la mujer:

»—Mañana muy temprano llevarás a los niños al bosque y los abandonaremos y así nos libraremos de ellos.

»—¿Cómo voy a abandonar a mis hijos solos en el bosque?

»—¡Qué estúpido eres! ¿Prefieres que muramos de hambre los cuatro? ¡Ya puedes ir cepillando las tablas para los ataúdes!

»Y no le dejó en paz hasta que le convenció.

»Pero el niño lo había oído todo y se lo contó a su hermana.

»—Estamos perdidos —dijo Gretel.

»—No te preocupes —dijo Hänsel—. Encontraré el modo de salvarnos.

»El niño, cuando les llevaron al bosque, fue arrojando piedrecitas que le indicaban el camino de regreso a casa y, por la noche, ya estaban de vuelta.

»La madrastra se enfureció.

»Todas las mañanas el niño llenaba sus bolsillos de guijarros y así, él y su hermana podían volver a casa.

»Pero una mañana Hänsel cambió las piedrecitas por migas de pan, los pájaros se las comieron y no encontraron el camino de regreso.

»Llegaron a una casa habitada por un dragón malvado que,

cuando encontraba a un niño, lo mataba, lo cocinaba y se lo comía. Encerró a Hänsel en una jaula y cada día le decía a Gretel:

»—¡Levántate, holgazana! Prepara algo bueno para tu hermano. Cuando engorde me lo comeré.

»Luego iba a la jaula de Hänsel y le decía:

»—Saca tu dedito para ver si has engordado.

»Pero Hänsel siempre sacaba un huesecillo, y el dragón, que tenía los ojos turbios, se asombraba de que el niño no engordara nada.

»Después de cuatro semanas el dragón, impaciente, no quiso esperar más tiempo.

»—¡Gretel, ven aquí! Trae agua. Gordo o flaco, hoy me lo comeré.

»Gretel encendió el fuego y colocó la marmita con agua.

»—Primero vamos a cocer pan —dijo el dragón—. Ya he encendido el horno.

»Y empujó a Gretel hacia el horno con la intención se asarla. Pero Gretel adivinó sus intenciones y dijo:

»—No sé hacerlo, ¿cómo se entra en el horno?

»—Estúpida —dijo el dragón—. ¡Mira! La puerta es muy grande, ¿no ves que hasta yo mismo cabría?

»Entonces el dragón metió la cabeza y Gretel le empujó con fuerza, cerró la puerta y echó el cerrojo. El dragón comenzó a gritar de una manera terrible, pero Gretel se fue dejando que se asara.

»Gretel corrió rápidamente a buscar a Hänsel.

»—¡Somos libres! ¡El dragón ha muerto!

»Entonces tomaron el tesoro del dragón y decidieron volver a casa.

»Llegaron a un gran río pero no había ningún puente para atravesarlo y…

Las palabras, el tono de voz le eran familiares pues, aunque la historia era un poco diferente, era la misma voz de su abuelo. El ritmo y el traqueteo del tren también contribuían a que, lentamente, se fuera adormeciendo.

Esa primera vez no escuchó la parte en la que los niños debían cruzar el río para iniciar el regreso a casa porque se había quedado profundamente dormido.

Llegaron de noche a la capital. El andén estaba vacío. Les esperaban. Un coche. El niño continuaba dormido. Oyó levemente la voz del anciano que decía que no le despertaran. Alguien le tomó en brazos. No era el anciano. Se trataba de un gigante con una gran fuerza que lo elevó en el aire y lo transportó entre sus brazos con cuidado.

Poco después aquel gigante de barba negra y poblada, cabellos largos y ojos bondadosos, le metió en la cama y le arropó. Durmió.

Vivió con el maestro casi un año. Primero, durante unos meses, en aquella casa de cuento de color rosa y, después, en su taller.

8

El anciano miró fijamente el techo de su habitación inundada de penumbra. Intentaba saber quién era y dónde estaba. Era una sensación muy extraña. Tenía sueño pero luchaba con todas sus fuerzas, no quería rendirse antes de recuperar una voz, una imagen, un perfume, algo de sí mismo que le revelase su identidad, una parte de su vida... Todo era inútil y se abandonó; entonces ocurrió el milagro.

Muchos años después, frente al pelotón de recuerdos deshilvanados, Juan Givell había de recordar por última vez aquella tarde remota en que su maestro lo llevó a conocer el camino de las estrellas.

Juan siempre se quedaba en el taller. Pero desde hacía unos días le acompañaba en sus paseos, aparentemente sin itinerario fijo. Entonces el anciano metía las manos en el bolsillo, sacaba migas de pan y las tiraba al suelo. Juan sabía que era una señal, como en el cuento, que debía fijarse en un símbolo, en el lugar donde lanzaba las migas de pan y guardarlo en su memoria. Era simplemente un juego. Las señales duraban bien poco, pues grupos de palomas les seguían como locas; algunas cazaban al vuelo los pedacitos de pan. La gente les miraba, pero al anciano no parecía importarle y el niño se divertía. «Nada como aprender jugando», pensaba entonces el maestro.

Por la tarde, y desde hacía unas semanas, también le acompañaba hasta la iglesia de San Felipe Neri.

Un día, antes de salir a la calle, le dio un pequeño saquito de tela cerrado con una cinta corredera y le dijo que lo guardara en su bolsillo. Lo que había en el interior no pesaba demasiado, le cabía perfectamente en la palma de la mano. Sabía que lo que acababa de guardar en su bolsillo era muy importante para su maestro. No conocía el contenido del saquito, pero sí lo que debía hacer con él en el supuesto de que a su maestro le ocurriese algo.

—Puedes sacar la mano del bolsillo, no se te caerá.

No contestó, le devolvió la sonrisa a su maestro y sacó la mano del bolsillo.

—Eres listo, Juan; eres muy listo. Recuerda que somos caballeros y que tenemos una misión que cumplir.

Siempre jugaban a caballeros, pero Juan sabía que ahora se trataba de mucho más que un juego. Sabía que los malos, aunque nunca los había visto, eran de verdad y que algún día debería enfrentarse a ellos.

—Si me pasara algo, Juan, no debes asustarte. No te acerques a mí ni intentes ayudarme, y corre todo lo que puedas, ¿comprendes?

—Sí, señor.

—En tu bolsillo guardas el secreto de los caballeros y tienes que dejarlo donde tú sabes. Lo recuerdas, ¿verdad?

—Sí, señor.

—Bien, Juan, bien. Dentro del saquito hay una nota para ti; léela cuando llegue el momento.

—¿Le va a ocurrir algo, señor? ¿Ha visto a los malos?

—Sí, Juan, he visto a los malos. Ellos no lo saben, pero les he visto y sé lo que traman.

—¡Lucharemos! —dijo el niño con resolución.

—No, Juan, no lucharemos. —El anciano se agachó y co-

73

gió al niño por los hombros—. Recuerda que tu misión es ocultar el secreto. Ocurra lo que ocurra, no mires atrás, huye. Los nuestros te protegerán.

—¿Los nuestros? ¿Hay más caballeros?

—Hay más, mi pequeño Juan. Y ahora ponte la gorra o llegaremos tarde.

—Sí, señor.

—¿Cuántas veces te he dicho que no me llames señor, sino abuelo?

Salieron a la calle.

—Sí, señor —contestó Juan mientras le daba la mano.

Fue al empezar a cruzar la Gran Vía a la altura de Bailén cuando se dio cuenta de que les seguían. Eran dos tipos vestidos de negro y con el pelo muy corto, casi rapado. A pesar de que uno era más alto y el otro más corpulento, parecían gemelos. Era una absurda contradicción, pero el mal siempre se repite, pensó. Incluso dejó constancia de ello en una de sus obras. Dejó caer algunas migas de pan y le dijo al niño:

—Recuerda, Juan: la ciudad es como un bosque y yo me he pasado la vida llenándola de señales para poder regresar a casa, como Hänsel y Gretel. Recuerda siempre el cuento que te contaba tu abuelo, la historia que yo te expliqué en el tren, la que te he contado tantas veces.

—¿Ocurre algo?

—¿Recuerdas los símbolos? —preguntó sin contestar a la pregunta del niño.

—Sí, claro que los recuerdo. Me los ha repetido tantas veces… —Iba a enumerarlos por el orden aprendido cuando el maestro le cortó.

—¡Silencio! —gritó.

Juan se asustó.

—¿Y el camino de las estrellas? —dijo en voz muy baja, sin dejar de mirar al frente.

—Con los ojos cerrados —murmuró muy bajito pues comprendía que algo grave estaba pasando.

El anciano procuró serenarse. Se encontraban cerca de la plaza Tetuán, entre Gerona y Bailén. Los dos matones de negro estaban a pocos metros; disimulaban. El anciano sabía que era cuestión de minutos que algo sucediera; debía salvar al pequeño. Miró su reloj; eran las seis y cinco. El niño no cruzaría la calle de las Cortes con él. La calle era un amplio bulevar con hileras de árboles a ambos lados y una calzada central de doble circulación. En la calzada central estaban las columnas de hierro calado, los hilos de conducción eléctrica y los tranvías que circulaban en doble dirección. Allí le asaltarían, pensó. Un lugar público, frecuentado, ideal para unos asesinos conocedores de su oficio que, aprovechando el desconcierto, actuarían con rapidez y decisión.

Él, que tenía fama de hombre con mal genio, tuvo ganas de abrazar y besar al niño, pero no debía llamar la atención de aquellos hombres. El muchacho había aprendido mucho, sabía lo que tenía que hacer. Al principio no estuvo de acuerdo con los demás. ¿Cómo podía instruir a un niño, convertirlo en uno de los caballeros, en el último de ellos, el encargado de guardar y, más tarde, cumplir con la profecía? Por eso mismo, porque era un niño. Nadie sospecharía de un niño. Además, era el elegido.

Pero aún era un niño y en pocos minutos se quedaría solo, pensó.

—Juan, acércate al quiosco y cómprame el periódico —dijo dándole una moneda.

—Nunca lo compramos aquí.

—Tú hazme caso, ¿comprendes lo que te digo?

Lo comprendía. Sabía que había llegado el momento. El

niño tomó la moneda. El anciano cerró los dedos alrededor de la muñeca del niño.

—Estamos perdidos, Juan. Recuerda. Perdidos en el bosque y debemos volver a casa. Por eso me he pasado la vida llenando de piedras esta ciudad, de señales, trazando el mapa. Recuerda la Casa Encantada; en ella vive un ser maligno. Hay que vencerlo para conseguir el tesoro. Entonces y sólo entonces podremos regresar con los nuestros para siempre. Porque él vendrá. Juan, recuerda lo que te he dicho muchas veces: ni tú ni yo entraremos en la tierra prometida, ni siquiera tus hijos. Pasará mucho tiempo antes de que la profecía se cumpla. Pero aunque el templo no esté terminado, todo está ya trazado. Se cumplirá a principios de un nuevo milenio y lo hará uno de los tuyos, a quien pondrás María de nombre.

El niño hizo amago de abrazarlo.

—¡No, no puedes! ¡Vete! Los nuestros te ayudarán. El gigante te encontrará... Y recuerda la tortuga, quizá algún día tengas que esconder algún secreto.

Juan dio media vuelta y se acercó al quiosco pasando junto a aquellos dos individuos. Pidió un ejemplar de *La Veu de Catalunya*, pagó y esperó. No apartó la vista del maestro en ningún momento.

Juan lo vio todo.

El maestro, con paso lento, cruzó hasta la calzada lateral. Los dos individuos también lo hicieron y se situaron a ambos lados. El maestro vio cómo se acercaba un tranvía procedente de la calle Gerona. Otro tranvía circulaba en sentido contrario. Fue cuando notó un fuerte empujón, perdió pie y se golpeó la cabeza contra el poste metálico. Se sintió mareado, pero una nueva fuerza volvió a empujarle hacia atrás y cayó de espaldas sobre la vía. El niño vio cómo era arrollado por el segundo tranvía y a aquellos sujetos que, después de empujarle, se abalanzaron sobre él hurgando entre sus ropas, aprovechando el desconcierto general, el griterío y la confusión que el supuesto accidente estaba provocando. Estuvo a punto de correr hacia el maestro y golpear a aquellos dos malvados. Pero no, debía cumplir fielmente todo lo que le indicó.

Antes de huir, vio el rostro de los asesinos. Le buscaban con la mirada pero, oculto como estaba, no podían verle. Pero él sí vio lo que mostraban los ojos de ambos malvados: miedo, decepción y crueldad. De nada les había servido. No tenían nada. No habían encontrado nada.

El griterío aumentó, algunos viandantes se acercaron. Alguien comentó que tenían que llevar al vagabundo a la casa de socorro de la ronda de San Pedro, pero ninguno de los tres conductores de los taxis más cercanos pareció dispuesto a transportar a aquel miserable que no llevaba encima ningún documento.

Los dos matones se fueron aprovechando la confusión y se acercaron hasta el quiosco.

—¿Dónde está el niño?

—¿Qué niño? —dijo el vendedor de periódicos.

Movidos por el nerviosismo y la ira, se enzarzaron en una trifulca con el vendedor; eso llamó la atención de un miembro de la Benemérita, que se acercó al lugar del supuesto accidente.

—¡Vamos! —le dijo el matón de la voz aflautada a su compañero.

Se alejaron mirando a todas partes mientras la angustia se apoderaba de ellos.

¿Dónde diablos estaba el maldito niño?

Los dos sabían que no le encontrarían. Los dos sabían que ya estaban muertos.

9

—Habéis fracasado.

—El viejo no llevaba nada.

—¿Estáis seguros?

—Le registramos a conciencia. En uno de los bolsillos llevaba algunas pasas, cacahuetes y migas de pan.

—¿Migas de pan?... ¿cacahuetes?... ¿Me estáis tomando el pelo?

—No. Ya le dijimos que el viejo estaba loco. Se las arrojaba de vez en cuando a las palomas, que no dejaban de seguirle. La gente le miraba con asombro; era todo un espectáculo. Muchas veces hasta pedía limosna por las calles. Vestía como un vagabundo y nadie le reconocía.

—Sé que había dado todo su dinero para los pobres, para su gran obra; pero no que pidiera por las calles como un pordiosero.

Asmodeo estaba enfurecido. El motivo de aquella reunión no era para saber por qué un viejo chiflado, cargado de dinero y uno de los hombres más admirados y denostados de la ciudad, vivía como un miserable, vestía como un indigente y repartía sus bienes. No. Había pasado algo que él no controlaba y quería saberlo. Quería saber por qué el maldito viejo no llevaba consigo su secreto, cuando durante años hasta durmió con él.

—¿No llevaba nada más?

—Una edición de los Evangelios en el otro bolsillo. Nada más. Ni un papel que lo identificara.

—Le registramos a conciencia —repitió el otro casi implorando perdón.

—Supongo que estará muerto.

—De eso puede estar seguro.

—¿Habéis traído el libro?

El silencio de los dos esbirros le enfureció aún más. No lo habían traído. A aquel par de idiotas ni se les pasó por la imaginación que los Evangelios pudieran contener alguna clave, algún indicio del mayor secreto de la historia. Asmodeo les hubiera arrancado la cabeza en ese mismo momento.

—¿Creéis que ordeno matar por gusto? —preguntó fuera de sí.

No contestaron porque, aunque no era el caso, esa posibilidad existía en la mente de Asmodeo. Lo sabían bien. Matar por matar era un placer que sólo aquel que lo ha probado puede comprender y valorar en su justa medida. Un placer difícilmente comparable.

—Ese hombre que habéis eliminado poseía un secreto que puede cambiar la historia del mundo. El maldito viejo y los suyos llevan años con la idea de borrarnos para siempre de la faz de la tierra. No sólo a nosotros, sino a muchos que dicen ser sus seguidores.

—No entiendo nada —dijo el esbirro más corpulento.

—¡Ni falta que hace, imbécil! Los dos habéis puesto en peligro nuestra supervivencia. Llevamos siglos vigilantes, procurando que no se cumpla la maldita profecía.

—Quizá lo ocultó en otro lugar. Podemos entrar en su taller. Será fácil, se lo aseguro. Lo encontraremos, sólo necesitamos unas horas.

—No hay tiempo. Seguramente ya han descubierto quién

es el viejo que yace bajo las vías de un tranvía y no habrá forma de acercarse al taller. Además, ¿acaso creéis que los suyos son tan estúpidos?... No, el secreto no está allí. Hay algo que no encaja.

Los dos esbirros lo sabían. Sabían qué elemento no encajaba y les parecía mentira que Asmodeo aún no hubiera dado con él. El objetivo de ambos no era registrar el taller, sino intentar ganar tiempo y encontrar al niño y, si fracasaban, huir de él y ocultarse. Si es que había algún lugar en la tierra o en el infierno en el que pudieran hacerlo.

Cuando formuló la siguiente pregunta, supieron que ya era demasiado tarde.

—Le acompañaba el niño, ¿verdad?

—Sí, el niño iba con el viejo.

—Se quedó atrás. El viejo le mandó a comprar el periódico.

—¿Y no sospechasteis nada?... ¿No compraba el viejo siempre el periódico en el quiosco de la plaza Urquinaona?

Los esbirros no contestaron a las preguntas.

—Creo que sabía que iba a morir —dijo el de la voz aflautada.

—¡Claro que lo sabía, imbéciles! Os descubrió y utilizó al chico como portador. ¡El niño lo llevaba consigo y vosotros lo dejasteis escapar!

—Lo encontraremos. Esta vez no le fallaremos.

—No, no habrá próxima vez. Os reservo para otra misión.

—No comprendo... entonces, ¿no buscamos al niño?

—Marchaos con los demás. Os llamaré en breve.

Asmodeo les vio salir. Se quitó la máscara cuando se quedó solo. Sus ojos, de color gris ceniza, duros e inexpresivos, parecían llamas de fuego. Aquellos imbéciles lo pagarían caro. Volvió a colocarse la máscara y dijo:

—Bitrú.

Su fiel lugarteniente apareció de entre las sombras. Había

permanecido oculto en la cripta, tras uno de los arcos, escuchando su conversación con aquel par de idiotas que ahora, seguramente, debía eliminar. Bitrú no pronunció palabra y le siguió hasta otra cámara.

Hacía tiempo que no entraba en ella. Allí fue donde hizo su juramento de iniciación en la logia. La pila bautismal, de forma pentagonal, continuaba en el centro de la oscura estancia, con el ídolo en su interior. Sobre la pila, a modo de lámpara, pendía una armadura de metal ensangrentada. Dentro de ella, un cuerpo entregaba su sangre poco a poco, bañando la cabeza de Bafomet. Era el tipo de muerte que les esperaba a los dos esbirros: una agonía lenta que quizá duraría horas, encerrados en vida en una armadura hermética hasta exhalar el último suspiro.

—La muerte es la vida… El fuego consume mis venas, pero mi mano sostiene la daga —dijo mirando al hombre que se desangraba lentamente colgado y ensartado en el interior de la armadura metálica.

—Estoy preparado —dijo Bitrú.

Hubo reconocimiento, sumisión total y entrega absoluta en la voz del príncipe heredero. Él era su Dios.

—Es un niño de unos once años. Anda perdido por la ciudad y está asustado. Para él la ciudad es un bosque… ya sabes cómo son los niños…

No, no lo sabía; dejó de serlo cuando, a los tres años, fue sodomizado por su padre, un borracho que andaba siempre grasiento, oliendo a alcohol y que trabajaba en la Maquinista Terrestre y Marítima.

—… está asustado —repitió—, pero debe ocultar un secreto hasta que llegue el día.

—Ese día no llegará.

—Y así debe ser, Bitrú. Así debe ser o desapareceremos para siempre.

—No lo permitiré.

—Lo sé; sé que harás todo lo posible, pero no creo que encuentres al niño esta noche; ese par de imbéciles, además de la pista, nos han hecho perder un tiempo precioso. Pero debemos intentarlo; tenemos mucho trabajo esta noche.

—Le mataré; le arrancaré el corazón con mis propias manos.

—Bitrú, no seas salvaje. Le necesito vivo. Ellos le protegerán, estoy seguro. Saben tanto como nosotros. Les conozco demasiado bien. Sin luz no hay oscuridad, ¿comprendes, Bitrú?

—No. Podía haberlos eliminado hace tiempo. Ellos son nuestros enemigos, saben que existimos, nos golpean, nos matan y...

—Y así ha sido durante siglos —cortó Asmodeo.

—Pero los tenía en mis manos; les hubiera volado por los aires. Era pan comido. Un plan perfecto... no entiendo por qué...

—Bitrú, Bitrú, ¡hijo mío! —exclamó con tono condescendiente—. Tú y tus amigos pistoleros e incendiarios. Eres el mejor, pero a veces pareces un niño. Las bombas y los tiros están bien, pero para otra cosa. Ése es otro de nuestros objetivos: contribuir a que esta ciudad continúe siendo peligrosa. ¡Qué nos importan los asuntos de esos burgueses e industriales de mierda y sus malditos y jodidos obreros!... ¿Acaso crees que tengo alma de anarquista? ¿Que me interesan esas bobadas de a cada uno según su capacidad, a cada uno según sus necesidades? ¿Que creo en una sociedad sin coacciones, basada en la participación del individuo? ¿De verdad crees que me interesa la conquista del pan o que estoy por la labor de ayudar a que los empresarios y burgueses continúen haciendo negocios sin control y sigan jodiéndose a las obreras de sus fábricas de Pueblo Nuevo y pelando a tiros a los cornudos de sus maridos que juegan a anarquistas, socialistas y comunistas de miércoles...? No, Bitrú, no. ¡Lo importante es el caos, la desorganización social! Una ciudad física y socialmente enferma y podrida por el crimen y la barbarie. Por eso te permito que sigas tirando tus bombitas y disparándole a tus obreritos, curas vendidos y empresarios. Aunque ahora no es prioritario, forma parte del plan. Esta ciudad debe continuar siendo un infierno.

—Entonces, ¿puedo seguir matándolos?

—Por supuesto, hijo mío. Pero sin saña y en tus horas libres. Y sobre todo sin ideología, ni exponerte demasiado ni comprometernos.

—Sé quién es mi señor.

—Eso está bien, hijo. Uno debe recordar siempre la mano que le da de comer y… tú no eres un anarquista, como tu padre.

Aquella última palabra le sacó fuera de sí, como si una bomba Orsini le hubiera estallado en el pecho.

—¡Yo no tengo padre! ¡Usted es mi padre!

—Perdona, Bitrú, no quise ofenderte. Sólo quiero que no te engañes y recuerdes lo que eres: un asesino y un psicópata.

—Por supuesto. Usted me enseñó. Aún recuerdo sus palabras cuando cometí mi primer crimen contra aquel pobre desgraciado que sólo intentó ayudarme.

—¿Tu primer crimen?

—El primero no cuenta, Asmodeo; esa vez hice justicia. Además, seguramente iba a morir de todos modos.

—¿Aún recuerdas mis palabras?

—«Alguna vez hay que empezar y este momento es tan bueno como cualquier otro» —recordó Bitrú.

Sí, era su mejor alumno, pensó con satisfacción.

—¿Y tenía yo razón?

—Sí. Matar es como cualquier otra cosa; es cuestión de empezar. Después del primero, los otros crímenes vienen solos.

—Ve, hijo, no te demores; tenemos trabajo.

10

Bitrú había nacido Edmundo Ros, una mañana lluviosa de febrero, en una calle estrecha del barrio de la Barceloneta que terminaba en el mercado. En aquel cuarto de casa —una antigua vivienda de pescadores troceada cuatro veces hasta dejarla en treinta y cinco metros cuadrados sin apenas ventilación y luz—, Juana Vidal, su madre, fue atendida en el parto por dos vecinas. El niño se llamaría Edmundo, como el joven de aquella novela que tanto le gustaba y que fue traicionado por sus tres mejores amigos. Juana Vidal no sabía leer, pero sí el párroco que, todas las tardes, les leía algunas páginas de aquel libro a los niños de un pueblo perdido en el Campo de Tarragona.

La joven, con diecinueve años, empezó a trabajar como sirvienta en casa de unos burgueses situada en la calle del Comerç enfrente del mercado del Borne. Sus señores tenían varios puestos en el mercado y algunos comercios de semillas y ultramarinos en la cercana calle de Montcada.

Al mes de trabajar allí, el señor la buscó y, bajo amenaza de echarla, consiguió sus favores. Quedó encinta poco después. La señora de la casa se percató del estado de la joven, quien terminó confesándole la verdad.

—Mi marido no se lo hace con rameras —contestó con desprecio.

Y la echó a la calle como a un perro.

El señor Fitó era un mujeriego, eso no podía evitarlo, pero por primera vez en su vida sentía aprecio por alguien y, además, la chica llevaba un hijo suyo. Ayudó a la joven en secreto hasta que su mujer terminó por descubrirlo y le lanzó un ultimátum.

El señor Fitó buscó una solución. Tenía un empleado de confianza cuyo hijo trabajaba en la Maquinista.

—No tiene muchas luces, señor.

—Pero ¿accederá?

—Si el señor le deja arreglado, puede casarse con la chica y encargarse del niño. Conozco a mi hijo. No vale para mucho, pero si la chica es limpia y consiente y usted le deja bien colocado, está hecho.

Fitó le prometió una cantidad fija cada mes que multiplicaría con creces el sueldo que el joven Rafael Ros ganaba en La Maquinista Terrestre y Marítima como mecánico. Se casaron.

Pero Ros, el día del parto, prefirió pasarlo en una tasca de la Barceloneta comiendo pulpo y bebiendo vino tinto mientras jugaba a las cartas; después de todo, aquel bastardo no era hijo suyo.

Tres años más tarde dejó de llegar dinero. Las borracheras y las palizas no se hicieron esperar. Juana lo podía soportar. A fin de cuentas su madre había vivido la misma situación años y años. Pero su padre jamás había tocado a un niño. Y aquel pervertido, después de darle una paliza y encerrarla en la habitación, muchas noches se desahogaba de forma infame con el pequeño.

Edmundo Ros vivió en el infierno y aterrorizado hasta la mañana del 15 de marzo de 1908. Tenía ocho años.

Esos días se produjeron una serie de atentados en diferentes lugares de Barcelona. El motivo era la visita de Su Majestad don Alfonso XIII. Los atentados empezaron el día 10 cuando tres artefactos explosivos estallaron en el muelle de la Muralla y, al día siguiente, otros en las Atarazanas. Quien estaba detrás de esa ola de atentados era un tal Juan Rull, que, además, trabajaba como confidente para el gobernador de la ciudad.

Edmundo, la mañana del día 15, acompañaba a Ros por las inmediaciones del mercado de la Boquería. Ros había quedado en entrevistarse con un par de antiguos compinches para los que tenía que hacer un trabajo.

—Espérame aquí, maricón —le dijo Ros al chico dándole un capón en la cabeza.

El niño se quedó solo junto a un puesto de flores de las Ramblas mientras Ros cruzaba la calle en dirección a la entrada del mercado. Le esperaban los dos compinches. El chico vio cómo Ros se sacaba un pequeño paquete del bolsillo y se lo entregaba a uno de aquellos tipos. El otro compinche le ofreció, sin contarlo, un fajo de billetes que Ros guardó muy ufano. No vio nada más.

El ruido le ensordeció. Una montaña de polvo, humo y fuego envolvió a los tres hombres y a algunas personas más que, en ese momento, pasaban junto a ellos.

Había estallado una bomba.

Edmundo escuchó un griterío sordo y cruzó al otro lado de la calle como en un sueño. Todos se alejaban del lugar; en cambio, él se acercó hasta quedar envuelto entre la humareda. Edmundo no tenía miedo.

Ros estaba en el suelo. Su brazo izquierdo aún se movía, caliente y ensangrentado, a pocos metros del resto de su cuerpo. Los otros dos estaban muertos, literalmente destripados.

—Está bien, chico… Ayúdame… son esos hijos de puta de anarquistas. ¡Maldita sea! ¡Tenía que tocarme a mí! Pero… ¿Qué haces, chico? ¡Muévete!

Edmundo permanecía junto a él, de rodillas. Se limitaba a sonreír.

—¡Te digo que me ayudes, maldito maricón! —dijo dándole dos bofetadas con la única mano que le quedaba.

Edmundo tomó uno de los adoquines que la explosión había arrancado.

—¿Qué haces? —gritó Ros.

Edmundo le golpeó una y otra vez con el pesado adoquín, de forma rítmica, hasta que el rostro de Ros se convirtió en una masa informe que se deshacía en la tierra.

Entonces le vio. Allí estaba Asmodeo, con su máscara, su capa y su bastón. Asmodeo le tendió la mano al niño y éste besó el anillo. Edmundo ya tenía padre.

Edmundo Ros no regresó a casa.

Diez años después, la mitad de las bombas Orsini que estallaban por toda Barcelona llevaban su marca. Él no tenía ideales pero, con diecisiete años, participó en la primera huelga general revolucionaria y se enfrentó a los soldados que, desde la plaza de Cataluña, manejaban los cañones que apuntaban hacia la avenida de Puerta del Ángel. Meses después, los obreros consiguieron la implantación de la jornada de ocho horas y de siete para la minería. Aquello animaría el cotarro, pensó Edmundo.

Y sí fue: el 11 de octubre el rey firmaba un real decreto por el que se establecía en Barcelona una comisión mixta de obreros y empresarios que dieran solución a las cuestiones sociales en toda Cataluña. La comisión dependería del Consejo de Ministros. Pero la patronal, que ya estaba soliviantada por la jornada de ocho horas, se mostró cada vez más beligerante. Incluso llegó a amenazar al gobierno advirtiéndole de que no permitiría por más tiempo la desorganización social.

Edmundo fue uno de los encargados de organizar a los pistoleros de la patronal por orden del gobernador de Barcelona.

La guerra entre las diversas fuerzas sociales estaba servida y él entrenó a uno y otro bando en el uso de armas de fuego y explosivos.

Edmundo —después de la destitución del gobernador de Barcelona por «extralimitarse en sus funciones», según manifestó el gobierno— contraatacó. Necesitaban un buen golpe de efecto; algo importante. Y organizó el atentado que estuvo a punto de costarle la vida al líder anarcosindicalista Ángel Pestaña. Éste tenía que pronunciar un mitin en Manresa y hacia allí se dirigieron Edmundo y los suyos. Fue una lástima dejarle sólo herido.

Edmundo también era un maestro lanzando bombas de mano. Según los datos de la policía, más de trescientas cincuenta personas fueron asesinadas de esa forma a lo largo de cinco años en Barcelona. Edmundo se había llevado por delante a más de la mitad de esa cifra.

Sin duda los sindicalistas eran las piezas que se le daban mejor; como la que se cobró aquella tarde de marzo. Eran las siete y cinco. Se tomó la cerveza y salió del bar de la calle Robadors, donde estuvo esperando a que llegara la hora de encontrarse con su futura víctima. Desde el bar hasta el número 19 de la calle de Sant Rafael había un paso. Allí estaban sus secuaces tomando posiciones, esperándole. Llegó al lugar antes que la víctima y esperó frente al punto acordado. Pasaron sólo diez minutos. El sindicalista avanzaba por la calle en compañía de otro individuo sin sospechar siquiera lo que iba a ocurrirle.

Edmundo cruzó la calle, se acercó a su víctima, levantó el arma con decisión y le vació el cargador en la nuca.

Salvador Seguí, el Noi del Sucre, representante de la facción moderada de la CNT, caía muerto. Eran las siete y cuarto de la tarde.

Asmodeo sabía que aquel chico era el mejor. Le había cuidado y enseñado como a un hijo. La ciudad de Barcelona, los continuos enfrentamientos entre obreros y la patronal, fue su campo de entrenamiento. Y Edmundo había encontrado a un auténtico padre que, además, nada le negaba y le instruía en los misterios de los Ménsula. Aceptó el cambio de nombre, así como trabajar para él llevando el caos y el desorden a cada paso.

Era el nuevo príncipe encargado de sucederle y de ir forjándose su mismo rostro: la máscara del mal. Edmundo Ros, ahora Bitrú, sería su sucesor: el nuevo Asmodeo. Él debía entrenarle porque así fue durante siglos.

Bitrú sólo le pidió una cosa.

Juana Vidal no volvió a ver a su hijo, pero cada semana le llegaba un sobre con el suficiente dinero para vivir mejor que el capitán general de Cataluña.

11

Juan sabía lo que tenía que hacer, pero estaba muy asustado. Había hecho caso a las palabras del maestro y se alejó a toda prisa del lugar. Pero el miedo le confundió y terminó por perderse. Creía ver en los rostros de los escasos transeúntes las caras de los asesinos de su maestro. Estaba seguro de que iban tras él para matarle y arrebatarle el secreto.

Pero él era el elegido y no podía fallarle a su maestro. Además, era un caballero. El más joven de todos ellos. Un caballero que conocía el gran trabajo de su maestro. Se lo había repetido muchas veces: «Se necesitan muchos años para acabar una obra como la que estoy haciendo y el trabajo de varias generaciones. Mis sucesores imprimirán el sello de su personalidad; eso no importa, porque lo principal ya está hecho, ya ha sido trazado y el plan ya puede completarse... Ni tú ni yo entraremos en la tierra prometida... será uno de los tuyos, a quien pondrás por nombre María».

Sí, Juan sabía lo que tenía que hacer. Sólo debía recordar el orden; éste le indicaría el camino a seguir. Pero tenía mucho miedo. Inconscientemente, sus pasos le llevaron hacia las inmediaciones del taller. Un error, porque era el primer lugar en el que buscarían los asesinos, pensó Juan. Pero, posiblemente, donde también lo harían los amigos de su maestro.

El atardecer de aquel día 7 de junio tenía algo misterioso. Hacía mucho calor y, sin embargo, sentía frío. El cielo se teñía de un rojo como de sangre derramada. Se ocultó entre el material de obra de las proximidades del taller. Intentó pensar, organizar su mente. No podía fallar. Vencer al miedo. No supo cuánto tiempo llevaba allí, pero había caído la noche y, por el bullicio que empezó a organizarse en torno del taller, comprendió que ya era muy tarde y que la ausencia del maestro se había hecho notar. Podía cruzar la explanada y llegar al taller. Allí estaría a salvo. Pero no, debía cumplir las órdenes de su maestro. Además, creyó ver a los asesinos merodeando por los alrededores, seguramente no estaban solos; había más gente buscándole. Juan decidió alejarse de allí.

Corrió hasta llegar a un bosque que partía la ciudad en dos. Debía cruzarlo, llegar al otro lado sin ser descubierto. Se ocultó tras los árboles. Estaba desierto. Lo cruzó y continuó bajando. Se equivocó. Sin darse cuenta estaba en la plaza de Tetuán, muy cerca de donde habían matado al maestro. Se encontraba perdido, pero debía continuar. Confundía el sonido de sus propios pasos con el de sus perseguidores. Sin saber cómo, se adentró en un laberinto de calles estrechas. Su corazón era un caballo desbocado. Quería saber dónde se encontraba. Miró el rótulo, estaba tan oscuro que le costó leerlo. «Carrer del Vidre», leyó al fin. Continuó. La calle daba a una gran plaza rectangular con enormes soportales. Se sentó en el suelo, apoyando la espalda contra una de las columnas. Debía reponerse y pensar. No hacía nada corriendo de un lado a otro de la ciudad. Él sabía el orden, pues durante semanas su maestro le había indicado el camino tirando miguitas de pan. Las miguitas marcaban los lugares que debía recordar y, además, ¿quién podía sospecharlo? Sólo ellos dos lo sabían, los demás veían a un viejo chiflado que, acompañado de un niño, arrojaba pan a las palomas cuando se le pasaba por la chaveta. Eso mismo debieron de pensar los enemigos del anciano que no dejaban de espiarle un solo día. Juan recordó el orden. Iba a levantarse y proseguir cuando una fuerza sobrehumana le elevó por los aires. Estuvo a punto de gritar, pero una mano gigantesca le tapó la boca.

—¡No grites, muchacho! Soy un amigo.

El niño ni siquiera forcejeó.

—Yo era amigo de tu maestro y estoy aquí para ayudarte. ¿Has entendido lo que he dicho? Si es así, levanta una mano muy lentamente y te soltaré.

Juan hizo lo que le ordenaba el gigante.

El desconocido le soltó. Aquel gigante, que parecía un vagabundo, le provocaba sentimientos contradictorios; por un lado sentía atracción y confianza y, por otro, la inquietud turbaba su mente. El gigante parecía sacado de otro tiempo: tenía una larga melena, barba espesa y muy negra y vestía como un monje. Juan vio cómo del interior de su hábito desenvainaba una gran espada. Fue todo muy rápido, pero pudo ver la imagen de un cedro impreso en la camisa, debajo del hábito.

—¡Eres un caballero!

—¡Silencio, muchacho! Sí, soy un caballero.

—Yo también —dijo el niño. Ahora sabía que podía confiar en el gigante.

—Los he visto merodear por aquí… Al mismísimo Bitrú.

—¿Bitrú?

—Sí; el peor de todos, hijo. Un asesino como hay pocos, sin alma. Va de caza. Así que alejémonos en silencio de este lugar.

Entonces el chico no pudo aguantar más y se echó a llorar. El gigante le acercó, ahogando los sollozos entrecortados del niño.

—Lo mataron… lo empujaron. Yo lo vi todo. Él murió aplastado por el tranvía.

—Cálmate, chico; lo sé. Te ayudaré. Debes recordar, es importante; quizá el maestro te dijo algo.

—Últimamente no me quedaba a jugar en el taller; íbamos juntos a misa. El maestro me contó que la ciudad era un bosque, que vivimos perdidos en él, que se había pasado la vida llenando el bosque de piedras, de señales para regresar a casa. Eso fue lo que dijo.

—Sí, perdido en el bosque, como en el cuento —dijo el gigante.

—Mi abuelo también me lo contaba de pequeño y el maestro y ahora usted…

—Eso es, hijo: debes caminar por el sendero del cuento, debes perderte en el bosque para comprenderlo.

—Señor, le mataron… —volvió a repetir el niño.

—Sí, una tragedia, hijo. Pero necesito que hagas un esfuerzo más. No debes entristecerte. Eres un caballero, ¿verdad?

—Sí, señor; como usted.

—Nosotros te protegeremos, te enseñaremos muchas cosas para que puedas comprender; pero ahora es importante que recuerdes. Piensa que hay gente muy mala detrás de esto que no quieren que el maestro se salga con la suya.

—Algunas mañanas paseábamos juntos y el maestro arrojaba miguitas de pan en los lugares del camino que debía recordar; entonces me enseñaba el símbolo.

—Eres un niño muy inteligente, por eso el maestro confió en ti. Además, ¿quién podría sospechar de un niño?

—Por eso me dio esto —dijo Juan después de sacar el pequeño saquito que guardaba en el bolsillo.

—¡El secreto! —dijo con asombro el gigante—. Guárdalo, debemos protegerlo con nuestra vida si es preciso. No puede caer en manos de Asmodeo.

—¿Quién es Asmodeo?

—Aunque no sepas quién es, cuando lo veas lo reconocerás. Ojalá no ocurra nunca.

Pero sí, ahora lo recordaba, le había visto una vez; una noche que el maestro trabajaba.

El niño no hizo más preguntas, metió la mano dentro del saquito y dijo:

—Hay un papel dentro.

—Debes leerlo. Luego lo destruiremos.

Juan sacó el papel y leyó:

—«Juan, mi querido y pequeño ayudante, no te asustes. Mis hermanos te ayudarán. Ahora debes guardar el secreto, debes esconderlo siguiendo las instrucciones. Él te ayudará. Después, cuando cumplas tu misión, debemos esperar hasta que el camino aparezca de nuevo. Ocurrirá dentro de muchos años, Juan. Cuando se cumplan las palabras del Padrenuestro "Así en la tierra como en el cielo". Entonces, uno de tu sangre cumplirá la profecía». Ya está. Puede quemarla —concluyó Juan entregándole la carta al gigante.

Así lo hizo.

Le dio una mano al muchacho, con la otra empuñaba la espada. Se acercaron al centro de la plaza, hasta una de las farolas que flanqueaban la fuente central.

—Juan, Juan, claro… ¿cómo no lo había pensado? Te llamas igual que el Bautista, chico. «Es preciso que él crezca y yo mengüe» —dijo recordando la frase de los Evangelios—. Juan el Bautista precedía al hombre nuevo… el hombre viejo debe morir… El Apocalipsis también lo anuncia; éste era el libro preferido por el maestro. —El gigante, presa de la emoción, miró al niño y afirmó—: Durante años ha estado construyendo los cimientos de la nueva Jerusalén.

—Lo sé —dijo el niño.

Entonces el gigante levantó la espada y señaló una de las farolas.

—Y ahí tienes tu primera clave, chico: la serpiente. El Ouroboros, todo en uno… *En to pan*, la serpiente de luz que mora en los cielos, en la Vía Láctea. La serpiente Jormungand de la mitología nórdica. El símbolo circular de la obra magna, el principio y el fin que une consciente con el inconsciente ¿Ves las dos serpientes enroscadas en la farola?

—Sí, pero no entiendo nada.

—¡El caduceo de Hermes! Estamos hablando de un arte muy antiguo… la alquimia.

Se dio cuenta de que el muchacho no comprendía nada de lo que estaba diciendo. Aunque el niño era un caballero, tenía mucho que aprender, de hecho estuvo poco tiempo con él y sólo era un iniciado.

—Nos espera una larga noche, Juan. Debemos cumplir con la misión que te encomendó el maestro. Sólo tú sabes el lugar exacto donde debes guardar la reliquia hasta que llegue el día. Luego te ocultaremos para que nunca te encuentren; ésa es nuestra misión. Y ahora vamos hacia el Jardín de las Hespérides. Allí nos espera el dragón, que es su guardián.

12

Sobre las diez y media de la noche, el portero del templo que, junto con su mujer, se encargaba de la habitación y el alimento del maestro y su aprendiz, se dirigió a la rectoría y avisó a mosén Gil Parés. El maestro y el niño no habían regresado a la hora habitual y tanto él como su familia estaban muy preocupados. Aquello no era normal.

—Esperemos un rato —dijo mosén Parés, que difícilmente podía ocultar su preocupación—. Si no regresan alquilaremos un taxi e iremos a la casa de socorro. No se me ocurre otra cosa.

Era una noche tranquila y calurosa. Una extraña calma dominaba la atmósfera. No se oyeron disparos; los grupos de anarquistas y pistoleros trazaban sus planes y confabulaban ocultos en oscuros tugurios y cavernas.

Mosén Parés y el portero alquilaron un coche.

—Ya me acerco yo; usted quédese aquí, mosén. Si averiguo algo se lo haré saber.

El portero se acercó a la casa de socorro de la Ronda.

—Sobre las seis atendimos a un anciano que se ajusta a la descripción, pero no llevaba ningún documento encima. Le atropelló un tranvía en la calle de las Cortes.

—¿Dónde está? ¿En qué habitación? —preguntó el portero.

—No, no está aquí. El viejo se encontraba muy grave y creo que lo enviaron al Hospital Clínico.

El portero fue a recoger a mosén Parés, pero antes se detuvo en el número 25 de la ronda de San Pedro. Allí vivía el arquitecto Domingo Sugrañés. El portero le puso al corriente en dos minutos sobre la gravedad del caso y ambos recogieron a mosén Parés.

—Tenemos un cadáver con esa descripción. Ya ha ingresado muerto.

A los tres hombres se les heló la sangre en las venas. ¡No podía ser que el maestro estuviera muerto!

—¿Seguro que es él?

—Lo que sé es que tenemos a un viejo indigente atropellado por un tranvía.

—Mucha gente fallece atropellada por un tranvía —dijo el arquitecto.

—¿Podemos verlo? —preguntó mosén Parés.

—Por supuesto, padre, por supuesto.

Entraron en el depósito. Mosén Parés levantó la sábana. Lamentó la suerte de aquel desgraciado pero, por otro lado, se alegró: no era el maestro. Dios le perdonaría su alegría.

—Si quieren, puedo llamar a la casa de socorro donde le atendieron. Normalmente son los conductores de las ambulancias los que deciden a qué hospital llevan a los accidentados —dijo el empleado.

—Le estaríamos muy agradecidos —contestó el arquitecto.

El empleado hizo la llamada.

—Sí, hay otro vagabundo arrollado por un tranvía… Posiblemente se encuentre en la Santa Cruz.

—Gracias —dijeron los tres al unísono.

Y salieron con dirección al hospital.

El hombre tocado con un sombrero se cruzó con un grupo de monjitas. Vestía completamente de negro, zapatos de charol impecables y un bastón con una talla de marfil en el mango. Una de las monjitas miró de perfil la extraña forma de la empuñadura y sintió un escalofrío. El hombre ni siquiera hizo un gesto, ni un saludo, sino que continuó caminando despacio por los pasillos del hospital de la Santa Cruz. Miró su reloj: las doce menos diez.

Poco después llegó a la sala de Santo Tomás y se acercó a la cama número 19. Allí estaba el viejo. Había recibido la extremaunción.

El hombre de negro se situó al pie de la cama. Clavó sus ojos impasibles en el rostro del moribundo. Una ola de calor asolaba medio mundo, pero el hombre vestido de negro no lo notaba. Su sangre era como la de las serpientes. Con el bastón dibujó en el aire unos signos incomprensibles mientras pronunciaba una extraña letanía de ultratumba. El moribundo entró en un estado de excitación, casi de convulsión. Pareció recobrar la conciencia, luchaba, mientras el esfuerzo le consumía.

—Bien, veo que me recuerdas. Cálmate... Sí, he invocado su nombre y has recobrado el conocimiento. Ha pasado mucho tiempo desde entonces.

De la garganta del viejo salió un susurro imperceptible. Un nombre. Luego, el cansancio volvió a consumirle.

—Sí, soy yo. Ha pasado mucho tiempo, ¿recuerdas? —El malvado se aproximó, casi tocó con su rostro el del anciano—. Ahora me llamo Asmodeo. —Hizo una pausa y luego continuó—: No quisiste unirte a nosotros. Lo hubieras podido tener todo pero elegiste el camino equivocado. Elegiste el mundo de los débiles. Mírate, eres un viejo mendigo. Sin nada, sin familia. No te queda nada.

Asmodeo se alejó y rodeó la cama como un lobo alrededor de su presa; dio varios paseos y luego siguió hablando.

—He venido a verte para decirte que tu plan ha fracasado. Cuarenta y tres años de trabajo para nada. Media vida —pronunció la última palabra con desprecio—. En cierto modo te admiro, ¿sabes? Siempre he sido tu sombra, desde que te negaste a seguirme, a unirte a mí. Siempre supe en qué estabas trabajando. —Hizo una pausa y luego dijo con voz cruel—: Tenemos al aprendiz. Has fracasado. Tu juego ha terminado.

El viejo se agitó violentamente, negando con la cabeza.

—Sí, lo tenemos.

El viejo clavó sus ojos azules en Asmodeo. Le miró hasta el fondo del alma y sonrió. Sabía que su oponente mentía. Cerró los ojos y la paz regresó a él. Asmodeo nunca tendría el secreto. Estaba a salvo y su plan, más pronto o más tarde, se cumpliría.

—¡Maldito loco! ¡Calderero infame! —exclamó Asmodeo dejándose llevar por la ira. Levantó el bastón y amenazó al moribundo mientras le dirigía toda una serie de improperios—. ¿Dónde está el niño?

Asmodeo comprendió que nunca se lo diría. Estaba a un paso de la muerte y quería hacerlo en paz.

Asmodeo iba a descargar el bastón sobre el anciano cuando oyó pasos. Varias personas entraban en la sala y se acercaban desde el fondo del pasillo. Intentó recobrar la compostura. Sólo tuvo tiempo de decir:

—¡Ojalá te pudras con tu Dios!

Mosén Parés y Sugrañés llegaron al hospital a las doce de la noche. Les dijeron que allí no podía estar el maestro; su nombre no figuraba en el libro de admisiones del hospital.

—¿Y han ingresado a alguien con la descripción que le hemos facilitado?

El hombre miró en el registro.

—Sí, sobre las ocho de la tarde. Un indigente atropellado por un tranvía; se encuentra en la sala de traumáticos de Santo Tomás. El doctor Prim es el médico de guardia y él podrá informarles.

—Gracias.

Los tres hombres se dirigieron a la sala de Santo Tomás. Un hombre se cruzó con ellos; un tipo extraño que vestía completamente de negro. Le dieron las buenas noches, pero el desconocido no contestó. Los tres llegaron a la cama número 19.

Sí, era él.

13

—Tiene tres costillas rotas, pero eso es lo de menos. Lo peor es que sufre una grave conmoción cerebral y el funcionamiento de su corazón es muy débil —dijo el doctor Prim, que se encontraba de guardia en la sala.

—¿Cuánto tiempo lleva inconsciente?

—Desde que ingresó —afirmó el médico.

El doctor preguntó de quién se trataba, pues el anciano no llevaba documento alguno. Mosén Parés le dijo quién era el enfermo que tenía en sus manos. El médico no salía de su asombro. Le parecía imposible, pero no iba a poner en duda la afirmación de un sacerdote que, además, acudía al hospital a una hora tan intempestiva.

—Nadie le reconoció, padre —dijo el médico y añadió—: ¿Quién podía pensar que bajo esas ropas tan pobres se ocultaba un hombre tan notable?

—No se ocultaba. Era un santo. Había hecho voto de pobreza y lo cumplía. Incluso en alguna ocasión afirmó que le gustaría morir en el hospital de los pobres, como uno más.

El médico estuvo a punto de afirmar que lo había conseguido, pero se contuvo. Hubieran tomado su sinceridad por una broma de mal gusto. Pero sabía que era cuestión de horas que el anciano entregara su alma a Dios.

Mosén Parés, el arquitecto Sugrañés y el portero regresaron a sus casas. Pero ninguno de ellos pudo pegar ojo en lo que quedaba de noche. A las seis de la mañana mosén Parés envió recado al canónigo maestrescuela don Francisco y al director espiritual del anciano, el padre Agustín Mas. Quedaron para, sobre las ocho y cuarto, ir al hospital junto con Sugrañés.

Cuando llegaron a la sala, varios doctores estaban reconociendo al herido, entre ellos los facultativos Trenchs y Homs. Todos confirmaron el diagnóstico: posible fractura de la base del cráneo, conmoción cerebral, diversas contusiones en las piernas y en otras partes del cuerpo, erosiones en la mejilla y en la oreja izquierda y tres costillas rotas. Los amigos preguntaron si era posible el traslado a una clínica privada.

—El viaje en ambulancia es peligroso —dijo uno de los médicos.

—Nosotros le atenderemos igual que en una clínica privada —afirmó su colega.

—No lo dudamos. Ni por un momento quisimos poner eso en duda —dijo mosén Parés.

Acordaron que el enfermo sería trasladado a una habitación individual. En la cabecera colgaron una litografía de san José y un rosario de Lourdes. Le habían enyesado. Pareció recobrar el conocimiento y le preguntaron si quería recibir al viático; contestó que sí con la cabeza. Más tarde, creyeron oírle decir «Dios mío, Dios mío», aunque era difícil entenderle.

La noticia recorrió la ciudad y miles de barceloneses se sintieron consternados al conocer la suerte del maestro. A las once de la mañana el obispo de la diócesis, doctor Miralles, fue al hospital a visitar al ilustre enfermo. Estuvo junto a su lecho y, aunque el anciano intentó decir algo, el hipo agónico que le dominaba no le permitió articular palabra. Junto a él se encontraban su incondicional amigo mosén Parés; Francisco Bonet, sobrino del maestro; el arquitecto Buenaventura Conill y otros amigos que habían acudido al hospital al enterarse de la desgracia. El señor Ribé, en representación del alcalde de la ciudad, se ofreció para cuanto fuera preciso. Visitó al enfermo repetidas veces por la mañana y por la tarde. Lo mismo hizo el presidente de la Diputación, señor Milà i Camps.

Tres días después, a las cinco y media de la tarde, el maestro entregó su alma a Dios, rodeado por los amigos que le asistieron en sus últimos momentos.

La agonía del enfermo fue muy larga. Se inició sobre las cuatro de la madrugada.

—Juan, Juan; mi niño —parecía decir repetidamente.

Pero nadie entendía las palabras del maestro.

A las cinco de la tarde del día 10 entró en su habitación un hombre extraño. Parecía un gigante. Vestía un hábito que ninguno de los presentes supo reconocer. El maestro, que llevaba ya bastante rato inconsciente, pareció regresar de un profundo abismo y levantó el brazo hacia el desconocido con un quejido que emocionó a todos los presentes.

El gigante se arrodilló a la cabecera de la cama y acercó sus labios a la oreja derecha del maestro. Nadie oyó lo que el gigante dijo, nadie excepto el maestro.

—El niño está a salvo. La misión se ha cumplido.

El anciano cerró los ojos. El gigante se incorporó y salió de la habitación con lágrimas en los ojos. Nadie dijo nada.

Media hora después, el maestro fallecía.

El día 11 se instaló el cadáver en la capilla ardiente. Los testimonios de pésame de los notables de la ciudad no se hicieron esperar: el del alcalde de la ciudad, barón de Viver; el del gobernador civil, general Milans del Bosch, y el del obispo José Miralles Sbert. Así como el de miles de barceloneses que, en silencio, manifestaron su dolor ante los restos mortales del maestro…

El día 12, se formó el cortejo presidido por la guardia urbana a caballo. Una multitud siguió a la comitiva por las calles de la ciudad.

Cerca del muro, un niño esperaba junto a la entrada del templo, rodeado por un enorme gentío que, en respetuoso silencio, se había congregado para dar el último adiós al maestro. El niño esperaba a que el coche fúnebre hiciera su aparición. Sabía que podían reconocerle, pero no le importaba. Esperaba a su maestro.

Vio pasar el coche fúnebre por delante de él a apenas un metro. Casi pudo tocarlo alargando la mano.

—Lo hice, maestro. El secreto está en su sitio. Donde usted quería —dijo el pequeño Juan en voz baja, sin que nadie lo escuchara.

El coche fúnebre con los restos mortales entró en la Sagrada Familia.

Antonio Gaudí, el maestro, el genial arquitecto, fue enterrado en la cripta del templo.

TERCERA PARTE

La reliquia

14

Año 1000 a.C., Tierra Santa

Todos en Jerusalén conocían el monte Moria, pues fue allí donde Salomón construyó el templo, casi mil años antes del nacimiento de Cristo. Ésa era precisamente la edad de fundación de los Siete Caballeros Moria, aunque su nombre más antiguo era el de Árboles de Moria, porque en la explanada del monte donde Salomón levantó el templo había siete cedros, que fueron talados y con cuya madera se construyó el Arca de la Alianza. Su nombre sólo podía ser pronunciado en voz baja, como el murmullo del viento cuando atraviesa un bosque antiguo. El anonimato cubría su identidad con el velo de una leyenda perdida en la oscuridad de los tiempos. Los siete caballeros se convirtieron en los guardianes secretos del templo. Su misión era velar por la integridad del lugar sagrado y su fuerza y valentía eran conocidas más allá del mar de Galilea. Sus herramientas de metal fueron fundidas en la forja y de allí obtuvieron las espadas. Y se perpetuaron en el tiempo protegidos por el silencio y el misterio. Tras la muerte del rey Salomón llegaron tiempos aciagos: los servidores del mal, los Hombres Ménsula, iniciaron una implacable guerra en la oscuridad contra ellos. Intrigaron desde su caverna oscura, en el entorno del

Pentágono Negro. Con las invasiones de Israel llegaron también las oscuras deidades sirias y fenicias que profanaron el templo. Pero el espíritu de los Árboles de Moria continuaba vivo y triunfaba de nuevo sobre las tinieblas. El templo fue restaurado en varias ocasiones durante los reinados de Ezequías y Josaías. Hasta que llegaron los babilonios, capitaneados por el rey Nabucodonosor II, que arrasó definitivamente el viejo templo el 587 a.C.

Después del cautiverio del pueblo de Israel los siete guardianes de Moria propiciaron la reconstrucción. Los granos de arena seguían cayendo en el inmenso reloj de la historia y de nuevo los oscuros intervinieron. Nuevas profanaciones, muerte, destrucción, falsas deidades entraron en el palacio de las tribus de Israel y culminaron con la toma de Jerusalén por Antíoco IV que hizo colocar la imagen pagana de Zeus, el dios griego. Fueron ellos, los Siete Árboles de Moria, quienes sublevaron al pueblo judío en la llamada rebelión de los Macabeos, capitaneada por Judas Macabeo, del que se decía que era uno de ellos. El templo se restauró el año 150 a.C. Pero con la expansión del Imperio romano se vio nuevamente amenazado; sin embargo, el rey Herodes el Grande lo devolvió en toda su magnificencia en el año 20 a.C.

Los Moria habían oído hablar de un profeta de Nazaret, que predicaba y hacía milagros por toda Galilea. Este hombre arrastraba a las multitudes y su fama se había extendido por toda Judea. Un día este profeta, que fue bautizado por Juan en las aguas del Jordán, visitó el templo con sus discípulos. Los guardianes estaban allí, perdidos en el anonimato de las gentes. Ese día Jesús denunció la corrupción que imperaba en las clases altas de su pueblo. Irrumpió en el templo y echó fuera a latigazos a los comerciantes, a los cambistas; destrozó los puestos de palomas. El escándalo fue enorme. Mientras, el Nazareno gritaba: «Está escrito, mi casa será llamada casa de oración, pero vosotros estáis haciendo de ella una cueva de ladrones». Se acercaron al templo ciegos, cojos, tullidos y los curó. Los sumos sacerdotes y los escribas al verlo y al escuchar a los niños que gritaban «Hosanna al hijo de David», se enfurecieron...

A partir de este momento los caballeros Moria supieron que aquel hombre era el verdadero Mesías y le siguieron con discreción, escuchando todos sus sermones.

Y un día Jesús, desde el atrio de los gentiles, vaticinó la profecía: «¿Veis este templo? Yo os aseguro que no quedará aquí piedra sobre piedra que no sea derruida para siempre. Sin embargo, no debéis temer, porque llegará el día en que una nueva construcción será concebida por Dios y sus siete puertas estarán siempre abiertas a la redención del hombre. Ése será mi templo».

Jesús de Nazaret, que había reconocido a los Árboles de Moria desde el primer momento, los llamó aparte y les dijo que su misión seguía en pie, anunciándoles que ellos deberían velar por el cumplimiento de la profecía, hasta que llegara un tiempo, por más lejano que pareciera, en el que por fin la casa de Dios vería la luz.

Uno de los doce discípulos de Jesús, un pescador llamado Simón Pedro, se percató de la presencia de aquellos hombres misteriosos. Pedro, que se exaltaba con gran facilidad, creía que esos guardianes habían sido enviados por el sumo sacerdote y temió por su maestro. A partir de este momento, cada vez que Jesucristo predicaba, procuraba situarse cerca, vigilando los movimientos de aquellos hombres, dispuesto a saltar sobre ellos, a defender a su maestro con su vida.

Un día Jesús, camino de Cesarea de Filipo, a los pies del monte Hermón, en el norte de Palestina, llamó a Pedro aparte y le habló así:

—Simón, no temas: esos hombres que tú vigilas con tanto celo no quieren prenderme ni entregarme al sumo sacerdote...

—Pero, maestro, yo les vi en el templo… No son como los demás. Creo que están bajo las ordenes de Caifás, juraría que…

—Calla, Pedro, porque está escrito que el hijo del hombre ha venido a reconstruir el verdadero templo donde todos los hombres de buena voluntad encontrarán cobijo… Escúchame con atención, ellos son los siete guardianes Moria, los guardianes del templo.

—Pero, maestro, eso sólo es una leyenda muy antigua…

—Simón Pedro, cuando ya no esté con vosotros comprenderás estás palabras. Muchos templos se levantarán en mi nombre, santuarios cubiertos de joyas y metales preciosos, torres más altas que la de Babel desafiarán al cielo, y en los altares pondrán nuevos ídolos, más poderosos que el becerro de oro que perdió a nuestro pueblo cuando Moisés bajó del monte con las Tablas de la Ley.

Pedro, de carácter tempestivo, levantó el puño al aire y contestó:

—Maestro, no permitiré que eso ocurra, aunque tenga que dar mi vida. ¡Nadie levantará un falso templo en tu nombre!

Jesús le respondió con tristeza:

—Pedro, te aseguro que antes de que llegue el día en que la casa de mi padre sea reconstruida en el corazón de los humildes, tú negarás la verdadera reliquia que hoy te revelo aquí en Cesarea de Filipo.

Setenta años después de la crucifixión y muerte de Cristo, con la revolución de los zelotes se cumplió la primera parte de la profecía; el templo fue completamente arrasado. La reliquia quedó en Cesarea, abandonada a la suerte de quien la quisiera rescatar.

Sin embargo, los guardianes se perpetuaron y durante siglos su misión fue buscar denodadamente aquella reliquia perdida. Las espadas forjadas con el metal que segó los siete cedros de Moria pasaron de mano en mano, generación tras generación.

Mucho tiempo después, en el año 1126, la constelación del Dragón situada justo sobre el cielo de Jerusalén anunciaba que se iniciaba la segunda parte de la profecía: la carrera hacia la reconstrucción del nuevo templo. Como el río que se esconde bajo las marismas para aparecer en el curso bajo del cauce, los Moria surgieron de nuevo para recuperar la reliquia que todos despreciaron y llevarla hasta los cimientos de la nueva Jerusalén. Ya hacía mucho tiempo que andaban detrás de ella. Ahora se había presentado la ocasión y sabrían aprovecharla.

Un jinete cabalgaba por la oscura ladera del monte Hermón, cerca del mar de Galilea. Era una zona volcánica en donde el trigo crecía más rápido y vigoroso que en otros lugares porque absorbía ávidamente los rayos solares. Desde Capernaum o en el mismo mar de Galilea, al contemplar esta comarca, se divisaba una tierra oscura, por eso el lugar era conocido como «la tierra de sombras». Allí nacía el Jordán, que fluía de norte a sur.

El caballero se dirigía siguiendo el curso del río Jordán desde el monte hacia el mar de Galilea y después hasta el mar Muerto, cerca de Jericó. Era un río oscuro, angosto, que arrastraba muchos sedimentos. Pero su nacimiento era especial. Sus aguas cristalinas parecían un fragmento del perdido Jardín del Edén.

Hacia algún lugar desconocido, cercano a la fuente del río sagrado cuyas aguas el profeta Juan utilizó para bautizar a Cristo, se dirigía el solitario jinete, remontando las laderas de la «tierra de sombras». En su cabeza retumbaba el salmo 42, que fue escrito en este lugar: «Como el ciervo brama por las corrientes de las aguas, así clama por ti, Oh Dios, el alma mía. Mi alma tiene sed de Dios, del Dios vivo; ¿cuándo vendré y me presentaré delante de Dios?».

El jinete tenía que entrevistarse con un sufí, un asceta musulmán, uno de los últimos hombres que conocía las reglas de la Orden de la Caballería del Amor. También dicen que fue discípulo del legendario al-Jadir, el de ojos verdes, el guía de Moisés, el eternamente joven. El sufí renunció a su nombre, no era nadie, su cuerpo, su voz, su mente, su alma eran una antorcha encendida en la oscura cueva, custodiando una pobre reliquia. De hecho, sólo él creía ciegamente en su valor sagrado. Había dedicado su vida entera para protegerla, velando día y noche en la oscura caverna. Pero nadie le creía, todos habían despreciado, habían desechado la verdadera reliquia y él, con tanto celo, con tanto amor, la había guardado y custodiado en secreto. Lo dejaron allí como a un loco. Ni los de su fe, seguidores de Mahoma, le creyeron, ni tampoco los infieles cristianos.

El asceta, su sola fe en la reliquia, había mantenido viva la leyenda. Ahora sabía que cuando se la entregase al infiel, su vida se desvanecería, sería polvo. Pero no le temía a la edad de la muerte porque estaba escrito en la profecía: «Llegará uno de los Siete Árboles de Moria a la fuente del Jordán y le será entregado el secreto para que los creyentes puedan establecer una nueva Jerusalén».

El jinete desmontó y sujetó las riendas a una roca negruzca que parecía una cabeza emergiendo del suelo. Remontó una senda, escuchó el ruido del agua, la fuente del Jordán. Hacia allí se dirigía. Se aproximó al río, bebió de sus aguas cristalinas y esperó. No se dio cuenta, pero en la otra orilla había un hombre sentado en el suelo contemplándolo desde hacía un rato. Por fin el cristiano percibió una figura enfundada en una túnica de un color grisáceo; parecía un mendigo que le contemplaba con rostro impasible. El eremita atravesó su alma con la mirada y profanó todos sus secretos; entonces supo que era uno de ellos, no tenía dudas, era un guardián de Moria.

El jinete se levantó del suelo, desenfundó su espada y la alzó al aire en actitud amenazante. Después, con las dos manos, la clavó en el suelo. El hombre de la otra orilla caminó hacia él, muy despacio; en lugar de andar parecía que se deslizase suavemente por la ladera. Iba descalzo pero era ágil, aunque parecía un anciano. Sus cabellos y su barba eran blancos como la nieve. Cruzó las aguas y se paró delante de la espada; entonces se agachó, desgarró un pedazo de su túnica de lana, se dio la vuelta y envolvió alguna cosa que llevaba oculta en las manos. La reliquia que durante años fue buscada por los caballeros Moria ahora sería de nuevo custodiada por uno de ellos.

El sufí se giró de repente y se la entregó al guardián mirándolo a los ojos. Éste, con la vista al frente, pues tenía prohibido mirar el secreto; sólo había de recogerlo y protegerlo con su vida hasta llevarlo a un lugar lejano.

El jinete partió sin mirar atrás. En su zurrón llevaba la reliquia, que trasladó a un puerto de Palestina. Allí le esperaba un barco, que lo iba a llevar a Europa. Había empezado la carrera.

En 1230 los siete guardianes depositaron la reliquia en la encomienda de París, bajo custodia de los caballeros templarios. Por aquellos tiempos, los templarios acababan de recuperar Jerusalén. Su presencia era temida y sus fortalezas respetadas. Allí estaría a buen recaudo la reliquia, que cientos de años después tendría que iniciar la construcción del nuevo templo.

En 1290, sesenta años después, la leyenda de los Moria parecía desvanecerse en la niebla del final de una época de caballeros cruzados, magos y herejías apocalípticas que atravesaban el viejo continente. Tiempos convulsos dominados por las potencias del Averno que perseguían la destrucción de la reliquia a cualquier precio, de igual manera que cientos de años antes de Cristo intrigaron y favorecieron la profanación y destrucción del Templo de Salomón. Los enemigos de los Árboles de Moria también se perpetuaban, generación tras generación, y lucharían con todas sus armas para lograr su objetivo.

Sólo un hombre brilló con luz propia en aquellos oscuros tiempos. Un sabio misionero cuyo nombre era Ramon Llull, un verdadero alquimista de las palabras, que había dedicado su vida a la elaboración de un método de razonamiento de inspiración divina con el que pretendía convertir el mundo islámico al cristianismo, el *ars magna*. La lógica y la mística se fundían en ese extraño artefacto, con un mecanismo de ruedas concéntricas, en donde se combinaban preguntas, respuestas, sujetos, predicados, los cien nombres de Dios y todos sus atributos. Así se enfrentaba el viejo Llull a los sabios musulmanes, en una batalla de símbolos y razonamientos. Su nombre resonaba en todas las cortes cristianas y mahometanas, todos le respetaban, aunque muchas veces, predicando en los mercados de Oriente, estuvo a punto de ser lapidado por las turbas que nada comprendían de razonamientos. Pero nadie conocía el verdadero secreto de este viajero y escritor incansable, hombre que apostó decididamente por el conocimiento de las lenguas para convencer a judíos y musulmanes de su única verdad teológica. Sí: Ramon Llull era uno de los Siete Árboles de Moria.

Tras la pérdida de Acre, en 1291, el prestigio de las órdenes militares caía en picado por todo el viejo continente. Llull envió un documento en el que proponía al Papa la fusión de todas ellas: la del Hospital, la del Temple, la de Uclés o de Santiago y la de Calatrava. De dicha unión debería nacer la Orden del Espíritu Santo, con un maestro en teología y un grupo de hombres formados en el conocimiento de las lenguas del mundo árabe y el hebreo, filósofos, santos y sabios que iniciarían un trabajo de misioneros en tierras orientales para convertir a los infieles. Pero los acontecimientos se precipitaron. El proyecto fracasó. El rey de Francia Felipe el Hermoso, envenenado por el elixir de la codicia que los oscuros le habían hecho beber, había iniciado una campaña difamatoria contra la poderosa Orden del Temple, que día tras día veía acrecentado su poder económico en la vieja Europa y sin embargo lo habían perdido todo en Tierra Santa, que era su verdadero objetivo. La amenaza era tan evidente que el viejo y ya cansado misionero Ramon Llull convocó una reunión de urgencia de los Siete Guardianes. Y así fue como el viento de la ambición levantó las cenizas de la leyenda y la llama de los guardianes volvió a iluminar las espadas de los Moria.

Reclamaron al gran maestre del Temple, Jacques de Molay, lo que era suyo. Fue el propio Ramón Llull quien se entrevistó en secreto en París. Los templarios se negaron a entregar la reliquia. Quizá el miedo de la amenaza del rey de Francia, la pérdida de sus aliados en Roma les cerró el corazón a la verdad y se rebelaron... Los Moria reclamaban simplemente lo que era suyo. El viejo Llull comprendió que era el fin; sin embargo, uno de los guardianes ocupaba un alto cargo en la dirección de la encomienda de París y en el momento preciso actuaría.

La Orden del Temple cayó en octubre de 1307. El rey francés Felipe el Hermoso, con sus tropas, tomó prisionero a Jacques de Molay. La encomienda de París fue sometida; todos los monjes, sorprendidos. Sólo un monje, un hombre de fuerza prodigiosa, un verdadero gigante llamado Cristóbal, logró salir por el pasaje secreto con la reliquia. Se dirigió más allá de los Pirineos.

Los días de la orden —debido a la ambición del papa Clemente V y de Felipe IV de Francia— estaban contados.

Cristóbal vadeó ríos, cruzó montañas y valles y llegó al castillo de Miravet, a orillas del río Ebro. Los caballeros se prepararon para resistir, nunca se rendirían. Las encomiendas templarias de toda la cristiandad fueron cayendo en manos de las monarquías, la Inquisición, los nobles. Todos los castillos, casas, posesiones, en pocas semanas, como un efecto dominó, ya no pertenecían a los templarios. Los caballeros, los monjes, los maestres cayeron prisioneros y comenzó un tortuoso proceso en donde se les acusaba de herejes, de adoradores de Bafomet, de escupir en la cruz y también de sodomía. La Orden del Temple ya no existía, sólo el castillo de Miravet, un baluarte inexpugnable, resistía encarnizadamente.

Jacques de Molay, el gran maestre, fue condenado a morir junto con otros grandes caballeros de la orden. Mientras, Miravet resistía.

En su celda de París, Molay recordó una reunión secreta, pocos meses antes de la caída de la orden. Era sobre un tema muy delicado y urgente. Ramon Llull le mostró la espada a Moria y reclamó la reliquia que los templarios se limitaban a custodiar.

El sabio Llull aseguraba que la reliquia era el tesoro más grande de la cristiandad y que había ejercido un influjo, un poder sobrenatural, sobre la Orden del Temple. En setenta años ésta se había expandido, como una tela de araña desde el centro, París, donde fue depositada la reliquia, hasta los restantes países de Europa, subyugándolo todo a su influjo. Pero este poder acabaría por destruir a la misma orden, porque la reliquia debía ser trasladada a su lugar preciso. Nadie hizo caso al sabio mallorquín. Ni tan sólo le quisieron escuchar cuando reclamó, como uno de los guardianes Moria, su devolución. La arrogancia, el miedo y las riquezas los perdieron.

Jacques de Molay, encerrado en la cárcel, se daba cuenta de que Ramon Llull predijo lo que pasaría, el desastre. La madre Iglesia protectora de los templarios los abandonó en el bosque de la perdición. El último gran maestre de la orden, momentos antes de enfrentarse a la muerte, pensaba en todo esto. Al negarse a devolverles la reliquia a sus verdaderos propietarios había perdido el honor. Éste había sido su único pecado y no las absurdas calumnias de hechos y rituales que ellos nunca practicaron. Jacques de Molay por fin pidió perdón y se arrodilló delante de la cruz de la Orden del Temple, una simple imagen desnuda, de madera. Fue lo único que el inquisidor le concedió por piedad horas antes de dictar la sentencia de morir quemado en la hoguera.

15

Miravet, 1836

En la residencia de Wentworth, un valle del Támesis a unos treinta kilómetros de Londres, el viejo general carlista, el legendario Ramón Cabrera, el Tigre del Maestrazgo, cada día recibía a un extraño visitante llegado de tierras lejanas. El Tigre le iba relatando su vida, la fulgurante campaña militar de la primera guerra carlista, en donde alcanzó el más alto rango militar y también el título de conde de Morella, la ciudad amurallada que él conquistó y luego convirtió en un bastión inexpugnable y capital de su pequeño imperio.

Él era un joven de Tortosa que abandonó la ciudad en busca de fama y fortuna. El joven Ramón Cabrera, sin saber exactamente adónde ir cuando salió de la ciudad, a orillas del Ebro, levantó su pañuelo. Un soplo de viento elevó la tela blanca en dirección a las montañas, hacia el corazón del Maestrazgo, Morella. Sin pensarlo dos veces tomó esa dirección y se unió a las partidas de hombres que se reunían en esta ciudad para defender al pretendiente a la corona española, Carlos María Isidro de Borbón, hermano del difunto Fernando VII.

Fernando VII, poco antes de morir sin descendencia de barones, abolió la ley Sálica, por la cual se impedía que el trono de España fuera ocupado por una mujer. La reina María Cristina de Nápoles, apoyada por el Partido Liberal, se convirtió en regente, en nombre de Isabel II, entonces un bebé de dos años, hija de su matrimonio con el rey Fernando VII. Éste era el motivo de la guerra que estalló entre hermanos, paisanos, vecinos, amigos del mismo pueblo. Una guerra civil, la peor de las calamidades.

Cabrera vaciaba su memoria frente a aquel visitante que escuchaba atentamente su historia: las correrías de aquella primera guerra carlista, que empezó a finales de 1833. Habían pasado cuarenta años, pero aquel conflicto le catapultó desde la nada hacia las cotas más altas del poder, la fama, la leyenda del Tigre. También participó en la segunda guerra carlista y añadió al título de conde de Morella el de marqués del Ter, por la batalla ganada en el Pasteral a finales de junio de 1848. Ya no participó en la tercera guerra carlista de 1872; se había enemistado con el arrogante pretendiente Carlos VII e incluso tres años más tarde reconoció a Alfonso XII, hijo de Isabel II.

Ya llevaba muchos años exiliado en Inglaterra, donde conoció a Marianne Catherine Richards. Con ella se casó en 1850, y llegaron los hijos. Aquí en Londres, en la residencia de Wentworth, viviendo como un *gentleman*, Cabrera, viejo y cansado, alejado de la política, abrió una ventana a la memoria. Los paisajes de aquellos años de juventud, cuando consiguió convertirse en el líder indiscutible del carlismo, que combatía a los ejércitos liberales defensores de la regente María Cristina, le dieron un soplo de aliento.

Le parecía increíble, proverbial, casi un milagro. Ellos no tenían nada, ni armas; sólo coraje, valor y las montañas como guarida. Luchaban como guerrilleros, en pequeñas partidas que fustigaban y emboscaban continuamente a las columnas del ejército regular. Siempre luchó con su bastón. Se convirtió en un experto matador de hombres cuando entraba en el cuerpo a cuerpo, enfundado en su capa blanca. Junto a sus voluntarios, lanzando el grito de «*Avant!*», eran invencibles. Derrotó a todos los generales de la reina y al fin sólo su enfermedad, aquella extraña dolencia que arrastraba desde niño, le postró en cama y su imperio, ciudadela tras ciudadela, se fue desmoronando como las piezas de un dominó hasta que al final no tuvo más remedio que exiliarse. Así acabó la primera guerra carlista.

Los recuerdos le abrumaban, pero de todos esos fragmentos de memoria, guerras, amores y aventuras, hoy rememoraba un pasaje diferente. Un episodio que nunca, jamás revelaría ni a su visitante ni a nadie, que se lo llevaría consigo a la tumba. Se trataba de un suceso que nada tenía que ver con las guerras carlistas, con las intrigas de la corte, con la política del partido… Recordaba el juramento que le hizo un monje que acudió a su tienda de campaña en Miravet la noche del Viernes Santo de 1836, unos meses después del brutal fusilamiento de su madre, María Griñó.

El episodio le causó una mezcla de extrañeza y un pesar hondo, muy hondo, porque allí perdió a su joven sobrino de diecisiete años, por el cual sentía una especial predilección. Había volcado en el joven muchacho todo su cariño, toda su ternura, después del fusilamiento de su madre en Tortosa, el asesinato de una inocente, ordenado por el siempre odiado general Nogueras.

Al inicio de la Semana Santa de 1836 organizaba el plan de asalto al castillo de Miravet con el cabecilla Torner, natural de este pueblo, donde se habían refugiado los restos de una columna liberal derrotada en las cercanías de Tortosa, concretamente en el pueblo de Roquetes. Siguieron la vera del río, cruzaron el imponente paso de Barrufemes y se refugiaron en el baluarte. Un castillo templario, que después fue ocupado por los hospitalarios y luego abandonado. Estaba en parte derruido, pero aún conservaba estructuras defensivas suficientes para plantear una dura resistencia; además, se encontraba situado en la cima del monte que coronaba el pueblo de Miravet, con paredes de roca natural, precipicios que caían a plomo hasta morir en las aguas bravas del Ebro, el río verde, en su camino hacia el azul del delta, el mar Mediterráneo.

Los militares liberales no llegaban a treinta hombres y había también una delegación de siete civiles. Al parecer cuando las tropas del Tigre los sorprendieron en Roquetes se dirigían al castillo de Miravet con una misión secreta. Por lo tanto, toda la columna se sacrificó para que este reducido grupo, con una pequeña escolta, pudiera llegar a Miravet. Pero este detalle y otros los supo Cabrera más tarde, cuando el anciano monje entró en su tienda.

Los sitiados se defendieron con bravura. Torner, miravetano conocedor del terreno, consiguió escalar uno de los muros de roca desde el río. La noche del Jueves Santo penetró con un grupo de carlistas dentro de la fortificación. Mataron a cinco liberales e hicieron prisioneros a otros diez, entre ellos había un teniente. A todos pasaron por las armas inmediatamente. La ley del Talión imperaba en esa guerra fratricida y ninguno de los dos bandos hacía prisioneros aunque pidiesen cuartel. Los restantes, la mitad junto con los siete civiles, se enrocaron dentro del corazón de la fortaleza, que cerraba con un portón la entrada al patio de armas del castillo.

Entonces el Tigre, montado en su caballo Garrigó, con el sagrado bastón ennegrecido por la sangre absorbida durante las matanzas y los descalabros del cuerpo a cuerpo y que tantas victorias le había concedido y enfundado en su capa blanca, con la boina carlista y la borla dorada, entró dentro de la fortaleza con cien hombres. Los sitiados se defendieron durante todo el día. Don Ramón, como le llamaban sus fieles voluntarios, instaló su tienda en una de las explanadas interiores de la fortaleza, en una brecha que quedaba fuera del alcance de las balas liberales.

Cabrera, por la tarde, mandó parlamentarios para intentar que los sitiados se rindiesen. Pero se negaron. Era una defensa suicida, tarde o temprano entrarían en el patio de armas y caerían todos como moscas. Ellos preferían morir antes que entregarse.

Don Ramón ordenó al cabecilla Torner que volviera a parlamentar con los sitiados; eran las nueve de la noche. A su regreso, Torner le habló de la situación:

—Son frailes; los siete civiles son monjes… Se lo aseguro. Van con hábitos y espadas, y llevan un árbol impreso en el pecho. El oficial liberal me ha dicho que son monjes y que nunca saldrán de allí porque han venido a buscar un secreto que después debían custodiar hasta el santuario de la Virgen Negra de Montserrat… Los quince soldados liberales que les escoltan se quieren entregar. El oficial que me ha acompañado hasta la salida del portón me lo ha dicho bien claro. Los frailes están locos, se han encerrado dentro del castillo, en la torre del tesoro, y no saldrán nunca de allí. Esos locos no tienen armas de fuego, no las quieren; sólo espadas antiguas de hoja ancha. El oficial me ha dicho que esta misma noche, al rayar el día, abrirán el portón; él se rendirá junto con todos sus soldados, pero me ha pedido que respetemos sus vidas… Debo contestar esta noche, a las doce en punto, encendiendo una antorcha, justo allí, en aquella zona de la muralla, éste será el aviso… ¿Qué dice, don Ramón?

—Hecho, Torner… Respetaremos sus vidas. Puede encender la antorcha… ¿Monjes que esconden un secreto que han de llevar a Montserrat? Pero ¿qué es esto, Torner? ¿Está seguro de lo que me ha dicho, no tienen armas de fuego, sólo viejas espadas?

—Sí, don Ramón… El oficial que me lo ha explicado se encontraba tan desconcertado como usted y como yo. Hasta ese momento, al parecer, no sabían nada, sólo les dijeron que debían escoltar y proteger con su vida aquella delegación hasta el castillo de Miravet y, después, hasta Montserrat.

Cuando amaneció el Viernes Santo, Cabrera, junto a un destacamento de tiradores de élite, su guardia personal, de la que formaba parte su sobrino Juan, entraron en el patio de armas. El oficial y los quince soldados liberales se entregaron en silencio. Cabrera habló de nuevo con el oficial, le interrogó. El hombre le confirmó todo lo que le había dicho Torner. Se les respetó la vida, pero don Ramón mandó que les cortaran los dedos de las dos manos, para que no pudiesen servir jamás en la milicia. Dentro del castillo estaban los siete monjes. Cabrera no daba crédito, no se acababa de creer lo que estaba pasando… «¿Monjes que guardan un secreto y que deben llevarlo hasta Montserrat? Aquí hay gato encerrado…»

Desde el patio de armas hasta la puerta de acceso al corazón del baluarte había una altura de unos cuatro metros. Los siete monjes, locos o lo que fueran, cuando vieron la traición retiraron inmediatamente la escalera de mano y cerraron la puerta.

Aquella misma mañana, desde una de las almenas, uno de aquellos monjes orates habló en voz alta:

—Te reto, Cabrera… Un duelo a espada, aquí en el patio de armas del castillo. Elige al mejor de tus soldados. Sé que eres un hombre de palabra. Sólo te pido que si gano en el combate nos dejes partir, somos monjes soldados.

El Tigre contestó a esta pretensión con una descarga de fusilería. Al mediodía de aquel Viernes Santo se intentó acceder a la puerta de entrada del castillo desde el patio de armas, colocando algunas escaleras de mano que subieron del pueblo. La operación no parecía arriesgada pues durante toda aquella mañana los sitiados, que podían haber disparado desde algunas ventanas laterales, ni se asomaron. Juan, el sobrino de Cabrera, un joven valiente que adoraba a su tío, se empeñó en participar.

No hubo ninguna descarga de fusil, espingarda, escopeta o trabuco... Ningún arma de fuego. Pero desde la parte superior del castillo cayeron grandes losas de piedra sobre el grupo que colocaba las escaleras. Fue un ataque totalmente inesperado y no tuvieron tiempo de reaccionar. Cabrera, que estaba separado unos metros, gritó con desesperación:

—¡Juan!

Su sobrino murió aplastado por una piedra que le abrió los sesos. Otros tres voluntarios perdieron la vida y cinco quedaron heridos.

Don Ramón se enfureció. Gritó, lloró, desgarrado por la impotencia, con su sobrino en los brazos, con la cabeza deshecha; un amasijo de carne y huesos, irreconocible...

—¡Juan! ¡Por Dios! ¿Qué te han hecho...? ¡Me lo han matado! ¡Pagarán por ello con la vida! ¡Venganza! Pobre hermana mía. Primero mi madre y ahora tú, a quien más quería en el mundo...

Se intentó la escalada por el exterior de la muralla, pero también resultó imposible: las rocas de las almenas y merletes se desplomaban sobre los escaladores.

Al anochecer la situación era la misma; los siete monjes, sin disparar un solo tiro, continuaban encerrados dentro. Cabrera dominó el primer ataque de ira. Lloró profundamente sobre el cuerpo muerto de su sobrino Juan y se juró que degollaría personalmente a los siete monjes con sus propias manos. Entonces la misma voz gritó:

—¡Cabrera, nunca entraréis! Tenemos comida y agua suficiente... Te reto... Un duelo a espada aquí en el patio de armas. Elige a tu mejor hombre. Si perdemos el duelo, a las doce en punto de esta noche nos entregamos. Si ganamos, a la misma hora nos marcharemos...

Cabrera gritó desde abajo:

—¡Menos palabrería, fraile, o lo que seas! ¡Acepto el reto! Yo mismo lucharé con mi bastón… a muerte. Tienes mi palabra si logras vencerme; si me matas, mis hombres os dejarán ir… Pero si yo gano… Vosotros os entregaréis y ya sabes lo que os espera. Pagaréis cara vuestra osadía…

—¡Tienes mi palabra, Cabrera! Prepara el campo de batalla, la luz del día se acaba.

Colocaron antorchas formando un círculo en el mismo patio de armas; los carlistas se situaron alrededor. Cabrera, con su bastón en la mano, desnudo el pecho, esperaba con la rabia dibujada en el rostro. La puerta se abrió. Un hombre vestido con una larga túnica abierta y una camisa blanca con un cedro impreso en el pecho descendió por una cuerda. Era joven, de barba y pelo rubio; todos le dejaron pasar, le hicieron un pasillo.

—Es mi hijo Guillermo, Cabrera… Te ruego que tomes una espada o dos, una lanza, una maza, un escudo… El combate es a muerte y no tendrá compasión.

La voz sonó desde arriba del muro de una de las ventanas, en donde se veían unas sombras.

—Nada necesito para vengar la muerte de mi sobrino Juan… Seas quien seas reza, porque vas a morir.

Una oración en latín pronunciada por aquellos monjes desde lo alto resonó por el patio de armas. El contrincante de Cabrera se santiguó, alzó la espada y se colocó el puño en la frente…

—¡Vamos! ¿A qué esperas? ¡Te voy a matar, monje del demonio! ¡No te tengo miedo! ¡Vengaré la muerte de mi pobre sobrino Juan!… Él era… un niño… sólo un niño.

El combate comenzó. El monje se movía con destreza, el filo de aquella pesada espada bailaba en el aire, silbaba. El Tigre saltaba de un lado al otro, esquivaba los certeros relámpagos de aquella tizona que manejaba con maestría el joven monje.

Cabrera sabía que no podría cruzar su arma con el acero, porque hubiese partido su bastón de madera, por muy endurecido que estuviese en las brasas de la leña del olivo, en los campos de batalla donde había sembrado el terror en las tropas liberales. Su estrategia era muy clara. Debía concentrarse sin perder los reflejos, con frialdad, y dejar la venganza para después. Debía sortear sus movimientos, saltar, moverse continuamente, escurrirse, un juego de piernas, dar vueltas y más vueltas, ser paciente, esperar el momento, para cansar al adversario, un hombre como él mismo, que tendría un límite de resistencia. Entonces actuaría, un golpe en el lugar preciso era suficiente para derribarlo. Como David derrotó al gigante Goliat.

En un lance, el monje consiguió rozar el pecho de Cabrera con el filo. La sangre no tardó en aparecer cruzándole de parte a parte e hiriéndole en una tetilla. Cabrera sintió el dolor punzante del acero, el escozor, pero se sobrepuso. En esos momentos su contrincante sabía que lo tenía acorralado y trabajó con todas sus fuerzas, acosándolo sin cesar, arrinconándolo contra las antorchas encendidas que quemaban la espalda del Tigre. Cabrera, con los ojos fuera de las órbitas, se veía perdido, no podía equivocarse, un movimiento en falso y aquella espada lo abriría en canal. En un salto hacia un lado la espada le desgarró el muslo: era un tajo limpio, poco profundo; la sangre corría por su pierna, el pecho tintado de rojo. Cabrera se sintió desfallecer, cojeaba. Pero los movimientos de su rival, después de más de media hora sin interrupción, tampoco eran tan precisos como al principio. Cada vez le costaba más levantar su pesada espada. Era el momento del Tigre y por fin consiguió darle un golpe en el brazo con su bastón. Eso no era nada, pero los carlistas gritaron, aclamaron a su líder. El monje, que hasta este momento no había vacilado, reculó un paso cuando Cabrera enarboló por primera vez su garrote como un molinete sobre su cabeza, amenazándolo. Éste era el momento de debilidad del adversario que había esperado. El Tigre saltó con todas sus fuerzas, buscó el costado izquierdo, el lado contrario de la espada, e hizo un gesto muy rápido cuando el monje se revolvió para protegerse con la espada; entonces le ensartó un golpe brutal en la frente… El grito de euforia, de júbilo, fue escandaloso. Los carlistas lanzaban vítores con pasión. Se escuchaban algunas risas entrecortadas. Cabrera miró de hito en hito al joven espadachín, que tenía los ojos extraviados, la cara bañada en sudor; fue un instante. Alzó el brazo en actitud amenazante, ahora a un lado, ahora al otro. El monje no veía nada, el golpe en la frente le había cegado y un hilo de sangre corría desde su nariz, manchando su barba rubia, empapándola. Daba bandazos con la espada sin ton ni son hacia los lados, hacia delante, se daba la vuelta, jadeaba, estaba perdido. Ahora el Tigre lo tenía entre sus garras y respiró hondo contemplándolo con gesto de placer y de odio al mismo tiempo. El río de rabia, la ira, la venganza que había contenido fríamente durante el combate estalló como un huracán.

Se cebó con él. Como un gato con un ratón entre sus garras. El primer golpe le arrancó la espada destrozándole los dedos de la mano; el segundo golpe le rompió la rodilla, crujieron sus huesos. Después le dio en el hombro, en la cara. Golpe a golpe, le iba fracturando los huesos; el pobre muchacho gemía de dolor, ciego, tanteando el vacío con las manos por delante, sin saber adónde dirigirse, mientras las risas de los carlistas retumbaban entre las paredes del patio de armas.

Desde arriba se escuchaban gritos de dolor pidiendo clemencia, exclamaciones que quedaban ahogadas por el clamor enloquecido de los hombres que cerraban el círculo de antorchas. Cabrera se daba la vuelta, levantaba su bastón y, sin mirar, propinaba un nuevo bastonazo. Hasta que al fin, cuando se cansó de jugar con él, hizo callar a la tropa que reía y le aclamaba enfurecida. Un silencio glacial se apoderó de la plaza de armas. Desde las ventanas del castillo un murmullo de voces fue creciendo en intensidad. Rezaban una oración fúnebre. El Tigre alzó el bastón con las dos manos. El monje estaba arrodillado delante de él, vencido, esperando el golpe mortal. Aun así, como pudo, levantó una mano y se santiguó con esfuerzo. Cabrera miró hacia los lados, le pareció muy extraño. No reconocía a sus propios hombres. Sus caras, sus rostros eran todos idénticos, eran máscaras… Sí, él les vio como máscaras de carnaval, todas iguales, sin ninguna expresión. Un sentimiento de odio y venganza lo poseyó y, sin pensarlo, le sacudió a su oponente un bastonazo bestial en mitad del cráneo, a la altura de la coronilla. Y continuó golpeando, poseído como un demonio mientras gritaba…

—¡Muere! ¡Esto por mi Juan, mi pobre Juan! Ellos le aplastaron la cabeza… Yo haré lo mismo contigo. ¡Venganza! ¡Venganza!

Ramón Cabrera, fuera de sí, continuaba dándole golpes a aquel cadáver que yacía en el suelo. Alzó la cabeza y vio a sus hombres, silenciosos y con aquellas máscaras.

—¡Hijo mío! —gritó uno de los monjes desde la ventana—. ¡No! ¡Cabrera!… ¡No sigas, por piedad! ¡Hijo mío! —Estas últimas palabras desgarradoras, junto con el llanto del padre, quien contemplaba horrorizado cómo Cabrera destrozaba la cara y todo el cuerpo de su hijo, dejaron sin aliento a cuantos presenciaban la escena.

Nadie podía acercársele, aunque todos callaban. Cabrera, sin fuerzas, seguía golpeando aquel cuerpo sin vida, de rodillas, llorando, gritando de rabia y de dolor. Estaba fuera de sí. Un acceso de ira incontrolable lo dominaba, sus voluntarios lo conocían y sabían que en aquellos momentos no era él.

Cabrera gritó:

—¡Garrigó, traedme mi caballo!… Quiero despedazar a este hombre.

Ató el cuerpo sin vida de aquel joven monje soldado al caballo y montó en la silla. Hizo trotar y correr el animal por la plaza de armas. Todos lo contemplaban con ojos atónitos, en silencio; nadie se atrevía a decir nada. Dio vueltas y más vueltas, hasta que exhausto, pues había perdido mucha sangre en el combate, cayó del caballo. Desde la ventana el padre del joven caballero, el mismo que había propuesto el duelo a muerte, ahora gritaba sin fuerzas. Llevaron a Cabrera a su tienda para que le atendiera un médico. El Tigre, cuando lo llevaban en brazos, se incorporó y exclamo:

—¡Traedme a ese desgraciado…! Que nadie lo toque, es mío… Es mi presa, es mi venganza… ¿Me habéis oído? ¡Es mío! ¡Me pertenece!…Y al que lo toque lo mato…

Dos ordenanzas le obedecieron inmediatamente: arrastraron el cadáver y lo dejaron atado a una estaca delante de la tienda de Cabrera, donde los médicos cosían las heridas de su pecho y de su pierna.

Poco antes de la media noche despertó sobresaltado. Un asistente le ayudó a incorporarse…

—Nada, estoy mejor…

—Han dicho los médicos que no debe moverse, don Ramón…

—Estoy bien, muchacho… ya pasó todo.

Cabrera fue hasta la entrada de su tienda, abrió la lona y contempló en el suelo aquel amasijo de carne, el cadáver desfigurado del monje… Volvió adentro y preguntó:

—¿Se han entregado?

—Aún no, don Ramón. A las doce en punto saldrán, eso han dicho… Ahora están rezando… ¿No oye sus cánticos?

—Sí, es verdad…

—¿Quiere que le traiga algo de comer?

—No, puedes marcharte… Quiero estar solo.

—Pero, don Ramón… Estoy de guardia.

—Obedece, ordenanza… Aléjate de la tienda. Quiero estar solo…

—A sus órdenes.

El fiel voluntario se alejó de la tienda. Cabrera salió al exterior, contempló nuevamente el cadáver vejado, ultrajado, pero en su mente sólo tenía la cara trinchada de su sobrino Juan y de su madre fusilada en Tortosa. Con la punta de la bota dio la vuelta al cadáver… Entonces vio algo que llamó su atención. Aquel desgraciado llevaba colgada en el cuello una pequeña bolsita de cuero. Estaba completamente manchada de sangre. Se agachó para arrancársela y ultrajar más a su presa, pero algo retuvo su mano. Una ráfaga de viento levantó una nube de polvo en su entorno, mientras los fúnebres cánticos de los monjes se perdían por las riberas del río. Cabrera se sintió cansado y entró en la tienda. Escuchaba con más claridad a los monjes; debía faltar bien poco para las doce, la hora acordada para entregarse, y Cabrera meditó qué hacer con ellos. Estaba cansado de tanta muerte y quizá los dejaría marchar. No estaba aún seguro de su decisión cuando escuchó unos pasos cerca de la tienda. Buscó el bastón. Cabrera estaba sentado en una silla plegable de cuero y no le dio tiempo a levantarse…

—Don Ramón… Apiádese de mí… Soy un pobre padre y vengo a pedir el cadáver de mi hijo para darle cristiana sepultura…

Lo reconoció: era el monje con el que había pactado el duelo. El padre del caballero muerto, un hombre mayor que acudía desarmado y ataviado con la túnica y el cedro sobre el pecho. Tenía los cabellos y la barba blancos como la nieve. El anciano se postró de rodillas y besó sus pies…

—Insensato… Mandaste a la muerte a tu propio hijo. ¿Por qué? —le dijo con desprecio el Tigre.

—Era invencible con la espada… El mejor.

—Hasta que tropezó con mi bastón. Ya has perdido a un hijo... ¿Quieres perder ahora la vida, viejo loco? ¿Cómo osaste venir y presentarte ante el hombre que ha matado a tu hijo?

El anciano levantó la cabeza y le dijo:

—Acuérdese de su padre, Cabrera, que tiene la misma edad que yo y ya ha llegado al funesto umbral de la vejez... Vengo a buscar a mi hijo que usted ha matado, apiádese de mí, que yo soy más digno de piedad, puesto que me atreví a lo que ningún otro hombre: a llevar a mi boca la mano del que ha dado muerte a mi único hijo. Él sólo me tenía a mí en el mundo...

Así habló el viejo caballero, mientras apretaba la mano del Tigre entre las suyas y la besaba, mientras le caían lágrimas. El recuerdo de su madre muerta recientemente sobrecogió a Ramón Cabrera, se estremeció, le vinieron deseos de llorar por todos los seres queridos, por su sobrino Juan, un muchacho fuerte y noble, hacia el cual sentía una gran estima. Cabrera le había jurado a su hermana que protegería a su hijo con la vida y ahora estaba muerto... Pero el Tigre rompió a llorar con grandes sollozos al recordar a su padre, que murió cuando él tenía nueve años. Y después la cara de su madre, asesinada brutalmente por el general Nogueras. Los recuerdos de esos momentos le enternecieron.

El anciano y Cabrera, cada cual llorando por los suyos, se abrazaron en la tienda. Al fin Cabrera le apartó suavemente y le dijo estas palabras:

—Llévate a tu hijo, anciano... Sal de mi tienda, no me tientes, entiérralo, márchate ahora que mis lágrimas aún están húmedas y todavía mantengo el recuerdo de mis seres queridos que tú has desenterrado del cementerio de mi memoria... Ahora te toca a ti enterrar dignamente a tu hijo; ha sido un noble guerrero, ha luchado con valor y merece un buen funeral.

—Así lo haré, Cabrera... Quiero llevarlo hasta la montaña

sagrada de Montserrat. Al santuario de la Virgen Negra. Allí es donde cavaré su tumba con mis propias manos…

El anciano dio la vuelta y, cuando estaba a punto de salir, Cabrera le dijo:

—¡Detente! ¿Dónde dices que vas a enterrarlo?

—En Montserrat…

Por la mente del Tigre pasaron las palabras que le había dicho Torner en los primeros parlamentos, y después la confirmación por parte del oficial liberal que les abrió el portón…

—¿Montserrat? ¿No es ahí donde os dirigíais con una misión secreta escoltados por la guarnición liberal?

El anciano se quedó de piedra. No sabía qué contestar, fueron unos instantes tensos. Cabrera asió el garrote que tenía cerca y lo levantó… El anciano bajó la cabeza… Cayó otra vez de rodillas al suelo.

—Espere, don Ramón… Creo que debe saber toda la verdad. Mi sentimiento y mi dolor al venir aquí a buscar a mi hijo han sido sinceros. No tenga ninguna duda de eso. Pero hay algo más, es cierto… y creo que ahora puedo hablarle con franqueza… sólo le pido una cosa: deberá hacer un juramento de silencio sobre todo lo que voy a contarle…

—¿Osas amenazarme con juramentos?

El anciano se hincó de rodillas y le dijo con voz firme y sin vacilar:

—No le temo a la muerte. Máteme, si es su deseo, mi vida le pertenece… Usted es un hombre de honor y comprenderá mis motivos. Nada puedo revelarle si antes no hace el juramento. Tiene mi palabra.

Esta actitud sorprendió a Cabrera.

—Está bien, anciano, esta noche han pasado demasiadas cosas, estoy cansado y no tengo ganas de matar a un viejo indefenso que tiene el atrevimiento de presentarse en mi tienda para pedir el cadáver del hijo que le he matado en justo duelo… Habla de una vez y juro que nunca revelaré a nadie tus palabras.

—Cabrera, mi hijo era el portador del secreto… Lo llevaba colgado del cuello en una pequeña bolsa de cuero. Nosotros somos los siete guardianes Moria, el monte de Jerusalén donde fue construido el Templo de Salomón. Nuestra fundación se remonta a mil años antes de Cristo, nos hemos perpetuado en el tiempo. Hace ya muchos años, los caballeros que nos precedieron trajeron de Tierra Santa la reliquia más valiosa del cristianismo. La Orden del Temple nos sirvió porque nosotros fuimos sus padres. Por este motivo la reliquia fue depositada en París, bajo la protección templaria, pero cuando cayó la orden en el año 1307, fue trasladada aquí, al castillo de Miravet, que resistió encarnizadamente. Aquí ha permanecido oculta durante más de quinientos años. Los Siete Árboles de Moria hemos perdurado en el tiempo, siete caballeros hemos custodiado el secreto que fue escondido aquí mismo, en un lugar preciso de la torre del tesoro. Nadie hubiese podido sospechar nunca dónde estaba. Esta fortaleza ha pasado por diferentes manos, primero fueron los hermanos hospitalarios, luego la fortaleza fue abandonada. La reliquia seguía aquí, quizá más protegida que nunca; nosotros lo sabíamos y creíamos que, ciertamente, este lugar, solitario y abandonado, era el idóneo…

»Pero esta guerra civil, las noticias de que el castillo sería ocupado por tropas, incluso con planes para reforzar y fortificar muros y murallas, nos hizo temer que la reliquia se perdiese. Por eso decidimos actuar. Teníamos que recuperar el secreto y trasladarlo a Montserrat. Allí estaría seguro. Dentro de pocos años, al final de este siglo, debe ser entregado al gran arquitecto que construirá el templo. Eso es todo.

—Anciano, ya que has empezado quiero que me digas toda la verdad… ¿Qué clase de secreto es éste?

—Cabrera, salgamos de la tienda y lo verá con sus propios ojos.

El viejo general cerró para siempre la ventana del pasado. Recordó, en un instante, la visión del secreto, la reliquia. Incluso la retuvo en su mano en tanto que un golpe de viento silbó en las almenas del castillo. Y otra vez vio fugazmente la máscara en un destello de luz irreal. Las voces de los monjes se apagaron en ese mismo instante. Eran las doce de la noche del Viernes Santo de 1836. Don Ramón sintió algo en la mano. Frío, calor… Era algo que se apoderaba de él. Sintió verdadero miedo, un temor atroz y al mismo tiempo un impulso inexplicable que nacía desde lo más hondo de su conciencia y que le decía que debía ayudar a aquel pobre anciano a completar la misión.

Y así lo hizo. Don Ramón Cabrera ordenó a un grupo de sus ordenanzas que custodiaran a aquellos monjes hasta Montserrat, donde fue escondido el secreto, dentro de una inmensa cueva situada bajo la montaña sagrada, junto al cadáver de aquel joven caballero Moria que él había matado en justo duelo.

CUARTA PARTE

La tortuga

16

—He vivido en este barrio más de la mitad de mi vida —dijo María mientras apuraba su taza.

La mañana del miércoles 7 de junio, antes de ir a la Sagrada Familia donde estaba la tortuga, se detuvieron en un bar de la calle Marina. Desde el gran ventanal podían ver el templo.

—Mi abuelo es un gran admirador de la obra de Gaudí. De hecho, conozco el templo como si fuera mi propia casa. Lo visitábamos con mucha frecuencia al igual que el parque Güell.

Miguel la escuchaba. No quería hacer juicios de valor. Pero pensaba que aquel viejo alimentó su locura durante muchos años. Cuando la enfermedad se apoderó de él, ya no distinguía entre realidad y ficción. Y cada palabra de María se lo confirmaba.

—Él decía que Gaudí se adelantó a su tiempo arriesgándose siempre. Nunca nadie había hecho nada parecido y, después, tampoco. Parece que su obra y su legado no tienen continuidad. Eso es lo que me decía. Gaudí improvisaba sobre la marcha, continuamente rectificaba y trabajaba a pie de obra con los constructores, carpinteros, forjadores, obreros. Ya te digo, siempre rectificando, como un artista. Decía que el gótico era un arte imperfecto y que sus edificios sólo adquirían belleza cuando estaban en ruinas y eran poseídos por la naturaleza —se detuvo, señaló el templo y añadió—: La obra total, una mezcla de escultura y arquitectura… Un reflejo de la naturaleza. —Hizo de nuevo una pausa y afirmó—: Ahora sería imposible hacer un edificio así. No cumple ninguna regla urbanística y, aparentemente, nada está justificado.

Hubo un largo silencio entre los dos. Aún no eran las seis, pero de pronto el ruido de fondo de la ciudad se apoderó de la atmósfera. Miguel continuaba mirando el templo, recorría mentalmente su interior. Él también lo conocía. ¿Quién no conocía la Sagrada Familia?

—¿Por qué nos hemos detenido aquí?

—Quiero enseñarte algo. ¿Pagamos?

Salieron de la cafetería y caminaron en silencio hacia el pórtico del Rosario, en la fachada del Nacimiento. La fachada, orientada hacia levante, tenía acceso por la calle Marina, donde ellos se encontraban. El sin par edificio no dejó de impresionarlos. Era un sentimiento inquietante que les despertó algo profundo en su ánimo. Cruzaron la calle y fueron directos hasta la fachada del Nacimiento. Por fin llegaron al pórtico del Rosario. Entonces María señaló aquello que andaba buscando.

—Ahí está: el hombre ménsula, ¿lo ves?

Miguel lo vio.

—La tentación del hombre; el mal con una bomba Orsini en la mano. Todos los diseños de las esculturas de esta fachada fueron creados por Gaudí. El conjunto escultórico lo realizó su colaborador Llorenç Matamala.

Miguel la escuchaba sin dejar de mirar la escultura. Un hombre armado con una bomba y dispuesto a lanzarla. Había algo terrible en ella. Lo percibía interiormente.

—Es él… no sé cómo explicarlo. Le vi en el autobús. Los dos hombres que me seguían eran idénticos; parecían gemelos, su aspecto, su expresión. ¡Era él! —dijo señalándolo—. ¿Por qué no dices nada?

—Me parece una barbaridad... debemos pensar con la cabeza. Lo que estás diciendo es imposible. Debe haber centenares, miles de personas que se parecen a esa escultura. Te estás dejando llevar por una ilusión.

—¿Fue una ilusión que nos persiguieran a tiros?

—No, lo que quiero decir es que estás relacionando cosas que no son. Estoy de acuerdo en que lo de ayer fue tremendo. No somos dos capos de la droga para que se líen a tiros con nosotros en mitad de la calle Balmes, pero de eso a que... se trate de una escultura. Un retrato robot del malo... Es rocambolesco, María.

Pero, en el fondo, Miguel no decía toda la verdad. Cuando uno de los pistoleros se abalanzó sobre el coche, en aquellos breves segundos, mientras aceleraba, sí que había algo en él que se asemejaba a aquella imagen de piedra. Prefirió negarlo. No quería preocuparla más de lo necesario.

Continuaron paseando por el templo. Algo les empujó a elevar sus cabezas hacia lo alto. Y ambos, al unísono, tuvieron la sensación de caminar por el interior de un inmenso bosque; por el corazón de un bosque de troncos y ramas altísimas, casi transparentes, cuyas copas no divisaban pues se perdían en las nubes.

Miguel creía encontrarse en un lugar de misteriosas líneas, de luz inmaterial, donde los reflejos coloreados de los vitrales se elevaban. Todo era evanescente.

Desde el punto de vista matemático, admiraba todo aquello. No entendía de arquitectura, pero sí de matemáticas. Había una zona de vacío central, un espacio irreal a partir del cual parecía ordenarse toda la construcción. El templo era un ser vivo; un vegetal viviente. Y aquella serialización perfecta, casi natural que establecía un orden dinámico, era un concepto más matemático que arquitectónico. Gaudí dominaba las matemáticas de la vida, el orden fractal; la repetición del mismo modelo hasta el infinito, desafiando, aparentemente, las leyes de la física; poniendo en cuestión a Newton, Euclides y Pitágoras. Toda la ciencia del pasado reducida a la nada. Un pequeño desequilibrio decimal, insignificante, el número pi: 3,14159... imprescindible para calcular la bóveda, el círculo, cualquier superficie de la naturaleza siempre ondulante, que abomina de la línea recta, el cuadrado perfecto. Y, después, a medida que va creciendo el modelo original, este pequeño error que arrastra consigo adquiere una proporción desmesurada que arruina todo el cálculo. Y Gaudí se reía de todo eso. Sus manos eran diestras con el cordel.

—¿En qué piensas?

—En matemáticas.

Ambos se sentían atraídos, atrapados por aquel espacio. Un ligero cambio de luz transformaba el interior en una cascada de penumbras.

—Existen pruebas de sus ideas políticas de juventud —dijo María.

—¿De quién? —preguntó distraído.

—De Gaudí. Lo he recordado esta mañana.

—¿También te lo contaba tu abuelo?

Continuó sin atender la última pregunta.

—En su primera época de estudiante, cuando hacía el bachillerato en Reus, hizo amistad con otros alumnos, Eduard Todà, Josep Ribera. Este último era de L'Espluga, cerca del monasterio de Poblet. Eran un grupo de jóvenes estudiantes que hacían excursiones al monasterio. Tenían ilusiones y soñaban con restaurarlo. Incluso hicieron un plano y redactaron una memoria. Pretendían convertir Poblet en una comuna, en un falansterio o algo por el estilo. Eso mismo propugnaban los socialistas utópicos de la época. En dicha memoria el anticlericalismo de aquel grupo de jóvenes no podía ser más claro.

—Bien, eran socialistas utópicos, pero ¿dónde quieres llegar?

—No lo sé; sólo recordaba que quizá hay muchas cosas que nadie sabe de la vida de Gaudí. Sólo eso.

Sin decir nada salieron por la fachada de la Pasión.

—Vamos, la tortuga nos espera.

No había una tortuga, sino dos. Pero esto María ya lo sabía. «Una, cara de serpiente; la otra, patas de palo... duro por arriba, duro por abajo», pensaba. Las dos sostenían las columnas que, situadas a ambos lados, enmarcaban la entrada al templo.

—¿Qué tenemos que hacer?

—Primero elegir una tortuga y luego ver si esto encaja en alguna de ellas —dijo ella sacando la extraña llave del bolsillo.

Afortunadamente a esa hora no había gente visitando el templo. Miguel se situó delante de María, mientras ésta se inclinaba y exploraba la tortuga que había elegido: la primera de la izquierda mirando de frente al templo.

—¿Por qué la de la izquierda?

—Hay que decidirse por una... Cara de serpiente. La otra no tiene cara de serpiente, aunque es raro, tampoco tiene patas de palo y, según el acertijo, una tendría que tener cara de serpiente y la otra las patas de madera.

Miguel se sentía ridículo, pero siguió cubriéndola mientras ella examinaba la tortuga. Empezó a palparla, buscando algún lugar por donde pudiera entrar la llave. Entonces se le ocurrió. Colocó la llave sobre uno de los ojos de la tortuga y presionó. No ocurrió nada. Probó con el otro ojo.

Entonces escucharon aquel extraño sonido, como el de un engranaje que se pusiera en marcha. La parte delantera, la cabeza y ambas patas de la tortuga, se abrió lentamente como si fuera un cajón.

—¡Diablos! —exclamó Miguel, que había dejado de vigilar y miraba cómo, muy despacio, aquel cajón de piedra asomaba al exterior hasta que se detuvo. Una idea cruzó su mente y, maquinalmente, miró el reloj: eran las seis y seis de la mañana.

—Aquiles y la tortuga... La paradoja de Zenón... La carrera ha comenzado.

—¿Qué dices? —preguntó María.

—Nada, no sé... pensaba en voz alta.

Había algo allí dentro. María introdujo la mano. Sacó lo que se ocultaba en el interior: en el fondo, grabada en la piedra, había una cara de serpiente. El cajón volvió a cerrarse muy lentamente. María pensó otra vez en el acertijo: «Cara de serpiente... Pero entonces... ¿Y patas de palo?», se dijo en silencio. Sin pensarlo dos veces se acercó a la otra tortuga, introdujo la llave en un ojo, luego en el otro. Miguel la miró extrañado sin comprender lo que hacía... La llave no encajaba. ¿Qué pasaba con patas de palo? Sólo tenían una caja extraída de la primera tortuga.

Era una pequeña caja rectangular de unos veinte centímetros de largo por catorce de ancho. Su altura no llegaba a los cuatro centímetros. Estaba hecha de madera de cedro de color claro. En la parte superior tenía los números del cero al nueve en relieve y en el lateral lo que parecía un pequeño cajón sin cerradura alguna. Miguel movió la caja y algo metálico sonó en su interior. Luego la exploró por todos sus lados buscando un modo de abrirla y a continuación apretó algunos de los números grabados en la parte superior.

—Es una combinación, estoy seguro. Pero sin una pista las posibilidades son infinitas.

—Salgamos de aquí —dijo María.

—¿Por qué?

—Estamos al aire libre; alguien puede vernos.

—¿Los miembros de la secta satánica? —bromeó Miguel.

Ella no contestó. En el fondo Miguel tampoco las tenía todas consigo. Después de lo que había ocurrido con la tortuga ya no sabía qué pensar. Guardó la caja en el bolsillo interior de la americana y ambos se alejaron.

Esa tarde Miguel decidió acompañar a María a la residencia de ancianos. Si había alguien que podía facilitarles la combinación para abrir la caja ése era el señor Givell. Pero el anciano estaba hundido en las tinieblas.

Ni siquiera se dio cuenta de la presencia de ellos.

María le mostró la caja. Pero el anciano tenía la mirada perdida.

—¿Recuerdas los números?… La combinación… ¿Cómo se abre, abuelo?

—La muerte del maestro —dijo después de mucho rato con una voz tan leve que casi no entendieron lo que decía.

—¿Cómo dices, abuelo?

—La muerte del maestro —repitió.

Permanecieron junto a él durante más de una hora. La tarde caía cuando decidieron marcharse.

—La muerte del maestro —volvió a repetir mientras ellos cerraban la puerta.

—Volveremos mañana —la animó Miguel cuando puso el coche en marcha.

—Sí, tal vez tengamos más suerte —dijo María con escasa convicción.

17

En la mañana del 8 de junio Juan Givell estaba rezando. En las intermitencias de su memoria, cuando la conciencia se abalanzaba hacia el abismo de la nada, él se aferraba a la oración; el único consuelo que le quedaba.

En su habitación de la residencia de ancianos, su mente volvió a la deriva. Estaba arrodillado a los pies de su cama, frente al crucifijo sencillo, de madera.

A primera hora de la mañana su mente estaba lúcida y, sin perder tiempo, conversó largamente con el padre Jonás. El abuelo se lo contó todo, absolutamente todo… todo lo que recordaba, en secreto de confesión.

Llamaron a la puerta. Juan no hizo caso, sabía que estaba cerca del límite del abismo, que su cabeza volaba. Aquel golpeteo breve sobre la madera era como un eco. Sonaba de muy lejos. Se abrió la puerta.

—Tiene una visita… Es un amigo suyo, Juan, de cuando era un niño —dijo la enfermera del turno de noche antes de abandonar su trabajo.

Los ojos del anciano se encendieron como chispas en la oscuridad. Un torbellino de imágenes y recuerdos le inundó la conciencia. Miró a la enfermera directamente a los ojos y ésta bajó la cabeza.

Pertenecía a ellos; no tenía ninguna duda. Le habían encontrado.

Sabía que había llegado su hora. La esperaba; había temido tanto aquella mirada asesina, inhumana que le acechaba desde la infancia… Desde aquel día en plena calle cuando el viejo maestro yacía en el suelo…

Alguien entró y la enfermera cerró la puerta tras de sí, lentamente, mientras parecía bajar la cabeza en señal de sometimiento ante el visitante.

—Asmodeo… —murmuró el abuelo con la mirada vacía.

—Era cuestión de tiempo que te encontrara.

El anciano caballero sabía que aquello era imposible.

—Yo acabé contigo hace mucho tiempo —dijo el viejo caballero como para sí mismo.

«El mal siempre muestra el mismo rostro», recordó el caballero que muchas veces le repetía su maestro.

—Pero no con el mal, lo sabes, ¿verdad?

Sí, lo sabía.

—Quítate la máscara. Quiero ver tu nuevo rostro. Saber quién eres ahora.

—Siempre tenemos el mismo rostro. Nos perpetuamos. Somos inmortales.

No, el mal no era inmortal. Por eso había guardado el secreto durante tanto tiempo. Por eso aquel fantasma estaba allí. Porque el mal tenía miedo. Porque peligraba. Sí, el mismo rostro… pero otro asesino. Venían a por él. Tenían miedo, pensó el viejo caballero.

—Te encontramos, Juan. Ya te digo que era cuestión de tiempo. De hecho, sabemos de ti desde que te quedaste solo. Podíamos haber acabado contigo hace mucho, pero queremos el secreto. ¿Se lo has contado?

El anciano caballero se arrodilló y rezó.

—Padre nuestro que estás en los cielos, santificado sea tu

nombre, venga a nosotros tu reino, hágase tu voluntad así en la tierra como en el cielo…

—De nada te servirá tu cielo; he venido a matarte. ¿Se lo contaste a ella? ¿Le dijiste dónde lo ocultaste? —le interrumpió.

Pero el viejo caballero continuó rezando.

—¿Se lo dijiste a Jonás?

Aquel nombre le sonó muy lejano, ¿Jonás?

—…hágase tu voluntad así en la tierra como en el cielo —prosiguió el caballero.

El asesino le miró a los ojos y comprendió que el viejo había regresado a su abismo; a un lugar desde el cual ya no le oía.

—¡Viejo loco! —gritó con ira—. ¿Dónde estás?

Pero el viejo caballero no le oía.

—…el pan nuestro de cada día —proseguía desde otro mundo.

Asmodeo llegó demasiado tarde. Ahora era ella.

—Ya no me sirves —dijo con desprecio.

Abrió la puerta de la habitación, miró a un lado y a otro: el pasadizo estaba vacío. Al fondo, la escalera.

Asmodeo tomó al anciano del brazo. El viejo caballero se levantó y se dejó guiar mansamente, mientras completaba su oración. La mirada perdida en su bosque encantado. Juan ya no sabía quién era, su memoria era como un vuelo de gaviotas. Caminaron lentamente hasta llegar al borde, al primer peldaño. El hombre le dio un fuerte golpe en la nuca y empujó su cuerpo sin vida por las escaleras.

Rodó, se golpeó, hasta que detuvo su caída al final de la escalera, casi en posición fetal. Asmodeo bajó la escalera, apartó al anciano con el pie. El rostro del viejo caballero era como el de un niño recién nacido. No había dolor. Sólo paz. Como si hubiera encontrado su camino. El vuelo de gaviotas remontó el cielo, se perdió en la inmensidad de un azul intenso y luminoso; ya nunca detendrían sus alas, jamás regresaría a la costa.

Asmodeo le odió; odió aquel rostro. Odió aquella vida que él había cerrado para siempre. Odió a aquel viejo loco. Odió todo lo que representaba. El veneno se destilaba en el fondo de sus pupilas, convertidas en oscuras chimeneas por donde se evaporaba el humo de la maldad.

La enfermera acudió y vio la escena. Pero no había horror en su expresión.

—El padre Jonás fue el último en verle —le dijo.

Luego le facilitó la dirección de la parroquia.

Asmodeo articuló una mueca animal, mezcla de disgusto y, al mismo tiempo, de complacencia.

No dijo nada más. Salió lentamente. Se alejó. Abandonó el lugar como lo que era. Como una sombra espectral animada por la bilis inmunda del Averno.

La enfermera esperó junto al anciano. De pie. No se movió. El silencio era total en la residencia. Un minuto. Dos. Después dio un grito de alarma.

18

—Señorita, lo sentimos… Ha sido un terrible accidente. —El director de la residencia intentó ser amable.

Cuando esa mañana la llamó por teléfono no sabía cómo darle la noticia, pero la joven lo intuyó enseguida y quince minutos después llegaba a la residencia acompañada de Miguel.

—Abuelo… —dijo María con un hilo de voz al reconocerle.

Estaba tendido en una camilla; una sábana manchada de sangre le cubría. La ambulancia esperaba fuera, en la entrada de la residencia.

La habían visto al llegar, al abandonar el taxi, y ella temió lo peor. Junto a la ambulancia, un coche de policía estaba aparcado a pocos metros, en paralelo.

El juez y el forense hacía un buen rato que llegaron y habían terminado su trabajo de levantamiento del cadáver. Un accidente, al parecer; un lamentable accidente.

—Cálmate —dijo Miguel, abrazándola al ver cómo un río de lágrimas se deslizaba por su rostro.

María intentó sobreponerse, mantener la compostura.

No pudo evitarlo y se alejó de ellos; de Miguel y del director de la residencia. Se retiró con la cabeza baja. Los dos hombres se quedaron el uno junto al otro sin saber qué decirse. Alrededor de ambos, curiosos, enfermeras, policías. Pero

Miguel no les veía. Estaban a su alrededor, pero no les veía. El director le miró sin saber qué decir. Ella se acercó.

—Estoy bien —dijo con voz entrecortada.

Pero no era cierto.

Durante el trayecto en el taxi había temido lo peor; como así fue. No quisieron decirle la verdad por teléfono, toda la verdad. Sólo que acudiera urgentemente.

—No hemos podido hacer nada, él no estaba bien. Como usted sabe, últimamente su enfermedad… evolucionaba negativamente. Lo ha podido comprobar en las últimas visitas.

—Pero ¿ustedes no le atendían? ¿Qué ha pasado?

—Creemos que se cayó por la escalera y se dio un fuerte golpe en la cabeza… eso es lo que dice el forense. —Y, a modo de disculpa, añadió—: Hacemos lo que podemos; no puede haber una enfermera por cada anciano. Compréndalo: esto no es una cárcel. Nuestros ancianos necesitan su espacio. Sí, estar controlados, pero que crean que tienen cierta independencia.

—Un control que deja mucho que desear —dijo ella con cierta hostilidad.

—Tenemos tres enfermeras de guardia por planta. Suponemos que cuando ocurrió el accidente las tres estaban ocupadas en diferentes habitaciones. Además…

El director se detuvo. ¿Cómo decirlo?, pensó.

—¿Además? —preguntó Miguel.

—La policía no descarta que pueda tratarse de un suicidio.

—¡Mi abuelo no se suicidó! Jamás se le hubiera pasado esa idea por la cabeza.

—En condiciones normales no, pero…

—¡Jamás! —afirmó con tal rotundidad e ira en la voz que dejó al director, momentáneamente, sin palabras.

—Compréndalo, nosotros creemos que fue un accidente, se cayó por las escaleras y se dio un golpe en la nuca. Pero la policía… en fin; ya sabe: nunca descarta ninguna posibilidad.

—Mi abuelo era católico. Esa posibilidad jamás pasaría por su imaginación. Le puedo asegurar que esperaba mi visita de hoy.

El director guardó silencio para evitar refutar la última afirmación de la joven.

—Quiero verle por última vez —dijo ella con los ojos hinchados y las mejillas de nuevo con lágrimas.

El director y Miguel la acompañaron hasta donde se encontraba el cadáver que, llevado por dos enfermeros, estaba a punto de ser introducido en la ambulancia. El director les hizo un gesto y se detuvieron. Junto a ellos, acompañado por dos policías, un hombre de mediana edad y no muy alto tomaba notas en un cuaderno mientras masticaba furiosamente un chupa-chups. Se aproximó al grupo.

—Soy el inspector Mortimer, Agustín Mortimer… Estoy a su disposición, señorita, lo siento… —dijo presentándose y quitándose el chupa-chups de la boca.

María pareció no oírle. Miguel estrechó la mano que le ofreció el inspector. Luego, le indicó a un policía que levantara la sábana que cubría el rostro del anciano.

Ella no pudo soportarlo y se abandonó en brazos de Miguel.

—No llores…

—Lo sentimos profundamente. Para la institución que dirijo este hecho es muy grave. Si necesita algo… —volvió a repetir el director del centro.

Ella no contestó.

—Si no tiene inconveniente me gustaría hacerle unas preguntas —le dijo el inspector Mortimer.

Ella asintió con la cabeza.

—¿Quién fue la última persona que le vio con vida? —preguntó Miguel al director.

—La enfermera del turno de noche, claro… La señora Rosario. Está destrozada, ella es una excelente profesional. La reclamaban en otra habitación y, al parecer, sus compañeras estaban ocupadas. Todas las enfermeras llevan un busca en el bolsillo y los ancianos pueden llamarlas cuando quieren; tienen un pulsador encima de la cama. Es lo primero que aprenden…

—Bien, pero no me refiero a la enfermera… Quiero decir si habló con alguien —insistió Miguel.

—Espere un momento… sí, claro, el padre Jonás, el confesor, él fue el último en verle esta mañana.

—¿El padre Jonás? ¿Un confesor? —se extrañó Miguel.

Aquel nombre puso en guardia a María. Jonás… ¿qué le dijo su abuelo sobre Jonás?

—Somos una institución laica, pero muchos ancianos son católicos. Entonces pedimos que venga el padre Jonás. Él siempre está a nuestra disposición, es un santo, y con el señor Juan tenía largas conversaciones. Era su director espiritual. Bueno, en realidad mucho más que eso; eran amigos.

—¿Y le visitó tan temprano?

—Bueno, el padre Jonás tiene misa a las ocho y media. Y, aunque pueda parecerle raro, visitaba muchas veces al señor Juan a horas digamos intempestivas, antes de su misa.

—¿Puedo verle? —le preguntó Miguel.

Aquella serie de preguntas incomodó vivamente al inspector Mortimer. No le gustaba que usurparan su papel. Él era quien hacía las preguntas. Además, todo eso ya constaba en el informe, pero no se atrevió a interrumpir.

—No vive en la residencia. Como le digo, ésta es una institución laica. Él está en la parroquia de San Cristóbal, en la Zona Franca.

—¿Y venía desde allí a confesar a mi abuelo? —preguntó María que no había dejado de interesarse por la conversación.

—Eso es lo que él pidió cuando usted se marchó ayer tarde. Insistió y le llamamos por teléfono. El padre Jonás entra, sale… es como si fuera un miembro de esta casa.

—¿Puede proporcionarme su dirección? —preguntó Miguel—. Tal vez pueda ayudarnos.

—No se preocupen, nosotros ya lo tenemos localizado… Sabemos cuál es nuestro trabajo… —dijo Mortimer.

El nerviosismo del inspector no le pasó inadvertido a Miguel. Aquel tipo parecía muy susceptible. Tal vez demasiado, pensó.

El director, que miraba alternativamente al policía y a la pareja; dudó unos instantes, se contuvo, pero estaba en deuda con María y al fin soltó la dirección de carrerilla, como excusándose de algo. Mortimer le lanzó con la mirada una flecha envenenada mientras arrojaba al suelo el palillo del chupachups. Miguel memorizó la dirección.

—Bien, no se preocupen, nosotros resolveremos este asunto… Ahora me gustaría hacerle algunas preguntas —dijo Mortimer dirigiéndose a María.

—¿Nos perdona un momento…? Necesito fumarme un cigarrillo —dijo Miguel.

—Por supuesto —contestó el inspector.

Se dirigieron hacia la puerta principal, lejos del alcance visual de Mortimer y el director.

—Pero si tú no fumas —dijo ella al doblar la esquina.

—¿Puedes quedarte sola?

—Mi abuelo me habló de un tal Jonás, ¿recuerdas?

—¿Puedes quedarte sola, atender al policía?

—¿Por qué?

—Por lo que acabas de decir. Tengo que ver al confesor.

—El padre Jonás tenía que ayudarme. ¿Crees que mi abuelo le dijo algo?

—No lo sé, pero necesito ver a ese sacerdote… Tengo un… —no se atrevía a pronunciar la palabra.

—…presentimiento.

No le gustaba esa palabra. Él era matemático.

—Eso; un presentimiento.

19

Nunca había estado allí. Conocía el barrio sólo desde el punto de vista literario gracias a las novelas de Paco Candel, un escritor que consideraba injustamente olvidado. Las Casas Baratas: una zona de edificios cuadrados, bloques de pisos de los años cincuenta y sesenta, monstruosos, enjambres humanos, en donde vivían miles de familias que llegaron de aluvión durante la posguerra; la más larga, miserable y triste de Europa. Una posguerra y un barrio que Candel le clavó en el corazón cuando, de adolescente, leía sus novelas.

La anti arquitectura, pensó Miguel; sin embargo, la funcionalidad y especialmente la rentabilidad habían sido máximas. Edificios cuadrados o rectangulares, de hormigón, sin ningún criterio, cuantos más pisos más se aprovechaba el espacio y más dinero a ganar para sus miserables constructores. Edificados como celdas para los obreros y trabajadores. Para los «murcianos de dinamita», pensó, recordando a Miguel Hernández. Allí podía ver las treinta mil pesetas por un hombre; las cárceles de «los otros catalanes» y sus descendientes. ¿Qué se había hecho del viejo escritor, de aquel «charnego en el Parlamento» cuyas crónicas siguió en su tiempo?… Qué horror, pensó mientras buscaba aparcamiento, dando vueltas a la manzana.

Allí estaba. La iglesia de San Cristóbal, un edificio que parecía extraído del peor realismo socialista, con humildes materiales. Aquello sí que era un auténtico templo de los pobres.

Encontró un hueco en la calle Ulldecona, a unos cincuenta metros de la iglesia, y detuvo el coche. Aparcó. Estaba a punto de salir, pero no lo hizo. Por la otra acera caminaba un hombre: cabeza rapada, abrigo largo… Era el hombre ménsula, pensó, y supo que lo que cruzó por su mente era irracional. Pero no salió del coche y siguió al extraño individuo con la mirada. No pudo verle de frente. El hombre se detuvo, abrió la puerta de un Audi de color negro y arrancó.

Miguel salió del vehículo, se dirigió al parquímetro y extrajo un tíquet. El hombre ménsula, repitió interiormente. Después caminó los escasos cincuenta metros que le separaban de la iglesia de San Cristóbal.

El templo estaba situado en medio de una plaza alargada, de hormigón, dura y fría, con un pequeño jardín alrededor. Viejos árboles que fueron respetados, quizá por milagro, cuando la desolación urbanística arrasó aquel lugar. Bordeó la verja, unos niños jugaban a pelota en la plaza que quedaba a mano izquierda. La puerta principal estaba cerrada. Miguel dio la vuelta al edificio. Por la parte trasera había otra puerta más pequeña, un pasadizo estrecho que terminaba en un callejón sin salida. Los muros de hormigón del parque cerraban esa parte de la iglesia. Debía dar a la sacristía, advirtió para sí. La puerta parecía cerrada, así que golpeó la madera con los nudillos y entonces se dio cuenta de que estaba abierta; cedió.

Un olor a cera y a incienso impregnaba la estancia oscura. El contraste de luz con el exterior lo cegó unos instantes. Avanzó un paso, con la mano buscó el interruptor en la pared lateral, pero antes de tocarla tuvo una intuición y abandonó la idea. Esperó unos segundos hasta que sus ojos se acostumbraran a la penumbra interior. Lentamente aparecían los objetos, los perfiles. Una veta de luz exterior se colaba por una rendija de la madera de la puerta y pudo ver el interruptor. Una caja blanca cuadrada. Se acercó y con el codo lo accionó.

El espectáculo lo dejó paralizado. Le sobrepasó la escena que contemplaba. Tembló. Sintió miedo, pero debía sobreponerse. El vértigo se apoderó de él y se le revolvieron las tripas. No podría aguantar, pensó; no podría dar un paso más frente a aquel inmenso charco de sangre delante de sus pies y el cuerpo mutilado y sin vida del sacerdote, tirado en el suelo como un saco informe.

Ahora lo sabía, el hombre de negro era un asesino abominable.

El sacerdote tenía las vísceras esparcidas por el suelo, la sangre aún fluía de su cuerpo. Olía a muerte. Parecía que el cura se había arrastrado por el suelo dejándose las tripas por aquella estancia no muy grande entre paredes de piedra desnuda. Al fondo, una puerta redonda, por donde se accedía al altar del templo. A mano derecha, una mesa con libros, papeles y un ordenador apagado. Todo estaba revuelto. Las hojas del gran armario que ocupaba la pared lateral estaban abiertas de par en par. La ropa por los suelos, cajones abiertos… En la otra pared un crucifijo.

«¡Dios mío! ¿Quién ha podido hacer una cosa así?» Necesitaba un punto de apoyo, pues las piernas eran incapaces de sostenerle. Se abandonó, se dejó caer, apoyando la espalda contra una de las paredes. Apartó la vista de todo aquello y hundió la cabeza entre las rodillas.

Intentó pensar. Estaba aturdido. Alejarse mentalmente de aquel horror. ¿Debería llamar a la policía? ¿Huir de allí a toda prisa? ¿Qué hacía él en aquel lugar? Afortunadamente, María no le acompañó. ¿Qué sentido tenían aquellas dos muertes? Se incorporó de nuevo.

El primer impulso fue de huida, pero su instinto le empujó

a no abandonar aquel lugar. Quería saber. Quería ver, aunque ver ¿qué? Sabía que, posiblemente, no le quedaba mucho tiempo. «La policía... aquel inspector, Mortimer, estaba en la residencia de ancianos y seguramente también querrá hablar con el confesor... No pueden encontrarme aquí.»

Su mente seguía adelante por instinto. Parecía que el cura se había arrastrado hacia la puerta de acceso al templo con alguna intención, pero la imagen, espantosa, grotesca, le impresionaba y aturdía. Aquello era horrible. No podía dejar de observar al sacerdote, al padre Jonás, que yacía de costado, sin vida. La sangre fluía lentamente. No podía hacer mucho rato que estaba muerto. ¿Cuánto hacía que vio al hombre de negro? ¿Diez? ¿Quince minutos? ¿Veinte? Observó el cadáver, tenía una posición anormal, se fijó bien: el brazo extendido, incluso parecía que, con los dedos, intentó dibujar algo en las baldosas del suelo. Desde aquella posición no lo distinguía bien, además la sangre iba ocupando poco a poco el espacio. Si aquel hombre había escrito algo muy pronto quedaría oculto. El momento de tensión era indescriptible.

¿Era posible que el hombre de negro asesinara al abuelo de María? ¿El mismo que había cometido ese brutal crimen? ¿Alguien de la residencia había informado al asesino de que el padre Jonás fue el último en hablar con él? Las preguntas se agolpaban mientras estudiaba el cadáver, el cuerpo sin vida del sacerdote.

Dio un paso con cuidado, intentando no mancharse de sangre las suelas de los zapatos. Otro paso, uno más, tendría que ir hacia la derecha. Estaba todo perdido de sangre. Miró al suelo y contempló un pedazo de carne, negruzco, no quiso ni pensar lo que era. Tomó aire y sin pensarlo se impulsó hacia delante, hacia el rostro del cura. Se inclinó con cuidado, casi no podía moverse, por todos lados había sangre. No pudo evitar mirarle a la cara... «Dios mío... ¡Le han arrancado los ojos!... ¿Quién pudo hacer una cosa así?» Logró calmarse respirando hondo y sacando el aire por la boca y lo aspiró por la nariz, a grandes bocanadas. Después se giró lentamente y contempló el dedo extendido del muerto: lo tenía manchado de sangre; con él había escrito o dibujado algo, parecía un triángulo… No era un triangulo… sino una gran uve invertida… Justo encima del vértice, un signo que parecía una be mayúscula con el rabo vertical alargado… como… ¿La letra beta del alfabeto griego? Debajo de la gran uve invertida había algo más; se agachó un poco, estaba muy borroso, además la sangre del gran charco de al lado avanzaba como un mar de lava candente de un volcán en erupción. El primer signo se había perdido, sólo se distinguía la parte inferior, después, otros… Observó atentamente y… un número, sí… ahora lo veía. Estaba muy nervioso, demasiado alterado, pero tenía que memorizar ese número. Mentalmente repitió las cifras… uno, uno, ocho… Ahí la caligrafía era muy mala, no distinguía nada, era una mancha, después dos números más… Dos, dos. Repitió la operación mentalmente: uno, uno, ocho… eso podría ser un cero o un… no, no estaba claro y después veintidós, eso era…

Miró de nuevo la uve invertida. Quizá podría ser una gran i griega al revés, pero el palo era muy corto… Se fijó con atención, le recordaba a algo, algo que él había tenido muchas veces en las manos, sobre todo cuando era estudiante, cuando dibujaba. Buscó en su mente, ríos de adrenalina corrían por sus venas. El corazón se le aceleró y por fin… ¡un compás! Un compás enorme, no tenía ninguna duda, con la letra beta encima. Ahora debía memorizar los números: 118… 22, faltaba la cuarta cifra, la del centro y también la primera… Observó mejor y se dijo: «La primera cifra es más grande, podría ser un signo, o quizá un cinco o una letra. No puedo perder más tiempo, si me encuentran aquí tendré que dar demasiadas explicaciones».

La sangre continuaba avanzando, ensanchándose, borrándolo todo, anegando el suelo. Debía salir de allí moviéndose con precaución, evitando mancharse. «¡Dios mío, cuánta sangre tiene un cuerpo humano!» Con gran esfuerzo intentó saltar pero esta vez no lo consiguió y las huellas de sus zapatos en rojo quedaron impresas sobre el pavimento. Llegó hasta la puerta, estaba muy nervioso y sin darse cuenta se apoyó en el marco con la mano y salió a toda prisa.

Mientras caminaba a buen paso, iba repitiendo mentalmente la numeración. Los niños que antes jugaban en el parque ya se habían ido. Aparentemente no había nadie en la calle. Aceleró el paso hasta llegar al coche. Lo abrió y se sentó en su interior.

Respiró a fondo y buscó en la guantera, siempre llevaba bolígrafo y papel. Sobre el volante trazó el dibujo, el número que el sacerdote escribió con su propia sangre. Lo dibujó todo tal como lo recordaba… Era un mensaje, algo que delataba al asesino… Sí, era muy posible, pero ¿de qué se trataba? ¿De qué quería dejar constancia el padre Jonás?

Guardó el papel y buscó la llave de contacto en su bolsillo.

Un coche de policía adelantó por su izquierda. El vehículo se detuvo a unos metros delante de él. Antes de agacharse vio cómo, a través de la ventanilla izquierda, salía proyectado un palito de chupa-chups. La policía… ¡Mortimer!, pensó, y se ocultó. Efectivamente, el inspector que estaba en la residencia, su ayudante y otro policía salieron del coche y se dirigieron hacia la iglesia de San Cristóbal. Miguel esperó unos segundos hasta que los perdió de vista. Luego arrancó su vehículo y se alejó. Aceleró al llegar a la esquina. Entonces recordó que había dejado la luz encendida… «Diablos, con las prisas… creo que me he apoyado en el marco y en la puerta… Mis huellas deben de estar por todas partes.» Sintió un desfallecimiento. Los zapatos… tenía que deshacerse de ellos.

20

Yukio Fumiko había paseado esa mañana por la playa. Le gustaba caminar junto al mar antes de que amaneciera. Ver cómo, lentamente, salía el sol. La costa de Cadaqués, a ciertas horas de la mañana y de la tarde, le recordaba a su país. Aquel lugar del litoral catalán aún tenía *tama*, fuerza vital. Las piedras, la vegetación, las montañas, el agua, todo poseía la energía del *tama*.

Pero eso no le bastaba para recuperar el sosiego.

La preocupación le había impedido dormir la noche anterior. A Yukio Fumiko, desde que supo que sus sospechas eran ciertas le había abandonado, al igual que a Macbeth, el sueño.

Debería impedirlo.

Yukio Fumiko nunca hacía negocios con un hombre si antes no le había visto comer; para el viejo jefe de la Yakuza, los rituales eran primordiales. Sentarse a la mesa y compartir era importante, algo que muchos occidentales no comprendían. Aquel catalán era diferente: tenía modales en la mesa, respeto y se comportaba como un auténtico daimio, un noble señor; pero eso no era suficiente para entregarle nada más.

Debería impedirlo.

Después de pasear, rindió culto a sus antepasados. El viejo Yukio oró con devoción e hizo el ofrecimiento simbólico. Él amaba la tradición y creía firmemente en «el camino de los dioses». Sin ellos, la familia y su país se desmoronarían. Por todo eso había luchado su padre, a quien no conoció, pero al que honraba en ese mismo momento. Había sido un fiel oficial que sirvió bajo las órdenes del general Tojo Hideki. Perdida la guerra, los norteamericanos le procesaron. Habían destruido su país, «la tierra de los ocho millones de *kami*» y el mismo emperador, al renunciar a su divinidad, había cooperado con las fuerzas de ocupación. Aquellos paganos se atrevieron a anular por decreto la religión sintoísta. El Japón de sus antepasados ya no existía. Como tampoco gran parte de su familia, originarios del delta del río Ota, en Hiroshima.

Su madre estaba embarazada de seis meses cuando vieron el gran hongo a lo lejos. Él tenía tres años pero aún recordaba aquel resplandor que apagó para siempre todo cuanto habían sido.

Nació su hermana y todo fue bien. Pasó el tiempo: treinta y cinco años. Entonces ocurrió. Un mal extraño que, sin manifestarse, había ido incubando lentamente desde su nacimiento acabó con ella de manera fulminante.

Entonces Yukio se hizo cargo de su pequeña sobrina recién nacida.

Años después, cuando el 7 de enero de 1989 el nuevo emperador Akihito designó su reinado como la era Heisei, «de la paz conseguida», Fumiko lloró. Lloró en el santuario de Yasukumi de Tokio, el que honraba a los muertos de la guerra. Y le hizo una promesa al padre que nunca conoció.

Le habían enseñado a venerar la figura del emperador y ningún decreto podría cambiar eso, pero no estaba de acuerdo con él. Fumiko no tendría paz hasta obtener venganza.

Ahora, a sus sesenta y cuatro años, era uno de los jefes más respetados de la Yakuza. Entre sus múltiples negocios, ninguno le satisfacía más que, en asociación con los cárteles sudamericanos, envenenar a la juventud de Estados Unidos. Los italianos entraron tarde en el negocio de las drogas; dudaron. Él no. Aquello le daría tanto dinero y poder como para comprar un continente y a todos sus políticos. Pero no era eso lo que quería. Quería algo parecido al gran hongo que vio en su infancia, y que acabó con su hermana.

Y lo quería en la sangre de cada norteamericano mayor de doce años.

—Padre.

Yukio no contestó. Acabó de rezar y se incorporó.

—¿Me has mandado llamar, padre? —preguntó su hijo.

—Sí, hijo.

Entonces salió a la gran terraza frente al mar. Se sentó en una tumbona.

—Ya sabes por qué te he llamado.

—Sí, padre.

—Debemos impedirlo. Esa relación no ha de tener presente ni futuro.

—Hablaré con Bru.

—No, primero con ella.

—Así lo haré, padre.

21

Eduardo Nogués recogió el palito de chupa-chups que su jefe acababa de tirar al suelo. Era el tercero del día. Sólo le faltaba eso, que además de toda aquella porquería, el jefe le contaminara el escenario de semejante atrocidad; porque aquello no era un crimen sino una auténtica salvajada.

Los forenses llevaban un par de horas trabajando y habían pasado el primer informe preliminar.

—¿Qué tenemos? —dijo Mortimer, que se encontraba realmente nervioso.

—¿Le pasa algo, jefe? Le noto tenso.

Eduardo Nogués tenía fama de guasón dentro del departamento; era capaz de comerse un bocadillo de tortilla de patatas utilizando como mesa el tórax de un capo de la mafia tumbado en una mesa de disección. Pero Mortimer no estaba para guasas. «¿Por qué narices se había dejado la luz encendida aquel asesino descerebrado?», pensaba.

—Ya lo puede ver, jefe; un fiambre la mar de confitado. El tipo que ha hecho esto no debe andar muy resuelto de magín.

—Nogués, no acabe con mi paciencia y limítese a informar.

—Al parecer, al viejo mosén…

—Un poco de respeto, Nogués —cortó Mortimer.

—Le han destripado, jefe, pero lentamente, como regodeándose. Además de arrancarle los ojos. Pero al cura, quizá por eso mismo, porque era cura, milagrosamente aún le dio tiempo de rezar un Ave María.

—¿Qué quiere decir?

—Que después de lo que le hicieron parece un milagro que consiguiese arrastrarse. Seguía vivo cuando lo dejaron; no hay duda, el cura se arrastró. Las pruebas son claras… ¿Ve?, ésta es la posición inicial —dijo señalando el lugar.

Mortimer contuvo la respiración y tragó saliva. Parecía tener la mente en otro lugar.

Nogués ya estaba acostumbrado a esos instantes de puro ensimismamiento de su jefe y le dijo:

—Vuelva a fumar… Se lo recomiendo; tanto chupa-chups no puede ser nada bueno, créame.

—No diga más sandeces… —contestó su superior, y le ordenó que le siguiera informando.

—Bien, jefe: luego, llegó hasta aquí y… en fin, todo está perdido de sangre… es como si hubiera intentado indicarnos algo; las fotografías tal vez nos den alguna pista. Pero el segundo individuo también contaminó lo suyo.

Mortimer iba a arrojar el palito del nuevo chupa-chups cuando Nogués dijo:

—Le prohíbo que lo haga, jefe.

Mortimer no le escuchó, arrojó el palito y Nogués lo cazó al vuelo.

—¿El segundo individuo? —preguntó Mortimer con gran curiosidad—. ¿Eran dos?

—No sé si eran dos asesinos. Las huellas de sus pisadas indican que entró más tarde. Además del pobre sacerdote, es del único que tenemos huellas dactilares, aquí, ¿ve…? En el marco y la puerta. El otro, seguramente el asesino, usaba guantes.

—¿Cómo lo sabemos?

—¿Que eran dos? Por los zapatos. Tenemos dos tipos diferentes. En cuanto a las huellas, del segundo tampoco tenemos dudas. Tiendo a pensar que no iban juntos. Que alguien entró después, vio el fiambre, pilló un acojone de narices y se largó de aquí a todo correr.

—Hable bien, Nogués. Es usted policía, no un personaje de *Corrupción en Miami.*

—Perdone, jefe. Es por las películas; uno ve tantas que terminas tomándole el tono a los polis de la tele.

—¿Qué piensa del móvil? ¿Alguna idea?

—No sé qué pensar, jefe. Desde luego nadie sorprendido al robar el cepillo de la iglesia comete esta salvajada. ¿Cree que este asesinato tiene algo que ver con la muerte del viejo de la residencia? El cura era su confesor, y además fue el último que habló con el anciano.

Mortimer no contestó.

22

—Yuri, tienes que hacerme un favor —dijo Bru.

Yuri estaría en su casa en media hora. Había cosas que no podían pedirse por teléfono. Bru no se fiaba de aquella panda de tarados a los que financiaba. No lo hacía porque le gustara, sino porque, en el fondo, era un hombre de palabra. Y las promesas familiares debían cumplirse. Pero quería el cuaderno. Si aquel diario contenía algo que le proporcionara poder, lo quería. Además, no se fiaba de Asmodeo y menos aún de sus esbirros. Una cuadrilla de fanáticos.

Jaume Bru tenía cincuenta y ocho años. No siempre se había llamado así. En el registro, a principios de la democracia y cuando sus amigos políticos se lo aconsejaron cambió Jaime por Jaume porque debía adecuarse a los nuevos tiempos. Le daba igual Jaume que Jaime, al igual que este o aquel partido político; él era uno de los hombres más ricos de la ciudad y les daba dinero a todos.

Su casa, una enorme mansión, era un resumen del esplendor del pasado y del presente de su estirpe: muebles modernistas, figuras, piezas y cuadros de gran valor la adornaban.

Su familia había ejercido el mecenazgo de la *Renaixença*. Podían permitírselo: negocios en Cuba antes del desastre, fábricas en Pueblo Nuevo. Todo gracias a los orígenes oscuros de su fortuna: el comercio de esclavos. Una familia de negreros durante siglos, un oficio que ejercieron tanto en la trata y la compraventa de esclavos en el siglo XVIII, como con los obreros a partir de mediados del XIX.

La pérdida de Cuba fue un desastre para los negocios de los Bru. La debilidad y la incompetencia del maldito gobierno de Madrid, la guerra con Estados Unidos… un doloroso golpe económico para ellos y otros empresarios. Pero los Bru siempre salían a flote. Ya a principios del siglo XX Marcos Bru, su abuelo, contrataba a pistoleros para que se liaran a tiros contra los malditos obreros de sus fábricas que habían abrazado el anarquismo y amenazaban una prosperidad económica que él había acrecentado durante la Primera Guerra Mundial: sus barcos ya no transportaban esclavos, pero sí comerciaban con todas las potencias en litigio que necesitaban las mercancías que, bajo el pabellón de un país neutral en el conflicto, les proporcionaba a unos y a otros. Los Bru no tenían escrúpulos. Acabada la Primera Guerra Mundial y con una fortuna más que triplicada, no iban a permitir que las algaradas y los descontentos pusieran en peligro ni una sola de las pesetas que habían ido acumulando durante siglos. La ciudad era suya porque la habían pagado ellos y se dejaban ver por el Círculo Ecuestre, el Palau, el Gran Teatro del Liceo, la Cámara de Comercio, Fomento del Trabajo Nacional y en todos los círculos que ellos contribuían a mantener y que eran el símbolo de su clase y de su esplendor económico.

Cuando la ciudad se desmadró y los políticos de Madrid fueron incapaces de poner coto, Marcos Bru le ordenó al capitán general de Cataluña que recondujera la situación.

La tranquilidad duró poco y, durante ese corto tiempo, ni siquiera fue completa. Bru, pocos años después, también puso dinero en aquella operación que iba a llevar en avión a otro general para que se pusiera al frente de un golpe militar. Pero no pudo salir de Barcelona, quedó atrapado, las circunstancias fueron ésas. Él ya contaba con eso. Durante tres años permaneció en su casa en zona republicana y nadie, ningún comunista, miliciano o anarquista, se atrevió a acercarse. Marcos Bru salió a la calle el 26 de enero de 1939. Se plantó en la Diagonal como uno más y levantó el brazo con firme decisión. Entonces lloró. Tres años, tres largos años sin poder salir, sin pasear por unas calles que eran suyas, por una ciudad que era suya. Marcos Bru lloró con una emoción sólo comparable a la del día en que murió su santa esposa: una gran mujer, fea, católica y sentimental. Las coristas, las obreras y las putas eran otra cosa. Sentía por ellas el mismo gusto que por el cava. Una vez vacía la botella, se tiraba y a por otra. Pero su mujer… ¡Una santa! El vicio lo guardaba para las demás.

La dictadura fue una auténtica gozada para los negocios de los Bru.

El padre de Jaume Bru fue un digno continuador de la estirpe y se entendía muy bien con aquel general al que no le gustaba meterse en política.

—Hace bien, Francisco; hace bien. Usted no se meta en política, déjenosla a nosotros. Usted a lo suyo: ya tiene su cuartel, toda España. Los negocios y la política corren de nuestra cuenta. Qué, don Paco, ¿a que es *maca* Barcelona?

José Antonio Bru, de vez en cuando, le soltaba alguna palabra en catalán por si el general se animaba a hablarlo en la intimidad.

—Muy bonita, señor Bru.

—¿Y el Club de Fútbol Barcelona? ¿Qué me dice, Paco?

—Bueno, bueno.

—Si quiere, le hago socio. Honorífico, claro, y sin pagar una peseta.

—A mí, en realidad, lo que me gusta es pescar.

—¡Pues nada, a pescar! Tengo un barquito en Palamós, nada de lujos, y cuando quiera nos vamos a pescar.

—¿Y ríos?

—También tengo ríos; también. Y a una orden mía las truchas te llenan la cesta.

José Antonio Bru era de los pocos que llamaban por su nombre al general. Alguna joya para doña Carmen, algunos millones para los hombres del régimen que le permitían hacer sus negocios y un poco de *foie-gras* Mina para el general cada vez que visitaba Barcelona fueron suficientes para vivir tranquilos durante casi cuarenta años.

La familiaridad entre el Generalísimo y el magnate catalán se había acentuado cuando ambos decidieron, a dúo, y bajo el seudónimo de Jakim Boor, escribir una serie de artículos en contra de la masonería y que publicó el diario *Arriba*. Los artículos fueron reunidos en un libro con el título de *Masonería*. El *No-Do* difundió una supuesta entrevista entre el Caudillo y el señor Jakim Boor, que no era otro que José Antonio Bru disfrazado de inglés. Según este noticiero: «Como era de esperar, ambos conversaron afectuosamente».

—Paco, tienes que hacerme un favor —le dijo José Antonio Bru en una ocasión al Generalísimo.

Y un día de 1952, Franco y José Antonio Bru visitaron el monasterio restaurado de Poblet y el general, en presencia del magnate catalán, le exigió al abad de la congregación cisterciense que hiciera el favor de retirar la tumba de «uno de los hombres más perversos de su siglo». Así lo hizo el abad y los restos del duque de Wharton fueron trasladados al cementerio particular de los monjes. Felipe de Wharton, junto con un grupo reducido de ingleses, había fundado la primera logia masónica en España en el año 1728.

Jaume Bru —hijo de José Antonio Bru, procurador en Cortes y amigo personal del Caudillo— era el último de la casta. Había sido educado en el Colegio Alemán —a fin de cuentas su padre fue germanófilo durante la guerra y su abuelo pagó algunos de los montajes de Wagner en el Liceo— y completó su educación en Inglaterra. Su mentalidad, su forma de ver y entender el mundo, era un calco de la de su padre; una cuestión genética. En otros aspectos jamás se habían entendido. Jaume Bru odiaba a su padre, aquel maldito viejo que se pudría en la otra planta de la casa. Prometió dirigir los negocios, pero de las locuras de su padre no quiso saber nada.

Jaume Bru miraba la ciudad y se daba cuenta de que aún era suya y de cuatro más; siempre había sido así y así continuaría. Como lo eran Nueva York, Londres o París; de cuatro. En eso el mundo no había cambiado.

Jaume Bru era un tipo listo y, en paralelo a sus negocios legales, mantenía la tradición familiar. La caída del Este fue providencial. Bru proveía de carne fresca no sólo a los burdeles de Barcelona y de toda la costa mediterránea, sino que tenía sucursales en las principales ciudades europeas. El pasado esclavista de sus ancestros conectó muy bien con los mafiosos rusos, con los que hacía buenas transacciones. La globalización de sus negocios fue pan comido: chinas, tailandesas, birmanas y japonesas también fueron pupilas de sus burdeles. Pero, quizá por tradición familiar, comerciar con negras era la parte del negocio que más le satisfacía. Pero las negras eran un material altamente defectuoso, más de la mitad venían con sida y eso era muy malo para la actividad. Había que desechar todo ese material tan problemático.

—Quédate mis polacas y deja a las negras. Mis chicas están limpias, son jóvenes y, si las obligas, pueden ser muy guarras. Te gustarán —le decía Yuri, uno de sus socios.

—Me gustan las negras.

—Vale, pero a la mitad hay que enterrarlas, quitarlas de en

medio; están llenas de mierda. Bru, no hay problema, yo lo hago, para eso están los amigos. Pero pierdes dinero.

—Tengo mucho. Además, ¿para qué sirve el dinero si no es para algún que otro capricho?

—Sí, ya sé que tienes debilidad por las negras y las asiáticas.

—No, por las asiáticas no. Sólo por las japonesas —puntualizó.

—Eres muy raro, polaco. Los polacos sois muy raros —le dijo—. ¿Por qué las japonesas?

—Es una cuestión familiar. Algunos de mis antepasados fueron misioneros en Japón.

—Siempre habéis tenido una parte muy humana —bromeó el ruso.

—No te rías, Yuri. No vengo de una familia de salvajes de la estepa que se dedicaba al canibalismo porque no tenían nada que echarse a la boca. Mi familia es historia, tenemos principios y siempre hemos creído en Dios.

—¡Venga, Bru, no me jodas!

—Nosotros somos señores… *«De porcs i de senyors se n'ha de venir de mena.»*

—¿Qué?

—Déjalo, no lo entenderías.

—Vale. Pero ¿qué hago con las negras?

—Lo mismo que siempre hasta nuevo aviso. Tengo una idea.

La idea no era nueva, se trataba de recuperar la tradición familiar. ¿Cómo no se le había ocurrido antes? Fue entonces cuando creó las granjas. Tenía tres en África y una en el Maresme. No hacía falta más. Compraban a las niñas y niños muy jóvenes; los que estaban sanos eran alimentados y cuidados con esmero durante años, incluso se les proporcionaba una educación elemental y la enseñanza del idioma del país en el que ejercerían. Su introducción en el mercado podía tardar entre cinco y diez años: cinco para los más pequeños, que se utilizaban en el negocio del porno y en películas «especiales» —*snuff movies*, las llamaban, aunque él no entendía mucho de cine—, por las que se pagaban auténticas millonadas. Los afortunados y afortunadas eran comercializados en los burdeles clandestinos.

Algunas parejas eran utilizadas «para criar», como le gustaba decir a Bru. Estos niños tardaban más en ser comercializados. Pero sus negocios de cava le habían hecho comprender que la paciencia también daba dinero. Con los niños defectuosos que no pasaban las pruebas médicas tampoco perdían dinero: el mercado de órganos era un buen negocio y Yuri en eso era un experto y le ofrecía buenos precios.

Así iba la marcha de sus negocios cuando Jaume Bru salió a la terraza. Contempló la ciudad. Continuaba siendo suya y de cuatro amigos, como siempre. En eso estaba cuando ella salió, se desnudó y se arrojó a la piscina que ocupaba gran parte de la terraza. Bru se aproximó al borde. Ella se acercó buceando, emergió como una sirena amarilla y besó a Bru.

—Hola, jefe —dijo Taimatsu.

—No soy tu jefe. Tú eres tu propia jefa y puedes dejarlo cuando quieras.

—¡Ni lo sueñes! La Fundación es la mitad de mi vida.

—Creía que yo era tu vida.

—Tú eres la otra mitad.

—Soy muy viejo para ti. Sé que me quieres por mi dinero.

Taimatsu tenía una belleza casi felina. Parecía una joven de veinte años. Bru casi le doblaba en edad.

—No seas memo. Mi tío tiene más dinero que tú. Te quiero porque eres bueno, divertido, culto, guapo, elegante…

—Vale, vale.

—Y, además, el dueño de una Fundación que es un sueño para mí.

Taimatsu era la directora de la Fundación Amigos del Modernismo, creada y subvencionada por Inmobiliarias y Contratas Bru, S. A., una de las empresas líder de su sector y con filiales en Chequia, Hungría, Polonia y otros países del Este. Jaume Bru había comprado un edificio modernista en la calle Bruc, entre las calles de Provenza y Mallorca, como futura sede para la Fundación.

Taimatsu ignoraba todo sobre sus verdaderos negocios, así como los de su tío Yukio. Desde niña había vivido en una burbuja de cristal. Era historiadora del arte y experta en el modernismo catalán. Viajó por primera vez a Cataluña a los diez años, cuando sus tíos compraron una casa en Cadaqués, que les vendió Bru. Taimatsu creía que la amistad de su tío y Bru partía de entonces. Ella y sus tíos pasaban los tres meses de verano en la casa de Cadaqués. A veces Bru se dejaba caer como invitado. Y se enamoró de él. Hacía dos años que había llegado a Barcelona para hacerse cargo de la Fundación. Su tío no puso ninguna pega, aunque desconocía la relación clandestina entre su sobrina y el mafioso catalán. Su segundo enamoramiento fue Barcelona; le encantaba la ciudad. Tenía un piso precioso y cómodo en el barrio de Gracia, en una zona bulliciosa y alegre, cercano a cafés que le encantaban porque siempre estaban llenos de gente interesante y divertida y, también, del cine Verdi, donde de vez en cuando podía ver alguna película de su país. Taimatsu era libre, feliz, tenía un trabajo que le gustaba y vivía en una ciudad donde se levantaban las obras del que consideraba el mejor arquitecto de todos los tiempos. Y su pasión por Bru fue en aumento. Para ella aquel hombre maduro y atractivo era un benefactor y el tipo más estupendo del mundo. Estaba realmente enamorada. Él representaba para Taimatsu el empuje empresarial catalán y el amor de la burguesía adinerada por el arte. Gente que admirar. Una sociedad de príncipes emprendedores, cultos y filántropos que, según ella, entroncaba con parte de la manera japonesa de entender la vida. Estas últimas consideraciones le hacían mucha gracia a Bru.

Le anunciaron la llegada de Yuri.

—Que espere —indicó Bru—. ¿Comeremos juntos? —preguntó a Taimatsu.

—No; he quedado con una amiga.

—¿Con quién? —preguntó de nuevo y se arrepintió. Sabía que odiaba que la controlaran. Pero Bru no lo había hecho por ese motivo. Sencillamente le gustaba saberlo todo.

—Con María; María Givell. Una chica a la que he conocido hace poco y nos hemos hecho muy amigas; realiza algunos trabajos para la Fundación. No la conoces.

Taimatsu se equivocaba; sí la conocía. Bru, de una u otra forma, sabía todo o casi todo de aquellos que trabajaban para él.

—Estoy un poco nerviosa; dentro de nada es la gran noche.

La Fundación Amigos del Modernismo estaba a punto de inaugurarse.

—No te preocupes; todo irá bien.

—Me voy —dijo ella dándole un beso.

Pocos minutos después entró Yuri.

—Como te dije, necesito que me hagas un favor.

23

Entró con temor, se vistió con la túnica negra y se dirigió hacia el altar donde Asmodeo le estaba esperando. El hombre inclinó la cabeza ante su señor en señal de sumisión y respeto.

—¿Qué quieres? ¡Si has solicitado esta entrevista tiene que ser por algo grave!

—Y así es —afirmó con nerviosismo y añadió—: Bitrú se ha pasado. No me gusta ese tipo. Sabe que no me gusta, señor. Es un psicópata que se emborracha con sangre. Los de arriba quieren que investigue. En la residencia de ancianos la cosa puede arreglarse, pero en la parroquia, con el cura… Se le fue la mano.

Asmodeo le hizo un gesto para que se quitara la capucha. Mortimer así lo hizo, pero seguía sin atreverse a mirarle. Aquella máscara le imponía.

—El padre Jonás era uno de ellos. Ya sabes cómo va esto. Hay que vaciarles las tripas, las vísceras… Siempre se ha hecho así. Ellos también hacen lo mismo con nosotros, ya deberías saberlo.

—¿Nos destripan? —preguntó con espanto. Cuando entró en la secta no contaba con eso. Del día de su iniciación recordaba especialmente la máscara, el anillo con la piedra pentagonal negra que Asmodeo le indicó que besara.

—Nos matan, imbécil. Cuando tienen ocasión de acabar con uno de nosotros, no dudan en hacerlo.

—No es lo mismo, no es lo mismo —afirmó su lacayo.

Asmodeo no quería entrar en una discusión con aquel subordinado sobre las diferentes formas de morir y añadió:

—Nos engañaron bien introduciendo un agente en nuestra organización y tragamos el anzuelo… No puede haber compasión.

—Sí, pero esto puede perjudicar la misión; el objetivo final es lo que importa y, de momento, no tenemos nada —dijo casi sin atreverse a elevar el tono de voz.

—Sé que sabrás arreglarlo todo. Confío en ti, estás mejorando mucho y llegarás a ascender…

—Me lo ha puesto difícil el maldito psicópata… Se divirtió con Jonás lo que quiso, pero cuando se marchó el muy idiota, el cura aún vivía.

—Eso es imposible.

—Un milagro, esto es lo que ha dicho Nogués, el agente que me acompaña…

—No lo comprendo. Bitrú no es un torpe, tiene cerebro y matando es el mejor… Parece que la naturaleza le ha dotado de esta virtud, nunca antes…

—Créame, lo dejó vivo. Por poco tiempo, pero vivo… Además hay otra cosa…

—¿Otra cosa? No te andes con rodeos…

—Cuando hemos llegado la luz estaba encendida…

—¿La luz encendida? Imposible. Bitrú nunca trabaja con luz, de hecho no la soporta, sería incapaz de actuar… Además, fue una ejecución ritual; necesitaba la oscuridad. ¿Estás seguro?

—No tengo ninguna duda de ello…

—Entonces…

—La cosa se complica… Hay pruebas de que probablemente alguien más estuvo en el lugar del crimen.

—Quizá a nuestro carnicero se le fue la mano, eso no me preocupa… Pero siempre actúa solo. No lo entiendo, todo estaba perfectamente coordinado… No me lo explico… ¿Vivo y con la luz encendida? ¿Llegaste…?

—Sí… —cortó, dándose cuenta de que tenía que haber esperado a que su amo y señor terminara la frase. Aclaró—: Media hora después de la ejecución y de acuerdo con el plan. —Se detuvo un momento y luego prosiguió—: Fue en ese intervalo cuando alguien estuvo allí y… al marcharse se dejó la luz encendida. Aunque yo creo que fue cosa de ese chapucero.

—No, Bitrú odia la luz… Es un salvaje, eso es cierto, pero nunca se dejaría la luz encendida… Alguien más ha estado allí, justo unos minutos antes que tú… ¿Crees que vio algo?…

—No lo sé. Tengo que revisar de nuevo las fotografías. El cura se arrastró, tenía la mano extendida. Pudo escribir algo… Algo que, después, el gran charco de sangre acabó por cubrir. De hecho, analizando las fotografías infrarrojas, sólo he podido ver unas marcas extrañas, bastante borrosas. He reconocido lo que podría ser el signo, y algunas cifras debajo. Pero ya le digo, tengo que analizarlas con detenimiento. Estoy en ello, tardaré unas horas.

—¿Crees que nos ha delatado?

—Es una posibilidad…

—Si es así, el error de Bitrú es grave. No podía irse sin comprobar que estuviese muerto. Es increíble. Supongo que habrá alguna manera de arreglarlo.

—De momento, la posibilidad de establecer una conexión entre la muerte del anciano y el confesor es remota. Yo tampoco puedo controlarlo todo. Ya sabe cómo trabajamos. Si alguien más se interesa por el tema, al final atará cabos y podríamos estar en la cuerda floja.

—Entonces, ¿crees que alguien ha estado allí, en la parroquia de San Cristóbal, después de Bitrú?

—Me temo que sí —dijo en un susurro.

—El matemático es más listo de lo que creía.

Hubo un silencio. Mortimer sabía que Asmodeo controlaba todos los pasos de la nieta…

—Haces bien tu trabajo, serás recompensado.

—En la residencia hizo preguntas y el director le reveló que aquella mañana el viejo había hablado por última vez con el padre Jonás, el confesor. Si quiere quitarle de en medio no resultará difícil… Tenemos sus huellas —dijo intentando complacer a su jefe.

—No, de momento no nos conviene; pero sí añadirle algo de presión. Además, a estas alturas y después de lo que ha visto, debe estar bastante asustado. El matemático está a punto de entrar en otro mundo y no creo que esté preparado —dijo como si le conociera y añadió—: ¿Qué propones?

—Tendré que dar explicaciones, tenemos las huellas del matemático y eso le implica en la muerte del padre Jonás.

—Eres convincente… Sabrás ganar tiempo. Ahora no nos conviene que ella y el matemático se vean implicados. Creo que nos van a ser de gran utilidad, pero debemos vigilarles. En cuanto consigamos nuestro objetivo les mataremos.

—Haré lo que pueda, no lo dude. En cuanto a Bitrú, dele un descanso… Que no se entrometa ese chapucero o todo se puede ir al traste. De momento, que desaparezca de la circulación unos días…Ya tuvimos bastante cuando el par de idiotas que mandó tras la chica se liaron a tiros en la calle Balmes.

—¿Hay algo más? —preguntó.

—Sí, señor. Sabemos que la pareja fue a la Sagrada Familia. Uno de los nuestros los siguió; fueron directos a la puerta del Nacimiento, y durante un rato contemplaron el pórtico del Rosario. Parecía que andaban buscando algo.

—¿El pórtico del Rosario?

—Eso he dicho, maestro, ¿qué tiene de particular?

Hubo un silencio en la conversación. Asmodeo esperó un momento; por su cabeza pasaban imágenes, conversaciones lejanas, suposiciones…

—Nada… Lo cierto es que esa parte del templo la diseñó y se completó en vida del mismo arquitecto. ¿Qué hicieron luego?

—Después fueron a la fachada del Nacimiento y… no creerá lo que voy a decirle.

—Habla de una vez.

—Encontraron algo en…

—¿En dónde y qué encontraron?

—En una tortuga, jefe. En una de las tortugas que sostienen las columnas del templo.

—¡La tortuga! —gritó Asmodeo y añadió—: La cuenta atrás ha comenzado.

—¿Cómo dice, jefe?

—La obra de Dios se completó en seis días y el séptimo descansó.

—El seis, ¿no es el número sagrado de los judíos, jefe?

—Simboliza las seis direcciones del espacio. Gaudí sembró toda Barcelona con cruces de cuatro brazos coronando casi todos los edificios… cruces espaciales que señalan las seis direcciones. La llegada del sexto día es el tiempo límite para cumplir la profecía.

—No le entiendo, jefe.

—No te preocupes, hablaba para mí. Y no me llames jefe.

—Perdón, maestro Asmodeo. En la tortuga había una caja.

—Sí, con un cuaderno en su interior.

—¿Un cuaderno? ¿Cómo lo sabe?

—Ésa fue la única confesión que Bitrú le pudo sacar a Jonás. Se lo dijo mientras le estaba torturando. Sabíamos algo de eso. Sabíamos que el viejo tenía un cuaderno donde apuntaba cosas, copiaba dibujos, esquemas de viejas ermitas, capiteles, claves de bóveda, estructuras de catedrales…

—¿Eso es lo único que dejó el viejo? ¿Un cuaderno?

—Sí, pero imagínatelo: pierde la cabeza… Sabe que tiene un secreto, que lo guardó, que posiblemente allí dice dónde y qué hacer con él… pero no lo recuerda.

—¿Y por qué han ido a por él ahora?

—Porque nos informaron de que en la última entrevista con su nieta había mejorado. Era como si el viejo esperara algo para que su mente se desbloqueara. No podíamos eliminarlo, él era el único testigo, el único que nos podía conducir hacia el secreto. Pero no fue así. Creemos que su nieta es el nuevo guardián.

—Y ahora debemos recuperar el cuaderno, ¿no?

¿Por qué explicarle eso a un subordinado? No respondió la pregunta y su subordinado entendió o interpretó su silencio afirmando:

—Voy entendiendo. Hay que recuperar el cuaderno, pero sobre todo hay que darle cuerda a la nieta porque es la que acabará sabiéndolo todo y nos lo tendrá que cantar.

—No te precipites… Yo personalmente te daré esa orden en el momento oportuno; es una carrera contrarreloj. Hay que ganar tiempo.

Asmodeo calló de repente. Él estaba convencido de que la nieta del viejo, María, con la ayuda de Miguel, era la única persona capaz de atar todos los cabos. Ellos sólo tenían que seguir a la pareja y actuar en el momento oportuno.

—Puedes irte.

Mortimer inclinó la cabeza y salió.

24

Miguel dejó el coche en un aparcamiento subterráneo. Al salir al exterior se detuvo un minuto frente al escaparate de la Casa del Libro y, unos metros después, en el de la librería Jaimes pero lo hizo por inercia, no miraba los libros. Luego cruzó el paseo de Gracia y descendió. Había quedado con María y Taimatsu para comer en La Camarga; le estaban esperando en una terraza al aire libre del paseo de Gracia. No sabía si contarle la verdad; desde luego aquél no sería el momento oportuno con Taimatsu delante. Además, tampoco tenía tiempo de quedarse con ellas. Necesitaba estar solo, pensar, investigar. ¿Debía decirle a la policía que había estado en el escenario de un crimen? ¿Que tenía alguna prueba que podía resultarles de utilidad? Pero ¿qué tenía en realidad? Unas cifras, un par de objetos dibujados con sangre. ¡Dios! ¿De qué iba todo aquello?

Continuó paseo de Gracia arriba hasta que las vio en una terraza justo enfrente de la Casa Batlló.

Intentó aparentar tranquilidad. Besó a María, saludó a Taimatsu y tomó asiento junto a ellas. Pidió una cerveza, ellas tenían un par de refrescos.

—María me lo ha contado todo —dijo Taimatsu.

—Un accidente lamentable —añadió Miguel.

Él se dio cuenta de que María no podía ocultar un rostro invadido por el dolor. La trágica muerte del abuelo y todos los acontecimientos que habían rodeado aquel hecho parecían hundirla literalmente en aquella silla. Había intentado anular la cita con Taimatsu, pero no logró localizarla. Se había pasado gran parte de la mañana en la residencia, con todo el papeleo del entierro, y se la veía aturdida.

—¿Qué tal con el padre Jonás? —preguntó María con ojos tristes.

—Bien. En realidad nada, sencillamente le atendió en confesión.

María se dio cuenta de que él no quería hablar de dicho asunto y cambiaron de tema. Miguel les comentó que no podía quedarse a comer con ellas, pues tenía un trabajo que hacer, pero que podían verse luego.

—Me quedaré con vosotras sólo un rato —concluyó.

—Antes de que llegaras estábamos hablando de Gaudí. María me decía que su abuelo era un gran conocedor de su obra y que tú estás estudiando la relación de Gaudí con la matemática fractal.

Aquella última afirmación le cayó encima como un jarro de agua fría.

—Le he comentado a Taimatsu que estabas en ese asunto.

—¿En qué consiste? ¿Cuál es tu tesis? —preguntó Taimatsu.

Miguel debía pensar con rapidez.

—Bueno… en realidad… aún no lo sé. Es sólo una idea; menos que eso. Una intuición basada en la aplicación del principio natural del crecimiento de las ramas de los árboles que Gaudí parece ser que aplicó en las columnas de la Sagrada Familia… Y también en la modulación, la seriación, la repetición de formas, especialmente helicoides y paraboloides a escalas distantes. Pero en realidad no tengo nada, estoy empezando.

—Bueno, cuando tengas más elaborada tu intuición me gustaría escucharla —dijo Taimatsu.

—¿Por qué los japoneses sentís esa fascinación por Gaudí? —preguntó Miguel, en parte por cambiar de tema y, también, porque realmente le llamaba la atención los miles de japoneses que, año tras año, acudían a Barcelona para visitar las obras del arquitecto de Reus.

—Nuestra cultura está muy relacionada con la filosofía zen… Toda actividad humana, por simple o sencilla que parezca, es un camino hacia *undo*: la perfección. Para nosotros Gaudí habría llegado al *satori*: la iluminación; es decir, había abandonado la técnica para lanzarse a la creación. Los maestros zen enseñan que un dedo te sirve para señalar la luna, pero una vez que hayas reconocido la luna no sigas mirando el dedo. Gaudí edificó casas, edificios, nos construyó dedos para señalar las estrellas, el cielo, el espíritu… Pero nosotros continuamos mirando el dedo. Quizá por este motivo, entre otras cosas, después de Gaudí nadie, ningún arquitecto ha continuado su línea.

—Muy interesante tu teoría, demasiado profunda para un occidental… Aquí todo es más superficial… Pero no crees que Gaudí era único…

—No te rías de mí, por favor…

—Disculpa, Taimatsu, pero no me reía. Yo creo en Gaudí, sus edificios son más bien un reflejo de la naturaleza, en cierto modo se asemejan a rocas, arboledas… Me recuerdan a vuestras casas, vuestros jardines… Y sobre todo la creación de atmósferas íntimas, penumbras de árboles inmensos, claroscuros.

—Tienes razón. Gaudí comprendió y compartió la gran importancia que nuestra cultura le da al arte de la naturaleza y también a ciertas actividades que en Occidente son consideradas artes menores, artesanales… En cambio en Japón es verdadero arte con letras mayúsculas… El arte floral, el ikebana, por ejemplo, o el bonsái. La gran tradición de nuestro teatro de títeres y máscaras… Gaudí improvisaba siempre a pie de obra con los maestros albañiles, arquitectos ayudantes, delineantes y, muy especialmente, con los maestros artesanos, los forjadores, picapedreros, escultores. Aunque te rías de ello, en mi cultura los artesanos son venerados como verdaderos artistas, buscan la perfección en su trabajo; nosotros entendemos muy bien esta idea del arte, del oficio muchas veces anónimo. Gaudí también lo sabía…

—¿Quizá porque Gaudí era hijo de caldereros? No deja de sorprenderme esa visión del arte que tenéis en Japón, de las cosas más inverosímiles hacéis arte…

—Ya vuelves a reírte de mí, Miguel.

—Estoy empezando a documentarme sobre Gaudí, ya sabes, debo recoger toda la información que pueda para elaborar mi teoría. Y me interesa todo, después ya seleccionaré… Sé que fue evolucionando, en un momento de su vida se entusiasmó con el arquitecto Viollet-le-Duc, que fue el gran redescubridor del arte gótico, pero Gaudí lo rebasó, incluso consideraba algunas de las soluciones arquitectónicas del gótico como muletas. La cuestión de la luz natural fue un tema de una gran trascendencia para él. Por eso modificó la cripta de la Sagrada Familia cuando se hizo cargo definitivamente del proyecto en el año 1883, para que recibiera luz natural, modificando, como digo, el plano original creado por Villar.

—Veo que estás muy puesto en el maestro —dijo Taimatsu.

—No creas. La complejidad de Gaudí es enorme… No me engañes… Ahora eres tú la que se ríe de mí.

María no dijo nada, pero estaba realmente sorprendida por la pasión que mostraba Miguel. Ella siempre había creído que Gaudí no le gustaba nada. Que despreciaba la arquitectura por ser un arte al servicio del poder.

Pero Miguel prosiguió sin fijarse en el efecto que estaba causando en ambas mujeres.

—Yo creo que es simplemente un componente estético, no hay nada más. Gaudí parte del neogótico, el estilo que predominaba en la época. De hecho, como sabrás, Villar realizó el proyecto de la Sagrada Familia, la catedral de los pobres, con un lenguaje neogótico convencional. Gaudí supera con creces este estilo y va más allá. Algunos lo criticaron, lo despreciaron acusándolo de practicar una arquitectura ecléctica, una fusión caótica en donde mezclaba distintos estilos. Gaudí, en cierto modo, partió del neogótico, pero también del arte mudéjar y muchos de sus edificios tienen un aire romántico, un estilo que entronca directamente con la naturaleza.

—Sí, es cierto, me rindo ante tus apreciaciones, Miguel. Pero no creas que se trata sólo de un problema de estética. Gaudí era muy religioso, sobre todo al final de su vida, y su arquitectura nos señala su espiritualidad. Pero no me refiero a la simbología cristiana que utiliza, o incluso a la hermética que pudiera utilizar, no, no... Estamos hablando del propio edificio en su conjunto... Él construía edificios vivos, su arquitectura es orgánica, está viva.

—Sí, me parece que eso lo he oído en otro lugar... Los antiguos alquimistas también consideraban a las piedras y metales que quemaban en sus hornos como cosas vivas, orgánicas.

Hablaron de muchos aspectos de la obra y la personalidad de Gaudí, pero María, no les atendía, no podía dejar de pensar en su abuelo. ¿Estaba realmente loco? ¿Y si fuera verdad? Bien, tal vez no era un caballero, pero ¿y si realmente Gaudí le dio un secreto para que lo ocultara? ¿Qué secreto podía ser tan importante como para que mataran a Gaudí y, ochenta años después, posiblemente a su abuelo? ¿Quién era capaz de esperar ochenta años? «No hay caminos —dijo—. Estamos dentro de un bosque, perdidos.» Y debía matar a la bestia que aguarda en la tercera puerta, ésas fueron las últimas palabras que su abuelo le dijo...

—¿María? —preguntó Taimatsu.

—Disculpad, me he quedado embobada pensando en cosas mías.

—María, Taimatsu comentaba algo muy curioso: en Japón la sinceridad está mal vista, el lenguaje siempre tiene que esconder algo, con sutileza, eso sí. A los japoneses les resulta terriblemente molesta la excesiva sinceridad de los occidentales... Quizá por este motivo les gusta tanto Gaudí. Sus obras cargadas de símbolos, con apariencia de rocas, árboles...

Taimatsu le interrumpió.

—Son un reflejo de la naturaleza... En su lenguaje arquitectónico nada es recto, todo es sinuoso, la curva predomina, en la naturaleza no existen las líneas rectas. Cualquier detalle está lleno de significado, tal vez oculto, incluso utilizó mucha simbología esotérica, muchas veces incomprensible. Yo creo que no es sólo estética. No es un lenguaje directo... Hay que interpretar. Hay que leer la piedra, el ladrillo, el *trencadís*... El arte de sugerir sutilmente, de hablar sin decir... esto es el zen. Gaudí sabía esconder en el interior el verdadero secreto, para que cada uno lo descubra, descubra su propia espiritualidad... Su arquitectura, su rica simbología es un *do*, un camino hacia la iluminación. Gaudí nos cuenta una historia pero en su lenguaje nunca nos revela el final, el secreto... Nos está ofreciendo una fruta para que nosotros descubramos su sabor, su textura... ¿Qué sentido tendría que Gaudí nos ofreciera la fruta ya mordida...? Esto es el camino del zen, la sugerencia... La palabra que no dice nada pero lo contiene todo, sutilmente. El dedo que señala las estrellas. Somos nosotros quienes debemos contemplarlas. Como el arte del ikebana, la decoración floral, o el del bonsái, pero yo creo que la arquitectura de Gaudí está mucho más próxima al *suiseki*.

María se quedó perpleja; con la mirada interrogó a su amiga y ésta le contestó:

—La palabra suiseki deriva de *san-sui-kei-jo-seki*, que significa montaña, agua, paisaje, sentimiento…

—¿Qué es el suiseki?

—Es el arte de las piedras… inochi suiseki, arte creado por la naturaleza… Es muy antiguo, proviene de China, nació hacia el año 2000 antes de Cristo, en Japón llegó en el siglo v y pronto fue muy popular.

—Sí… —afirmó Miguel débilmente mientras intentaba recordar—. He visto algunas exposiciones, son pequeñas piedras, como paisajes en miniatura.

—Eso es el arte del suiseki, la piedra que describe el paisaje o el universo. Una piedra natural que evoca un paisaje completo. Un cosmos.

—¿Es como el bonsái? —intervino María.

Taimatsu le contestó:

—En cierto modo, sí… El bonsái reproduce un árbol en miniatura, que está vivo… El suiseki es como un paisaje en miniatura. Una pequeña piedra que es como un modelo a escala muy reducida de un paisaje inmenso… Pero el suiseki es un arte distinto del bonsái, más complejo y profundo y está, como ya dije, muy relacionado con el zen, con la ceremonia del té, el *sado*. El suiseki es la piedra que tiene vida por la corriente de agua; está unido a una idea muy nuestra: armonizar el universo, *wabsabi*. Los edificios de Gaudí, las obras, y especialmente el parque Güell, son suiseki. Y La Pedrera, por ejemplo, es una muestra muy clara de lo que estoy diciendo… Es realmente fascinante concebir un edificio como una piedra, como el suiseki, el arte creado por la naturaleza, como un pequeño espejo donde se refleja todo un paisaje vivo; para nosotros eso tiene un poder sugestivo muy importante.

Taimatsu era una mujer realmente culta y Miguel, al escuchar toda la argumentación, se quedó impresionado. Había profundidad, belleza en todo lo que decía pero, también, había algo oculto y relacionado con aquella historia de Juan Givell que los había atrapado como en una tela de araña. Matar a la Bestia de la Tercera Puerta, buscar un secreto, ése era el mensaje del abuelo de María, y ella era precisamente la elegida. Y ahora la muerte de Jonás, el párroco de la iglesia de San Cristóbal... ¿Qué sabía Jonás? ¿Qué dejó escrito? ¿Cómo sabía que él acudiría? Porque ¿para quién sino para María había dejado Jonás aquel enigmático mensaje que tenían que descifrar? Todo pasaba por su mente como un cometa cruza el firmamento, como una estrella que viaja por el cosmos. Era una sucesión de imágenes inquietante. La iglesia de San Cristóbal, el patrón de los viajeros. ¿Por qué acudía a su mente esa idea?

Taimatsu le devolvió a la conversación, alejándole de sus pensamientos.

—Mirad, por ejemplo, dónde nos encontramos —dijo Taimatsu señalando la Casa Batlló.

Todos volvieron la vista hacia el edificio.

—Cuando Gaudí trabajó en ella, sus contemporáneos la llamaban la Casa de los Huesos; parece una casita de cuento... como de...

—¿Hänsel y Gretel? —apuntó María.

—¡Sí, eso es! Fijaos en esos antepechos hechos de hierro colado que parecen máscaras, yo diría que... ¿japonesas?

—Sí, Taimatsu, tienes razón: es una estética que me recuerda mucho aquella obra de títeres que me llevaste a ver... *Los amantes suicidas de Sonezaki*... Es una leyenda preciosa.

—En Japón hay muchos estilos de teatro de máscaras y títeres. Esta obra, *Sonezaki Shinju*, se representa en un estilo llamado *bunraku*, es uno de los más bellos de Japón. Los títeres son impresionantes y están manejados por tres personas, además hay un narrador *gidayu-bushi* y el músico que toca el laúd de tres cuerdas *shamisen*... A mí es el que más me gusta y particularmente esta obra escrita por Minzaemon Chikamatsu, autor del siglo XVII-XVIII. Está considerado el Shakespeare japonés... *Los amantes suicidas de Sonezaki* es la primera historia del estilo del pueblo sewa-mono.

María recordó la leyenda de estos amantes, que primero le contó Taimatsu y después pudo ver representada. Los protagonistas son Tokubei, aprendiz de una tienda de soja en Osaka, y una prostituta de Sonezaki, llamada Ohatsu... Su amor es imposible. Ohatsu está deprimida en Tenmaya, la casa de citas. Tokubei, aprovechando la oscuridad, la va a buscar y a medianoche salen juntos cogidos de la mano y sin que los vean. Se suicidan en el bosque de Tenjim cuando raya el amanecer y sólo un cuervo en la rama de un árbol es testigo del suicidio. En la oscura mirada del cuervo, como si fuera un espejo negro, se refleja la imagen del suicidio. María retuvo en su mente la oscura y salvaje mirada de ese cuervo.

—Pero estos antifaces siempre me han dado un poco de miedo —dijo María.

—¿Por qué? —preguntó Miguel.

—¿Recordáis el poema titulado «La máscara del mal»?

—Es de Brecht, de Bertolt Brecht —dijo Taimatsu.

Y María recitó:

> *Colgada en mi pared tengo una talla japonesa,*
> *máscara de un demonio maligno, pintada de oro.*
> *Compasivamente miro*
> *las abultadas venas de la frente, que revelan*
> *el esfuerzo que cuesta ser malo.*

Taimatsu dijo riendo:

—Creo que exageras; nunca, ni por un momento, había establecido yo esa semejanza entre estos supuestos antifaces y el poema de Brecht.

—Bueno, ya sé que existe una distancia temporal… pero sólo digo que me recuerdan al poema.

Taimatsu no quería desviarse mucho del tema, aunque le fascinaba hablar de las artes escénicas, teatro, danza de su país, con su gran variedad de modalidades y, por otro lado, le gustaba la obra de Brecht, y condujo otra vez la conversación.

—La historia de la Casa Batlló es notable, pues se trata de una reforma. La casa ya existía, fue adquirida por el industrial José Batlló. Era una casa sin interés y, como digo, le fue encargada su reforma a Gaudí en 1904. Fue tan revolucionario que, en fin, nada que ver con la casa original. Por ejemplo, la fachada del principal y de la parte baja es prácticamente nueva, labrada con piedra de Montjuïc; si os fijáis todas esas ondulaciones de la superficie las hicieron a golpe de pico, después emplearon docenas de cristales de colores y cerámica policromada.

—Sí, el resultado es inigualable, parece un espejo… —dijo María.

—La idea era que el sol de la mañana, al incidir en la fachada lateralmente, la hiciera brillar con tal iridiscencia que reflejara la policromía de los cristales. Parece ser que Gaudí, desde la acera, en pleno paseo de Gracia, ordenaba a los obreros qué fragmentos tenían que ir eligiendo de los cestos donde se encontraban las piezas y colocándolas en la fachada según sus indicaciones.

Miguel y María habían visto la casa miles de veces, pero no pudieron dejar de maravillarse pues siempre valoramos más las cosas y a las personas cuanto más sabemos de ellas.

—¿Y la figura de arriba? En la cumbrera ondulada.

—Un dragón sin cola y sin cabeza que acaba en la torre cilíndrica. Está hecho con grandes piezas de cerámica de diferentes formas: esféricas, semicilíndricas; los colores cambian.

—¿Por la luz?

—Por la luz y, claro, por el propio color de las piezas y sus combinaciones. —Taimatsu hizo una pausa y luego añadió—: Lo curioso de todo esto es que en la Cátedra Gaudí se conserva una grabación del señor Batlló en la que explica que todos los materiales se subieron con una simple polea y los andamios eran de madera sujetos con cuerdas. Los materiales utilizados fueron ladrillos, piedra y mortero de cal.

—¿Sería posible entrevistarse con alguien de la Cátedra Gaudí?

—¿Por tu trabajo sobre Gaudí y la matemática fractal?

—Sí —mintió Miguel.

—Por supuesto, ¿cuándo?

—No sé… lo más pronto posible.

Taimatsu sacó su móvil del bolso, se alejó unos metros y marcó un número. La conversación fue tan breve que a Miguel no le dio tiempo de comentarle nada a María sobre los últimos acontecimientos.

—Mañana por la tarde, a las cinco, ¿te parece bien?

—Perfecto —dijo Miguel que no salía de su asombro ante la rapidez de la gestión de Taimatsu.

—Bien. El señor Conesa nos ha invitado en su despacho. Podemos ir los tres.

25

Miguel, después de dejar a María y Taimatsu, se encerró en su despacho de la facultad, delante del ordenador, decidido a sacar algo en claro del mensaje escrito por el padre Jonás con su propia sangre, antes de morir cruelmente asesinado por no sabía quién y por qué. Empezó a buscar información en internet sobre sectas, masonería, sociedades secretas, grupos satánicos. No tenía grandes conocimientos sobre simbología, pero el compás es uno de los instrumentos de los arquitectos, de los constructores y de los maestros de obra; por lo tanto lo relacionó con la masonería, uno de sus símbolos por excelencia.

Encontró diferentes versiones sobre el compás, aunque la gran mayoría de informaciones hacían hincapié en que significaba la luz de la maestría y la perfección. Le apareció también el nombre del Templo de Salomón y de su arquitecto, Hiram, que se llevó el secreto que emana de la luz del compás, es decir, la perfección humana. Internet tenía eso: era un caos; se partía de un documento y se navegaba hasta que, al final, si no se andaba con tiento uno podía perderse por la red o, lo que era peor, encontrar informaciones escasamente significativas o nada contrastadas.

Miguel tampoco olvidó que, justo encima del compás, el cura había dibujado la letra beta del alfabeto griego... «¿Qué querrá decir esta letra?», se preguntó con cierta impaciencia. Miguel tenía un conocimiento muy superficial sobre la masonería, sabía lo que la mayoría porque, hasta ese momento, era algo alejado de sus preocupaciones e intereses. Leyó con detenimiento una de las definiciones que encontró en la red y que le pareció más fiable:

La francmasonería o masonería es un tipo de organización que se define como una hermandad filosófica y filantrópica, que tiene como objetivo el mejoramiento material y moral tanto del ser humano como de la sociedad y cuya estructura de base es la logia. Las logias masónicas suelen estar agrupadas en una estructura superior denominada Gran Logia o Gran Oriente.

Siguió leyendo, tomando notas, resumiendo la información. Los masones tienen una carga simbólica que proviene especialmente de la construcción, de todas sus herramientas. Además del compás, la plomada, la escuadra, el cincel, la maceta, el delantal de picapedrero, la escalera con nueve peldaños que simboliza las nueve etapas de ascensión. Existen infinidad de doctrinas y ritos dentro de la masonería, que las diferencian unas de otras, aunque todas tienen cosas en común: la finalidad filantrópica, entendida como perfeccionamiento individual y también social. Los lemas surgidos de la Revolución francesa: igualdad, fraternidad, libertad; de hecho, es a partir de todas estas ideas que se funda la masonería, tal como la conocemos hoy, aunque ellos buscan sus raíces en el pasado, en los gremios de albañiles y maestros constructores de las catedrales góticas. La ceremonia de iniciación, los grados de aprendiz, compañero y maestro también figuran entre las afinidades de casi todas las doctrinas. Todas las logias tienen como símbolo el compás, que casi siempre aparece cruzado con la escuadra, formando una especie de estrella de David. Pero el compás no aparece nunca solo… «¿Por qué?», se preguntó. A Miguel, buscando en aquel caos, le sorprendió también otro aspecto: todas las doctrinas masónicas tenían en común la veneración hacia el Gran Arquitecto Universal. Los masones, para referirse a él, cuando invocan su nombre en los rituales utilizan el acrónimo GADU… Gadu… Gaudí…, qué curiosa coincidencia, pensó, se parecían, pero eso no quería decir nada.

Al cabo de un rato se sentía abatido, cansado. Había tantos sitios en la red… Entraba y salía de las páginas sin encontrar ningún rastro. Se dejaba llevar por esa sensación que tiene el navegante a la deriva, sin un rumbo, abrumado por tanta información. Tedio, aburrimiento, desconcierto y de vez en cuando alguna pequeña sorpresa, una curiosidad. El tema era demasiado extenso para investigarlo en unas horas. Existían mil y una vertientes, sectas, categorías, grados, reglas, rituales. Tenía la impresión de que se trataba de un universo intrincado, difícil de acceder y de comprender, envuelto en una aureola de secretismo que casi lo hacía inaccesible para los profanos, para todos aquellos que no estaban dentro. Parecía claro que había un origen masónico que bebía de diferentes mitos clásicos. El templo del rey Salomón, los constructores de catedrales y, antes de ellos, los constructores de las pirámides. Pero también los templarios, los rosacruces… Una amalgama increíble que lo único que conseguía era acrecentar el caos, la ambigüedad. Con todo aquello no tenía nada. De momento, el dibujo del compás apuntaba a una logia masónica. Pero teniendo en cuenta la información de que disponía, los asesinos no podían ser masones. ¿Cómo una secta dedicada a la confraternización universal sería capaz de una atrocidad como la cometida con el padre Jonás? No, quienes habían hecho aquello estaban pasados de vueltas. Si eran masones, se trataba de una desviación, de una digamos logia, se decía, desviada, oscura y que nada tenía que ver con la masonería clásica, pero que utilizaba sus símbolos o bien para implicar a ésta o con otro significado. ¿Era la misma que, según el abuelo de María, contactó con Gaudí?

Miguel se concentró en la cifra escrita por el padre Jonás… 118…22. ¿Sería un número de teléfono? Difícil saberlo… Delante había otro signo, parecía un cinco, pero era más grande, quizá era un símbolo… ¿una letra?…

No tenía gran cosa y estaba confuso y desconcertado. Sin pensarlo dos veces buscó en la red lo que tenía: logia 118…22 y esperó resultados. Nada, excepto confusión. Luego probó añadiendo a las cifras las palabras: número cabalístico, hermético, esotérico… páginas sin sentido, porcentajes, algunas en otros idiomas. El resto del tiempo lo pasó consultando los libros que había solicitado en la biblioteca de la facultad, tomando notas sobre la vida y obra de Gaudí.

Después de varias horas estaba cansado. Miró su reloj. El tiempo había transcurrido en un suspiro.

Apagó el ordenador. Debía encontrarse con María. No estaba dispuesto a dejarla sola.

¿Debía contarle la muerte del padre Jonás esa noche que ella estaba tan afectada? ¿Qué diablos estaba pasando? ¿Qué contenía la maldita caja? ¿Qué significaba que la carrera había comenzado?

Necesitaba pensar antes del encuentro con Conesa al día siguiente.

26

—Durante años hemos guardado nuestro secreto hasta que llegara el gran día que tanto hemos esperado. El gran día está muy cerca. Ella es lista, es cuestión de tiempo, de que se plantee las preguntas correctas y encontrará las respuestas adecuadas.

—Debemos vigilarla de cerca.

—No puede ocurrirle nada.

—Su abuelo fue uno de los nuestros y perdió el secreto.

—Fue un error que no lo compartiera con nosotros en su momento.

—Él fue el elegido. Nadie podía pensar que, con el tiempo, lo olvidaría todo.

—Bueno, lo hecho, hecho está. Pero intuyo que ahora estamos muy cerca.

—Sí, pero nuestros enemigos son muchos y poderosos.

—Siempre hemos tenido enemigos poderosos. Los Hombres Ménsula, la secta oscura. Pero nosotros, después de tantos siglos, aquí estamos. Hemos sobrevivido.

—Sí, pero ¿de qué manera?

—De la única posible, amoldándonos a las épocas, escondidos en el silencio de los tiempos.

—Apenas somos una sombra de lo que fuimos.

—Pero seguimos sirviendo al mismo señor. Seguimos sirviendo a Cristo. Algo que muchos ya han olvidado. Tenemos poder. Pero no lo queremos para usarlo en nuestro beneficio, como los sacerdotes, los mafiosos, los banqueros o los políticos, sino para continuar con nuestra labor y, sobre todo, para servir a Cristo.

—No lo olvidemos, el mundo es un banco de pruebas: el bien contra el mal. La eterna lucha. Y la frontera está delimitada por un trazo muy fino, casi como el filo de una navaja. Por suerte, no hemos tenido la tentación de caer en el lado oscuro. Otros hermanos, después de tanto tiempo, lo han hecho. Nosotros no. Nosotros seguimos las reglas de nuestro Señor. Seguimos defendiendo los caminos de los peregrinos, de todos aquellos que se aventuran por la buena senda, nuestro patrón san Cristóbal nos protege, es el portador de Cristo, nos inspira, nos ayuda siempre… Somos rocas, fuertes y duras, vadeamos el río de la vida con el niño a cuestas, somos templos resistentes a las tentaciones, defenderemos a los humillados y zaheridos por los infieles.

—Ahora los infieles habitan nuestras tierras.

—Sí, el mal nos rodea. Hemos sido traicionados por los señores a quienes durante siglos servimos fielmente.

—¿Estás diciendo que el Papa es un ateo?

—Lo que estoy diciendo es que, en el mejor de los casos, le gustaría creer en Dios.

—Son pocos los que sirven al Señor.

—Por eso es necesario restablecer el orden. El hombre no sólo ha dejado de creer en Dios, pecado que es perdonable. El hombre ya no cree en sí mismo. Y eso sí va en contra de la obra de Dios. La gran obra.

—Somos los últimos caballeros. Estamos esculpidos en las piedras. Otros ocuparán nuestro lugar. Pero las piedras, para el que sepa leerlas, siempre conservarán nuestra memoria.

—Ahora debemos rezar por el alma de nuestro hermano Jonás. Lo descubrieron y lo mataron sin piedad vaciándole las tripas, las vísceras, sacándole los ojos… Un asesinato ritual, como en los antiguos tiempos. Fue Bitrú. Dejó su sello, su brutalidad. Jonás estaba preparado para soportarlo todo. Fue un caballero ejemplar durante toda su vida, fiel a la causa hasta el extremo de soportar el dolor, la tortura infame que le infringió el ángel de las tinieblas. Jonás sabía que iba a morir y guardó su último aliento para escribir un mensaje, el último que escribió, estoy seguro de ello… El arcángel estuvo allí, seguro que tiene el mensaje, pero no sabe interpretarlo; debemos ayudarle.

—¿Quieres decir que engañó a Bitrú, que le hizo creer que ya estaba muerto?

—Sí, el corazón no le latía, sus vísceras profanadas, ya no respiraba, pero su último aliento en las puertas de la muerte también lo guardó para prevenirnos… Él fue el último que habló con Juan Givell. Ahora debemos encontrar al testigo, nosotros podemos descifrar el mensaje, debemos actuar antes de que lo encuentre Mortimer.

—¿Un testigo?

—Sí, el novio de María. Se llama Miguel y es matemático. Debemos protegerlo, quizá aún no sea el momento de manifestarnos. Asmodeo intentará sacarle toda la información al precio que sea… Los Hombres Ménsula se pondrán en marcha. Pero nosotros debemos ser prudentes, manifestarnos con cautela. No sé si nos creería, es un hombre racional, escéptico por naturaleza. Pero debemos hacerlo. No lo sabe aún, pero a través de él actúa el guardián, el arcángel.

—Entonces…

—Hay que dejarle. Si es el que esperamos, continuará adelante, investigará por su cuenta, intentará llegar al fondo y entonces… actuaremos.

—Sí, el cielo nos lo ha enviado. Se acerca el día.

—Exactamente, se acerca el día. Pero queda muy poco tiempo.

—El día de la bestia o el día de los pobres… Gaudí construyó el templo expiatorio para eso… La catedral de los pobres, la Sagrada Familia.

—La profecía se cumple… «Así en la tierra como en el cielo.» Se abrirán los sellos, debemos estar alerta. La secta oscura estará allí. Nos enfrentaremos a Asmodeo y a sus esbirros, nuestra lucha es a muerte. Si triunfan, el reino de la oscuridad gobernará el mundo, nada es seguro, pero la raza de los hombres puede caer en las tinieblas. Cuando ya no quede nadie con piedad, cuando no quede un solo inocente, cuando ya no haya nadie que renuncie al mundo, que abrace la pobreza material para alcanzar la riqueza espiritual, entonces todo estará perdido… Y el ángel del exterminio arrasará con fuego la nueva Babilonia… Barcelona.

—Tanto tiempo esperando… Me parece todo tan extraño. Ésta era la Tierra de Promisión, el Jardín de las Hespérides. Nuestro gran maestre Ramon Llull nos indicó el momento exacto para realizar la gran obra. Todo estaba dispuesto, la leyenda bárbara se cristianizó a través de la música de Wagner…

—No hubo ningún error. Ésta es la tierra del preste Juan… La gran obra se inició con el despertar, la *Renaixença*… Pero ellos aparecieron de las tinieblas, se interpusieron…

—Sí, Asmodeo… Y no pudo completarse la gran obra, y Barcelona, el Jardín de las Hespérides, la Tierra de Promisión, se convirtió en el infierno, el eje del mal… Se desataron los poderes del Averno. La guerra, la muerte, la calamidad… la reliquia ha permanecido escondida ochenta años, en el recuerdo, la quimera de un hombre… Debemos ayudar al nuevo portador de la profecía; no le queda mucho tiempo.

—Debemos reunirnos todos sin falta. Tú protegerás a Miguel y, si es preciso, le desvelarás el siguiente paso.

El plan estaba escrito y todos ellos lo conocían, la conjunción de fuerzas sociales confluyó en la corriente espiritual, el portador de Cristo cruzaba el río de la historia y la reliquia despreciada por el Papa, por los imames, por los popes, escondida durante tanto tiempo bajo la gran montaña, protegida por la Virgen Negra, le fue entregada al nuevo arquitecto de los pobres el día de Gloria… Y comenzó la secreta iniciación en el arte supremo… Sirvió durante su vida a todos los señores de la tierra y del infierno para acabar sus días vadeando el río de los pobres, como san Cristóbal. Sólo él sabía el lugar exacto de la obra… Todo parecía claro, como un día de primavera…

27

Ramón Conesa les recibió el día siguiente por la tarde en su despacho de la calle Mallorca esquina Pau Claris. Se trataba de un piso típico del Ensanche, de techos altos, del que Conesa y sus socios del taller de arquitectura habían respetado la estructura original.

Conesa era un hombre de unos cincuenta años, pero que no aparentaba más de treinta y cinco. Con aspecto de tenista retirado, vestía un elegante traje de Gonzalo Comella. Era un hombre de voz pausada, de ademanes tranquilos y a quien, se le notaba, le había ido bien en la vida. Un hombre que se dedicaba a lo que le gustaba y de cuyo oficio hablaba con pasión. Era uno de los miembros más notables de la Cátedra Gaudí y un apasionado de la arquitectura del genio de Reus, cuya vida y obra se conocía al dedillo.

Saludó a sus tres visitantes con cordialidad, les pidió que se sentaran y si querían tomar alguna cosa; ofrecimiento que los tres rechazaron.

—Taimatsu me ha dicho que está usted interesado en la obra del maestro desde el punto de vista de la matemática fractal... Un tema interesante y muy reciente, creo que fue un matemático francés de origen polaco...

—Sí, Mandelbrot, él fue quien lo definió en 1975, una geometría que estudia las figuras irregulares, las que se dan en la naturaleza, nubes, paisajes, hojas… Y también en objetos, figuras que se van repitiendo infinitamente a diferentes escalas siguiendo un mismo patrón.

—Gaudí ante todo se definía como un geómetra y en su obra la naturaleza está presente; quizá exista cierto paralelismo entre esa geometría fractal y la arquitectura orgánica de Gaudí, no lo sé…

—Bueno existen dos clases de fractales: los matemáticos y los naturales… Y creo que Gaudí utilizó los dos modelos en muchas de sus obras. Las columnas en forma de árboles, las helicoides… las espirales.

—Muy interesante, un campo nuevo para investigar…

—Sí. Pero me gustaría tener una visión sucinta y de conjunto sobre el maestro, antes de entrar en materia.

—Bien, no sé si podré ayudarle, pero contestaré a todas sus preguntas. ¿Qué desea saber?

Miguel no sabía por dónde empezar. Iba a contestar que todo, pero aquélla hubiera sido una respuesta demasiado imprecisa para alguien que, se suponía, acudía allí con unas premisas bastante concretas y con un cuestionario que, realmente, no tenía.

Conesa pareció entenderlo. Intuyó que aquella visita tan precipitada había cogido al matemático un tanto de improviso, aunque era él quien solicitó aquel encuentro. Conesa, sin hacerse esperar, empezó a hacer un pequeño apunte biográfico de Gaudí: orígenes, estudios, primeros proyectos.

Miguel escuchaba con atención.

Conesa acabó aquella primera parte diciendo:

—Gaudí fue un hombre sencillo, amante de su tierra y de su lengua. No era seguidor de las ideas teóricas; veía la realidad de las cosas sin convencionalismos ni distorsiones profesionales.

—Me gustaría que me hablara de sus primeros trabajos.

—Hay una evolución no sólo interesantísima, sino soberbia e innovadora en Gaudí. Después de unas obras primerizas, evolucionó hacia un período de influencia oriental. Él, en aquella época, tenía treinta años, había leído a Walter Pater y John Ruskin. Si bien arquitectos de la época, como Lluís Domènech i Muntaner, se inspiraron en la arquitectura alemana que estaba en boga después de la guerra franco-prusiana, Gaudí buscó el exotismo en la arquitectura de la India, Persia y Japón...

—¿Se refiere, por ejemplo, al Capricho de Comillas?

—Y a la finca y el palacio Güell.

—Sin olvidar la Casa Vicens —apuntó Taimatsu.

—Por supuesto, por supuesto —repuso Conesa—. Es magnífico el uso en ella de la cerámica vidriada para las formas orientales, así como el arco catedrático en la cascada del jardín.

—Tampoco descuidó el diseño interior —indicó Taimatsu.

—Así es. Gaudí diseñó muebles, utilizó el papel maché para la decoración interior. Tuvo, como en el caso del palacio Güell, buenos colaboradores como los pintores Alejandro de Riquer, Alejo Clapés y el arquitecto Camilo Olivares.

—¿Es aquí cuando aparece Juan Martorell Montells? —preguntó Taimatsu.

—Sí, el arquitecto Martorell tenía cincuenta años y era un hombre sumamente religioso, muy amigo de Gaudí y que terminó convirtiéndose en su protector. Fue él quien puso en contacto a Gaudí con los Güell y los Comillas y quien le recomendó para las obras de la Sagrada Familia. Juan Martorell construía iglesias y conventos; admiraba al arquitecto y tratadista Viollet-le-Duc y sus ideas sobre el gótico. Gaudí, que colaboró con Martorell en algunas de sus obras, aprendió de él el neogoticismo que imperaba en la época. Gaudí no sentía ningún aprecio por los arquitectos del Renacimiento, a los que consideraba simples decoradores. Por el contrario, afirmaba que el gótico era el más estructural de los estilos arquitectónicos. Aunque también pensaba que el arte gótico era imperfecto, que estaba a medio resolver. El mismo Gaudí declaró que la prueba de que las obras góticas son de una plástica deficiente es que producen mayor emoción cuando están mutiladas, cubiertas de hiedra e iluminadas por la luna… No les voy a aburrir sobre las obras que realizó en ese momento, seguro que las conocen…

Taimatsu, que era la especialista del grupo, recordó la decoración de los colegios de las monjas en Sant Andreu del Palomar y en Tarragona, el proyecto de una capilla para la iglesia parroquial de San Félix de Alella y las modificaciones que introdujo en la terminación de las obras del colegio de las monjas de Santa Teresa en San Gervasio, el palacio del obispo de Astorga y la Casa de los Botines.

—… Lo que sí me gustaría mencionar —continuó Conesa—, es Bellesguard, en la sierra de Collserola. En ese lugar existió una casa medieval del rey Martín el Humano. Fue su secretario, el gran poeta Bernat Metge, quien le puso el nombre: Bella Vista. Gaudí, en memoria del último rey de la dinastía catalana, proyectó una obra inspirada en el gótico catalán del siglo XV en la que planteó nuevas y atrevidas soluciones estructurales. Si leen a Bassegoda, verán cómo Gaudí, a quien simplemente le encargaron una casa de vivienda a los cuatro vientos, convirtió este sencillo encargo en un homenaje a la memoria del rey. Gaudí rehízo la muralla, que se encontraba en ruinas, desvió el camino del cementerio de San Gervasio, que partía la finca por la mitad, construyó un viaducto junto al torrente de Belén y edificó un castillo que, como les dije, se inspiraba en las formas del gótico civil, usando arcos de medio punto, ventanas bíforas y coronelas, así como una torre terminada en aguja con una cruz de cuatro brazos y un cinturón de almenas. Y ahora entramos en el período que a usted más le interesa.

—Su obra orgánica… —afirmó Miguel.

—Fractal, como parece que a usted le gusta denominarla.

—El período más creativo de Gaudí —apuntó Taimatsu.

—Pero también de una serie de proyectos malogrados. Quiero decir, que no tuvieron un final feliz.

—Una verdadera lástima. Supongo que se refiere a las misiones de Tánger y a un proyecto de hotel para la ciudad de Nueva York.

—¿Las misiones de Tánger? —preguntó Miguel con viva curiosidad, sin prestar atención al otro proyecto.

—Fue un encargo del marqués de Comillas —puntualizó Taimatsu.

—Les advierto que nos estamos saltando una etapa —dijo Conesa.

—No importa, ya volveremos a ella —replicó Miguel, vivamente interesado.

Conesa decidió satisfacer la curiosidad de Miguel.

—En 1892 el marqués le encargó el proyecto de un edificio para las Misiones Católicas Franciscanas en Tánger; se trataba de una iglesia, un hospital y una escuela. Gaudí terminó el proyecto en un año, pero los padres franciscanos pensaron que era demasiado ostentoso. Tampoco les gustó la idea de que su torre central midiera sesenta metros de altura.

—¿No les gustó la torre?

—Supongo que no fue sólo eso. Tal vez a los franciscanos no les gustaron las soluciones arquitectónicas.

—¿Qué tipo de soluciones?

—¡Geniales! Muros inclinados, ventanas en forma de hiperboloide y torres en forma de paraboloide de revolución que, como digo, no llegaron a construirse. A Gaudí le dolió mucho no poder construir las misiones.

—Lástima; un proyecto perdido —afirmó Miguel.

—No.

—¿No? —preguntó con interés.

—Gaudí, a partir de 1903, utilizó la forma pensada para las torres en la fachada del Nacimiento de la Sagrada Familia.

—Eso es normal —dijo Taimatsu.

—Bueno, como mínimo no deja de ser curioso —añadió Miguel—. ¿Y sobre el otro proyecto, el de Nueva York? —volvió a preguntar Miguel.

—Sí, en 1908 recibió la visita de dos empresarios norteamericanos que le encargaron un proyecto para un hotel. Se trataba de un edificio de casi trescientos metros de altura. Tenía un perfil catenárico para conseguir un perfecto equilibrio en su estructura.

—¿Y qué pasó con este segundo proyecto? ¿Por qué no llegó a realizarse?

—No se sabe con exactitud. Al parecer, en 1909 Gaudí enfermó. En cualquier caso ambos proyectos fueron esenciales para avanzar en la forma definitiva del templo expiatorio de la Sagrada Familia. Tanto la elegancia de las torres de Tánger, como la monumentalidad del proyecto de Nueva York inspiraron a Gaudí para realizar las maquetas definitivas de la estructura de la Sagrada Familia. Depuró sus estudios sobre las superficies regladas en forma de hiperboloides y paraboloides hiperbólicos, así como las formas esbeltas de las columnas de la nave mayor del templo.

—Ha dicho usted que nos habíamos adelantado a los acontecimientos.

—Sí; Gaudí, antes de estos proyectos, comprendió que en la naturaleza no primaban las intenciones estéticas, sino funcionales. Gaudí entra en un período que denominamos naturalista y cuya fuente es la observación de las plantas, los animales, las montañas. Comprendió que en la naturaleza no existe ni la línea recta ni el plano, sino una inmensa variedad de formas curvas.

—¿Quiere con ello decir que no proyectaba en plano? —preguntó Miguel.

—Quiero decir que se lanzó directamente a la tercera dimensión, mediante maquetas y modelos.

—La Casa Batlló —dijo María, que demostraba saber tanto como Conesa, aunque había permanecido en silencio durante gran parte de la conversación.

La mayor parte de esa mañana, acompañada de Miguel, se la había pasado en el tanatorio.

—Y la Casa Milà —añadió Conesa.

—Serían, según usted, el punto culminante de su arquitectura naturalista.

—Bueno, según mi opinión y la de todos los especialistas. Un ejemplo de la primera serían las formas orgánicas de cerámica vidriada y, en la segunda, esa forma de acantilado: un símbolo del mar y de la tierra. Podemos también comprobarlo en las vidrieras de la catedral de Mallorca y en la Resurrección de Cristo en la montaña de Montserrat.

—El parque Güell es un buen ejemplo de ese naturalismo del que usted hace mención —dijo Miguel.

—Cierto, y si me permiten que haga un inciso, fue en esa época cuando mosén Cinto Verdaguer escribió *La Atlántida*, poema que dedicó al marqués de Comillas que, como ustedes saben, era suegro de Güell. Pero volviendo al parque, en él ajustó las formas de las calles a la topografía del terreno y proyectó viaductos para no desmontar el terreno original, construyendo con la misma piedra del lugar sin desbastar, aprovechando los derribos de una cueva; de ella sacó las rocas de distintos colores que distribuyó por todo el parque. Como les digo, partía de un apasionado interés por la naturaleza, en donde la línea y el plano no existen.

—Algo difícil de entender para un arquitecto, acostumbrado al compás y la escuadra —afirmó Taimatsu.

—Pero él no venía de una familia de arquitectos, sino de caldereros y batidores de cobre. Su padre tenía un taller en la actual plaza de Prim de Reus, justo en la esquina donde ahora hay una oficina bancaria. Su abuelo Francisco también era calderero en Riudoms, un pueblo a unos cuatro kilómetros de Reus. El arquitecto Juan Bassegoda es de la opinión de que fue en el taller donde Gaudí niño, ante la visión de las formas helicoidales de los serpentines y las alabeadas de las calderas, adquirió su concepto espacial de la arquitectura; que siempre fue capaz de imaginar en tres dimensiones y no de la forma que aprenden los estudiantes de arquitectura: sobre dos de los planos y con la ayuda de la geometría descriptiva y la perspectiva. Gaudí, sin presumir de ello, siempre consideró que había recibido el don de Dios de ver y concebir las cosas en el espacio.

—¿Está diciendo que su forma de trabajar no tiene nada que ver con las habituales en arquitectura? —preguntó Miguel.

—Mire, desde las pirámides hasta la nueva entrada de Li Peh para el patio del museo del Louvre, los arquitectos siempre han trabajado igual: con el compás y la escuadra proyectan formas bidimensionales y, con los poliedros regulares, cubo, tetraedro, octaedro, cosiedro, etc., pasan a las tres dimensiones. Pero Gaudí, a base de observación, se dio cuenta de que estas formas regulares o no existen en la naturaleza o son muy raras.

—Ponía en cuestión la sacralización que Platón propuso en su *Timeo* y que se identifica con los cuatro elementos: fuego, agua, aire y tierra —dijo Taimatsu.

—Y la quintaesencia. Veo que ha leído los artículos de Bassegoda.

—Y de García Gabarró, el primer arquitecto español en dedicar una tesis doctoral a la figura de Gaudí centrándose en el estudio de las formas naturales. Pero usted lo explica mejor que yo; siga, por favor.

—¿Qué formas son las que vio en la naturaleza?

—Siguiendo a Bassegoda —dijo Conesa sonriendo a Taimatsu—, Gaudí pudo comprobar que no hay mejor columna que el tronco de un árbol o los huesos del esqueleto humano. O que ninguna cúpula iguala en perfección el cráneo de un hombre y que hay que fijarse en las montañas para conseguir la estabilidad de un edificio.

—Sencillo —dijo María.

—Sencillo, sí. Todo lo sencillo es genial… pero primero hay que verlo y luego ser capaz de utilizar estas estructuras en el terreno de la construcción. Quiero enseñarles algo.

Conesa extrajo de un sobre unas fotografías y las fue colocando sobre la mesa en series de dos.

—Vean esto.

Entonces les enseñó una fotografía de la Sagrada Familia y otra de una planta.

—Se trata del *crespinell picant*, una planta cerca de Reus.

Taimatsu y María ya habían visto esas fotos. Pero Miguel se quedó vivamente impresionado. El parecido de la fachada del Nacimiento con la forma de la planta era un puro calco.

Conesa continuó con toda una serie de fotografías.

En otra se mostraba la maqueta de la fachada de la Gloria, idéntica a la que tenía en paralelo: la imagen de una cueva de Nerja, en la provincia de Málaga.

La siguiente pareja de fotografías mostraban por un lado un dibujo de la iglesia de la Colonia Güell y una imagen del Mont Blanc: prácticamente iguales.

La siguiente era una chimenea de la Casa Milà, cuya forma era idéntica a una caracola. Un bosque del Campo de Tarragona podía trasplantarse a la maqueta de las columnas de la Sagrada Familia.

Conesa continuó sacando fotografías que mostraban analogías verdaderamente geniales y sorprendentes entre el hacer del arquitecto de Reus y las formas naturales. Miguel y sus dos compañeras, ante las imágenes y las explicaciones de Conesa, notaban cómo les dominaba una creciente excitación.

—Como ven, estas formas naturales han permanecido ocultas a los ojos de los arquitectos seguidores de la geometría euclídea. Pero no para Gaudí, que descubrió miles de ellas en los tres reinos de la naturaleza y las usó en su arquitectura. Tampoco hay que olvidar que tenía una gran sensibilidad y respeto por la arquitectura popular, no olvidemos que procedía del Campo de Tarragona. Piensen por ejemplo en la barraca de viña catalana, que se adapta con perfección a su entorno natural.

—En resumen, afirma que las soluciones que da Gaudí son de apariencia geológica, botánica y zoológica, entre otras.

—Eso no es ningún secreto. Es algo en lo que todo el mundo está de acuerdo. Su geometría reglada parte de la botánica, la geología o la anatomía. Él ve cómo la ley de la gravedad y la naturaleza dibujan perfiles parabólicos y catenáricos en las hojas, ramas y copas de los árboles. Son helicoidales los troncos de eucaliptos y algunas trepadoras. Un lirio es un helicoide y un fémur es un hiperboloide reglado… pero no sé si les estoy cansando o si consigo hacerme entender.

Quizá Miguel no entendía los términos, pero captaba la idea de fondo. Una idea genial por parte de Gaudí: utilizar dichas formas para dotar a sus construcciones de mayor rigidez y resistencia estructural. Pero eso, con ser soberbio, sólo era la punta del iceberg, pensaba Miguel. Quería saber el porqué.

—¿Por qué?

La pregunta sorprendió a Conesa, pero entendió el sentido profundo que llevó al matemático a plantear una cuestión tan simple.

—Para continuar la obra de Dios —dijo Conesa sin dudar ni un instante.

—¿Era Gaudí masón?

Miguel se había precipitado; quizá aquel notable especialista empezaría a variar el concepto que hasta ese momento podía tener de él. Pero ya la había formulado.

—¿Utilizaría un masón un simple cordel para proyectar sus construcciones? ¿Desdeñaría un masón la escuadra y el compás, dos de las tres luces masónicas? No imagino a Gaudí siguiendo las directrices de una sociedad secreta cuyo Dios traza el límite del universo con un compás. No, no creo que fuera masón. Gaudí lo que fue es un sacerdote de la arquitectura, en la que seguía las leyes de Dios volviendo su mirada hacia su gran obra: la naturaleza. Él construye surtidores, nidos de aves, hormigueros, estalactitas, montañas, árboles, rocas, plantas y las convierte en torres, bóvedas, cúpulas, columnas, pilares. Gaudí decía que la originalidad era volver al origen y que la belleza es el resplandor de la verdad. Y para él la verdad estaba representada en el Hijo de Dios.

—¿No podría ser que su obra respondiera a un plan oculto?

—No sé lo que usted entiende por un plan oculto. Supongo que los poetas, los escritores y el resto de creadores siempre van en pos de algunas ideas que consideran trascendentes y son el esqueleto de su obra. Gaudí, a mi modo de ver, buscaba la sublimación del espíritu. Lo que él está levantando no es otra cosa que la casa de Dios.

—¿Se refiere a la Sagrada Familia?

—Al templo expiatorio de la Sagrada Familia. No lo olvide, «expiatorio». Es un templo para la redención al que le dedicó la mitad de su vida. No, Gaudí no fue masón; no era ningún albañil medieval. Gaudí creía en la salvación del hombre mediante Cristo y tenía una auténtica devoción por la Virgen María. En el friso de La Pedrera se lee la invocación mariana del Ángelus.

—*Ave gratia plena Dominus tecum* —recitó Taimatsu.

Conesa asintió.

—Incluso se iba a situar en su fachada una imagen de la Virgen del Rosario flanqueada por los arcángeles san Miguel y san Gabriel —completó el anfitrión.

—¿No llegó a hacerse?

—La escultura, a tamaño natural, se modeló en yeso; pero los acontecimientos de la Semana Trágica hicieron que el señor Milà no se atreviera a colocar el conjunto escultórico. Pero bueno, esto no es importante. Lo que quiero decir es que Gaudí era un hombre profundamente religioso que dedicó sus últimos años al trabajo y vivió como un monje en el interior del templo. Sólo vivía para él.

—Hábleme de la génesis del templo.

—La primera piedra se colocó en 1882, el día de San José. La idea surgió cuando el Concilio Vaticano I proclamó a san José patrono de la Iglesia Universal. Un librero, José María Bocabella, fundó la Asociación de Devotos de San José. La finalidad de esta asociación era aplicar en los obreros catalanes la doctrina social de la Iglesia católica. Bocabella compró el equivalente actual de una manzana del Ensanche barcelonés en el barrio de Sant Martí de Provençals con la idea de edificar un templo expiatorio. El arquitecto Villar regaló su proyecto para el templo. Luego, por una serie de circunstancias, Villar dimitió y Gaudí empezó a trabajar en él en 1883. A Gaudí no le gustaba el proyecto de Villar, pero le fue imposible cambiar la situación del eje mayor de la iglesia. Como les digo, Gaudí trabajó en ella cuarenta y tres años. Más de la mitad de su vida. Dejó terminada la maqueta general del templo, vio acabada la fachada del Nacimiento y dejó bien clara la simbología de todos los elementos que debían figurar en el templo.

—Gran parte de esa simbología que dejó no sólo en la Sagrada Familia, ¿no cree que responde a…?

—¿Algo oculto? —interrumpió Conesa con cierta ironía en la voz.

Miguel no respondió, no quería quedar como el sujeto que en realidad no era. Él era matemático y, también por esa misma razón, no quería olvidar ninguna posibilidad por estúpida que pareciera.

—Se ha escrito de todo sobre él. De entre las cosas que he leído, por supuesto sin ningún tipo de criterio por parte de su autor, es que Gaudí era un alquimista que buscaba la piedra filosofal; también que en su juventud fue un izquierdista anticlerical.

—Sí, pero volvamos a los símbolos.

—A mi modo de ver, los que no responden a la imaginería cristiana son simple decoración.

—¿No pueden esconder algún tipo de mensaje?

—Yo de eso no entiendo.

—¿Qué hay de cierto sobre la *amanita muscaria*?

—¿Se refiere a todas esas historias sobre un Gaudí alucinado por las drogas?

—Sí.

—¡Por Dios! ¡Cuánta tontería! ¿Usted se ha fijado en la Casa Calvet?

—¿En qué debería fijarme?

—En la proliferación de setas de su fachada, por ejemplo. Lo hizo por complacer a su cliente, el señor Calvet, que era micólogo. Como ve, la realidad es más sencilla y desmiente esa y otras muchas bobadas que se han escrito.

—¿La serpiente? —preguntó Taimatsu.

—¿Qué serpiente?

—La cabeza de serpiente hecha con azulejo valenciano que se encuentra en el parque Güell.

—Seguramente se trata de Nejustán, la serpiente de bronce que Moisés llevaba encima de su cayado.

—¿La rosa mística? —preguntó la joven de nuevo.

Taimatsu conocía el simbolismo de todo lo que mencionaba, pero quería la opinión de Conesa y, sobre todo, que Miguel pudiera escucharla de labios de aquel especialista.

—Símbolo de la virginidad de María, la reina del cielo y madre de Jesucristo. Se encuentra en La Pedrera.

—¿El laberinto? —continuó.

—En las catedrales medievales se los conoce como «Chémins à Jerusalén», y se entendieron como una sustitución de peregrinación a Tierra Santa cuando el fiel los recorría de rodillas mientras oraba. El de la catedral de Chartres tiene un diámetro de doce metros y el camino recorrido es de doscientos metros.

—¿La salamandra?

—El sol naciente de la justicia: Nuestro Señor Jesucristo. Símbolo de la muerte y de la posterior resurrección.

—¿La tortuga?

—Según san Ambrosio, de su concha puede hacerse un instrumento musical de siete cuerdas que ofrece un arte que alegra el corazón. Representa la fuerza tranquila y la búsqueda de protección contra todo enemigo exterior. Las figuras de tortugas de piedra, como las de la fachada del Nacimiento, por ejemplo, y que aguantan todo el peso sobre su lomo, garantizan la estabilidad del cosmos. Hay dos, una terrestre y otra marina.

—El pelícano está representado en la Sagrada Familia. En la alquimia es un tipo de retorta cuya forma recuerda la del pelícano y, además, es imagen de la piedra filosofal que, al sumergirse en plomo líquido, se funde y desaparece para propiciar la conversión en oro.

—Y a los caballeros de la Rosacruz se les denominaba «caballeros del pelícano» —dijo Miguel.

—No está mal, pero yo prefiero quedarme con la que relaciona su imagen con el símbolo de la inmolación de Cristo. El *Bestiarium* medieval comenta un canto litúrgico olvidado: *Pie pelicane, Jesu Domine*. Lo que en castellano quiere decir: «Piadoso pelícano, Señor Jesús». Y menciona que las características de este animal eran las de no tomar más alimento que el estrictamente necesario para mantenerse con vida, «de modo semejante al ermitaño, que únicamente se sustenta de pan y no vive para comer, sino que come para vivir». ¿No les suena eso a la última etapa de Gaudí, la de un ermitaño encerrado en su taller para acabar su gran obra?

Todos callaron unos minutos, reflexionando sobre estas palabras de Conesa. Pero Taimatsu volvió a la carga.

—¿El arco iris?

—Sí, lo tenemos en la fachada de la Casa Vicens. La idea de Gaudí era que el agua del surtidor de la pileta de mármol, al caer sobre una retícula elíptica, como una tela de araña, formara alabeadas láminas que, al ser atravesadas por los rayos del sol poniente, se descomponían en los colores del arco iris.

—Bien, ésa es la explicación y la solución técnica pero…

—En el Génesis 9, 11 encontramos la señal por parte de Dios de que a partir de ese momento ya no volverá a haber ningún diluvio. Es un símbolo divino de carácter benevolente. También el Juez del Mundo en el fin de los tiempos aparece a menudo representado sentado sobre un arco iris. En la Edad Media, y dentro del simbolismo cristiano, los tres colores principales del arco iris se conciben como imágenes de: azul, el diluvio; rojo, incendio del mundo; verde, la nueva tierra. Los siete colores son representaciones de los siete sacramentos y de los siete dones del Espíritu Santo y, además, son símbolo de María, que reconcilia el cielo y la tierra.

Miguel, al igual que sus dos compañeras, estaba vivamente admirado de la erudición de Conesa. Siete colores: siete caballeros, pensó Miguel; curiosa coincidencia.

—¿Y el número seis? —preguntó Miguel.

—Un número muy interesante en la simbología de Gaudí. ¡El número de Dios para los judíos! San Ambrosio lo consideraba el símbolo de la armonía perfecta; no olvide que seis fueron los días que tardó Dios en crear el mundo y, por supuesto, las seis direcciones del espacio: arriba, abajo, norte, sur, este y oeste.

—Lo que de nuevo nos remite a las cruces espaciales de Gaudí —repuso Miguel.

Taimatsu siguió preguntando:

—¿El bosque?

—Ciertamente un símbolo muy difundido. En las leyendas y en los cuentos el bosque está habitado por seres enigmáticos, amenazadores y peligrosos: brujas, dragones, demonios, gigantes, enanos, leones, osos. Son elementos simbólicos que personifican los peligros a los que tiene que enfrentarse el adolescente durante su iniciación, que normalmente es una prueba de madurez y un rito de paso, si quiere convertirse, transformarse. La luz, que aparece muchas veces en los cuentos, y que brilla entre los troncos de los árboles caracteriza la esperanza. ¿Y qué otra cosa es un templo? La luz que ilumina un camino de sombras, que incita a mirar hacia lo alto para convertirse y transformarse.

—¿La cruz?

—Se encuentra en muchas obras de Gaudí. Desde el punto de vista cristiano es el símbolo de la crucifixión de Jesús. Es el más universal de los símbolos y no exclusivo del cristianismo. Originariamente representa la orientación en el espacio entre arriba, abajo, derecha e izquierda. Representa tanto la cuaternidad como el número cinco. En muchas culturas la representación de la imagen del cosmos se hace a través de una cruz. También se representó de esta manera el paraíso bíblico con los cuatro ríos que nacen de él. En la obra de Gaudí creo que su simbolismo es evidente: representa el sufrimiento, la muerte y la esperanza de resurrección en Cristo.

—¿El número treinta y tres?

Conesa fue breve y contundente en su respuesta:

—La edad de Jesucristo, por supuesto. Pero también el número de cantos de la *Divina Comedia*, así como el número de peldaños de la «escalera mística».

Taimatsu iba a preguntar por el simbolismo de la escalera, pero le salió otra pregunta que tenía en mente desde hacía rato.

—¿El atanor?

Conesa rió con ganas.

—Perdonen —se disculpó Conesa—, es que éste es un elemento que algunos han utilizado para hablar del Gaudí alquimista. Pero, dejando eso aparte, el atanor es un símbolo del horno de fusión y horno de cocer el pan. Si seguimos a Jung, él creía que, encendido, representaba la energía vital: el fuego, y que, apagado, y por su forma ahuecada, simbolizaba la maternidad. Si volvemos otra vez a los cuentos infantiles, Hänsel y Gretel, por ejemplo...

La mención de aquel cuento hizo que María aguzara la atención.

—... en el horno de pan en el que queman a la bruja que quiere comerse a Hänsel, representa la hoguera que purifica y que destruye al mal hasta que no queda ningún rastro de su materia terrenal. Si volvemos a la Biblia, en el Libro de Daniel se nos dice que sólo los elegidos del Señor pueden resistir el fuego, como los tres jóvenes a quienes Nabucodonosor arroja a la hoguera por su negativa a adorar un ídolo. En Gaudí y según mi modesta opinión, el horno o atanor es un homenaje a su origen, a su padre y abuelo caldereros. No hay nada más.

—¿Por qué fue retirado de la escalinata del parque Güell y en su lugar pusieron un huevo cósmico? Como usted sabe, en la alquimia «el huevo filosófico» es la materia primigenia que más tarde se convertirá en la piedra de los sabios…

—O piedra filosofal —cortó Conesa.

—Exactamente.

—Ignoro por qué fue retirado, pero el simbolismo de Gaudí es otro. Gaudí no era alquimista —terminó, y soltó una carcajada tranquilizadora.

—¿El huevo de Pascua, el símbolo de la primavera? —preguntó Miguel.

—Podría ser una representación de la Pascua. Pero lo que yo creo es que, como siempre y teniendo en cuenta las firmes creencias religiosas de Gaudí, se trata de Cristo, según la comparación cristiana, resucitando de la tumba como el polluelo que sale del cascarón. Esa cáscara blanca simboliza su pureza y perfección. Nada mágico ni esotérico —concluyó Conesa.

—¿Le parece poco mágico o esotérico el cristianismo? —cuestionó Miguel.

Aquel comentario molestó a María. Ella creía firmemente.

—Eso depende de las convicciones de cada cual y no voy a entrar en ello. No voy a empezar a dudar ahora de la electricidad porque sea incapaz de verla —dijo Conesa, herido en su fe católica.

—Disculpen; no fue mi intención…

—Lo sé; no tiene por qué disculparse.

Taimatsu volvió a preguntar para centrar otra vez la conversación.

—¿Y las escaleras? Todas las obras de Gaudí están llenas de ellas.

—Y las de todos los arquitectos —afirmó Conesa.

—Pero a mí me interesan las de Gaudí. En la masonería la

escala mística, de dos veces siete peldaños, es un símbolo del grado treinta dentro de la, digamos, organización.

—Sí, y cada peldaño es una de las siete artes liberales de la Edad Media.

Gramática, retórica, lógica, aritmética, geometría, música y astronomía, se repitió para sí Miguel mientras atendía la conversación. De nuevo el siete, pensó.

—Y la justicia, bondad, humildad, fidelidad, trabajo, formalidad y magnanimidad —añadió Taimatsu.

—Sí, pero Gaudí no era masón —insistió Conesa—. Dentro del cristianismo, que es en lo que creía Gaudí y no me cansaré de repetirlo, la escalera es el símbolo de unión entre el cielo y la tierra. ¿Recuerdan la visión de Jacob?

—Sí, está en el Génesis; Jacob tuvo un sueño en el que veía una escalera por la que subían y bajaban ángeles celestiales —completó María.

—Bien, pero lo que yo creo que representa es la Ascensión de Cristo.

—¿Con un dragón en su inicio? —preguntó Miguel pensando en la del parque Güell.

—Bueno, fabulando, dicha escalera que usted menciona podría ser la de la ascesis, cuyo primer peldaño es el dragón del pecado, que debe ser pisoteado. Y así continuamos dentro de la simbología cristiana.

Era una afirmación que a los tres les pareció brillante. Conesa continuó:

—Pero yo sigo creyendo que las escaleras siguen la interpretación de Bizancio en la que se llama a la Virgen María «Escala del Cielo» por la cual descendió Dios hasta los hombres, a través de Jesucristo, y que les permite ascender al cielo.

—Es usted imbatible —afirmó Miguel.

—¿La Bestia de la Tercera Puerta? —preguntó María sin darle un respiro al arquitecto.

Conesa dudó. Repitió la frase para sí.

—Un momento… sí. Se refiere al dragón. De nuevo el dragón, amiga mía.

—¿Al dragón del parque Güell?

—No; al de la finca Güell. El mecenas de Gaudí compró treinta hectáreas entre Les Corts y Sarrià. Originariamente eran dos fincas: Can Feliu y Can Cuyàs de la Riera. La finca fue troceada cuando falleció Eusebio Güell. Una parte son los jardines y el palacio de Pedralbes, propiedad de la Casa Real; otras parcelas fueron adquiridas por la universidad para la creación de la ciudad universitaria; en los pabellones estamos nosotros, la Cátedra. Bien, de las tres puertas que Gaudí abrió en el muro, una está frente a la tapia del cementerio de Les Corts. La segunda fue demolida cuando se construyó la Facultad de Farmacia; aunque, más tarde, se hizo de nuevo. La tercera es la principal, la del paseo Manuel Girona y allí, como ustedes saben, hay un dragón.

—El dragón encadenado —dijo Miguel.

—Y sujeto a un pilar de ladrillo en cuya cima hay un naranjo de antimonio.

—¿Qué significado tiene?

—Es Ladón, el dragón que guarda los frutos de oro del Jardín de las Hespérides.

El Jardín de las Hespérides, la ciudad de Barcelona. El dragón que cuida de ella, pensaron al unísono María y Miguel y mirándose con complicidad.

—Y así podríamos seguir —prosiguió Conesa—. Pero, a mi entender, no hay nada esotérico, oculto o misterioso en Gaudí. No era masón, ni alquimista, ni templario, ni rosacruz, ni carbonario. Todo eso está bien para las novelas, pero la verdad es bien distinta. Josep Francesc Ràfols, el pintor y arquitecto, decía que Gaudí visto fuera de la fe quedará siempre incomprensible.

—Y el escritor Josep Pla, que vistió sus formas esenciales con la simbología de la liturgia católica, un mundo prodigioso e inmenso, pero que lo hizo siguiendo su raíz terrestre, convirtiendo las abstracciones simbólicas en símbolos realizados, es decir, reales —dijo Taimatsu.

—Gaudí era un hijo de Mediterráneo y del Campo de Tarragona, su simbología nada tiene de esotérica —dijo Conesa a modo de conclusión.

María, que había estado en silencio durante gran parte de la conversación, intervino.

—Mi abuelo era un gran admirador de la obra de Gaudí; me comentó que varios incendios destruyeron parte del legado del arquitecto.

—Y así es. Fue durante la Guerra Civil. Gaudí hizo testamento en la notaría de Ramón Cantó. Se perdió en 1936 junto con todo el archivo notarial, que fue destruido.

—¿Cómo sabemos que hizo testamento? —preguntó Miguel.

—Porque tanto en el Colegio Notarial de Barcelona como en la Dirección General de Archivos y Notariado de Madrid se conservan las fichas de este testamento.

—Pero hubo otros incendios —dijo María.

—Sí. El archivo de Gaudí, así como su mesa de trabajo, fueron quemados por un incendio que se produjo en la Sagrada Familia en 1936.

—¿No le parecen demasiados incendios?

—Bueno, tenga en cuenta que sucedió en plena Guerra Civil; se quemaron muchas iglesias. El mismo 19 de julio la cripta de la Sagrada Familia fue saqueada e incendiada por un grupo de exaltados. Se profanaron las tumbas del librero Bocabella y lo mismo hubiera pasado con la de Gaudí si Ricardo Opisso, un antiguo colaborador, no lo hubiera impedido. Meses después la tumba de Gaudí fue abierta por la policía, pensaron que su interior ocultaba armas. Cuando en enero de 1939 las tropas del general Franco entraron en la ciudad, se tapó el sepulcro de forma provisional. A finales de ese año fue cerrado definitivamente, después de certificar que el cadáver que allí se encontraba era el de Gaudí.

—¡Menuda historia!

—Como muchas otras igual de terribles que ocurrieron durante la guerra. Fue una auténtica lástima. Su estudio de la Sagrada Familia estaba junto a la casa del cura, encima del almacén. Estaba dividido en tres zonas: la sala de delineantes, un despacho y el laboratorio fotográfico. Los techos estaban cubiertos con los modelos de yeso de las esculturas del templo. Imagínense qué maravilla se perdió en el incendio.

—¿Cómo sabemos esto?

—¿Cómo era el estudio? Gracias a unas fotografías que se hicieron diez años antes, al poco de morir Gaudí.

—¿Para qué utilizaba el laboratorio fotográfico?

—Al parecer, el laboratorio tenía una luz cenital y un juego de cuatro espejos que le permitían ver a Gaudí la imagen fotografiada desde cinco posiciones distintas: la frontal y las cuatro reflejadas en los espejos. Como le digo, era un genio que alimentaba su genialidad con soluciones sencillas.

—¿Y no le parece extraño que todo eso se perdiera? —preguntó Miguel.

—Fue la guerra. ¿Cree que se trata de una conjura? ¿De enemigos poderosísimos celosos de su genialidad?

—No deberíamos descartar nada.

—Gaudí, amigo mío, no podía tener enemigos. Gaudí era un santo. Vivió con su padre y con una sobrina en diferentes domicilios y en el parque Güell hasta que ambos fallecieron. Luego, un año antes de su muerte, se trasladó a la Sagrada Familia, a cuyo proyecto se dedicó en cuerpo y alma; como un monje o un ermitaño. Algunos dicen que vivía con un niño.

Lo que sí es seguro es que sólo el doctor Santaló o el escultor Llorens Matamala le visitaban algún domingo. Como les digo, vivía en su taller humildemente, con sencillez; le preparaba la comida la mujer del portero del templo. No, Gaudí no tenía enemigos. Sólo la estupidez y la barbarie desenfrenada de una guerra incivil destrozó parte de su legado.

28

—¿Y ahora me contaréis de qué va todo esto? —preguntó Taimatsu nada más salir del despacho de Ramón Conesa. Tenía la impresión de que sus dos amigos no habían sido sinceros con ella.

María y Miguel se miraron. María asintió con la cabeza.

—Bien —dijo Miguel—. Pero no aquí. Han pasado demasiadas cosas.

—Vamos a mi casa —dijo María.

Taimatsu miraba a uno y a otro. No podía imaginar lo que, en breve, le iba a ser revelado.

—Taimatsu, aún estás a tiempo de no entrar en esto —dijo Miguel.

—Estoy ansiosa por hacerlo, somos amigos, ¿no? —replicó dirigiéndose a María y buscando su apoyo.

Ésta no contestó.

—Además, soy experta en este período y una enamorada de Gaudí… como todos los japoneses —concluyó sonriendo.

—Lo que sabemos no da para una tesis doctoral —afirmó.

—Bueno, pues escribimos una buena novela —repuso la japonesa bromeando.

—El material, hasta ahora, es de locos, Taimatsu. De hecho, creo que debería acudir a la policía. Tu novela es algo tan increíble que… bueno, se necesitaría mucha credulidad por parte del lector.

Taimatsu no quería entrar a discutir sobre la teoría de la novela o sobre la génesis de la novela popular; no era su tema, pero sí tenía claro su siguiente argumentación.

—Lo único que estás consiguiendo, Miguel, es que me muera de curiosidad. Por favor, ¿podría entrar en el tema?

Entonces Miguel empezó el relato hasta acabar con el asesinato del padre Jonás.

—¿Un asesinato? ¡Diablos, esto se pone interesante! —afirmó Taimatsu.

—De una forma brutal. Vamos a casa… Antes quiero enseñarte algo —dijo Miguel.

Se detuvieron en medio de la calle, Taimatsu no podía ocultar su curiosidad…

—El padre Jonás, antes de morir, escribió esto en el suelo con su propia sangre.

Miguel sacó el papel que había copiado en el coche… Entonces María se sobresaltó. Temblaba, al igual que el día anterior cuando lo había visto por primera vez. Él la tranquilizó. Taimatsu preguntó:

—¿Qué ocurre?

María, titubeando, le dijo:

—Mi abuelo, el día antes de morir, mencionó al padre Jonás… dijo que él me tenía que decir algo…

—Entonces… esto que hay en el papel…

—Sí, éste es el mensaje —la cortó Miguel—. Nosotros no hemos conseguido descifrarlo.

La japonesa tomó nota mientras repetía:

—La letra beta del alfabeto griego… Un compás y un signo partido con una cifra, 118…22… No tengo ni idea, pero…

Continuaron caminado mientras la ponían al corriente del resto de los acontecimientos.

María estaba realmente asustada. La muerte del padre Jonás reafirmaba su presentimiento de que su abuelo había sido asesinado. Su pobre abuelo. Era la elegida no sabía para qué. Pero lo que sí sabía es que aquello significaba una amenaza de muerte y que le quedaba poco tiempo.

—No temas, estamos juntos —dijo Taimatsu.

—Sí, frente a unos asesinos que, al parecer, no dudarán en matarme. No puedo meterte en esto.

—Ya lo estoy —replicó Taimatsu.

Miguel no dijo nada. Le ofreció su mano a María, quien la tomó con fuerza mientras caminaban.

Cuando llegaron a casa fueron directamente al estudio y, en la mesa, a la luz de la lámpara, le mostraron la caja que habían encontrado en el interior de la tortuga.

—No sabemos cómo abrirla —dijo María.

—Tampoco queremos forzarla —añadió Miguel.

—Tal vez se perdería lo que hay dentro —completó María.

Taimatsu tomó la caja y pasó sus dedos suavemente sobre los números en relieve.

—¿Qué dijo tu abuelo cuando le mostrasteis la caja?

—Nada; estaba completamente perdido.

—Bueno, en realidad sólo repetía una frase —dijo Miguel.

—¿Qué frase?

—«La muerte del maestro», decía una y otra vez —añadió María.

Taimatsu se quedó pensativa con la caja entre las manos. Fueron unos breves segundos hasta que sus ojos se iluminaron y, suavemente, con el índice de la mano derecha, presionó cuatro números.

Y la caja se abrió.

El asombro se reflejó en los rostros de Miguel y María.

—¿Qué has hecho? —preguntaron al unísono.

—Es... elemental. Os lo dijo él: la muerte del maestro. Uno, nueve, dos y seis: 1926, el año en que mataron a Gaudí. —dijo Taimatsu con una sonrisa de triunfo, entregándole la caja a María.

No podía decirse que estuviesen desilusionados, pero aquel simple cuaderno azul de un par de pliegos de treinta y dos páginas, al menos en principio, no respondía a las expectativas que se habían hecho. El medallón, con una tira de cuero, tampoco parecía gran cosa. No era muy antiguo, del tamaño de una moneda de dos euros, con una letra, alfa y, en el reverso, un pájaro grabado.

No había nada más en el interior de la caja de cedro.

María se pasó el medallón por el cuello mientras Miguel se dedicaba a hojear el cuaderno intentando leer alguna frase de la libreta. Ciertas páginas contenían dibujos a lápiz y otros coloreados. A simple vista el abuelo no era un mal dibujante.

—Parece ser que tu abuelo se dedicó a copiar miniaturas de libros medievales...

—Deben de tener algún sentido. ¿Qué más?

—Textos más largos; algunos con fecha. Parecen recuerdos. Y pequeñas frases, como aforismos... algunas en latín —dijo pasando las hojas del cuaderno con rapidez.

—¿Por qué no lo leemos? —preguntó Taimatsu.

María se echó a llorar. Durante horas había intentado mantener la calma, pero en ese momento ya no pudo contenerse más.

Miguel la abrazó.

—¿Quieres irte a descansar?

—No; estoy bien. Yo también quiero saber lo que pone en el cuaderno —dijo secándose las lágrimas con el dorso de la mano—. Estoy bien —repitió.

Se dispusieron leer el diario del abuelo con inquietud y

expectación. A medida que avanzaran en su lectura y análisis tomarían notas en un cuaderno.

María, con las manos temblorosas, lo abrió por la primera página y empezó a leer en voz alta:

El diario

Ya al final de mi vida de pecador, mientras, canoso y decrépito como el mundo, espero el momento de perderme en el abismo sin fondo de mi memoria que, cada vez, se torna más y más silenciosa, partiendo así de la poca luz que aún me regenta, en esta habitación de mi querida residencia, donde aún me retiene mi cuerpo pesado y enfermo, me dispongo a dejar constancia en esta libreta de los hechos asombrosos y terribles que me fue dado presenciar en mi infancia (con el fin de evitar la llegada del Anticristo y con la intención de que, querida mía, se cumpla en ti la profecía que me fue anunciada).

El Señor me conceda la gracia de dar fiel testimonio de los acontecimientos que se produjeron en una ciudad cuyo nombre es imposible silenciar bajo un piadoso manto: Barcelona.

Para comprender mejor los acontecimientos en que me vi implicado, quizá convenga recordar lo que estaba sucediendo en aquellas décadas, tal y como entonces lo comprendí, viviéndolo, y tal y como ahora lo recuerdo, enriquecido con lo que más tarde he oído contar sobre ello, siempre y cuando mi memoria sea capaz de atar los cabos de tantos y tan confusos hechos.

Hablaré de mi maestro, a quien Dios haya perdonado su a veces excesivo orgullo intelectual, y porque es propio de los jóvenes de mi tiempo sentirse atraídos por un hombre más anciano y más sabio que me entregó su secreto para que lo guardara para ti y así cumplieras con la profecía que a los miembros de nuestra familia nos fue confiada. Escribo en clave aquellas partes que confío que tú sabrás desvelar para cumplir con dicha misión para mayor gloria de Nuestro Señor Jesucristo y el merecido premio de los menesterosos.

Llegué a Barcelona en una época muy revuelta. Barcelona era, para unos, un infierno y, para otros, su finca particular. Tres años antes de mi llegada el capitán general de Cataluña, Primo de Rivera, se proclamó jefe de un directorio militar que fue aceptado sin más por el rey de España. En Barcelona, las clases conservadoras eran partidarias de lo que ellos llamaban «la paz y el orden». Les interesaba el general, por eso no sólo prestaron su apoyo al pronunciamiento militar, sino que participaron activamente en su génesis. Primo de Rivera confraternizó con dicha clase y les prometió una autonomía regional suficiente, tutelada por él y sus militares, para que éstos siguieran haciendo negocio y mantuvieran su finca. Los conservadores catalanes le creyeron. En Madrid, no fueron tampoco honestos con el sistema constitucional; el gobierno conocía la existencia de la conjura pero tampoco hicieron nada por evitarla. Los conservadores de toda España la deseaban, la propiciaron y se pusieron de acuerdo para que tuviera éxito. Barcelona fue el escenario de la proclama de Primo de Rivera. El general, además, contaba con el apoyo incondicional del general Sanjurjo, segundo jefe de mando de Aragón, y del general Milans del Bosch, que era el jefe de la Casa Militar del rey Alfonso XIII. Le faltaba la confirmación del resto de las capitanías generales, pero estaba convencido de que, una vez dado el golpe, y teniendo en cuenta los apoyos conseguidos hasta entonces y todos los que estaban detrás alentándole, éstas se sumarían. Como así fue.

Quien no estaba de acuerdo era la clase obrera. Pero el golpe militar se hacía contra las clases populares, contra el pueblo. ¿A quién le importaba el pueblo? Ellos eran el desorden y tenían que ponerlos en su sitio, acabar con sus justas reivindicaciones. De entre sus dirigentes quien vio todo lo que se preparaba fue Salvador Seguí, a quien llamaban el Noi del Sucre. Preparó un plan de huelga general si se producía el golpe y, además, intentó gestiones para acabar con el terrorismo de la CNT. No lo consiguió. Seguí sabía que tanto unos como otros lo único que lograrían sería que la clase obrera no levantara cabeza en mucho tiempo y se retrasaran las conquistas sociales. El Noi del Sucre fue asesinado una tarde de marzo que paseaba con un amigo por la calle de Sant Rafael. Un matón le disparó en la nuca al tiempo que otros compinches disparaban para cubrir su huida. Cinco meses después tuvo lugar el pronunciamiento militar. El general, en Barcelona, hizo público un manifiesto en el que decía que en vista de la necesidad de salvación de la patria, que peligraba por los profesionales de la política, constituía en Madrid un directorio militar con carácter provisional hasta que las aguas volvieran a su cauce y el país saliera de aquel desorden general que amenazaba con desguazarlo.

A las cinco de la madrugada de un día de mediados de septiembre, salieron de Capitanía General piquetes de caballería de Montesa encargados de fijar por las calles y plazas de la ciudad de Barcelona el bando que declaraba el estado de guerra y confiaba el mando civil de las provincias de Barcelona, Lérida, Gerona y Tarragona a los respectivos gobernadores militares, que dictarían las órdenes precisas. Vallés i Pujals, presidente de la Diputación, fue entrevistado por algunos periodistas para que opinara sobre la situación. El presidente contestó:

—Nosotros aceptamos el poder constituido, así que no haremos otra cosa que obedecer.

A las cuatro de la madrugada, cuando los periódicos publicaron el manifiesto del capitán general, los ciudadanos arrebataban los ejemplares de los puestos de venta. A lo largo de esa mañana se agotó edición tras edición. Pero el aspecto de la ciudad era como cualquier día anterior a la noticia. Sólo en Telégrafos, Teléfonos, Delegación de Hacienda y otros centros oficiales las fuerzas del ejército montaron guardia.

El general, ese día y los siguientes, prometía velar por el mantenimiento del orden público, asegurando el funcionamiento normal de los diferentes ministerios y organismos oficiales, con el apartamiento total de los partidos. Asumía el lema del somatén: paz, paz, paz con el objeto de garantizar el orden y la salvaguarda de la nación.

Después disolvió las Cortes, instauró el estado de guerra en todo el país y anuló las libertades públicas. Tardó bien poco, un mes, en la disolución y supresión de los ayuntamientos y en proclamar una normativa que establecía la nueva organización central y provincial. Suspendió las oposiciones a concursos para los distintos cuerpos de la administración. La paz social, una de sus grandes promesas a los conservadores catalanes, no se hizo esperar. Sólo se salvaron los sindicatos católicos y el Sindicato Libre; los sindicalistas fueron duramente reprimidos y todas sus organizaciones prohibidas; sus dirigentes volvieron a la clandestinidad y otros al exilio.

Primo de Rivera no cumplió las promesas que les hizo a los conservadores catalanistas sobre una autonomía regional para Cataluña. Pero éstos, preocupados en el fondo por sus intereses de clase y esperando tiempos mejores, ya que en lo demás el general cumplía, no ejercieron ningún tipo de oposición activa.

Llegué a Barcelona una noche de invierno, después de que el maestro me recogiera en Riudoms, tomáramos el tren en Reus y un carruaje nos esperara en la estación de Barcelona.

Así fue como llegué a la Casa Encantada del parque Güell, donde vivía mi maestro. Poco después nos trasladamos a vivir al taller donde trabajaba, en el templo expiatorio de la Sagrada Familia.

Barcelona, en esa época, estaba viviendo grandes transformaciones en su estructura urbana con motivo de la futura Exposición Universal que debería tener lugar tres años más tarde. Las principales acciones se concretaban en el Barrio Gótico, la colina del Tibidabo, Montjuïc, el parque Zoológico y la Sagrada Familia, un monumental proyecto arquitectónico y religioso en el que trabajaba mi maestro desde hacía muchos años.

Supe más tarde que el maestro y mi abuelo habían estudiado juntos, que les unía una gran amistad y que, por eso y por otras cosas trascendentales que averigüé después, mi abuelo me confió a Antonio Gaudí.

La vida en el estudio fue mejor de lo que yo esperaba cuando abandoné mi pueblo. Gaudí me trataba como si fuera su nieto. Me mandó al colegio y, cuando regresaba, yo le veía trabajar hasta que se iba a misa. Cenaba con el portero y su mujer mientras esperaba su regreso y, después, continuaba trabajando y me dejaba permanecer a su lado mientras me explicaba pormenores de su trabajo. A veces, a su regreso, leía *La Veu de Catalunya* y me comentaba las noticias.

Recuerdo ahora algunas muy curiosas y sus comentarios al respecto.

—Mira, aquí dice que un escocés ha inventado una radio que se ve.

Se trataba de un científico llamado John Baird que acababa de presentar en la Royal Institution un aparato que transmitía imágenes a distancia. Era un curioso artilugio que, a través de un tubo, transformaba los impulsos eléctricos en imágenes que se proyectaban en una pantalla pegada al tubo.

Al maestro le gustaba seguir las innovaciones técnicas en la prensa.

—Hijo, dentro de veinte años nos plantaremos en la Luna —me dijo en otra ocasión.

—¿En la Luna? ¿Por qué, maestro?

—Aquí dice que un tal Robert Goddard, en la granja de su casa que está en un pueblo de Massachusetts, ha lanzado un cohete al espacio que funciona con un combustible líquido.

—¿Y ya iremos a la Luna?

—Bueno, es cuestión de tiempo, Juanito. Ya te digo, ¡veinte años y todos a la Luna!

Una noche de carnaval el maestro recibió una extraña visita.

Gaudí dibujaba sobre una gran hoja de papel vegetal fijado sobre un tablero de madera y a la altura de su vista. Dibujaba a lápiz y de vez en cuando se alejaba del papel para mirar el conjunto. Yo me encontraba a su lado, él había regresado de misa y, después de cenar juntos, continuó trabajando. Yo le observaba en silencio.

—¿Qué hace, maestro?

—Es hora de dormir, Juanito.

—Me gusta ver cómo dibuja, abuelo.

Gaudí sonrió. De vez en cuando se me escapaba aquella palabra y a él le causaba cierto agrado.

—Es muy bonito, ¿qué es?

—Dibujo todo lo que tiene que ir en la fachada de la Pasión de la Sagrada Familia.

Me situé a su izquierda, algunos metros detrás de él, sentado en un taburete y con la intención de no molestarle. Entonces el maestro abandonó su trabajo y buscó un dibujo entre sus carpetas y papeles. Lo situó sobre el que estaba haciendo y me dijo:

—Este templo, hijo mío, será una obra de varias generaciones. Pero yo tengo la obligación de marcar las pautas para que se acabe tal y como lo he pensado. Pero no hará falta que el templo esté terminado para que aquello que debe ser, sea.

—¿A qué se refiere, maestro?

—Este templo es el final del camino. Es una Biblia para el pueblo y anuncia la llegada de la nueva Jerusalén. Los pobres necesitan a Jesucristo y la profecía debe cumplirse.

—No le entiendo, maestro.

—Vivimos tiempos revueltos y ya es hora de cambiar eso; es hora de que regresemos a casa. Todo está en las estrellas. Nuestro Señor espera.

El maestro hablaba como para sí mismo.

—El hombre, pequeño mío, se mueve en un mundo de dos dimensiones y los ángeles en otro tridimensional. Es hora de acabar con el dolor del mundo. Ven, acércate.

Me acerqué al maestro tal y como me indicó y entonces, señalándome el dibujo, me dijo:

—En esta hoja está contenida toda la doctrina, el plan de la Sagrada Familia.

El dibujo representaba, tal y como empezó a explicarme, el simbolismo del templo. Se trataba de un cuadro sinóptico que no ocupaba toda la página. Y el maestro empezó a enumerar todo aquello que había elaborado en el dibujo:

Las tres personas de la Trinidad y su correspondencia con las tres virtudes teologales y los tres primeros mandamientos.

Los siete sacramentos y su relación con las siete peticiones del Padrenuestro.

Los siete días de la creación.

Los siete mandamientos de la ley mosaica.

Los siete dones del Espíritu Santo.

Las siete virtudes capitales.

Los siete pecados capitales.

Las siete obras de la Misericordia.

—¿Siete veces siete? —dije.

El maestro sonrió y vi cómo brillaban sus ojos azules. Al parecer había comprendido algo cuyo significado aún ignoraba.

Recuerdo muy bien ese día. Estábamos solos en el taller. Unas campanas lejanas sonaron, y eso me distrajo un momento. Como hacía siempre, conté las horas mentalmente. No sé exactamente lo que pasó. Lo cierto es que perdí la cuenta en el eco del último tañido. Entonces contemplé al maestro. Me sorprendió su gesto. Tenía la cabeza levantada con los ojos muy abiertos. Iba a preguntarle qué estaba pasando cuando me hizo un ademán muy rápido con el dedo para que callara. En la expresión de alarma de su rostro comprendí que algún peligro nos amenazaba, nos acechaba allí mismo en la habitación. Nunca lo había visto así. La reverberación de esa última campanada vibraba aún en la atmósfera, y desde algún lugar cercano empezó a crecer una respiración. Me puse en guardia. Imaginé que era un gato, un perro quizá, que se había quedado encerrado. Después me di cuenta de que ese jadeo tenía algo de humano pero también de bestia. Procedía de la parte oscura del taller, donde se agolpaban las estatuas y los moldes de escayola. Hacia allí miraba el maestro con una fijación anormal. Estaba como paralizado. Mis ojos buscaron hacia el fondo y se detuvieron en una silueta. Descubrí con un sobresalto el perfil oscuro de una estatua que nunca había estado allí, estaba completamente seguro. Contemplé de nuevo al maestro y su quietud, la expresión de su mirada me causó una mezcla de extrañeza y aturdimiento. Sentí miedo. ¿Qué estaba pasando?

No sé si fueron imaginaciones mías, pero al mirar otra vez la silueta oscura del fondo, sentí cómo me envolvía su presencia fría, sentí su aliento penetrando, recorriendo mi cuerpo, cómo una niebla invisible y muy espesa. Me estremecí. No podía moverme. El maestro estaba allí y sin embargo tuve la sensación de que también era una de las estatuas sin vida. No podía hacer nada. Me sentí tan solo, tan desamparado que el vértigo se apoderó de todo mi ser. Delante de mí se abría un abismo insondable. Mi cuerpo, mis venas se estaban helando; entonces imaginé que esa cosa intangible no era de este mundo. Ese pensamiento me hizo tiritar. Podía escuchar nítidamente su estertor sibilante, me estaba llamando por mi nombre como en un susurro. Yo luché dentro de mí para que se fuera, para apagar esa voz que me atraía y al mismo tiempo me repugnaba… Recuerdo que ésta fue la primera vez que sentí, que casi mastiqué un desasosiego tan absurdo y extraño que no alcanzo a describir con palabras. El terror a la oscuridad o incluso a la muerte no eran nada comparados con la sensación de pánico hacia lo desconocido que experimenté en ese momento. La percusión del tañido de la última campanada, su eco metálico se había coagulado en la atmósfera, iba decreciendo tan lentamente que me arrastraba consigo hacia las tinieblas. El horror hacia algo sobrenatural que estaba allí, en el taller, que me oprimía el pecho me cortaba la respiración. Lloraba en silencio, los latidos de mi corazón retumbaban en mis sienes, quería gritar, salir huyendo de allí y sin embargo comprendí que yo también era una estatua.

Entonces fue cuando la silueta oscura, cuyo rostro cubría con una máscara, se adelantó un paso. Su pisada tronó en mis oídos como un tambor inmenso. Siguió avanzando.

La voz rasgada del maestro me rescató del pánico, del abandono.

—¡Fuera! —gritó pronunciando seguidamente unas frases en latín que no logré comprender.

La silueta se detuvo.

—Ven, Juanito, escóndete detrás de mí, deprisa —me dijo el maestro gritando, fuera de sí.

Aún no sé cómo lo hice, pero reaccioné, no tenía fuerzas para saltar ni para dar un paso y dejé caer mi cuerpo, me arrastré por el suelo, tenía las piernas y los brazos entumecidos. Como pude me situé detrás del maestro, justo debajo de una larga mesa repleta de planos.

No entendí lo que decían, pero estoy seguro que allí se estaba librando una batalla terrible. Las dos figuras de pie, una frente a otra, se lanzaban imprecaciones, conjuros, en un idioma extraño. Eran como golpes de espada en el vacío. La voz del maestro se moldeaba en una oración, mientras el hombre de la máscara parecía retorcerse de dolor. Recuerdo que tuve que taparme los oídos ante esos horribles gritos. Su máscara se puso al rojo vivo, su fulgor era tan intenso que aparté los ojos. No sé el tiempo que duró ese combate, sólo sé que de repente esa sensación de ahogo desapareció y el tañido de la última campanada se desvaneció para siempre.

Todo mi cuerpo temblaba, no podía dominarme… Con la voz muy débil, después de un gran esfuerzo, le dije:

—¿Está bien, maestro?

El maestro estaba exhausto, parecía que había envejecido muchos años, estaba encorvado, los brazos caídos, jadeaba… No me atreví a salir de mi escondite, miraba hacia todos lados. Al cabo de un largo rato, cuando su respiración se fue sosegando me habló:

—Se ha marchado… No volverá. El plan debe cumplirse. No tenemos mucho tiempo.

El maestro tomó asiento. Tenía los ojos cerrados, respiraba con fuerza. Entonces salí de un salto y me acurruqué entre sus piernas, el espanto me hizo llorar…

—Ya pasó todo, Juanito… No tengas miedo. Te prometo que no volverá…

—Maestro, maestro… Él, él me estaba llamando por mi nombre…. No podía hacer nada. ¿Qué era eso, maestro?

—Mi pequeño, Juanito, tienes que ser fuerte… Muy pronto aprenderás a defenderte…

—Maestro, yo, yo… Tengo mucho miedo. Esa cosa no era un hombre, lo sé…

—Confía en mí… Un día le vas a derrotar tú… Y podrás hacerlo.

—Pero, maestro, no era un hombre, era, era… ¿Por eso ocultaba su cara?

—Eso es lo de menos. Conozco su rostro. El mal siempre tiene la misma cara… eso no lo olvides nunca. Yo le esculpí en piedra. ¡Mira! —dijo mostrándome una fotografía.

Se trataba de una escultura situada en una de las ménsulas de la puerta del Rosario de la Sagrada Familia. *La tentación del hombre*, a quien el demonio entrega una bomba Orsini. Esta escultura, junto con *La tentación de la mujer*, eran muy estimadas por el maestro. En la exposición de París de 1910 se llevó dos modelos en yeso que fueron expuestos en el Grand Palais.

—Un día ese hombre vino y me dijo que él era la imagen del mal que andaba buscando; el modelo. Esa vez no llevaba la máscara y, al principio, no le reconocí. Después supe que era él. Podía haberlo matado entonces, pero me sentía viejo y cansado. Ese hombre me ha perseguido durante años, retándome. Intentando por todos los medios que no complete mi obra. Y ese día tuvo la osadía de presentarse frente a mí para que le fotografiara… después de tantos años.

Yo conocía esa afición del maestro. Una afición que me aterraba y a la que siempre me negué a acompañarle. Gaudí, en su taller fotográfico, retrataba a muchas personas de toda condición con la idea de que sirvieran de base para sus figuras de santos, ángeles, evangelistas o profetas. Incluso visitaba al director de la Casa de la Maternidad y Expósitos de Les Corts, para buscar modelos de niños moribundos, personas agonizantes y de cadáveres. Otras veces echaba mano de gente conocida para que sirvieran de modelo. El rey David era, en realidad, un albañil llamado Ramón Artigas.

No dije nada más. Dejé que el maestro se tranquilizara y que, si así lo deseaba, me explicara qué estaba pasando.

Como así fue.

—Quiero contarte algo y voy a hacerlo como si fueras mayor, porque sé que comprenderás todo lo que te diga —empezó diciéndome el maestro—. Tu abuelo y yo estudiábamos juntos en la Escuela de Arquitectura. Éramos muy jóvenes, teníamos dieciocho años y Barcelona nos fascinó. En clase hicimos amistad con un alumno poco brillante, Luis Zequeira. Su padre era un gran hombre que, como comprobé después, no se merecía tener un hijo como aquél. Su madre era hija de un editor que, al confraternizar con la dictadura buscando medrar políticamente, había descuidado su negocio y terminó por arruinarse. Afortunadamente para él, Primo de Rivera le ayudó. Montó una imprenta y surtía de material pornográfico a los cuarteles de toda España. Pero eso es otra historia que no viene al caso, Juanito. Zequeira era un tipo mujeriego y simpático, nos comentaba que, con un grupo de amigos, se reunían en un sótano de Las Siete Puertas y participaban en ciertos rituales iniciáticos. Tu abuelo y yo éramos dos jóvenes algo confusos, con ideas que ahora no sería capaz de sostener y deseosos de ver, conocer, experimentar. Un día nos convenció para que le acompañáramos. Fuimos a un par de reuniones y participamos en algunos rituales que, en principio, nos parecieron inocentes. Pero a medida que continuamos yendo, tu abuelo y yo veíamos que todos aquellos tipos encapuchados estaban realmente locos. Una noche, la última pues no acudimos nunca más, no puedo contarte lo que llegamos a ver pues conseguiría aterrarte.

»En aquella época había en Barcelona dieciséis logias masónicas adscritas a siete obediencias. Muchos artistas e intelectuales estaban relacionados con estas sociedades secretas. Pero Luis Zequeira no pertenecía a ninguna de ellas. No era masón. Pertenecía a una sociedad satánica. Al principio no lo supimos; sólo cuando estuvimos dentro nos dimos cuenta de qué iba toda aquella locura. Eran los Hombres Ménsula, pero también les gustaba hacerse llamar Caballeros Hermanos de Judas. Encima del altar donde celebraban sus ceremonias, junto a un compás y una escuadra de color negro y situadas a la inversa, tenían grabadas las iniciales CHJ... Que, como puedes deducir, son las iniciales de Nuestro Señor Jesucristo escritas al revés. Como te digo eran una secta satánica, una desviación entregada al lado oscuro. Unos asesinos que profanaban, asesinaban, cometían atentados, practicaban rituales que no puedo mencionar sin asustarte, invocaban a los demonios y adoraban al diablo y a un ídolo llamado Bafomet. Te preguntarás qué hacíamos nosotros allí. Ya te digo que, al principio, no sabíamos nada de todo esto... al menos yo no lo sabía; creía que era una sociedad secreta como las miles que existían en la ciudad, pero cuyo espíritu era entender el mundo para conocer a Dios y que creían que toda la naturaleza se nos presenta como una revelación gradual que puede conducirnos al Ser de los Seres. Como ves, nada que ver con el lugar en el que nos habíamos metido.

»Cuando Luis Zequeira nos contactó, tu abuelo era el más interesado en saber qué se cocía allí dentro. De hecho, fue él quien me arrastró para que acudiéramos a aquellas primeras reuniones. El interés de tu abuelo no lo entendí hasta mucho más tarde.

»Tu abuelo era un infiltrado.

»Pasó el tiempo y no volvimos a hablar de todo aquello. Pero Zequeira no nos perdonó el hecho de que abandonáramos su organización. En aquel tiempo siempre tuve la sensación de que me espiaban.

»Mucho después tu abuelo y yo entramos en el Centro Excursionista. Realizábamos visitas a diferentes lugares de Cataluña llevados por nuestra pasión por la arquitectura. Hacíamos informes, consultas y proyectos de restauración; como el de la iglesia de San Esteban en Granollers. Visitamos muchos lugares y una noche, en Montserrat, me lo contó todo.

»Tu abuelo era caballero, uno de los Árboles de Moria: los siete caballeros que tomaron su nombre del monte en el cual Salomón levantó el templo y que se perpetúan a través de los siglos y son los encargados de guardar el mayor secreto de la cristiandad. Sé que te será difícil creerme, aunque es posible que no porque eres un niño y la fantasía, la curiosidad y la aventura forman parte de tu mundo. Sí, Juan, tu abuelo es un caballero. Ya lo era cuando le conocí, cuando quisimos formar parte de los Hombres Ménsula. Esa secta, durante siglos, ha tenido como objetivo que el plan de los Moria no se cumpla jamás. Por eso entró en ella, como espía. Como te digo, todo esto me lo contó esa noche en Montserrat. Entonces me habló de los siete caballeros custodios del secreto. Y me uní a ellos.

»Me entregaron el secreto y, con el tiempo, me convertí en su gran maestre.

»Desde entonces, toda mi obra, todo lo que he hecho en esta ciudad, responde a un plan. Sé que, como Moisés, no entraré en la Tierra Prometida. Pero todo está preparado para que la profecía se cumpla. Yo, como el Bautista, he de entregarte el testigo y, dentro de muchos años, como así está escrito, uno de tus descendientes, a quien le pondrás por nombre María, cerrará el círculo.

Esto es lo que me fue revelado por el maestro Gaudí después de recibir aquella extraña visita.

Luego, salimos en silencio del estudio. Era una noche fría y recorrimos las calles de la ciudad sin decirnos una palabra hasta que llegamos a La Pedrera.

Allí, teniendo como testigos a los guerreros de piedra, Antonio Gaudí me nombró caballero Moria.

Yo era el elegido para guardar y conservar el secreto hasta el día en que tuviera que entregártelo. Durante aquellos días salíamos a pasear por las mañanas aparentemente sin rumbo fijo. Él tiraba miguitas de pan y yo tenía que reconocer los símbolos en los lugares precisos.

Cuando mi maestro fue asesinado, los caballeros me ocultaron, me entrenaron, compartieron sus secretos y, con el tiempo, llegué a convertirme en su gran maestre. En el jefe de los siete elegidos para proteger el secreto. Un secreto que iba conmigo, que yo oculté y por el que jamás me preguntaron. Ellos tenían la misión, como te digo, de protegerme porque, haciéndolo, protegían el secreto y garantizaban el cumplimiento de la profecía.

Pero sólo una vez decidí salir a la luz. Habían pasado diez largos años y los tristes acontecimientos que ocurrieron por aquel entonces me impulsaron a arriesgarme. Mis compañeros quisieron disuadirme. Pero yo les hubiera atravesado a todos con mi espada si hubieran intentado impedírmelo.

Bitrú y los suyos habían quemado el legado de mi maestro y profanado su tumba. Mi sangre pedía venganza.

Su organización es simple: un jefe recibe por nombre Asmodeo y un lugarteniente al que llaman Bitrú, el príncipe heredero. Cuando Bitrú es ascendido, se convierte en el nuevo Asmodeo y otro ocupa el lugar del antiguo Bitrú. Sus nombres son tan antiguos como el mundo, pertenecen a dos de los peores demonios del infierno. A través de sus pérfidas acciones consiguen tener un solo rostro y, a veces, se les confunde. El rostro del mal, ésa es su máxima aspiración. Dicen que la madre del primer Asmodeo fue Medusa.

Sabíamos que algunos Hombres Ménsula se reunían en un antro del Paralelo, El Paradís. Los *music-halls*, como se les llamaba entonces, estaban muy de moda desde hacía años. Allí se juntaban gentes de toda clase y condición para dar rienda suelta a todo tipo de vicios. Algunos se habían cerrado varias veces por orden del gobierno. Eran famosos el Bataclán, el Royal Concert, Pompeya y el Concert Apolo.

Me dirigí a El Paradís cuando podía pasar por un hijo de la noche y de la niebla. Debía encontrarle. Bitrú se había convertido en el nuevo Asmodeo después de tantos años. Su antecesor, Luis Zequeira, había muerto poco antes loco por la sífilis y el príncipe de las tinieblas adoptó su nombre y se hizo con la jefatura de los Hombres Ménsula.

Entré en él buscando a mi oponente, disimulando, pero con los ojos de un lobo enfurecido. El Paradís estaba repleto de señoritas de vida fácil, moscones, empresarios, aburridas hijas de papá, matones, empleados, macarras y otras especies de la noche. Pero allí estaba él, en una mesa junto al escenario, rodeado de cuatro putas y dos de sus compinches. No me fue difícil reconocerlo. Fui hacia él como un enfermo del mal de Amok, pero cuando me encontraba a pocos pasos, me vio. Al principio su gesto fue de sorpresa, luego creo que me reconoció y se iluminaron sus ojos por el odio. Se llevó la mano a la guantera, desenfundó y apuntó. No le di tiempo para nada más. Corrí hacia él como Aquiles, el de los pies ligeros, desenfundando mi espada al tiempo que saltaba hacia él. Con el primer golpe le arranqué la mano de cuajo, que cayó sobre la mesa como un fardo mientras detonaba el arma; la bala atravesó el corazón de una de las putas que le rodeaban. Con el segundo golpe, le separé la cabeza del cuerpo, que cayó pesadamente sobre la mesa, rodó golpeando las copas y se detuvo junto a una botella de champán. La música se interrumpió y el silencio fue mortal. Vi cómo su cuerpo caía hacia atrás en la silla y, entonces, le hundí la hoja en el corazón.

Todos miraron la cabeza de Asmodeo junto a la botella, horrorizados. Y ocurrió algo que aún hoy, al recordarlo, me impresiona: sus labios articularon una palabra, «mamá». Y sus ojos se cerraron para siempre.

Salí de aquel antro con decisión, aprovechando el espanto general, sin mirar a nadie, y me hundí en la noche. Aquella muerte no sirvió de nada. Otro ocupó su lugar.

Si has llegado hasta aquí, pequeña mía, es porque has resuelto la adivinanza y has encontrado este cuaderno.

> *Duro por arriba,*
> *duro por abajo,*
> *cara de serpiente*
> *y patas de palo.*

¿Recuerdas lo que te gustaban las adivinanzas cuando eras pequeña?

> *De celda en celda voy*
> *pero presa no estoy.*

Ésta de la abeja era tu preferida.

Es posible que este cuaderno caiga en manos de los Hombres Ménsula y es por ello que debo ser prudente.

Pero confío en que sabrás resolver sus sencillos enigmas, dar con el secreto y comprender qué debes hacer con él para que se cumpla la profecía.

Algo que también, querida pequeña mía, debes descubrir por ti misma. Así está escrito.

Pero antes el arcángel debe renovarse. Debe creer en ti para que el plan se cumpla.

Debéis matar a la Bestia de la Tercera Puerta para poder renovaros. Éste es el primer paso. En él también está el mapa... Ahí está el tesoro... pero falta una parte.

El secreto está en ti desde el día de tu nacimiento. Como todo, somos hijos de las estrellas.

Recuerda el Padrenuestro... Así en la tierra como en el cielo.

En el año 1126 empezó la cuenta atrás en Tierra Santa, cuando se encontró la reliquia.

El año 1926 Gaudí me la entregó antes de que le mataran. El año 2006 te la entrego a ti, María, para que se cumpla la profecía. Lee con el corazón y no con la razón y encontrarás la verdad en la última puerta que se cierra detrás de mí.

María había leído en voz alta hasta aquí. Miguel y Taimatsu mientras escuchaban tomaban notas. A Miguel, acostumbrado a resolver problemas matemáticos, le llamaron la atención dos fechas del cuaderno: el año de la muerte de Gaudí, 1926, y 1126, fecha que, según el diario, había empezado la cuenta atrás. Ochocientos años separaban ambas fechas y ochenta años desde la muerte de Gaudí hasta el presente. Por lo tanto había una posible relación, una progresión simple: ocho multiplicado por cien y ocho por diez.

María pasó la página y atrajo de nuevo la atención de Taimatsu y de Miguel.

—¡Aquí están!

Cerraban el párrafo que acababa de leer unos textos que parecían acertijos. Todos iban encabezados con una letra del alfabeto griego destacada en grande al principio.

—Mi abuelo era aficionado a los acertijos, pero éstos… No los recuerdo.

María se los mostró a Miguel y Taimatsu y los tres leyeron:

ALFA
Entre palmeras y claveles gira el sol del alma.

BETA
Vida le da la luz, aunque no tenga cien pies, para encender el horno de la noche que alumbra los frutos del Jardín de las Hespérides.

GAMMA
Debes contar el número de una escalera sin peldaños para poder ver el signo que encierran los cuatro lados.

Delta

Tu madre es el agua, tu padre es el fuego. No eres nave y viajas en el tiempo hundida en los cimientos de la nueva ciudad que contemplan los guerreros.

Épsilon

Ni los fuegos de San Telmo pueden iluminar tus ojos perdidos en las tinieblas.

Zeta

Sabia locura es, aunque la veas, no la encontrarás encima del ciprés.

Eta

En la primera letra de esta morada, los magos vieron la cruz y el corazón de la luz de María Inmaculada.

«Debes jugar, María; como cuando eras niña. No queda mucho tiempo. Aprovecha tu ventaja.»

A partir de aquí el cuaderno era un verdadero caos de dibujos, bocetos, frases, extraños esquemas geométricos imposibles. Nada parecía seguir un orden. Incluso había notas y dibujos que se superponían unos a otros. María pasó varias páginas al azar, apenada, intuyendo que tras aquella escritura estaba la locura, la desesperación de su propio abuelo. No podía seguir, tenía los ojos llenos de lágrimas y se fue a la cocina:

—¿Queréis tomar algo?

Miguel y Taimatsu callaron. Respetaban su dolor y esperaban su regreso. María volvió unos minutos después.

—Estoy bien —dijo ante la tierna mirada de Miguel—. ¿Continuamos?

Tenía los ojos enrojecidos y brillantes, llevaba un vaso de agua en la mano

Siguieron hojeando el cuaderno. Hacia el final había una copia de una miniatura medieval o de un icono en donde aparecía un monje con cara de perro, con un nombre: *Marmitae* y debajo una frase inacabada que decía: «M… te protegerá en el cam…». Después había un garabato ilegible, una mancha de tinta que el autor aprovechó para dibujar un engendro de dos cabezas.

Taimatsu quedó seducida por la copia de la miniatura.

—Un monje con cara de perro… No lo entiendo, creo que en la mitología egipcia el dios Anubis, el dios de los muertos, tiene también cabeza de perro, no lo sé, debería consultarlo —dijo.

—Pero parece un religioso —contestó Miguel interesado por aquel detalle.

—¿Qué habéis encontrado? —preguntó María que se había perdido el último hallazgo.

—Es una miniatura medieval. ¿Lo ves? Además esta frase está incompleta: «M… te protegerá en el cam…». Creo que tu abuelo nos está diciendo algo. La M…, estoy seguro que se refiere a ti. Pero ¿reconoces el dibujo?

—No… Aunque lleva una cruz ortodoxa, creo que se llama Cruz de Lorena, como la de Caravaca, eso es lo que me extraña. De todas formas, en la Edad Media eran muy frecuentes las miniaturas, los dibujos de monstruos… Deidades antiguas, incluso hay como una especie de sincretismo en donde se funden antiguas creencias paganas, leyendas oscuras con mitos cristianos.

—Buscaremos en internet… Quizá tengamos alguna sorpresa… —afirmó Miguel con resolución.

No tardaron en encontrar algo… Navegando por internet dieron con una página en donde aparecía la imagen de un monje con cabeza de perro que simbolizaba a san Cristóbal, el patrón de los viajeros, de los conductores. Al parecer, en la iconografía ortodoxa griega san Cristóbal era originario de una tribu de gigantes o de monstruos de África llamada marmitae. A estas representaciones se las denomina cinocéfalos.

María se acordó de algo...

—Sí... Ahora recuerdo que leí la leyenda en Fulcanelli, hace años... Déjame pensar... Se trata de un mito muy popular en la Edad Media, en la época de la construcción de las catedrales. Mi abuelo admiraba mucho a Fulcanelli, el alquimista. Siempre hablaba de él. Cuando era una adolescente, se empeñó en que debía leer *El misterio de las catedrales*.

—¿Y qué dice la leyenda sobre este santo? —preguntó Miguel.

—Era, como digo, una historia muy extendida en la Edad Media, especialmente durante la construcción de las catedrales. La ficción y la realidad se entremezclan: a mí me gusta más el mito. Parece ser que se trataba de un joven cananeo de proporciones gigantescas que quiso servir al rey más poderoso del mundo. Cuando llevaba un tiempo sirviendo a este emperador, un día se encontró al diablo y le preguntó quién era. El demonio le contestó que era un servidor de Satanás, el príncipe de las tinieblas, el ser más poderoso de todos. Entonces el joven se puso a su servicio, porque Satán era mucho más poderoso que el rey al que servía. El diablo y el apuesto gigante iban por un camino y en un desvío encontraron una cruz. El demonio se fue corriendo porque le temía a la cruz. Entonces san Cristóbal, viendo que el diablo temía a la cruz, se puso al servicio de Dios, porque sin duda era el rey más poderoso de todos; al menos mucho más poderoso que el diablo. Se arrodilló delante de la cruz y pidió a Dios que le dijera cuál era el servicio que debía prestarle. Dios le dijo que muy cerca había un río y que con su estatura y su fuerza sería de gran utilidad a los viajeros para atravesar esa corriente de agua. San Cristóbal a partir de ese día comenzó a servir al Señor, hacía de porteador, se cargaba al hombro a todos los viajeros y así atravesaba la corriente de agua. Un día un chiquillo le pidió que lo llevara a la otra orilla. San Cristóbal se lo puso sobre el hombro y cuando estaba en medio del agua, el peso de aquel niño aumentó tanto que el gigante no podía ni moverse... «¿Quién eres tú, que pesas tanto?» «Soy el Niño Jesús», le contestó, y en ese instante, san Cristóbal pudo salir del agua y se arrodilló delante del hijo de Dios... Ésta es la leyenda que leí en *El misterio de las catedrales*.

María tenía el cuaderno en las manos, iba pasando páginas y más páginas sin ver nada, un caos de garabatos, signos de alfabetos extraños, trazos desordenados...

Miguel fue a buscar el ejemplar de *El misterio de las catedrales* de Fulcanelli, que estaba perdido en uno de los estantes. Quería leerlo, por si encontraba algo, aunque tampoco sabía lo que estaba buscando y, en el fondo, todo aquello le parecía una locura.

Taimatsu se despidió de ellos, estaba cansada y el día de la inauguración de la Fundación iba a ser duro. Además, después debía ir a París con motivo de una exposición itinerante en la que habían solicitado su asesoramiento. Pero antes de irse a su casa le pidió permiso a María para escanear algunas hojas del cuaderno que atrajeron su curiosidad además de la página del cinocéfalo también copió otras, una de ellas simplemente porque el dibujo le recordó el monte más alto de su país, el Fujiyama, aunque en el pie de la página se mencionaba el monte Hermón —al norte de Israel y Cesarea de Filipo, una región de la zona—, junto con una frase enigmática que dijo que intentaría resolver con calma en su despacho: «A los pies del Hermón, en Cesarea de Filipo. El Tercer Ser Viviente de la Adoración Celestial... 16,18».

Hizo dos juegos de fotocopias y le entregó uno a su amiga.

—Nunca se sabe —dijo.

29

Taimatsu, en cuanto llegó a su casa, se fue directamente a su despacho. Desplegó las fotocopias que había hecho del diario del abuelo de María, así como la nota con el extraño mensaje que encontró Miguel en la parroquia del padre Jonás.

Taimatsu no podía dormir. Todo aquello le parecía tan increíble que se negaba a entregarse al sueño. Tenía entre sus manos un misterio. Posiblemente el gran secreto de la obra de su personaje más admirado: Antonio Gaudí. ¿Quién podría dormir con aquella bomba entre las manos?

Empezó a estudiar los papeles con detenimiento hasta que sonó el teléfono.

—Soy Yasunari —dijo escuetamente su interlocutor en cuanto Taimatsu descolgó.

—¡Yasu! —dijo sorprendida pero contenta. Miró maquinalmente su reloj. Era muy tarde. ¿Cómo llamaba tan tarde?—. ¿Ha pasado algo?

—Necesito verte.

—¿Ahora?

—Ahora.

—¿Dónde estás?

—En la puerta de tu casa.

—¿En la puerta?… ¿Y qué haces ahí?…

Yasu no contestó.

—Sube.

Taimatsu tuvo el tiempo justo para guardar los papeles en el interior del cajón de su escritorio antes de que sonara el timbre del interfono. Abrió.

Yasu no fue muy cariñoso al entrar. Le extrañó aquel aire adusto en su primo. Más que primos, siempre se habían considerado como hermanos. Un hermano mayor que, de niña, siempre la protegía. Y se lo recordó.

—De eso se trata —dijo Yasu—. Quiero seguir protegiéndote.

Al principio Taimatsu dudó. ¿De qué debía protegerla? No podía ser que Yasu supiera nada de aquello en que se había metido. No, no era posible. Esperó a que se explicara.

—Mi padre está muy preocupado por ti; sales con un hombre que te dobla la edad… un occidental.

—¡Por Dios, Yasu, habías conseguido asustarme! —exclamó Taimatsu al ver que su gran secreto y el de sus amigos no tenía nada que ver con la conversación que estaba a punto de desarrollarse.

—Deberías estar asustada; ese hombre no te conviene.

—Si le conocieras no pensarías lo mismo.

Yasu se mordió la lengua. Le conocía muy bien. Pero no iba a entrar en explicaciones. Él había acudido a ordenarle que le dejara. Sin más. Taimatsu debía tener en cuenta la opinión de sus mayores.

—Yasu, el mundo ha cambiado. No estamos en Japón. Además, te lo vuelvo a repetir, si le conocieras no opinarías lo mismo.

—Mi padre está muy disgustado. De verdad, Taimatsu; no te conviene. Dime al menos que lo pensarás.

«Estoy enamorada, Yasu; realmente enamorada», esto era lo que realmente quería decirle. Pero no se atrevió.

—Bien, lo pensaré.

—¿Lo harás realmente?

—Lo haré.

—Siempre me tomabas el pelo cuando eras una niña.

—Pero tú siempre lo sabías y te ponías de mi parte.

—Esta vez no, Taimatsu; esta vez no puedo ponerme de tu parte. Te quiero demasiado para eso.

—Me estás asustando.

—El hombre que has elegido no es bueno. No te merece, Taimatsu. Te lo aseguro.

—¿No puedes decirme algo más?

—No. Sólo que me creas, como siempre has hecho.

QUINTA PARTE

La Bestia de la Tercera Puerta

30

—Bitrú, no cuestiono el método. Ahora nuestros enemigos tendrán motivos para temernos. Pero has cometido errores, errores que no podemos permitirnos —dijo Asmodeo.

Bitrú se sintió incómodo; él era el príncipe, el destinado a sucederle. Pero sabía que su jefe no toleraba errores. Su voz sonó cavernosa y le subió a la garganta como desde el fondo de un pozo.

—¿Errores?

—Lo dejaste vivo.

Aquella afirmación hizo que a Bitrú le recorriera un sudor frío.

—¡Es imposible!

—Bitrú, no levantes la voz. Debes ser humilde, así te lo enseñamos. Y hacer honor a tu nombre. Otros lo llevaron antes que tú y prestaron grandes servicios. Un día ocuparás mi lugar y recibirás el anillo.

Bitrú guardó silencio y agachó la cabeza.

—El cura vivía cuando tú te marchaste. Nunca debes menospreciar a tus víctimas. Sabes que son fuertes, entrenados para el dolor, la tortura y la muerte.

Sí, Bitrú sabía todo eso. Pero él había hecho un buen trabajo. Siguió el ritual tal y como lo había aprendido.

—Eso es imposible. Estaba muerto. Muerto —repetía.

—No, Bitrú; vivía. Además, la luz estaba encendida; alguien estuvo allí después de ti.

—¿Cómo sabe todo eso?

—Mortimer —contestó escuetamente.

Bitrú odiaba aquel nombre; no le gustaba el policía.

—Cuando llegó estaba la luz encendida y encontró indicios de que alguien estuvo allí después de ti. Dime, ¿no viste nada? Debes concentrarte.

—Hice bien mi trabajo —dijo Bitrú.

—Claro, sabemos cómo trabajas, eso es lo extraño. Pero creemos que el cura se arrastró y que dejó un mensaje con su propia sangre. Lo que no sabemos es qué dejó escrito y si el intruso llegó a verlo.

—¿Quién es?

—El compañero de la chica.

—¿El arcángel?

—Sí, aunque él aún no lo sabe. Y, posiblemente, tampoco sepa interpretar el mensaje. Pero vamos a ayudarles.

—¿Ayudarles?

—Ellos van a encontrar algo que nos pertenece. Entonces, cuando lo obtengan, actuaremos. Tenemos que dejarles investigar, pero debemos estar siempre vigilantes y sin perder la perspectiva.

—Bien; les vigilaré.

—No, Bitrú; debes serenarte. Tengo otro cometido para ti. Ahora debes retirarte a la cámara oscura, meditar, vaciar tu alma y orar.

—Lo hice a oscuras. Tal y como lo requería el ritual.

—Seguramente, hijo, seguramente. Pero ahora debes retirarte. Mortimer se encargará del matemático.

Bitrú comprendió que la entrevista había terminado, así que besó la piedra del anillo y salió de la cámara.

Asmodeo se quedó sólo. Necesitaba pensar. Les daría tiempo para que estudiaran aquel cuaderno. Pero lo quería; debía ser suyo. Así tendría a dos equipos en la investigación: a los suyos y a sus enemigos.

En el pasado se cometieron muchos errores. Incluso, en un determinado momento, se pensó en que, si no eran dueños del secreto, el fuego debería acabar con todo. Como así hicieron.

Asmodeo era el último de una larga lista y sería él quien conseguiría aquello por lo que habían luchado durante siglos.

Ahora vivían tiempos revueltos, les costaba conseguir nuevas vocaciones… que no fueran pirados, psicópatas, ricos aburridos o simples asesinos. El crimen y el terror estaban bien, pero había más. Los Hombres Ménsula siempre actuaron con una idea. No eran unos simples asesinos. Asmodeo sentía que el poder del mal perdía terreno. Cuando los asesinos son arbitrarios, cuando el mal no sigue una gran idea, todo estaba perdido. La banalidad del mal… ¡qué tiempos!, pensó Asmodeo. No, aquello era una lucha contra el poder de Dios y a favor de las iras del infierno. Todo lo demás eran simples crímenes.

Y no había entregado su vida para ser un simple asesino, sino para obtener el glorioso rostro del mal y el advenimiento de su imperio sobre la faz de la tierra.

Recordó lo que le había contado su antecesor.

Un glorioso pasado. Cuando llegaron los días de Bitrú, el mejor de todos, y que terminó con su cabeza rodando por la mesa de un antro del Paralelo.

Los conventos de Barcelona ardían. Curas, monjas y frailes morían ajusticiados. El 19 de julio de 1936, aprovechando los acontecimientos de aquella salvajada nacional que se anunciaba iba a ser larga, decidieron profanar, saquear e incendiar la cripta de la Sagrada Familia. Bitrú era un experto dirigiendo a la turba.

Profanaron la tumba del librero Bocabella y la del mismo

Gaudí. No se encontró nada en ella. Sabían que la escondió el niño, pero no estuvo de más echar un vistazo entre los despojos del viejo. Luego, Bitrú prendió fuego a todos los planos, maquetas y proyectos del maestro.

Antes del levantamiento militar se siguieron muchas pistas. Pero el maldito niño había desaparecido sin dejar rastro.

Los Hombres Ménsula se pusieron del lado de los militares facciosos, pero su golpe fracasó en la ciudad. Tuvieron que esperar a la entrada del general Franco en Barcelona para acceder de nuevo al templo. Pero aquel maldito general, que llevaba un millón de muertos a sus espaldas, se consideraba católico y mandó tapar el ataúd de Gaudí provisionalmente. Luego decidió cerrar definitivamente el sepulcro, después de que el director de las obras del templo, un tal Quintana, y algunos que habían conocido a Gaudí certificaran que aquel cadáver era el suyo.

Entonces apareció el niño pidiendo venganza. Se había convertido en un joven entrenado por los caballeros custodios; en uno de los suyos. Buscó a Asmodeo. Le mató. Y volvió a desaparecer durante años.

Dieron con él mucho tiempo después. Los Hombres Ménsula no descansaban. Le vigilaron. De nada hubiera servido secuestrarlo, torturarlo para arrancarle el secreto. Había sido entrenado en el dolor y no le sacarían nada. Esperaron.

Pero esperaron demasiado.

El niño se había convertido en un viejo con la cabeza perdida en otros mundos. Ahora la única esperanza era su nieta.

Ella les entregaría el secreto.

María, sin saberlo, trabajaría para ellos.

31

María caminaba detrás del ataúd y pensaba en muchas cosas a la vez. Recordaba cuando era una niña y su abuelo la llevaba de excursión; siempre hacían lo mismo. Cambiaban los lugares, los paisajes, las ciudades, pero los edificios, los monumentos, los lugares siempre hablaban de la misma historia. Ahora en este último paseo, con Miguel a su lado, dos ancianos residentes amigos de su abuelo y desconocidos para ella, el director de la residencia, dos enfermeras… Taimatsu aún no había llegado y pensó que estaría muy ocupada con los preparativos de la Fundación.

El coche avanzaba lentamente entre las calles del cementerio de Montjuïc, mientras ella seguía pensando, recordando. Era como si en aquel último paseo quisiera evocar todos los recuerdos que la unían con su abuelo, buenos y malos momentos, todos se abalanzaban sobre su conciencia a la vez, cientos de miles de anécdotas, situaciones, conversaciones, pugnaban en su mente, se agolpaban para rendir un último homenaje.

Una mañana de primavera visitaron Montserrat. Era un día luminoso, el color del cielo de un azul intenso, una ligera brisa se abría paso entre los árboles de la Montaña Sagrada, como le gustaba llamarla el abuelo, cerca de la cruz de Sant Miquel, en lo alto de la montaña. Habían subido con el funicular.

Ella seguía a su abuelo con cierta dificultad por los senderos que rodeaban la parte norte del monasterio… Recogieron entre las grietas de las piedras una hierba, té de roca. Su abuelo aquel día le habló de Gaudí, le dijo cosas extrañas sobre fabulosos tesoros ocultos; algunos de ellos, según él, en Montserrat. Bajo la montaña. Era extraño. ¿Por qué había recordado eso ahora? Una conversación olvidada, de cuando era una niña, y que emergió de su memoria caminando tras el coche fúnebre que en esos momentos se detenía en una de las calles. María se sobresaltó cuando vio el nicho abierto en la pared, era el último de aquella hilera, todos los demás estaban tapiados, con flores arrugadas, marchitas, retratos, cruces, epitafios… Miguel le apretó ligeramente el brazo, había llegado el momento de decir adiós, la última despedida…

Quería llorar pero no podía. Era una sensación extraña, como si su abuelo desde el ataúd le mandara un influjo de energía que tomaba voz y que rescataba de su memoria esa excursión en Montserrat, cuando hablaron de Gaudí y, también, de la muerte. Ahora recordaba nítidamente las palabras de su abuelo. Ella había cumplido nueve años y en aquel momento no comprendió nada. Tenía toda la vida por delante, incluso creía que su abuelo y ella misma nunca morirían, quizá por eso olvidó esas palabras que ahora le devolvía la memoria… «María, en el mármol de la última puerta que se cerrará detrás de mí encontrarás el mapa del camino de las estrellas.» Sí, ésas fueron exactamente sus palabras. Ella no comprendió nada en aquel momento. Su abuelo ya la tenía acostumbrada a sus enigmas, a sus acertijos, a sus adivinanzas infantiles. Pero algunas veces hablaba así, de cosas que ella no comprendía. María, en ese momento, se preguntaba en silencio: «¿Cómo es posible que este recuerdo, esta escena esté ahora tan viva en mí y, sin embargo, la había olvidado por completo? ¿Qué ha ocurrido?».

Quería hablarle a Miguel, contarle sus recuerdos; seguro

que él encontraría alguna pista, algún mensaje en toda la historia que estaban viviendo. Las persecuciones, las muertes, el secreto… «El secreto…», zumbaba en su cabeza, y no podía llorar, debía esperar a que se cerrara la última puerta para descubrir el significado.

Los dos operarios de la funeraria, ayudados por Miguel, entraron el ataúd en el nicho. Después cogieron la lápida de mármol que estaba apoyada en el suelo y la colocaron. Taparon el nicho. Esta operación duró unos minutos y después los operarios de la funeraria se retiraron. María estaba un poco separada, levantó la cabeza y vio a Miguel con una expresión extraña en el rostro. Estaba leyendo la inscripción de la lápida… «El mensaje de la última puerta», pensó María. En el pequeño grupo, todos leían la inscripción. María lo supo en ese instante: su abuelo le mandaba un último mensaje desde la tumba; sabía que quizá en ella estaba una de las piezas que faltaba en el rompecabezas.

Videmus nunc per especulum in aenigmate: tunc autem facie ad faciem. Nunc cognosco exparte: tunc autem cognoscam sicut et cognitus sum.

SAN PABLO I, Corintios, 13, 12

—El epitafio era el que él eligió —le explicó el director de la residencia.

—Gracias —dijo María asintiendo con la cabeza.

María leyó atentamente el epitafio, una frase de una de las cartas de San Pablo a los Corintios. Miguel la escribió en un papel. Y por fin ella lloró, las lágrimas le corrían por las mejillas. Miguel le pasó un brazo por el hombro. Todos le dieron el pésame y se despidieron educadamente. La pareja estuvo un buen rato en silencio frente a la tumba cerrada. María, cuando se calmó, le dijo susurrándole al oído:

—Creo que mi abuelo nos manda un último mensaje.

—Yo también creo que es una pista.

Ella continuó hablando en voz muy baja a su oído:

—Puedo traducirla… Ahora vemos el enigma a través de un espejo. Después conoceremos cara a cara el rostro de la verdad… El rostro… El rostro de Dios…

—El espejo, María… Este símbolo se va repitiendo… Así en la tierra como en el cielo. El reflejo… El mar, el agua es un espejo inmenso del cielo…

—Y el fuego…

—¿El fuego?

—Sí, Miguel, el fuego es el espejo de las estrellas…

—La dualidad… El agua y el fuego… El mar y las estrellas. El cielo y la tierra… La piedra y el aire. Cero y uno… Un sistema binario. Todo nuestro mundo, la civilización, la lógica de la ciencia, todo se basa en este modelo… Abierto y cerrado, cero y uno… Infinitas series, cadenas de ceros y unos. Combinatoria… Con este lenguaje podemos describir el mundo. El lenguaje de los ordenadores…

—Puertas abiertas y cerradas… Para mi abuelo se cierra la última puerta y sin embargo nos abre la siguiente.

Tras estas palabras hubo un largo silencio. Ella pensaba en la frase grabada en la tumba… «El enigma visto a través del espejo… La cara de Dios sin ninguna máscara… la verdad auténtica… La máscara sirve para ocultar el rostro… El mundo es el reflejo infinito de los espejos… Éste es el enigma… El infinito es la máscara del mundo.»

La mañana avanzaba sin remedio. Estaban solos y él le hizo un ademán para marcharse.

—Ve a por el coche, Miguel, espérame en la puerta, quiero estar un rato a solas…

—Está bien, no tardes…

María se quedó sola. El rumor del denso tráfico de la carretera de la costa que circulaba a los pies de la montaña llegaba hasta allí arriba como el murmullo de muchas voces roncas. Respiró profundamente y al pronunciar la frase en voz baja se levantó una ligera brisa. Miguel hacía unos minutos que se había ido. Ella miró a su alrededor. El nicho estaba situado al final de una de las calles, enfrente había una bifurcación, con otras hileras de tumbas, todas parecían iguales. No había nadie.

Le había hecho una promesa a su abuelo, pero no pudo cumplirla. Estaba sola y lloró hasta desanudar aquello que le atenazaba el pecho desde el momento en que, en la residencia, vio el cuerpo sin vida de su abuelo. Se dejó ir hasta que se le nubló la vista y uno a uno los recuerdos empujaban más y más lágrimas.

—Lo siento, abuelo; sé que te prometí no llorar hasta terminar lo que aún no sé qué debo hacer… perdóname —dijo mientras se secaba las lágrimas.

La brisa era como el susurro entrecortado de un aliento moribundo. La agonía de un eco inmenso que penetraba en el silencio de las tumbas. María palpaba la calma desoladora que sobrevino después del último aliento del aire y en ese mismo momento se sintió inquieta. Al final de la calle derecha de la bifurcación, junto a una tumba con muchas flores marchitas que sobresalían, creyó reconocer algo. Quizá sólo fuera un reflejo, un destello de luz que se desvanecía en el cementerio de la montaña de Montjuïc, el Monte Judío, frente al mar. María caminó hacia delante y se situó en el centro de la travesía, donde estaba la escultura de un ángel con unos pequeños bancos alineados alrededor. Miró hacia los lados, otras calles idénticas se perdían en todas direcciones. Parecía un laberinto de tumbas. Siguió adelante por una de las avenidas, cruzó otra calle y, en ese instante, por el rabillo del ojo creyó ver un movimiento brusco. Se detuvo, inquieta, giró levemente la cabeza y la vio allí… Era la máscara veneciana, estaba segura, estaba allí, de pie contemplándola desde el fondo de la calle, en la otra esquina.

Sintió un miedo terrible y echó a correr sin más; se desviaba a la derecha, a la izquierda, el corazón galopaba con fuerza dentro de su pecho. No sabía dónde dirigirse, había perdido el rumbo, la orientación. Sabía que Miguel estaba en la puerta con el coche esperándola y gritó:

—¡Miguel!

Pero su voz se ahogó entre las calles con el sonido de sus pasos y la brisa marina que en esos momentos se había levantado otra vez, y ahora ya no era sólo un aliento moribundo, era una voz que le susurraba al oído… «¡Corre, María! ¡Corre, María!»

Se giró y vio la máscara detrás de ella; se movía ágilmente y parecía conocer el secreto del laberinto. La esperaba en otro cruce de calles más adelante. Estaba jugando con ella. La esperaba en cada desviación. María respiraba con dificultad, estaba muy asustada, huía sin saber adónde y cuando creía alejarse del peligro, levantaba la mirada y veía otra vez la máscara allí, impasible, recostada junto a la esquina de enfrente. Como el infinito reflejo de un mismo rostro perverso que la torturaba, la perseguía sin darle tregua, entre las tumbas.

Mientras corría pensaba que aquella imagen era irreal, producto de su fantasía, el miedo se lo estaba provocando ella misma. Entonces, mientras se desplazaba, miraba fugazmente las fotografías de los difuntos y creía ver también máscaras. Tenía que controlarse, si se dejaba llevar acabaría exhausta, aterrorizada, perdida en aquel inmenso laberinto de tumbas. Intentó pensar. La brisa continuaba batiendo su rostro, cada vez con más fuerza. No podía perderse. Ahora corría con un rumbo, desesperada, y al girar una de las esquinas tropezó con alguien…

—Taimatsu… ¿Eres tú?

Era ella. Después de la conversación con su primo, se quedó levantada hasta tarde y, luego, se había quedado dormida.

—¿María, qué te pasa? He llegado tarde. Miguel te está esperando en la puerta, me ha dicho que aún estabas aquí. Pero ¿por qué estás tan nerviosa…? ¡Cálmate un poco!

Cerró los ojos, respiró profundamente… Miró a su alrededor, estaba justo enfrente de la tumba de su abuelo y allí estaba su amiga.

—Lo siento, Taimatsu… Me he puesto muy nerviosa. Creía que alguien me estaba persiguiendo y he echado a correr. Parece imposible, una locura, pero me he perdido. No sé lo que me ha pasado; he visto al hombre de la máscara veneciana. Estoy segura, estaba aquí y me seguía… Me he perdido.

—Cálmate, ya pasó todo… Vamos, Miguel nos está esperando en el coche. ¿Te encuentras mejor?

—Sí… —dijo mirando hacia todos los lados.

Salió cogida del brazo de Taimatsu. Sonó el claxon de un coche.

—Es Miguel…

—Sí, vamos.

Abandonaron el cementerio. Miguel, impaciente, estaba fuera del coche.

—¿Qué ha pasado?

—Nada. ¿Has visto salir o entrar a alguien mientras yo estaba dentro?

—No. ¿Por qué lo preguntas?

Taimatsu adelantó la respuesta:

—Cree haber visto a alguien con una máscara veneciana… Se ha perdido entre las tumbas…

32

Miguel dejó a María muy asustada en el portal de su casa; necesitaba descansar después del entierro, estar sola. Y él decidió ir a la Biblioteca de Cataluña. Regresaría más tarde.

Cuando llegó, intentó centrarse. ¿Qué hacía allí y qué información deseaba? Sacó las notas que había tomado del cuaderno del abuelo. Leyó con detenimiento los acertijos. Decididamente aquella parte debería dejarla en manos de María, ella era la experta.

Bien, tal vez si el abuelo decía ser un caballero de una orden anterior a los templarios lo mejor sería buscar información sobre dicha orden de caballería: quiénes eran, cuándo se fundó, sus reglas y, sobre todo, los mitos y las leyendas que se contaban sobre ella, pensó.

Pero si bien la información sobre las órdenes militares era abundante, no encontró una sola línea que hablara de los caballeros Moria.

No quiso perder el tiempo con otro tipo de libros sensacionalistas y con escaso rigor histórico. Él era un matemático. De todo lo que había leído, repasó la época de las Cruzadas.

Volvió atrás y revisó su cuaderno. En una de las hojas, tras la lectura del diario del abuelo, tenía apuntadas tres fechas: 1126, 1926 y 2006, así como el dato de que la carrera había empezado en Tierra Santa. Después recordó también que el último día antes de morir el abuelo le dijo a María que la carrera debía comenzar con la tortuga. ¿La tortuga? ¿La carrera? Tomó el lápiz y escribió: Zenón. Paradoja de Zenón. Fue una intuición que casi dirigió su mano. Entonces se preguntó qué sentido tenía relacionar aquella sucesión de años que aparecían en el cuaderno del abuelo con la paradoja de Zenón... Otra vez recordó las palabras de María: «El abuelo me ha dicho que la carrera comienza con la tortuga, quedan pocos días». Esto tampoco era gran cosa, en realidad no era nada. Pero para el matemático, la carrera y la tortuga conducían a la paradoja más famosa de la historia: a la carrera donde se enfrentaron el hombre más veloz de la tierra, Aquiles, con la tortuga, el animal más lento. ¿Y si el abuelo quiso darle una pista a María? Todo era tan absurdo que no podía cerrarse ninguna posibilidad, por remota que fuera. No tenía ninguna certeza de nada y simplemente, por puro instinto, sin saber adónde quería llegar, empezó a buscar.

Zenón de Elea, el filósofo presocrático adscrito a la escuela de Parménides, era famoso por sus paradojas. Con ellas quería demostrar que los sentidos nos engañan y la verdad sólo se encontraba en la razón. Miguel las conocía, la de la flecha que nunca llega a la diana, la del estadio o la de Aquiles y la tortuga, que era la más conocida. Todas sus paradojas daban la vuelta a la misma idea: un móvil nunca puede llegar a la meta, porque en el espacio siempre podemos hacer subdivisiones infinitas. Se trataba de una serie geométrica progresivamente decreciente. Para resolver este problema existían dos tipos de solución: matemática y física. A lo largo de la historia filósofos y matemáticos habían encontrado múltiples explicaciones para esta paradoja, y casi todas hacían referencia a una suma de infinitos con un resultado finito. El infinito o, mejor dicho, la serie infinita y la convergencia, era un concepto que se desconocía en la Antigüedad. Pero a Miguel, en ese momento, le interesaba más aplicar la solución física.

La mente de Miguel se puso en marcha. La salida estaba situada en el año 1126 y la meta en el 2006. Un total de 880 años. Aquiles, que corre diez veces más que su contrincante, le da una ventaja. Aquiles se sitúa en la salida, es decir, el punto 1126, y la tortuga en 1926, es decir, 800 puntos de ventaja. Empieza la carrera. Los dos salen a la vez. Cuando la tortuga avanza 80 y se sitúa en el punto 2006, Aquiles está en el 1926, ha avanzado diez veces, es decir 800. El próximo paso de la tortuga, siguiendo la sucesion de la serie, sería el punto 8… En la paradoja de Zenón, las subdivisiones del espacio continuarían, es decir, cuando Aquiles llegara al punto 8 la tortuga se encontraría en el 0,8 y cuando Aquiles se encontrara en el 0,8, la tortuga estaría en el 0,08… y así decreciendo hasta el infinito. En esto consiste la paradoja: Aquiles nunca la alcanza porque siempre se encuentra en una subdivisón anterior. Zenón había detenido el tiempo. En el universo de la tortuga y Aquiles sólo había un espacio infinito. Éste era el error. De todas maneras, Miguel continuó con la solución empírica, es decir, física. En el mundo real, cuando un móvil se desplaza interactúan dos coordenadas: espacio y tiempo, y por lo tanto, Aquiles que corre diez veces más que la tortuga siempre conseguirá alcanzarla.

Miguel imaginaba a los corredores moviéndose a saltos, entonces sabía que Aquiles alcanzaría a la tortuga cuando ésta hiciera el tercer salto, y ahora estaban en ese momento… entonces recordó otro dato importante: el abuelo de María había dicho que quedaban pocos días… Y continuó: «El número de la sucesión es: 800, 80, 8… Por lo tanto… Antes de llegar al noveno día Aquiles nos alcanzará. Nuestra tortuga empezó a correr el día 7 de junio a las seis de la mañana cuando encontramos la caja con el cuaderno y el medallón en su interior. Ya han pasado tres días desde que la tortuga se puso en marcha en la Sagrada Familia: el primero fue el miércoles 7, el segundo el jueves 8 y hoy estamos a viernes 9... ¡Antes de 5 días! Éste es el tiempo límite. Pero, para hacer ¿qué?

Era tarde y Miguel miró a su alrededor, quedaba poca gente; tres lectores. Durante aquellas horas había ido pasando gente por la biblioteca. Entraban, estaban un rato y salían. Se percató de que uno de ellos llevaba casi tanto tiempo como él en la sala de lectura. Se trataba de un religioso, pues llevaba un hábito, aunque Miguel no supo precisar si se trataba de un franciscano o de alguna otra congregación. No estaba muy puesto en dichos menesteres. Era un hombre ya anciano, aunque no supo determinar su edad. Miguel se dispuso a marcharse.

Salió a la calle y decidió pasear un poco para despejarse, más tarde tomaría un taxi para encontrarse con María. Aunque tenía dudas, de todas formas le quería explicar lo que había descubierto. La relación, la progresión numérica entre 1126, 1926, 2006, es decir, 800, 80, 8... Era una casualidad demasiado extraña... ¿Tendría algún sentido? ¿Ocho días de tiempo?, se preguntaba sin comprender nada. Y, curiosamente, también al abuelo le habían matado un día 8, jueves. Sabía que aquello quizá no tuviera ningún significado, pero quería explicárselo a María.

Anduvo por la calle Hospital. La calle estaba muy animada y los comercios permanecían abiertos y con bastante actividad, pero él ya se había dado cuenta de que le seguían. Era el religioso de la biblioteca. Intentó hacer un itinerario zigzagueante, sin rumbo, itinerario que el religioso también siguió. Al llegar a la plaza San Agustín, en el cruce con Jerusalén, se detuvo en la esquina. La calle estaba vacía. Esperó apretando los puños e intentando calmarse. Si sus suposiciones eran ciertas y aquel individuo iba armado, no tenía nada que hacer. Incluso había sido un error detenerse. Lo mejor hubiera sido continuar hasta Ramblas, parar un taxi y alejarse de allí dándole esquinazo. Pero Miguel quería saber y ese deseo era más fuerte que el miedo que empezó a sentir.

Su perseguidor no tuvo tiempo de reaccionar: cuando el hombre dobló la esquina, se lanzó sobre él y lo empujó al suelo.

—¿Quién es usted? ¿Por qué me sigue?

—He venido a ayudarle. Créame. Por favor.

Miguel no le dio tiempo a levantarse, lo sujetó con fuerza.

—¿Por qué he de creerle?

—Porque era amigo del padre Jonás. Porque puedo ayudarle a descifrar el mensaje y porque corren un gran peligro.

Miguel abandonó la presión, momento que aprovechó su oponente para tirarlo al suelo e invertir los papeles.

—¿Así en la tierra como en el cielo? —preguntó Miguel recordando la frase que le había dicho María.

—Lo que está arriba es como lo que está abajo —dijo el anciano mostrándole un medallón. En el reverso tenía grabada una letra.

—Es la letra beta —dijo Miguel.

Era un medallón idéntico al que tenía María.

—Cada uno de nosotros tiene uno con una letra distinta. Siete medallones.

—Ella tiene la letra alfa.

—Exacto. Ella ahora es alfa. Bien, no tenemos tiempo y debo explicarle muchas cosas. Nosotros sabíamos que Juan Givell, el abuelo de María, le había revelado una parte del plan al padre Jonás bajo secreto de confesión.

—¿Qué parte del plan?

—Un mensaje que sólo nosotros podemos descifrar y que ella debe descubrir. Letras, símbolos, tal vez una cita evangélica. Sabemos que usted estuvo allí antes de que llegara la policía.

Miguel dudó.

—Marmitae, san Cristóbal… te protegerá en el…

—¿Cómo puede saber eso? —cortó Miguel, recordando la frase del cuaderno y la miniatura medieval del monje con cara de perro. Comprendió que debía confiar en aquel hombre. Había demasiadas coincidencias.

Ambos se incorporaron.

—Estuve allí. Vi lo que dejó escrito el padre Jonás. Con su propia sangre dibujó la letra beta, un gran compás y unos números: 118.22, aunque delante de la numeración había otro signo.

—¿Está seguro?

—Completamente. La letra beta arriba, debajo un gran compás y dentro esta numeración.

—Por ese orden el mensaje significa una cosa; pero si se invierte, significa otra. —El anciano hizo una pausa—. Creo que Jonás le ha revelado dónde está el secreto.

—¿Dónde? ¿Qué es? ¿Qué debemos hacer con él? ¿Cuánto tiempo nos queda?

—Empecemos por la última de sus preguntas. Todo tiene que cumplirse en el día perfecto, la palabra, el número perfecto. Lo encontrará en las primeras páginas del Génesis, cuando empezó todo. El maestro coronó muchos de sus edificios con un número que hay que saber interpretar. Creo que le será fácil encontrarlo; usted es matemático. Pero ha de hacerlo por sí mismo, yo no puedo revelarle nada más sobre… Tampoco sabría qué decirle. Sólo que la carrera comienza con la tortuga…

—¿Conoce la paradoja de Zenón?, ¿la de Aquiles y la tortuga? Creo que en el cuaderno del abuelo…

—Sí… Al viejo Joan Givell le gustaban las adivinanzas, los juegos de este tipo… Pero no haga mucho caso, no se meta con los números. Sencillamente, ha de comprender el mensaje… la idea. Podría ser una pista falsa. Piense que la ventaja de la tortuga no es de tiempo ni tampoco de espacio…

—No lo entiendo… ¿Qué quiere decir exactamente?

—Quiero decir que Aquiles nunca cogerá a la tortuga mientras ésta sea lo suficientemente hábil y consiga hacer una nueva subdivisión del espacio… Perderse en el infinito. ¿Comprende? Ha de captar la idea.

—¿Llevar a Aquiles al terreno de la tortuga? Jugar en campo propio… ¿El infinito?

—Exacto, amigo mío… A esto se refería Joan Givell. Los números a veces también nos pueden jugar malas pasadas, nos podemos obsesionar, nos hacen perder la razón, la perspectiva, la idea global, el sentido profundo; los números pueden convertirse en una trampa, la peor —el hombre calló.

Los pensamientos de Miguel iban y venían a una velocidad vertiginosa. Un caos de números rondaba por su mente. Una progresión, 800, 80, 8… Pero ¿cómo se puede entrar en el infinito? ¡Eso es imposible! Todas estas ideas martilleaban en su cerebro, eran como un círculo vicioso, cerrado, una prisión que no le dejaba salir de aquí. Miguel, acostumbrado a tratar problemas de números, de límites concretos y definibles, conocía el infinito utilizado en matemáticas. Pero no había podido evitar el desconcierto, la inquietud que le causaba el concepto en sí mismo. Incluso alguna vez había pensado que era como un punto de lupa, una manera de hacer trampa, el límite hasta donde la razón podía llegar, más allá… ¿qué hay? Nada. El infinito. ¿Y qué es en realidad? En este momento, desesperado, pensó en María, vio su cara sonriente. Se entendían, eran una pareja perfecta. Cada uno vivía su propia vida, eran libres, no querían comprometerse a nada. Entonces le pasó por la cabeza una idea: ¿la quería de verdad? ¿Hasta dónde era capaz de quererla? ¿Hasta el infinito? ¿Cómo se puede querer infinitamente a alguien? ¿Más allá de la vida y la muerte? Miguel nunca se había hecho estas preguntas. Aquel instante de inquietud e incertidumbre que sentía cuando introducía el concepto infinito en los problemas matemáticos, ahora al introducirlo en los sentimientos a la vida, le hacía temblar, se sentía al borde del abismo, sabía que podía dar un paso más, ir más allá, pero eso significaba también romper con todos sus esquemas. El corazón le latía con fuerza. Entonces, sin saber cómo ni por qué, recordó la conversación con Ramón Conesa. Fue como un relámpago, en la pantalla de su mente vio a María y después también el número perfecto. El número de la creación. El número de la vida, cuando todo comenzó. Fue un instante.

—Escuche, escuche, vuelva en sí… No tenemos demasiado tiempo, creo que nos siguen. Ahora centrémonos en el mensaje del padre Jonás —continuó el monje—. Beta es el lugar y el compás, el sitio preciso donde está oculto y, la tercera línea, verifica que se trata de la reliquia.

Miguel no comprendía nada.

—Encontraréis otros mensajes en el cuaderno; tenéis que descubrir los símbolos y ordenarlos.

—¿Ordenar las letras?

—Sí.

—Pero desconocemos la simbología… los acertijos.

—Corréis un gran peligro. Los Hombres Ménsula lucharán con todas sus fuerzas para impedir que todo se cumpla. Su símbolo es el pentagrama invertido.

Miguel se estaba perdiendo. Entonces el anciano le reveló:

—La letra beta corresponde al parque Güell. Allí tendréis que buscar el compás y en él se oculta…

No pudo seguir. El desconocido se dobló sobre sí mismo y Miguel le recogió en su caída.

—¿Qué le ocurre? —dijo Miguel intentando sostenerlo.

El anciano se dobló en el suelo.

Entonces vio cómo la sangre empezaba a manar de su pecho. Era el agujero de una bala, pero él no había escuchado ningún disparo. Miró hacia el principio de la calle, intentó in-

271

corporarse, pero no vio a nadie. Entonces el hombre se aferró a su camisa mientras, con la otra mano, se presionaba la herida del pecho.

—No tenemos… tiempo —dijo entrecortadamente—. Todo ha de cumplirse el día, el número perfecto.

El hombre respiraba por la boca con dificultad, estaba cubierto de sangre. Le agarró la mano a Miguel, en un último esfuerzo, y casi en un susurro le dijo:

—Mer… ac, Mer…ac…

—¿Qué está diciendo?

El desconocido no pudo decir nada más. Había muerto.

Miguel se quedó unos segundos sin saber qué hacer. Se arrodilló junto al cuerpo sin vida del anciano. No era horror lo que sentía, sino que tenía una sensación de irrealidad; de que aquello no podía estar ocurriendo. Entonces escuchó el sonido de unos pasos, risas. Una pareja de jóvenes, abrazados y bromeando entre sí, entraron en el callejón.

Los dos jóvenes se quedaron quietos, no podían creer lo que estaban viendo. Un tipo muerto, desangrándose, y otro, sudoroso y muerto de miedo, arrodillado a su lado.

Miguel buscó el medallón que tenía el religioso alrededor del cuello y al hurgar vio que, debajo del hábito, impreso en la camisa llevaba lo que pareció parte de un árbol. Tomó el medallón y tiró de él. Fue maquinal el hecho de que tomara los brazos del muerto y los cruzara sobre su pecho. Al hacerlo escuchó un sonido metálico. Se incorporó y salió huyendo en dirección a la calle del Carmen.

33

María decidió dar un largo paseo antes de ir a su casa. Necesitaba aire libre, grandes espacios y, sobre todo, con mucha gente; tal vez así no se atreverían a hacerle nada. Vagabundeó por el Bulevar Rosa sin dirección y luego entró en un café decidida a dejar pasar el tiempo; no quería pensar. Pero los recuerdos la inundaban y hacían que sus ojos se nublaran. Su abuelo nunca le había hecho daño a nadie. Le recordaba como un hombre pacífico, tranquilo, amable y, sin embargo, le habían matado. Tenía que volver pues Miguel estaba a punto de llegar. No le había visto desde la mañana, durante el entierro.

Pasaría a buscarla después de la biblioteca.

La puerta de su casa estaba abierta. Entró con cierto temor.

—¿Miguel? —preguntó.

Nadie contestó.

Todo estaba revuelto. Alguien había estado allí y le había puesto el piso patas arriba.

A pesar del silencio, notaba una presencia. No, no era Miguel, se dijo. Entró al pasillo con pasos cortos y lentos intentando tranquilizarse y huir de aquella extraña sensación que empezaba a dominarla lentamente.

Luego, un leve sonido, como un crujido a su espalda.

«¡Dios mío, están aquí!», se dijo con una sensación de ansiedad indescriptible. Pero no podía detenerse, su curiosidad era más fuerte que el temor que sentía y continuó avanzando. En ese momento la puerta de la entrada empezó a cerrarse muy despacio y, tras ella, apareció una figura enmascarada y vestida de negro.

—El cuaderno —le ordenó el desconocido tendiéndole una mano enguantada.

Ella caminó hacia atrás, despacio, mientras el enmascarado se le acercaba amenazante.

—Dame el cuaderno —volvió a repetir la sombra.

María estaba temblando de miedo; tragó saliva y contestó:

—Está en el comedor, en la mesa…

El enmascarado extrajo del bastón una enorme y fina hoja metálica. No la creyó. Ya había registrado aquel lugar.

—Date la vuelta despacio y camina hacia el comedor. Yo estaré detrás de ti, si intentas algo no dudaré en matarte… Si me entregas el cuaderno no te pasará nada.

María creía que iba a morir, tenía la certeza de que, con el cuaderno o sin él, aquel asesino la mataría de todas formas. Notó su respiración a su espalda. Caminaron por el pasillo cuando oyeron la cerradura de la puerta.

—Quieta —le susurró el enmascarado.

Todo ocurrió muy rápido. Miguel abrió la puerta. María dio un grito de terror que le alertó; un grito terrible.

Él se dio cuenta de lo que estaba sucediendo en cuanto entró y reaccionó con rapidez. Del paragüero de la entrada tomó un paraguas y se enfrentó a su oponente mientras ella corría hacia el fondo de la estancia y empezó a arrojarle al enmascarado todo lo que encontraba a su alrededor.

La lucha era confusa y, al final, el enmascarado se escurrió hacia la abertura de la puerta, entre una lluvia de objetos y las estocadas de su oponente, salió hacia el pasillo y huyó bajando las escaleras a toda prisa. Miguel intentó seguirle.

Al llegar al portal, la sombra había desaparecido.

—¿Estás bien? —dijo Miguel, abrazándola, cuando regresó.

María empezó a llorar. Él, sin dejar de abrazarla, le permitió que se desahogara cuanto quisiera.

—Quería el cuaderno.

Miguel no contestó. ¿Cómo decirle que acababan de matar a otro hombre?

—Han destrozado el juego de los enigmas —dijo señalándole la caja rota junto con todas sus cosas esparcidas por el suelo, así como todas las piezas con sus símbolos. Algunas aún estaban enganchadas al tablero. Una de las patas de madera del juego también estaba partida por la mitad. María entonces recogió una de las celdas, la correspondiente a la tortuga, que estaba suelta en medio del caos… De pequeña sentía una predilección especial por ese símbolo. Su abuelo lo sabía, por eso le había dado la llave. Entonces recordó el acertijo y exclamó:

—¡Ya lo tengo, Miguel…! Hay dos tortugas… Mi abuelo me lo dijo… Cara de serpiente y patas de palo… Cara de serpiente estaba en la Sagrada Familia. Tú viste también la cara de la serpiente dentro del cajón de piedra de la tortuga… Y aquí tenemos a…

—¿Patas de palo?

—Sí… El tablero del juego tiene cuatro patas de palo… Ésta es la segunda tortuga… ¡Patas de palo!

María examinó el pequeño cuadrado mientras pensaba: «Duro por arriba, duro por abajo». Le dio la vuelta:

—¡Mira!… ¡Aquí está el mensaje de la segunda tortuga!

Era la letra de su abuelo, la reconoció, y en voz alta leyó lo que había escrito en el dorso de la pieza: «Chica lista, María… Debes buscar el verdadero juego en la Casa Encantada».

Miguel estaba desconcertado. Era un juego entre María y su abuelo, una partida que seguía abierta más allá de la vida y de la muerte. Había otra matemática en el corazón de las personas que no estaba sujeta a la pura razón… María apretaba aquel pequeño cuadrado entre sus manos. Tenía que organizar sus pensamientos, volver a ser niña, recuperar los recuerdos, los sueños, los largos paseos con su abuelo.

Después de unos minutos en silencio, dijo con resolución:

—Creo que deberíamos hacerle una visita al dragón.

—Sí, pero antes debo contarte algo sobre Zenón y la tortuga y lo que ha ocurrido cuando he salido de la biblioteca —dijo Miguel.

Entonces le contó la muerte del último caballero, le enseñó el medallón. La historia se complicaba con aquel nuevo asesinato y las últimas revelaciones. Miguel intentó calmarse y calmar a María.

—No perdamos la calma —dijo Miguel.

Necesitaba centrarse y compartir sus conclusiones con María.

—Creo que sé exactamente cuántos días tenemos para cumplir con la profecía. La cuenta atrás se inició en la tortuga, el miércoles 7 de junio, cuando se abrió el cajón. Recuerda las palabras de tu abuelo: la carrera comenzará con la tortuga, quedan pocos días.

—Sí, lo recuerdo.

—Bien, en la biblioteca realmente estaba perdido. No sabía qué buscar ni dónde… Después, revisando las notas que había escrito mientras leías el cuaderno, he visto las fechas 1126, 1926 y…

—¿2006?

—Exacto, una progresión: 800, 80 y la próxima será…

—¿Ocho?

—Sí.

—Entonces, ¿quieres decir que tenemos ocho días?

—No, verás, yo me había empeñado en la paradoja de

Zenón. La tortuga tiene una ventaja y Aquiles no puede nunca cogerla...

—Ahora que lo dices... Lo recuerdo, mi abuelo era aficionado a todos estos juegos... Alguna vez me habló de ellos, pero a mí me gustaban más las adivinanzas...

—Cuando salí de la biblioteca, el monje, antes de que lo asesinaran, me dio una pista sobre esto que me ha hecho pensar en ti, en nuestra relación...

Miguel se quedó embobado mirándola. María lo hizo reaccionar:

—¿Una pista?

—Sí... Él me ha hablado del número perfecto.

—¿El número perfecto?... Por favor Miguel, sabes que mis conocimientos de matemáticas...

—María, son números perfectos los que son iguales a la suma de sus divisores. Fue Euclides quien descubrió la fórmula para obtener números perfectos. En la Antigüedad sólo conocían cuatro de estos números y, actualmente, se conocen treinta y nueve. De hecho, este último lo descubrió en 2001 Michael Cameron y, para escribirlo, hubiera necesitado un papel de más de diez mil metros. Son unos números curiosos; también se les denomina números primos de Marsene, en honor al fraile franciscano que elaboró algunas teorías sobre los números...

—Perdona que te interrumpa, ¿de qué me estás hablando? No entiendo nada.

—Disculpa, María. ¡El primer número perfecto es el seis! El Génesis... el mundo fue creado en seis días y, en el séptimo, Dios descansó. Recuerda lo que nos dijo Conesa. Gaudí coronó casi todos sus edificios con una cruz espacial de...

—Seis direcciones —apuntó María.

—Sí. Creo que el límite son seis días, desde que se inició la carrera en la Sagrada Familia con la tortuga... Han pasado tres días y nada más nos quedan tres días. Tenemos hasta las seis de la mañana del martes día 13.

—Para encontrar ¿qué?

—Eso es lo que debemos averiguar. Lo importante, como me enseñaron en ciencias, no son las respuestas, sino la calidad de las preguntas. ¿Qué buscamos? ¿Dónde está? ¿Qué debemos hacer cuando lo encontremos? ¿Y para qué? Y no tenemos mucho tiempo. Pero el monje me va a dar una respuesta… Si estamos juntos…

Miguel iba a decir: «Si nos amamos sin límites, infinitamente…», pero calló. María lo miraba con los ojos resplandecientes e intuyó perfectamente qué quería decir su silencio. Pero a Miguel todavía le faltaba dar el paso, lanzarse al abismo del infinito. Intentó disimular lo que sentía y nada más añadió:

—Creo que si estamos juntos… Aquiles no conseguirá alcanzar a la tortuga.

—Vamos al dragón —dijo María.

34

La noche caía sobre La Pedrera. Allí se habían reunido los caballeros.

Era un edificio misterioso; una de las últimas obras civiles que realizó Gaudí. El maestro arquitecto contaba por aquel entonces con una larga experiencia y un reconocido prestigio. Había experimentado con nuevas formas y materiales y desplegado toda su imaginería arquitectónica a lo largo de los años, e incorporado a su equipo a su ayudante Josep Maria Jujol y a otros arquitectos, a los que dejaba trabajar y les permitía que su imaginación se fundiera con la matemática secreta de las estructuras. Algunos lo acusaban de ecléctico, afectado de un barroquismo natural, vegetal excesivo, pero sin duda su obra, esparcida por toda Barcelona, culminaba en la catedral de los pobres: la Sagrada Familia. Toda una alegoría.

Gaudí, además de ampliar y profundizar en las cuestiones técnicas y arquitectónicas, depuró su lenguaje simbólico. Un lenguaje que tenía un sentido, una interpretación y que no hablaba de otra cosa más que de su secreta misión para el que fuera capaz de leer. Allí, en La Pedrera ¿se inspiró en *Metamorfosis* de Ovidio, cuyas tres pinturas del vestíbulo tenían como posible modelo esta obra? Quizá donde la obra de Ovidio parecía estar presente era en la fachada ondulante del edificio: en los juegos de la luz del día que convertían su estructura en una piel viva; la superficie del mar en plena tormenta, el mundo submarino, un juego de nubes elevándose en el horizonte… Gaudí llegó a la cima de su experiencia cuando entendió que la luz debía adquirir el protagonismo esencial de la vida y de su multiplicación en el incesante cambio de la naturaleza. Una revelación que después aplicaría en el espacio interior de la Sagrada Familia.

La vida es sueño, pensaba Gaudí, al igual que su admirado Calderón y por eso llegó a la conclusión de que la terraza sería el escenario idóneo para representar sus autos sacramentales y otras obras dramáticas y religiosas. «Todo se transforma, aquello que parece una cosa es otra… la piedra es hueso, el muro columna, la columna está pintada… La vida es sueño.» Pero, además, la terraza de ese edificio orgánico, en donde la vida es representada por el incesante cambio de luz y de forma, debía ser el centro de reunión de los Siete Caballeros Moria; de aquellos que velaban para que todo se cumpliera según su plan.

Y el auto sacramental, tal como él lo diseñó, se reproducía ahora en la cúspide protegida por las chimeneas: por los guerreros, caballeros siempre vigilantes y orientados hacia la gran obra. Ellos eran la punta de flecha que señala la constelación de Leo, el sol. La luz.

Allí se reunieron los caballeros Moria. Ya sólo quedaban cuatro. Sabían que eran los últimos y que desaparecerían para siempre, pero antes deberían entregar la vida si era preciso. La orden llegaba a su fin porque el secreto estaba a punto de ser desvelado y debería cumplirse la profecía…

La reunión siguió el protocolo ancestral, todos eran iguales, nadie imponía su criterio, se hablaba y se escuchaba. En los últimos días habían perdido la vida los hermanos Juan, Jonás y David. Los tres caballeros, en silencio, esperaban a Cristóbal.

Un gigante, de barba negra y rizada, apareció detrás de la inmensa figura que miraba hacia el paseo de Gracia y que llevaba en la frente una cruz que daba vueltas sin cesar, símbolo de la consagración del pan y la metamorfosis sublime.

Mientras Cristóbal se unía al grupo, la hermana Magdalena dijo:

—Creo que deberíamos intervenir, revelarles el plan, los pasos que deben seguir… Todo sería mucho más fácil… Los Hombres Ménsula acechan y saben tanto como nosotros.

—No podemos hacer eso —interrumpió Cristóbal—. María debe descubrir el camino por sí misma… La senda que está escrita en su interior. Nosotros sólo debemos protegerla. Tiene que descubrir la verdad sin ayuda de nadie. Nuestra misión no es la revelación, es la custodia.

El hermano Joaquín, que se encontraba junto a uno de los guerreros de piedra, tomó la palabra.

—Es cierto… El hermano Cristóbal tiene razón. Creo que el hermano Jonás quizá fue demasiado lejos.

—No, era parte del plan —dijo Cristóbal.

Joaquín se adelantó unos pasos, se situó en el centro. Era alto y delgado, una ligera brisa apretaba el hábito oscuro contra su cuerpo.

—Hermanos, la unanimidad ha de ser la norma entre nosotros… En tiempos del maestro pedimos la intervención de la Sapinière; confiaba plenamente en ella. Hermanos, recordad el camino de ciento cincuenta esferas del rosario… El maestro lo construyó en el laberinto. Debemos rezar, esperar tiempos mejores y que el secreto permanezca donde está… Por nuestra seguridad, por la seguridad del mundo…

Joaquín había sacado a la luz un tema controvertido entre los siete caballeros custodios. Todos sabían que la Sapinière era el nombre en clave de una sociedad secreta: Sodalitium Pianum, una organización con un número reducido de miembros y que fue creada por el papa Pío X. El pontífice que combatió, con todos los medios a su alcance, la peligrosa expansión de las logias masónicas y otras sociedades secretas en la Europa de principios del siglo pasado. Fue monseñor Beaujeu el encargado por el Santo Padre de organizar la Sapinière; una compleja red de espionaje y servicio de inteligencia a las órdenes del Vaticano, y cuya mejor baza era su sistema de intercomunicación en claves secretas. Actuaron en misiones de toda índole; infiltrándose dentro de las logias y de las organizaciones secretas, intoxicando, minando, generando falsas informaciones. El maestro sentía verdadera devoción por Pío X, y en su casa del parque Güell, en el dormitorio, tenía una imagen del Santo Padre.

Quizá por influencia o por la intervención directa de la Sapinière, el maestro asumió su propio destino. El peligro acechaba, la reliquia debía mantenerse oculta: éste era el argumento de la Sapinière. Una idea que, pasados ochenta años, volvía a someterse a juicio allí, en la terraza de La Pedrera.

El hermano Sebastián, obispo auxiliar en la diócesis de Barcelona, sintió una punzada fría, muy fría en el pecho. La historia se repetía, el Vaticano, el poder de Roma, luchaba como siempre para mantener su poder. La nueva Iglesia podía significar el fin de su mandato. La nueva Ciudad de Dios acabaría con dos mil años de un papado hecho de intrigas y silencios… entregado al poder terreno. La Iglesia lucharía con todas sus fuerzas para que el secreto permaneciese por siempre oculto. Un secreto que podría poner en peligro su continuidad, la estabilidad de Roma. Por su cerebro, en breves segundos, pasaron ráfagas aterradoras. Su mente dio un salto en el tiempo y recordó la operación Pez Volador, la venta de misiles Exocet a la dictadura argentina durante la guerra de las Malvinas. La dictadura argentina realizó la operación a través de la compañía Bellatrix, con sede en Panamá y en poder de la

Banca Vaticana y de su entramado financiero. Corrupción, conexiones con la mafia y blanqueo de dinero. El apoyo a las dictaduras de Somoza en Nicaragua y de Duvalier en Haití. Todo eso lo conocía bien y sabía desde dónde se remontaba. Año 1945. Organización: Pasillo Vaticano. Objetivo: orquestar la operación «Convento» con la misión de ayudar a escapar a destacados miembros del partido nazi hacia países sudamericanos. Entre ellos a Hans Fischböck, general de las SS; Adolf Eichmann, máximo responsable de la llamada «solución final» para exterminar a millones de judíos; Josef Mengele, médico de Auschwitz...

Años después también la consigna era clara: la mutilación de toda idea de renovación dentro de la propia Iglesia. La Sapinière, ayudada por la CIA, entabló una lucha encarnizada contra la teología de la liberación; no dudando incluso en perseguir y difamar a Leonardo Boff, amigo suyo, y esperanza de la Iglesia para los desheredados de la tierra.

El hermano Sebastián se estremeció al recordar todo aquello; debía impedir que el Vaticano, a través de cualquier organización secreta, interviniese en el plan trazado por el maestro. Pero lo peor de todo era la mención explícita de la Sapinière que había hecho el hermano Joaquín. ¿Hasta qué punto la organización más secreta del Vaticano, con misiones de asuntos internos, no estaba metida en el asunto?

—No... Me niego a que intervenga... El Vaticano no puede meter las narices en este asunto. Es más, creo que Roma ha llegado a su fin. Se aferrarán al poder con todas sus fuerzas... Impedirán a toda costa que nazca la Iglesia de los pobres... Todos conocemos muy bien cuál es su posición frente a la renovación. El ejemplo lo tenemos con la teología de la liberación...

—Ésa es otra herejía... Hermano Sebastián, creo que no me has entendido... Si ésta es tu opinión me pregunto: ¿qué es lo que haces dentro del seno de la Iglesia ocupando un alto cargo?

—Joaquín… porque fuera de la Iglesia no hay nada… Es desde dentro que florecerá una nueva esperanza, una renovación…

—¿Y si fracasa? ¿Pondremos en peligro a la Iglesia? ¿Con todo lo bueno y con todo lo malo? No estoy defendiendo las actuaciones de Roma, se han cometido errores… es cierto. Pero hemos aprendido de ellos. Lo fundamental es que la esperanza de Cristo sigue viva. Si el secreto cae en manos de los Hombres Ménsula, estamos perdidos; lo sabemos bien… Por eso digo que puede que deba seguir oculto hasta que lleguen tiempos mejores. Los Moria deberemos continuar vigilantes hasta que llegue ese momento.

—Nunca llegará el momento… Esa esperanza de la que hablas jamás se cumplirá… Al poder de Roma no le interesa lo más mínimo. Hermano Joaquín, lo sabes bien. El Vaticano no está dispuesto a renovarse, piensa que perdería poder. Hace demasiado tiempo que muchos cristianos hemos perdido la fe en el Vaticano. El poder lo corrompe todo…

—¡Eso es herejía, hermano Sebastián! —volvió a repetir.

Sebastián meditó unos instantes y pronunció unas frases del maestro que todos reconocieron:

—La salvación de la humanidad está en el nacimiento de Cristo y su Pasión. El templo de los pobres tiene dos fachadas, el Nacimiento y la Pasión. Esta nueva Iglesia se fundamenta en el Apocalipsis cuando dice: la Iglesia es un árbol frondoso bajo el cual corren fuentes… Felices los que lavan sus vestiduras para tener derecho a participar del árbol de la vida y a entrar por las puertas de la ciudad. Afuera quedarán los perros y los hechiceros, los lujuriosos, los asesinos, los idólatras y todos aquellos que aman y practican la falsedad… ¿Cree el hermano Joaquín que el Vaticano entrará en la nueva Ciudad de Dios para tomar las riendas del poder?

—Bajo los cimientos de la Iglesia está depositada…

—Cristo es la piedra angular, la piedra desechada por los constructores —cortó Sebastián.

La discusión entre Sebastián y Joaquín fue subiendo de tono… Todos escuchaban sus argumentos atentamente. En cierto modo los dos tenían parte de razón. Magdalena se puso de parte de Sebastián. No consideraba necesaria la intervención de la Sapinière. Cristóbal permanecía callado, escuchando las opiniones de sus compañeros. Al final dijo:

—Continuaremos protegiendo a la elegida, la seguiremos a todas partes y la ayudaremos. El plan debe cumplirse. No podemos traicionar al maestro. Así está escrito. La carrera empezó hace ochocientos años y, ahora, sólo les quedan tres días.

La reunión se disolvió. A partir de ese momento cada uno sabía lo que tenía que hacer.

35

—Nogués, ¿qué tenemos?

—Otro fiambre, jefe.

—Eso ya lo sé —contestó Mortimer mordisqueando furioso el chupa-chups.

—Le dispararon por la espalda. Calibre nueve... posiblemente con silenciador.

Mortimer no contestó.

Nogués se acercó al cadáver y abrió el nudo que cerraba el hábito del muerto.

—¿Entiende de curas, jefe?

—No.

—Parece una especie de franciscano o bien el abuelo iba de carnaval. Todo esto es muy raro, jefe. ¿Cree que este fiambre tiene algo que ver con el del cura de la iglesia de San Cristóbal?

Nogués terminó de abrirle el hábito al muerto mientras formulaba la pregunta.

—No lo sé, Nogués. ¿Lleva algún documento?

—Nada, jefe.

La camisa, al quedar al descubierto, mostró la gran imagen impresa de un cedro.

—Es un dibujo, como las cruces templarias y todo eso, que

llevan los caballeros antiguos, jefe… Lo sé por J. J. Benítez. ¿De qué va todo esto?

—Bueno, en principio tenemos a alguien que le ha dado por matar curas y monjes franciscanos.

—¿Llevan los franciscanos espada? —dijo Nogués al descubrir el arma que llevaba el monje en el interior del hábito.

—Interrogue a la pareja que descubrió el cadáver.

—Ya lo hice, jefe, mientras usted llegaba. Al parecer había un hombre junto al muerto.

—¿Le han dado la descripción?

—Estaban muy nerviosos, pero la chica es bastante observadora. En principio la descripción facilitada coincide con la del matemático.

—¿El matemático?

—Sí, ya sabe; el novio de la chica cuyo abuelo falleció en la residencia.

Mortimer se acercó al muerto y empezó a explorarlo.

—¿Busca algo, jefe?

Nogués vio cómo Mortimer examinaba el cuello de la víctima.

—Sí, jefe. El muerto llevaba algo en el cuello. Se lo arrancaron. Debía ser una medalla y, por las marcas del cuello, con una cadena bastante gruesa.

Mortimer no pudo disimular una expresión de disgusto que no pasó inadvertida para Nogués.

—Deberíamos interrogar al matemático y a su novia. Tal vez se trate de una simple coincidencia pero…

—Sí, tenemos que interrogarles. Pero aún no —dijo Mortimer, lacónico.

36

Decidieron tomar un taxi. Después de unos minutos vieron la luz verde y él levantó el brazo. Subieron al vehículo. Miguel le dijo:

—A los pabellones de la finca Güell... En Pedralbes...

María permanecía callada. Tenía una corazonada; quizá fuera una pura coincidencia, pero el taxista se parecía mucho, demasiado, al hombretón del autobús, aquel personaje que se interpuso justo a tiempo entre uno de los matones que luego les persiguieron a tiros por la calle Balmes. El taxista casi tocaba el techo. Era muy alto y robusto, su cara ancha, la barba negra, el pelo revuelto, pero su mirada era limpia y sonreía. En el retrovisor colgaba una figurilla, que tanto Miguel como María reconocieron inmediatamente. Una imagen de san Cristóbal. El taxista se percató y dijo:

—Nuestro santo patrón... Qué lástima que el Papa decidiera quitar su festividad del santoral. De todas formas nosotros, los conductores, le seguimos venerando; incluso tenemos una asociación, una cofradía.

—¿No me diga? —respondió Miguel.

—Sí y muy antigua... Se fundó hace más de quinientos años...

—¿Cuando se construían catedrales?

—Sí, claro... Pero en algunas catedrales han retirado la imagen del santo. En la de Sevilla aún perdura y también en el camino de Santiago...

El taxista parecía tener ganas de hablar, de aleccionarlos. Ellos le dejaron; escuchaban.

—Existe una larga tradición... con la cantidad de accidentes que hay no entiendo cómo al Papa se le ocurrió retirar a san Cristóbal del santoral —volvió a repetir el taxista—. No lo entiendo... Bueno, sí se entiende, claro...

El taxista guardó silencio, continuaba sonriendo, era como si hubiese dejado una puerta abierta con aquella última frase inacabada. Miguel se contuvo, pero María picó el anzuelo, quería llegar más lejos...

—¿Qué quiere decir?

—Nada... Son cosas mías, sabe... Supongo que no les estoy molestando...

—No, no, por favor, continúe...

—Nosotros, en la cofradía, realizamos muchas actividades culturales, siempre aprendemos cosas, hacemos excursiones, nos vienen a dar conferencias. Nos interesan mucho las leyendas medievales relacionadas con nuestro santo patrón... El otro día, por ejemplo, un conferenciante, un profesor de historia nos habló del camino de Santiago, pues al parecer los peregrinos sienten una gran devoción por nuestro santo. El conferenciante nos dijo que todo son símbolos... que el viaje, la peregrinación, recorrer el camino de Santiago es como un acto de renovación. Sí, eso dijo... como morir y renacer de nuevo... Como matar al dragón... ¡Imagínense! ¿Quién lo iba a decir? Tantas veces que vemos la imagen de san Miguel o san Jaime degollando al dragón y resulta que todo es un símbolo, todo es lo mismo. Claro que estas historias hoy interesan a poca gente. Encontrar a personas como ustedes es un milagro, y miren que yo vivo en el taxi, se puede decir... Por aquí pasa de todo y a casi nadie le interesan estas historias; se vive demasiados deprisa y… nadie se atreve a matar el dragón… ¡Ja, ja, ja! Qué tonterías estoy diciendo, ustedes disculpen… ¿No les estaré molestando? —insistió el taxista.

—No, no… —dijo María apretando la mano de Miguel.

—Miren, ya hemos llegado… Aquí es…

—¿Podría esperarnos un momento?

—Me han caído bien, no les voy a contar la espera… —Entonces el taxista tomó una tarjeta de la guantera y añadió—: Tengan, si alguna vez necesitan mis servicios no duden en llamarme. —Miguel recogió la tarjeta—. Salgan, les espero.

Bajaron del vehículo, aparcado en la esquina de Manuel Girona, y se acercaron lentamente hacia la verja de la finca Güell que quedaba a unos metros. Cruzaron la calle. No había nadie; era muy tarde. Miguel se volvió, el taxi continuaba aparcado junto a la acera.

—¿En qué piensas, María?

—El taxista, es el mismo hombre del autobús.

—¿Qué estás diciendo?

—Estoy segura… Es él… Estaba leyendo un libro sobre Gaudí y se interpuso a propósito delante de uno de los Hombres Ménsula para darme tiempo a saltar.

—Vamos a la tercera puerta, no perdamos tiempo; el dragón nos espera —dijo Miguel.

Contemplaron durante unos minutos la impresionante forja de hierro: allí estaba Ladón, el dragón; con las fauces abiertas y una actitud tan amenazante que parecía que estuviese vivo. «Vengo a matarte —se decía Miguel—, pero ¿cómo? ¿Qué es lo que tengo que hacer? ¿Cómo debo matar a este monstruo de hierro? ¿Qué es lo que se espera de mí?» Todo bullía dentro de él. María no dejaba de observarlo; sabía todo lo que se debatía en su interior. Debía creer; para matar al dragón debía creer. Debía comprender que lo que realmente se le estaba pidiendo era que creyera en ella con fe ciega. Una transformación; un rito de paso. Traspasar su incredulidad, renovarse, ser otro; mirar con ojos nuevos. No había nada más. Eso era lo que su compañero debía comprender. Después de todo lo que había pasado, cómo podía aún dudar. La gente moría a su alrededor, estaba metido en una trama que, a pesar de todo, podía ser sencillamente una locura. Nada podía ser cierto, pensó Miguel.

Miguel alzó la vista hacia las estrellas; contempló el cielo estrellado. Divisaba, a pesar de la contaminación lumínica del cielo de Barcelona, la estrella polar, al norte, y la Osa Mayor y la Osa Menor que se agrupaban dentro de la constelación del dragón. «Otro dragón —pensó Miguel—: en el cielo. Lo que está arriba es como lo que está abajo. Matar al dragón, renacer… ¿Qué está pasando? ¿Por qué estoy temblando?» Se volvió hacia ella y contempló a María, estaba llorando. Por la mejilla le corrían las lágrimas, silenciosas.

—¿Qué te ocurre?

—¿No lo comprendes? Es el mensaje de mi abuelo… Es el inicio, si empezamos el viaje debemos renacer, debemos creer… Ya sé que para ti es muy difícil, pero es así, no podemos seguir adelante si antes…

—El dragón flanquea la puerta…

—Sí, el camino de Hänsel y Gretel… La senda que se pierde en el bosque… ¿Comprendes?

—Por favor, María… No sé qué pensar. Todo esto es… no sé qué debo hacer. ¿Qué esconde el dragón? Tu abuelo escribió algo sobre un mapa; la mitad de un mapa al que le faltaba un pedazo y que, dicho pedazo, estaba en ti. ¿Qué debo ver?

Miguel recorrió la figura del dragón con las manos, tocando las cadenas, sus terribles fauces, las bolas puntiagudas unidas a las cadenas. Intentaba grabar aquella imagen en su mente.

—Es una decisión tuya. Estás solo frente a tu dragón, ¿no lo comprendes?… No hay nada más… Ningún misterio… no tienes que clavarle tu espada.

—He de hundirla en mí, ¿no es eso?

—Yo estoy decidida, continuaré adelante. Como Virgilio, puedes quedarte en las puertas o… creer.

Entonces lo comprendió todo. La amaba. Amaba a María como jamás pudo imaginar. No podía abandonarla, dejarla sola. La amaba.

—¿Tú crees en mí?

—Yo te amo.

Se sintió muy pequeño y, a la vez, tremendamente grande allí, bajo las estrellas y frente a aquel monstruo que le estaba diciendo: has encontrado al amor de tu vida, ¿vas a abandonarla ahora?

Él tan racional, tan escéptico, sentía miedo de romper su caparazón. Pero allí estaba ella. Ella.

Miró al dragón, a su dragón, clavó sus ojos en aquellas fauces y dijo:

—Te amo. Estoy contigo y lo estaré siempre… si tú quieres.

María vio su rostro; transfigurado.

Ambos se fundieron en un largo abrazo, en un beso interminable. El dragón vigilaba aquel nuevo Jardín de las Hespérides.

Estaban solos. Como Hänsel y Gretel. Pero sabían que, juntos, debían encontrar el camino del bosque.

Ni siquiera se dieron cuenta de que el taxista arrancaba alejándose muy despacio.

Miguel continuaba abrazado a ella y, al mismo tiempo, miraba al dragón por encima del hombro de María. Hasta que aquella imagen se quedó prendida en su memoria.

SEXTA PARTE

Gamma

37

La tarde del domingo empezaron a llegar los invitados a la sede de la Fundación.

El edificio, situado en la calle Bruc, había sido diseñado por un arquitecto desconocido. Posiblemente databa de 1901, pero no se sabía la fecha con exactitud. Era un bello edificio plurifamiliar de composición simétrica y con puerta centrada. La entrada era espaciosa y las paredes estaban decoradas con dibujos geométricos orientales. El vestíbulo, esgrafiado y pintado de blanco, conservaba la placa de timbres original. Los balcones eran de hierro forjado y la fachada estaba ornamentada con una composición floral vegetal, con curiosos merletes que coronaban un edificio discreto, pero que tenía su atractivo y sus puntos de interés.

Bru había comprado los bajos, que pertenecían a una empresa de venta de motocicletas, y los tres pisos del principal por una cantidad astronómica con el propósito de que fuese la sede de la Fundación que dirigía Taimatsu, su protegida.

María y Miguel llegaron cuando el alcalde finalizaba su discurso. Allí, en los bajos del edificio, se había instalado un pequeño escenario y largas mesas a los lados.

Todas las fuerzas vivas de la ciudad se habían dado cita allí para la inauguración. Miguel y María se quedaron cerca de la entrada y escucharon las intervenciones del consejero de Cultura y de Taimatsu.

Después empezó la fiesta, regada con los mejores caldos de las bodegas Bru.

Taimatsu estaba radiante atendiendo a los conocidos. Al igual que Bru que, como buen mecenas, no descuidaba a algunos de sus invitados relacionados con el mundo de los negocios y las finanzas.

María intentó acercarse a Taimatsu mientras Miguel se abría paso entre el gentío intentando localizar un par de copas de cava.

—¿Te diviertes?

Miguel se dio la vuelta. Álvaro Climent, sonriente, le tendió la mano.

—¡Álvaro! ¡Cuánto tiempo! —exclamó al encontrarse con aquel amigo de juventud a quien hacía pocos días había visto en televisión.

Se saludaron efusivamente. Álvaro Climent era un antiguo amigo de facultad que había colgado las matemáticas en primer año y se había pasado a la historia. Se dedicaba al negocio familiar, una pequeña librería en la calle Freixures donde Miguel había pasado muy buenos ratos explorando entre sus estanterías. A Álvaro siempre le invitaban como tertuliano en algunos programas de televisión de tipo sensacionalista y dedicados a temas esotéricos y a misterios sin resolver.

—Ya ves, aquí escuchando a los políticos sobre los objetivos de la Fundación, la importancia del Modernismo, el apoyo institucional hacia las iniciativas privadas en el ámbito de la cultura y todo eso. ¿Cuánto tiempo ha pasado?

—¿Diez años?

—Por lo menos. Tú estás igual. Te he seguido un poco. ¿Para cuándo el Nobel? —bromeó.

—Álvaro, creo que has encontrado un algoritmo para detener el tiempo.

—¿Cómo pretendes que paralice la flecha del tiempo antes de que salga del arco? Más bien hablaría del algoritmo del ajo. Aunque en los últimos tiempos he encontrado la fórmula de las nueces...

—Veo que sigues con tus dietas...

—Deberías hacerme caso, Miguel, suprime las habas de tu dieta... Pitágoras las tenía prohibidas. Un campo de habas es el infierno de los matemáticos...

—¿Sigues con tus temas esotéricos, tan pirado por los misterios de la historia? Te he visto alguna vez en la tele.

—La librería no va mal y eso me permite dedicarme a los temas que me gustan. Me he convertido en toda una autoridad. ¿Tienes algo que hacer al salir de aquí? ¿Por qué no pasas por la librería, charlamos y nos vamos a cenar?

—No estoy solo. He venido con... —iba a decir con una amiga, pero se detuvo.

—¿Con tu novia?... Bien, eso es nuevo. ¿Quién lo iba a decir? Mi matemático y ex campeón nacional de esgrima favorito, enamorado.

—Bueno, hace poco que salimos. Pero, sí. Estoy enamorado —afirmó Miguel.

—Eso es fantástico. ¿Está aquí?

—Ven, te la presentaré.

Ambos se acercaron a María, que se encontraba junto a Taimatsu y un par de colaboradores de la Fundación. María se separó del grupo.

Miguel hizo las presentaciones.

María le reconoció, también le había visto en televisión.

—Eso de la tele es tremendo; todo el mundo te conoce.

El librero se interesó por María.

—Es una buena combinación, un matemático y una historiadora del arte. ¿Trabajáis juntos en algún tema?

Aquella pregunta les sorprendió.

—Bueno, digamos que sí.

Y Miguel le explicó sucintamente su teoría de la matemática fractal y algunas obras del Modernismo.

—¿Os centráis en algún arquitecto en concreto?

—En Gaudí.

—Un personaje curioso; muy curioso… y enigmático. Un auténtico masón.

—Gaudí no era masón —exclamó María quizá con demasiada efusión.

Álvaro Climent se dio cuenta de ello.

—Bueno, no digo que fuera un gran maestre pero, por lo que yo sé, sus contactos con la masonería están probados. Trabajó con los hermanos Josep y Eduard Fontseré, reconocidos masones. Además, visitaba con frecuencia el monasterio de Poblet, donde se encuentra, o se encontraba, la tumba de un tal Wharton, un miserable, pues terminó arruinado y sirviendo al rey Felipe V en un regimiento de Lérida.

—¿Y eso qué prueba? —dijo María.

—Bueno, son algunos datos; pero os puedo facilitar otros. Por ejemplo, el escritor Luis Carandell opina que el parque Güell fue proyectado como una ciudad masónica, una especie de logia financiada por su mecenas —dijo el librero.

—Sin embargo, Juan Bassegoda, el arquitecto y director de la Real Cátedra Gaudí, opina justo lo contrario. Si bien Gaudí, en su juventud, participó de los ideales del socialismo, la fe católica que manifestó durante toda su vida le aleja de la masonería. Además, Bassegoda sostiene que, de ser así, hubiera aparecido su nombre en alguna lista de las docenas de logias que existían en Barcelona —respondió María.

—Bueno todos sabemos que, al ingresar, se elige un nombre simbólico.

Taimatsu se les acercó en ese momento.

—Odio interrumpir pero te necesito —le dijo a María.

María se disculpó, se despidió de Álvaro y se alejó con Taimatsu.

Los dos amigos se quedaron solos.

—Es cierto, Miguel, estás enamorado. El milagro se ha producido. Tú, tan impasible con las mujeres y sólo interesado en tus cálculos y teoremas, al fin has caído en brazos de Afrodita.

—No te burles.

—No lo hago; me alegro. Además, la chica es muy guapa y parece que tiene las ideas claras. Oye, en serio, ¿por qué no os pasáis por la librería? Ahora tengo que irme pero podemos quedar sobre las nueve. Sólo tienes que llamar. Yo estoy dentro; puede decirse que prácticamente vivo en la librería.

Miguel no le prometió nada pero se lo comentaría a María.

—Esto no puede durar mucho —dijo Álvaro.

Miguel se quedó solo e intentó localizar a María. La vio junto a un grupo de cinco personas en el que también se encontraba Taimatsu. Decidió no acercarse todavía. Había descubierto que le gustaba mirarla. María estaba radiante. Sí, estaba enamorado de ella, no podía negarlo. Hasta su amigo se había dado cuenta. Álvaro era un tipo extraño, pero le gustó encontrarse con él después de tanto tiempo. Se conocían desde la adolescencia, cuando iban al mismo instituto, y durante una época fueron inseparables. Tenían el mismo grupo de amigos y quedaban muchas veces para ir al cine, salir y estudiar juntos. Álvaro era un lector apasionado y se aficionó por temas que a él no le llamaban la atención; la librería de su padre estaba bien surtida de ese tipo de libros, pues se vendían bien. Luego, cuando Álvaro colgó las matemáticas le perdió la pista. Recordaba todo eso mientras no podía dejar de mirar a María. El dragón. Había sido el dragón. Pero ¿qué había pasado realmente? Nada y todo. Se daba cuenta de que ya no era el mismo. El dragón le había despertado. Hasta ese momento,

¿qué sentía realmente por María? ¿Una simple atracción? Tenían una relación entre personas adultas que por nada del mundo renunciaban a su independencia. La quería, se encontraba bien junto a ella, anhelaba el momento de verla, pero ni siquiera se habían planteado el vivir juntos y menos aún comprometerse a algo más profundo. Seguirían así hasta que uno de ellos se cansara y diera por finalizada la relación o bien seguirían viéndose, haciendo el amor, divirtiéndose juntos. Pero nada más. Un cambio podía acabar con todo; el traslado a otra universidad, una beca, o que ella decidiera continuar profesionalmente en otra parte. Todo estaba muy claro hasta ese momento. El compromiso era aquí y ahora. Pero todo eso había cambiado. Ahora no podía vivir sin ella. Ahora entendía aquella máxima: la fe es un confiar, no un saber. Frente al dragón había tenido una muerte dulce. Ahora tenía que vivir lo nuevo con capacidad de cambio. Y lo nuevo era María. María había dejado de ser una apetencia para convertirse en su unidad, en su libertad y su paisaje, en pura alma. Ahora no iba hacia la nada.

María, desde el fondo, también le miraba. Estaban solos. Nada existía alrededor. Y ambos comprendieron que sentían lo mismo el uno por el otro.

38

—¿Crees que es de fiar? —preguntó María.

—Creo que puede ayudarnos. He quedado con él en su librería.

—Pero ¿podemos confiar en él?

—Es un amigo. Le conozco desde hace mucho tiempo y es un experto en sectas y esoterismo. Como te digo, tiene una librería de viejo. Se pasa la vida encerrado en ella.

—Y saliendo en televisión.

—Sí —dijo a modo de disculpa—, pero creo que es el hombre que necesitamos para resolver los enigmas de tu abuelo... aunque no haremos nada si tú no quieres.

—¿Le has contado algo...?

—No... y no es necesario que le contemos todo; sólo lo imprescindible.

María callaba. Habían abandonado la fiesta y caminaban Bruc arriba en dirección a la Diagonal. Doblaron a la izquierda, por Provenza.

—¿Tienes el coche cerca?

—Sí, en la esquina con el paseo de Gracia; un poco más arriba de La Pedrera.

María parecía reflexionar mientras caminaban en silencio. No tenía muy claro en qué podía ayudarles aquel sujeto.

Apretaba fuertemente el bolso. Desde la visita del enmascarado no se atrevía a dejarlo en casa. Allí estaba la clave, entre acertijos, anotaciones y dibujos. Allí, perdida en el caos de aquel bosque de palabras.

—María, he sido testigo de dos asesinatos y seguramente la muerte de tu abuelo no fue ningún accidente.

—Eso ya lo sé; lo asesinaron. Estoy convencida.

—Yo también. A estas alturas me parece muy extraño que la policía no me haya interrogado. Creo que no tardarán en detenerme.

—¿Detenerte? —preguntó asustada.

—¡Ya me dirás! Mis huellas están en todas partes. Una pareja me vio junto a... el caballero Moria. Sí, María; no tardarán en atar cabos. Eso si no lo han hecho ya. ¿Y qué puedo decirles?

—No podemos decirles nada. Tenemos que encontrar...

—¿Encontrar qué?

—...lo que ocultó mi abuelo. Este asunto tenemos que resolverlo nosotros.

—¡Si supiéramos qué estamos buscando!

—Y lo que tenemos que hacer después —añadió María.

—Creo que cuando demos con ello sabremos qué hay que hacer.

—¿Es necesario que le mostremos el cuaderno?

—¿A quién?

—A tu amigo, por supuesto.

—Creo que debemos darle la información suficiente, pero nada más.

—¿Y los crímenes?

—En principio sólo el del padre Jonás y, también, debemos mostrarle los medallones.

—¿Y la historia de mi abuelo?

—Eso sí que debemos contarlo... ¿cómo podría ayudarnos si no?

—Está bien.

Llegaron a la entrada del aparcamiento y descendieron por una escalera lateral. Al final estaba la máquina de cobro. Miguel introdujo la tarjeta de crédito y recogió el tíquet de salida. Franquearon la puerta de acceso y avanzaron por el subterráneo intentando localizar el vehículo. La luz era tenue. No había nadie más. Estaban solos y María sintió miedo; instintivamente se aferró al brazo de Miguel.

—¿Qué ocurre?

—Tengo miedo.

—Para qué voy a mentirte: yo también.

Se sentían vigilados. Se detuvieron y miraron alrededor. Allí no había nadie. Localizaron el automóvil al fondo, en batería. Avanzaron aligerando el paso. Cuando se encontraban a pocos metros, los faros de un vehículo se iluminaron de pronto y les cegaron por un instante. Todo fue muy rápido. Un individuo salió de entre los coches aparcados detrás de ellos. Llevaba un arma. Ambos se quedaron quietos sin saber qué hacer. Del interior del coche, que continuaba enfocándoles con los faros, salió otro individuo. También iba armado.

—Alto o disparamos.

Les empujaron contra el capó de un automóvil.

—Quietos; no os volváis y no pasará nada.

Obedecieron.

Uno de los matones empezó a cachearles.

—¿Qué quieren? No le hagan daño a ella —dijo Miguel.

—¡Cállate!

Miguel se dio cuenta de que ambos tenían acento del Este.

—¿Dónde está el cuaderno? Sabemos que lo lleváis —dijo el otro matón.

No contestaron. Miguel notó un intenso dolor en el costado derecho. Le habían propinado un fuerte golpe que, por un momento, lo dejó sin respiración.

—¡Lo tengo! ¡No le hagan nada! —dijo María levantando el bolso sin volverse y sin levantar la cabeza del capó.

Le arrancaron el bolso de las manos con violencia. Oyó cómo caían los objetos del interior del bolso al suelo. El móvil, al golpearse, perdió la batería.

—¡De rodillas! —gritó uno de los matones.

Obedecieron. Notaban la presencia de los individuos muy cerca. Miguel pensó que, en un instante, todo estaba perdido. Aquellos tipos les levantarían la tapa de los sesos allí mismo, sin contemplaciones. En cuanto dieran con el diario.

—¡Aquí está! —dijo uno de ellos al agacharse para recogerlo del suelo.

No pudo hacerlo.

Miguel escuchó un sonido que le era muy familiar; el de la hoja de una espada cortando el aire.

Luego un grito de dolor y un cuerpo que caía al suelo. Sonaron varios disparos. Miguel cogió a María y la empujó entre dos coches aparcados.

—¡No te muevas!

—¿Qué está pasando?

Miguel levantó la cabeza. Uno de los dos hombres que les habían atacado yacía en el suelo, entre un charco de sangre y con la cabeza separada del cuerpo. Se agachó instintivamente al oír nuevas detonaciones. Alguien armado con una espada estaba poniendo en jaque a los dos matones del Este. No se atrevía a levantar la cabeza. Podía oír a alguien que corría mientras maldecía en un idioma desconocido. Luego un coche arrancó y cruzó por delante de ellos a toda velocidad.

Oyó cómo alguien corría hacia la salida del aparcamiento.

—¿Qué ha pasado?

—Creo que alguien ha acudido en nuestra ayuda; se ha cargado a uno. El otro ha huido y él ha desaparecido. Le vi correr hacia la salida. ¿Cómo ha podido sortear las balas sin que le dieran?

—Está muerto —dijo María refiriéndose al matón que yacía en el suelo.

—Y bien muerto. Pero nos hemos quedado sin el cuaderno de tu abuelo. Su socio se lo ha llevado.

—Iban a matarnos —dijo ella que no podía disimular su miedo y su nerviosismo.

—Sí; eso estaba claro. Aquí mismo como a un par de conejos. De no ser por nuestro misterioso amigo…

—¿Uno de los siete caballeros?

—Alguien que maneja la espada como un campeón olímpico.

—Salgamos de aquí —dijo María.

—Tendremos que llamar a la policía.

—Salgamos, por favor. Nada de llamar a la policía. Vámonos antes de que alguien nos vea.

Subieron al coche y abandonaron el aparcamiento en silencio.

—Todo esto es muy extraño. Esos individuos no eran Hombres Ménsula.

—¿Quieres decir que hay más gente interesada?

—Desde luego no los han contratado los Hombres Ménsula; ellos se bastan solitos.

—¿Y qué hacemos ahora?

—Primero tomar un café bien cargado y luego iremos a casa de mi amigo. No se me ocurre otra cosa. Lo que sí sé es que nos quedan dos días. ¡Dos días y aún no sabemos qué estamos buscando! Menos mal que Taimatsu nos hizo un juego de fotocopias del cuaderno.

—Estoy muy asustada —repitió María.

—Y yo también; yo también.

Pero no podía decirle que temía por ella, no debía inquietarla. Miguel estaba convencido de que la salvación de María dependía de que la profecía se cumpliera y quedaba muy poco tiempo.

39

Jaume Bru y Taimatsu no esperaron la salida del último de los invitados para abandonar la Fundación. Regresaron a casa del magnate con una urgencia llena de nerviosismo. Deseaban hacer el amor. Bru nunca había visto a Taimatsu tan satisfecha. La inauguración fue un éxito y ella estaba rebosante y feliz. Él admiraba en Taimatsu su alegría de vivir, la pasión de estar viva y disfrutar de cada instante con plenitud. Taimatsu era tan feliz, siempre, que no podía disimularlo aunque lo intentara. Para ella el mundo era el mejor de los posibles. Estaba bien hecho. Y sólo deseaba no estropearlo. Ella conseguía alejar de su alrededor cualquier dolor, cualquier cosa desagradable. No había venido al mundo a sufrir, sino a comérselo con su trabajo y su esfuerzo. El mundo estaba lleno de posibilidades y no entendía cómo había gente dispuesta a joderlo. ¿Cómo era posible que no sospechara nada de los negocios de su tío? ¿O incluso de los que él dirigía? Ella era incapaz de ver en él algo turbio. Pero Bru no era un hombre turbio; era un malvado de profesión. Y además disfrutaba. Taimatsu era su antítesis y, quizá por ello, se había enamorado perdidamente de ella. Se había enamorado de una niña de catorce años que paseaba por la playa de Cadaqués buscando conchas. De eso hacía mucho tiempo. Y él, que con todas las mujeres de su vida había sentido siempre una urgencia devastadora, esperó. Esperó a que su japonesa creciera. Esperó en silencio, como un colegial; visitando a sus tíos de vez en cuando sólo por tener la dicha de verla.

Al principio, cuando se dio cuenta de que la amaba, se enfureció consigo mismo. No podía permitirse aquel sentimiento de debilidad. Él tenía todas las mujeres que quería; las tomaba y las dejaba a su antojo. Eso fue lo que le enfureció; que no quería poseerla, ni protegerla, ni ser su amigo, ni quererla siquiera. ¿Qué diablos quería de aquella maldita japonesa a quien Dios confunda?, se preguntaba por aquel entonces. Lo que sentía era algo espantoso. Le venían dos palabras a la cabeza: inevitable e incondicional.

El caso es que enloqueció, o eso deseaba creer, pero esa extraña locura no le hacía sentirse ni una persona miserable ni un ser desamparado. Aliviado porque aquella sorprendente locura le mantenía vivo como un incendio alimentado por el viento, se abandonó a un lirismo insospechado para él hasta entonces y a un ensimismamiento placentero que le hacía ver a Taimatsu como la perfección de una pieza musical escrita por un genio y tocada por un virtuoso.

Y él, que estaba medio podrido y que no se dolía por ello, vio cómo aquella niña le miraba como jamás alguien lo había hecho alguna vez. Lo creyó un ser noble. Claro que él no tenía por qué creerse esa estupidez; nunca lo fue y nunca lo sería; pero reconocer en los ojos de alguien esa candidez terminó por desarmarle. Ella también lo amaba.

Desde ese momento no pasó un solo día en que algo le recordara que tenía que pensar en ella. Y así lo hizo durante doce años. No tenía prisa. Tenía a todas las demás para las cuestiones prosaicas. Ella era otra historia. Y ahora, por fin, estaban juntos.

Hicieron el amor nada más llegar a su casa, sin prisas y con la desenvoltura y competencia de un maestro alfarero. Ella se lo había enseñado. El arte del amor es el arte de la lentitud y del reconocimiento. Nada que ver con las putas de sus burdeles; con las negras a las que, después de reventarlas, las golpeaba hasta casi matarlas. Con Taimatsu descubrió una forma diferente de hacer el amor y se sintió desarmado. Ambos danzaban en la cama, se tocaban suavemente, se besaban, se acariciaban, se descubrían el uno al otro y Bru hasta lamentaba el momento de la penetración. Por primera vez había abandonado aquella urgencia animal por una calma absoluta en la que el placer no tenía límites. Entonces se sentía capaz de abandonarlo todo y de, como un colegial, pedirle que se fueran juntos a una isla desierta. Estaba dispuesto a decir cosas en las que nunca antes había pensado; toda una sarta de estupideces sin cuento; decirle, por ejemplo, que la amaba con locura, que era un criminal y un mal tipo pero que estaba dispuesto a dejarlo todo y vivir con ella donde quisiera hasta el resto de sus días; que se conformaba con mirarla, con verla sonreír, con acariciar su pelo, con escuchar su voz, con estar junto a ella siempre, siempre, siempre. Algo así le había dicho alguna vez sin poder evitar una sensación de ridículo absoluto, pero le daba igual. Ella era el mundo y estaba dispuesto a recorrerlo si le daba espacio.

—Estás loco, Jaume —le decía entonces Taimatsu sonriendo y abrazándose a él.

Sí, estaba loco. Pero si aquella dulce locura era el amor estaba dispuesto a dar todo lo que tenía para que nunca se acabase. Taimatsu era la inmortalidad.

—Tengo que irme —dijo Taimatsu.

—¿Tan pronto?

—Tengo trabajo.

—¿Trabajo? ¿Qué trabajo? Pero si es tardísimo.

—¿En qué quedamos? ¿Es muy pronto o muy tarde?

Bru sonrió.

—Vete si quieres, terminarás haciéndolo de todos modos.

—Te quiero.

—Yo no.

—¿No?

—Yo te amo.

Taimatsu se vistió mientras él no dejó de mirarla complacido. Luego ella entró en el baño.

Entonces sonó el teléfono. Era Yuri. Le esperaba.

—¿Lo tienes? —preguntó.

—Lo tengo. Pero ha muerto uno de los míos.

—Cinco minutos; espera cinco minutos.

Y colgó.

¿Qué le importaba a él que hubiera muerto un ruso de mierda?

40

Al final decidieron contarle a Álvaro lo sucedido hasta ese momento sin ocultar nada. Miguel confiaba en que su amigo les daría alguna pista. No tenían nada, no habían avanzado en absoluto. En realidad sólo habían descubierto que la carrera había comenzado con la tortuga y que a partir de ese momento tenían seis días para completar un plan, una profecía. Y de los seis días habían pasado cuatro y sólo quedaban dos. Tenían demasiada prisa. El tiempo expiraba: dos días, No podían irse por las ramas. Después del suceso del aparcamiento no se encontraban con ánimo de seleccionar la información; qué debía ser contado y qué no. Lo habían perdido todo, el cuaderno y el juego. Afortunadamente tenían la copia que les había hecho Taimatsu.

Hacía media hora que habían llegado a la librería. Era un local pequeño situado en una calle que a María le pareció corta y umbrosa, la calle Freixures; entraron en ella por Sant Pere Més Baix después de estacionar el coche en Vía Layetana.

La trastienda, en comparación, era mucho más grande. Álvaro tenía allí su verdadero santuario. Se trataba de una habitación sin ventanas. Sus cuatro paredes estaban cubiertas con estanterías de madera repletas de libros, deshojados muchos de ellos y situados todos casi en orden de naufragio. Una pequeña puerta al fondo, en el lado opuesto al de la salida del establecimiento, daba a un estrecho pasadizo que conducía a un lavabo y una diminuta habitación también sin ventanas y que obraba de almacén. Allí tenía el librero su mesa de trabajo, de madera ennegrecida y repleta de viejos libros apilados, manuscritos, antiguos mapas, pergaminos y pliegos sueltos en busca del conjunto de la obra y que rezaban por no morir en el suelo. El ordenador a un lado y, en un rincón espacioso, un globo abollado con aros de metal trazando las trayectorias de los cinco planetas. Junto a la mesa de trabajo, había un sofá que se venía abajo, una pequeña mesita con revistas amarillentas, vasos de plástico, restos de comida y bolsas vacías de patatas fritas. En un rincón, una nevera y un pequeño estante colgado de la pared que se las veía y deseaba para sostener el peso de un microondas y una pequeña máquina de café.

—Perdonad el desorden… aquí se puede decir que vivo.

Álvaro recogió los vasos, las bolsas vacías y los restos de comida. Abrió la nevera y sacó unas cervezas. Como los tres no cabían en el sofá, el librero fue a por una silla plegable que tenía en la tienda.

María se había sentido inquieta en algún momento de la larga explicación. Pero Miguel confiaba en su amigo. Era ya tarde cuando, después de hablar sobre Gaudí, templarios, guardianes Moria, masones y todo un conjunto de cosas que intentaban ordenar mientras se las explicaban, Álvaro intervino. Parecía conocer muy bien las relaciones del arquitecto con algunos personajes misteriosos de su época. Entre las cosas que Álvaro contó ambos prestaron especial atención al singular encuentro al que asistió Gaudí en un lugar de Occitania. Lo realizó a través del Centro Excursionista y le acompañaba su amigo y poeta Joan Maragall. Al Centro Excursionista, fundado a finales del siglo XIX, pertenecían curiosos personajes de la época: Lluís Domènech i Muntaner, Francisco Ferrer y

Guardia, Anselmo Lorenzo y Eliseo Reclús, un geógrafo anarquista y francmasón.

—Fulcanelli, el último alquimista, supongo que lo conocéis, estuvo muchas veces en Barcelona. Como sabéis, en realidad se llamaba Jean-Julien Champagne, y había nacido en una pequeña comunidad rural a unos veinte kilómetros al norte de París; un lugar llamado Villiers-le-Bel. Murió en 1932 en París, en la más absoluta pobreza. Como digo, visitó Barcelona algunas veces, pero Gaudí no le conoció en la ciudad. Fue a través del arquitecto y amigo común Eugène Emmanuel Viollet-le-Duc. El encuentro tuvo lugar en Occitania. Gaudí conservó hasta su muerte las obras de Viollet-le-Duc que, como sabéis, fue el restaurador de las catedrales góticas. Le admiraba profundamente. Fulcanelli mantuvo una estrecha amistad con él y también con Gaudí. No tengo la menor duda de que los tres eran maestros del art got.

—¿Art got? —preguntó Miguel.

—Sí, ellos lo conocían: la lengua perdida… Fulcanelli, el alquimista, descifró las palabras esculpidas en la piedra… Gaudí quiso llegar más lejos y esto los distanció, justo cuando empezaba a dedicar su vida a la Sagrada Familia.

Miguel, antes de que su amigo continuara, pues le daba la impresión de que se estaba yendo por las ramas, le preguntó directamente y sin rodeos:

—Todo eso está muy bien. Pero ¿qué estamos buscando? ¿Qué crees que le dio Gaudí a su abuelo?… en el supuesto de que tengas alguna idea al respecto. No nos queda mucho tiempo.

Álvaro se quedó en silencio. En la habitación había poca luz. Una lámpara de pie situada en un extremo, otra antigüedad, con una serpiente enroscada, un caduceo. María no perdió de vista este y otros detalles de aquella singular habitación.

Álvaro se quedó en silencio. Despacio, como si iniciara un ritual, se levantó, abrió el frigorífico, contempló el rostro de su amigo Miguel y de María expectantes, esperando una respuesta… Cada vez que el propietario de la librería abría la nevera para reponer las cervezas, la luz los deslumbraba unos instantes… Tomó tres latas, se giró de repente. Ahora sonreía abiertamente, sus ojos resplandecían. Cerró la nevera moviendo la cabeza, y cuando el fugaz deslumbramiento veló los ojos de la pareja dijo con voz ceremoniosa:

—El Ónfalos… No tengo la menor duda.

—¿El qué?

—La Piedra Angular, el Ombligo del Mundo. Eso era lo que Gaudí le entregó a tu abuelo. ¿Para qué? Lo ignoro.

—¿Puedes ser más, digamos, divulgativo? —preguntó Miguel.

—La piedra, en muchas culturas, es el símbolo del poder divino.

—Sí, las utilizamos para fabricar armas y utensilios, ¿qué tiene eso de divino? —replicó Miguel desconcertado.

—Las piedras fueron la primera fase de la cultura humana. Pero yo te estoy hablando de otra cosa. Erigir construcciones religiosas con grandes bloques de piedra, como menhires, dólmenes, círculos de piedras y avenidas de bloques se remonta aproximadamente al 6000 antes de Cristo. En el antiguo Oriente la piedra era la señal de la presencia divina y se le hacían ofrendas líquidas.

—¿Sangre?

—Y aceite… La piedra se convirtió en altar; el Beth-El, o casa de Dios.

—Bien, sí, todo eso es cierto, no dudo de tus conocimientos… Pero es puro pensamiento mítico, construcciones mentales que los hombres…

—¿Me dejas continuar? —le interrumpió bruscamente el librero.

Miguel levantó la cabeza y Álvaro, con voz pausada, prosiguió su relato…

—En el libro del Éxodo, 20, 25 se dice: «Si me alzas altar de piedras, no lo harás de piedras labradas, porque al levantar tu cincel sobre la piedra la profanas».

—Bien, ya sabemos el origen del altar. ¿Es eso lo que estamos buscando?

—No, no seas impaciente.

—Déjale que continúe con las piedras, supongo que querrá llevarnos a alguna parte —insistió María, vivamente interesada por todo lo que estaba contando Álvaro.

—Un poco de paciencia, por favor, mi querido amigo. Lo que quiero decirte es que la piedra es una constante en la historia humana, en todas las culturas y que su simbolismo, su interpretación nos dará la clave de lo que estamos buscando. Otra cosa será cómo y dónde. Pero, como os iba diciendo, por ejemplo, las piedras representan un papel en antiguas ceremonias de coronación, como tronos. En la antigua Irlanda, había una «piedra del saber» en la ciudad de Tara. También había dos piedras tan juntas que no se podía pasar la mano por en medio de ellas. Pero si las piedras aceptaban a un hombre como futuro rey, se separaban delante de él y le permitían pasar con su carro. La leyenda del rey Arturo… la espada Excálibur clavada a la roca… Algunos dólmenes prehistóricos de Bretaña se consideraban cargados de energía, las mujeres estériles se sentaban sobre ellas para apoderarse de las fuerzas de la fecundidad, de los huesos de la madre tierra. El calor de estas piedras simboliza la energía vital para traer descendencia al mundo. En resumen, algunas culturas les atribuían a las piedras la virtud de almacenar las fuerzas de la tierra y transmitirlas por contacto a las personas. Ahora saltemos un poco en el tiempo, mis queridos amigos. En el simbolismo francmasónico, la «piedra tosca», que aún no ha recibido forma, representa el grado de aprendiz. Pero el objetivo es la piedra labrada que encaja en el gran edificio del Templo de la Humanidad. Este simbolismo se remonta a las catedrales medievales, en las que era de primordial importancia el trabajo de la piedra. Las claves de bóveda a menudo estaban provistas de la marca del maestro cantero. En el mundo de la alquimia, la llamada «piedra de los sabios» o filosofal, *lapis philosophorum*, es símbolo del fin último de la vieja aspiración de poder transformar, con la ayuda de esa piedra, metales innobles en oro.

—Pero no es eso lo que buscamos.

—No. Ése no era el gran secreto de Gaudí.

El librero hizo una pausa.

—El oráculo de Delfos era el santuario más importante del mundo antiguo, asentado en un lugar sagrado desde tiempos inmemoriales.

—Sí, estaba consagrado a Apolo, que representaba la idea de la eterna juventud, de la belleza, la armonía y el equilibrio. Su apodo más conocido era Febo el Luminoso —intervino María.

—Bien, veo que estás bastante puesta en mitología griega. Pues es en Delfos donde, como he dicho antes, estaba el Ónfalos, representado por la piedra umbilical que era el centro del mundo.

—Custodiado por un animal terrible.

—La serpiente pitón, de donde deriva el nombre de Pitia, la gran sacerdotisa y profetisa de Delfos. Y Apolo, para apoderarse de ello, tuvo que matar con sus flechas doradas a la serpiente pitón. —El librero hizo una pausa—. Vosotros también tendréis que neutralizar al monstruo para conseguir vuestro objetivo.

—El Ónfalos —puntualizó Miguel.

—Sí, pero el perteneciente a nuestra tradición…

—Ahora no te comprendo… ¿En nuestra tradición también hay…?

—Sí, Miguel… Está escrito en el Evangelio de San Mateo… Concretamente en el capítulo 16, versículo 18… En él se concentra todo lo que es la Iglesia como institución… Es el capítulo de preparación a la Pasión, cuando Jesús revela a sus discípulos cuál deberá ser su misión en la tierra. Cristo preguntó a sus discípulos, ¿recordáis?, preguntó: «¿Quién soy?». Unos dijeron que era un profeta; sólo Simón, hijo de Jonás, respondió correctamente… Todo ocurrió en Cesarea de Filipo a los pies del monte Hermón…

—Sí, ahora recuerdo una de las páginas que fotocopió Taimatsu… Había una frase que decía alguna cosa sobre el monte Hermón, Cesarea de Filipo…

—Es una región volcánica… Situada al norte del actual Israel…

—Pero ¿qué pasó allí? ¿Qué dice el Evangelio?…

Álvaro cambió la expresión de su rostro.

—Pedro fue el único discípulo que dijo a Jesús: «Tú eres el Mesías, el hijo de Dios». Y Jesús dijo: «Y yo te digo: tú eres Pedro y sobre esta piedra edificaré mi Iglesia, y el poder de la muerte no prevalecerá contra ella».

—¿Cristo le entregó una piedra a Pedro para que construyera la Iglesia? Perdona, Álvaro, pero creo que esto la Iglesia lo interpreta simbólicamente…

—Palabras y más palabras… Dominan el arte del lenguaje… enmascaran, lo ocultan con un velo… Pero la palabra esconde la piedra, es ahí donde se guarda el secreto. Es uno de los enigmas que reveló Fulcanelli en su obra… Hay que matar la palabra para descubrir la verdad. La Iglesia como institución ha fomentado o permitido que corriesen muchos mitos, leyendas sobre el Santo Grial, las reliquias de Cristo, los clavos, la Sábana Santa… si reuniéramos todos los pedazos de madera de la cruz donde murió Cristo y que andan esparcidos por catedrales, iglesias, ermitas donde se les venera, seguramente podríamos construir una casa… La lanza de Longinos… Infinidad de reliquias de santos, ángeles que se veneran, se guardan, salen en procesión… Y el Vaticano no se opone, permite todas estas manifestaciones que casi podrían considerarse paganas… En cambio ha sabido proteger a través de los siglos su verdadero secreto, donde reside todo su poder… La piedra, de ahí emana su verdadero poder, se esparce por toda Europa, se ramifica, crece… Templos, santuarios, ermitas… Catedrales… El mayor de los secretos de la cristiandad es el que tenemos más cerca, delante de los ojos, pero ha sido protegido, velado por las palabras… ¿Quién podría imaginar que…?

—Una simple piedra… —dijo María asombrada interrumpiendo a Álvaro, que enseguida prosiguió.

—Sí, que tocó el mismísimo Jesús con sus manos… Sobre esta piedra edificaré mi Iglesia… Y así ha sido… Éste es el centro del mundo.

El librero cambió el tono de su voz. Y María notó en él algo extraño cuando dijo:

—El cimiento de nuestra fe y de la cultura de Occidente. La Piedra Santa. El poder de Roma se ha encargado de mantener oculto el secreto de Jesús; un secreto que está ahí escrito en los Evangelios, con palabras claras, precisas, sin divagaciones, sin parábolas… Sin embargo, no lo supieron ver y Pedro levantó una Iglesia sobre los cimientos equivocados y sembró de odio y sangre la fe cristiana. Si la reliquia hubiera salido a la luz y su error se hubiera hecho patente, la Iglesia no hubiera gobernado… Dos mil años de poder sobre la tierra. Ningún Estado, ningún imperio, si exceptuamos Egipto, ha conseguido mantenerse en pie durante tanto tiempo. Y, actualmente, sin ejército, sin armamento nuclear… Sólo con la palabra, desde una minúscula ciudad, el Vaticano se ramifica por todo el mundo... Han sabido esconder el secreto que todos tenemos delante de nuestros ojos, que podemos casi tocar con las manos. La palabra es el velo... También en La Meca, centro de todas las grandes religiones del mundo, justo en el ángulo nordeste de la Kaaba, está situada la célebre piedra negra, otra piedra equivocada que ha regado de sangre el mundo. La versión ortodoxa dice que Abraham y su hijo Ismael la colocaron en La Meca después del diluvio; sin embargo, hay quien dice que fue una secta sufí quien la depósito en el lugar donde ahora todos los musulmanes la veneran.

—Álvaro, creo que todo esto está muy bien, pero no deja de ser otra leyenda... Supongamos que fuera cierto. Entonces eso quiere decir que aquella piedra de Cesarea de Filipo, a los pies del monte sagrado, el monte Hermón, fue escondida... Entonces tendríamos que atribuir a esa piedra que tocó Jesucristo, cuando desveló a los apóstoles cuál debía ser su misión en la tierra, ciertas propiedades...

—¿Sobrenaturales? ¿Qué es sobrenatural? ¿Aquello que la ciencia, la razón, las matemáticas, el cálculo... aún no ha descubierto? —dijo Álvaro con un punto de ironía.

—Es una explicación... Es lo que tenemos.

—Sí, sí... El tribunal de la Inquisición sabía mucho sobre eso... Galileo también lo sabía... La lista de científicos quemados en la hoguera es extensa. Pero dar una explicación, digamos mitológica, de un hecho tampoco significa nada. La cuestión es qué entendemos por sobrenatural. Entonces el mundo, la naturaleza, la vida misma, llena de misterios por desvelar, también es sobrenatural... Es una paradoja... En realidad, ¿qué sabemos? ¿Crees que tiene algún sentido pronosticar matemáticamente el fin del universo? Según los científicos y los astrónomos de prestigio, dentro de una cifra elevada a una potencia de años concretos, calculables, el universo, todo desaparecerá… Se producirá la gran entropía, el equilibrio perfecto… No habrá ningún cuerpo celeste, ni planetas, ni estrellas… nada… El cosmos convertido en una inmensa sopa de protones… ¿Crees que eso tiene algún sentido, Miguel? Yo creo que esto, el camino hacia la nada, la disolución, es la cosa más sobrenatural que la ciencia, los científicos mantienen como hecho probado y razonado en los últimos tiempos…

Miguel no quería discutir con Álvaro, estaba haciendo de abogado del diablo. Su amigo continuó hablando:

—Según una antigua leyenda la piedra de Cesarea de Filipo fue olvidada, despreciada. Pedro levantó la Iglesia de Jesucristo sobre una piedra simbólica. Los grandes arquitectos de todas las religiones obviaron la verdadera roca y durante un tiempo quedó perdida. Hasta que unos guardianes que la habían perseguido y buscado, por fin dieron con ella…

—Los Árboles Moria —dijo María en un susurro.

—Exacto.

Álvaro se levantó y con la mirada perdida en un punto difuso del techo, de espaldas a ellos, les habló:

—Los Siete Caballeros Moria, los antiguos guardianes del Templo de Salomón. Ellos presenciaron el escándalo de Jesús de Nazaret cuando expulsó a los mercaderes, a los cambistas. Los Moria le siguieron y él les reveló la profecía, la destrucción definitiva del antiguo Templo de Salomón y…

—La construcción de una nueva Iglesia… —le interrumpió Miguel.

—Exacto. El verdadero plan de Cristo… Jesús reveló a sus discipulos en Cesarea de Filipo cuál era su misión. Le entregó a Pedro la reliquia. Le dijo: toma, ¿ves?, sobre esta piedra edificaré mi Iglesia. Jesús sabía que Simón, el impulsivo, el único de todos ellos que había dicho que él era el Mesías, en ese momento de gran tensión no entendería su verdadero mensaje.

Eran gentes sencillas, pescadores, aún no habían recibido el don de gentes, el Espíritu Santo. No entendieron que una piedra pudiera tener tanto poder. Si les hubiera dado una joya, armas... pero una piedra. Jesús siempre hablaba a través de parábolas, de ejemplos, y Pedro pensó que aquellas palabras que su maestro le decía no eran más que un símbolo. Pensó que Jesús le quiso transmitir la necesidad de crear una Iglesia robusta como una roca, pero nunca pensó que aquella piedra estaba cargada de poder.

—Entonces quieres decir que la piedra...

—Me parece que has captado la idea, Miguel. ¿Cómo iban a saber que en aquel momento su adorado maestro le entregaba, le ofrecía a Pedro la piedra angular? ¿Cómo podían imaginar que aquella simple y vulgar piedra era el verdadero tesoro, el cimiento, el fundamento de un nuevo templo?

María en este momento intervino:

—A ver si me aclaro... ¿Estáis diciendo que nadie, ningún discípulo, ni el propio Pedro le comprendió?

Álvaro la miró con una sonrisa irónica en los labios.

—Eso es lo que dice la leyenda. La piedra se quedó allí en Cesarea de Filipo. Jesús lo sabía. Sabía que aquellos hombres sencillos, los discípulos, aún no estaban preparados, no podían comprender el mensaje contenido en una cosa tan vulgar, tan humilde como una simple piedra; para ellos, el Mesías era el poder, lo era todo... Cristo sabía que aquellos hombres expandirían su mensaje en la tierra, prepararían al mundo para la verdadera llegada, que se produciría con la construcción del verdadero templo... Dos mil años después del sacrificio en la cruz. Ellos, los discípulos, el propio Pedro, arrastraban sobre sus espaldas ese gran peso, quizá era pedirles demasiado, quizá el mundo aún no estaba preparado...

—¿Y los guardianes Moria? ¿Qué paso con ellos? —preguntó Miguel.

Álvaro se giró bruscamente hacia él:

—Ellos, sí, los legendarios Árboles Moria... buscaron el lugar. Durante siglos. Ellos sabían que debían estar alerta, mantener la llama encendida durante más de mil años. Jesús les habló del plan, ellos sabían cuándo encontrarían el secreto... Cuando los ejércitos de la cruz entrasen en Jerusalén...

—La epoca de las cruzadas... —dijo muy sorprendida María.

—Sí, se habla incluso de una fecha... 1126. Un sufí, un asceta la encontró, quizá por revelación divina, se dice que un ángel le guió hasta el lugar exacto y le señaló la piedra con la espada de fuego. Lo cierto es que este sufí la conservó hasta que llegaron los Moria... Después se dice que la piedra pasó a Europa, incluso se cree que los caballeros templarios ayudaron en algún momento a los Moria... Pero los caballeros de la cruz en el pecho desaparecieron... Y la reliquia quedó en el olvido en algún lugar, al sur de Cataluña. Por último, fue trasladada hasta la montaña sagrada de Montserrat... Gaudí la encontró, mejor dicho, le fue entregada cuando inició la construcción del templo... Gaudí se convirtió en uno de los caballeros Moria del pasado siglo. Él tenía la misión de colocar la piedra en algún lugar de la nueva Iglesia... ¿La clave de bóveda? Nadie lo sabe... Ésa es la piedra que Gaudí, antes de morir, entregó a tu abuelo. Eso, amigos míos, es lo que estáis buscando. ¿Dónde la escondió tu abuelo?

Álvaro dirigió los ojos penetrantes, brillantes como chispas, hacia María cuando hizo esta última pregunta.

—Quisiera creerte pero... Me parece todo tan absurdo... El cristianismo, Roma, la expansión del Evangelio, el poder... Todo eso sobre los cimientos de la nada... ¿Un imperio sobre la nada? Guerra, muerte, calamidades, siglos de matanzas entre religiones. Entre cristianos, mahometanos y judíos... El poder de los hombres, la corrupción... Ésa no podía, no puede ser la verdadera Iglesia de Cristo, su mensaje de amor y humildad… ¿Cómo se puede matar a miles de hombres y mujeres en nombre de un Dios que predica el amor, la paz, la comprensión entre los hombres? —María dijo estas palabras con el corazon. Pero Álvaro la interrumpió.

—Sé que parece todo muy fantástico… Lo sé. Quizá demasiado, pero entre los mahometanos, que es una de las religiones más numerosas del planeta, también hay científicos, hombres y mujeres que tienen sentido común, razonan más o menos como los cristianos, hay sabios, personas inteligentes, incrédulas… Ellos adoran una piedra, la Kaaba, símbolo de su poder, centro del mundo islámico… Incluso es un precepto visitarla una vez en peregrinación… Se trata de una piedra… ¿Leyenda? ¿Misterio? ¿Imaginaciones, fantasías…? Eso lo dejo a vuestro criterio, vosotros me habéis preguntado y yo simplemente os he explicado lo que sé… Pero de todas las reliquias perdidas del cristianismo, ésta quizá sea la más razonable, la más coherente. Aún hay otra cosa…

Se hizo un silencio tenso. El librero habló:

—Algunos dicen que es el Santo Grial, otros creen que ahí está el verdadero Evangelio escrito por Cristo… Todos buscan lo mismo… Poder. Seguramente hay gente dispuesta a matar para conseguir esa piedra.

41

El viejo, atado a media docena de máquinas y que no pesaba más de cuarenta kilos, le escuchó con atención. De vez en cuando, durante la lectura, un penoso quejido escapaba de la garganta del anciano. Entonces Jaume Bru se detenía, pero él le indicaba que siguiera. Bru terminó de leer el cuaderno.

Hubo un largo silencio que el anciano interrumpió.

—Debes entregárselo a Asmodeo; él sabrá lo que tiene que hacer.

—Es su famosa piedra, ¿verdad, padre?

—¡Qué mundo este! La juventud ya no quiere aprender nada, el mundo marcha patas arriba, los ciegos guían a otros ciegos y los despeñan en los abismos, los pájaros se arrojan antes de haber echado a volar, el…

—¡Déjese de citas, padre! Yo también he leído *El nombre de la rosa*.

El cadáver viviente, cuyo rostro daba miedo y parecía tener toda la edad del mundo, intentó incorporarse.

—Me he mantenido con vida sólo para ver cómo mi enemigo dejaba este mundo. Para que su plan no se cumpla. Y ahora estamos tan cerca…

—¿Esto vale dinero?

—¡Dinero, dinero! ¿Es que no te he enseñado nada?

—Sí, padre; todo. He llevado sus negocios mejor que usted.

—Yo no te enseñé a llevar los negocios. ¡Te enseñé una filosofía que tú rechazaste! Podías haber sido mi sucesor.

—Ya lo soy. Soy su heredero.

—No, tú no eres mi heredero. No quisiste ser el nuevo Asmodeo, mi sucesor.

—¡Bobadas, padre! ¿De veras creía que iba a perder mi tiempo con su maldita secta? Ya hago bastante manteniendo a toda esa pandilla de pirados que durante años estuvieron bajo su mando. El mundo ha cambiado.

—El mundo no ha cambiado, maldito imbécil. Salvo en que hoy es más descreído. Esto es una lucha entre la luz y las tinieblas. Tú eres un malvado sin ningún tipo de moral. Lo que no has comprendido es que el mal, como su contrario, es una filosofía, una forma de entender el mundo y de querer moldearlo. Existimos para negar a nuestro contrario. Yo hice el mal porque es mi naturaleza; tú porque te beneficias. He fallado como padre porque no supe moldear tu ser; no fui capaz de que vieras la luz de las tinieblas.

—Todo eso es palabrería. Yo hago lo que se me antoja, cuando se me antoja y como se me antoja. Puedo tomar cualquier vida y hacer con ella lo que quiera. Yo sé que puedo sembrar la desgracia en miles de personas si tengo ese capricho. Tengo poder, padre; mucho poder. Podría comprar este país veinticinco veces y aún me sobraría dinero para comprar el resto del continente. ¡No me venga con historias del diablo! ¡Yo soy el diablo! Puedo desafiar a cualquier hombre y a cualquier demonio.

—Eso mismo hizo Ulises y tardó años en regresar a su casa.

—Dios no existe y tampoco el bicho al que usted adora. ¿Qué quería? ¿Que me pusiera una capucha como todos sus pirados?

El viejo no contestó. Durante años había tenido esa conversación miles de veces con su hijo. Él se negó a ser su sucesor y tuvo que elegir a otro Asmodeo entre los miembros de los Hombres Ménsula. Aquel fracaso como padre no se lo perdonaría nunca.

—¿Por qué nunca has querido enviarme a un hospital?

—Aquí tiene todo lo que necesita. Toda una planta para usted solo y con todos los médicos y los cuidados que le hacen falta. Usted quería seguir viviendo, como una piltrafa, pero seguir viviendo. Eso es lo que he hecho, mantenerle con vida.

—Siempre vienes a verme, ¿por qué?

—Quería ver cómo se pudre.

El viejo sonrió.

—Veo que no todo está perdido. Eres un auténtico hijo de puta.

—Como usted, padre; como usted.

—Anda, vete. Dale el cuaderno a Asmodeo.

—Podría venderlo.

—¡No harás tal cosa!

Las máquinas aceleraron sus pitidos y la cara del viejo se encogió. Bru rió con ganas; le había tocado el punto débil. Su padre se revolvió entre las sábanas, su expresión mostraba un odio ciego a la vez que impotencia por estar dentro de aquel cuerpo moribundo y no poder saltarle al cuello.

—Creo que el Vaticano lo pagaría bien.

—¡No harás tal cosa!

—No, padre; no lo haré. Le hice la promesa de que recuperaría el cuaderno para usted y yo siempre cumplo mis promesas.

42

Jaume Bru esperó. Asmodeo no tardaría en llegar. Ya era muy tarde pero le dijo al servicio que estaba esperando una visita y que le hicieran pasar en cuanto llegara. Puso un disco para hacer más llevadera la espera, se sentó en su sofá preferido, después de servirse un brandy, y se colocó los cascos inalámbricos.

No podía dejar de pensar en el viejo que vivía en la planta de arriba, con todo un ejército de médicos y enfermeras para él solo. ¿Cómo podía aguantar tanto? No conocía a nadie con tal cúmulo de enfermedades y con un deterioro físico tan lamentable. Pero no sentía ninguna lástima por él. Lo odiaba profundamente, por eso lo mantenía cerca. Siempre le tuvo miedo, desde muy niño. Con el tiempo había conseguido tener un rostro tan terrible que su visión aterrorizaría al mismísimo Dorian Grey. Pero ya no le temía. Ahora no.

Bru recordaba que hubo una época en que sí le quiso. Pero su padre no admitía ningún tipo de muestra de ternura o afecto. Su padre siempre le apartaba a golpes. Aquello era para los débiles. Un hombre no debía querer a nadie; sólo a sí mismo. Le trataba como a un perro al que empezó a llamar Bitrú. Y el perro dejó de acercarse.

Lo mismo hizo con su madre, a quien volvió loca y terminó ingresada en un manicomio. Jamás dejó que la visitara.

—Está loca y los locos no son de este mundo. Olvídate, tú no tienes madre.

Pero sí la tenía. Y a veces se escapaba para verla. Pero ella ya no le reconocía. Tenía veinte años cuando su madre murió olvidada en una habitación acolchada.

—Entiérrenla —fue lo que dijo su padre cuando recibió la llamada telefónica informándole de su fallecimiento. Y colgó. No le permitió ir a su entierro.

Tampoco consiguió tener ningún amigo.

—Los amigos nos debilitan. Tenemos que oír sus problemas, ponernos en su lugar, hacer cosas juntos, felicitarles, enviarles algún regalo cuando tienen hijos, escuchar sus opiniones políticas. Uno tiene socios o gente que nos sirve.

Durante sus estudios en Londres recibió dinero, nada más. Su padre nunca le llamó, ni fue a visitarle. Cuando se graduó y regresó a casa su padre no estaba. Al entrar en su habitación le esperaban dos putas y una nota: «Que las disfrutes».

Y eso fue lo que hizo. No se veía con ánimo de contradecir a su padre.

Pero su progenitor tenía razón; aquella vida espartana terminó por fortalecerlo. Y cuando su padre le habló de que era el jefe de una extraña organización que, a través de los siglos, buscaba la mayor de las reliquias del cristianismo y que se enfrentaban a siete caballeros que también se perpetuaban en el tiempo, no pudo dejar de carcajearse en sus narices. Su padre se enfureció, pero ya estaba viejo y ahora no podía con él. No, él no estaba interesado en ser su sucesor en aquella payasada. Le importaba un pimiento que Gaudí fuese un caballero Moria o un jugador de baloncesto. No creía ni en Dios ni en el diablo. Él era muy mayor para perder el tiempo en asuntos paranormales.

Estaba pensando en todo esto cuando abrió los ojos y le vio frente a él. Bru se quitó los cascos.

—¿Cómo has entrado?

El enmascarado no contestó a su pregunta.

—No debiste actuar por tu cuenta —dijo.

—¿Qué hay detrás de esa máscara? Eres ridículo. Quítatela, estamos solos. Alguna vez me gustaría ver tu rostro, aunque intuyo que no será el de un Adonis.

—Te debes a mí. No debiste actuar por tu cuenta —repitió.

—¿A ti… quién te paga? No confundas los términos. Tú te debes a mí. Soy yo quien te financia a ti y a tu pandilla de tarados. He tenido que preocuparme yo de obtener el cuaderno porque los tuyos son unos incapaces.

—¿Qué sabes del cuaderno?

Bru no se dignó en contestarle.

—¿Y tu japonesa? ¿Qué sabe ella del cuaderno?

—No la metas en esto. Y no es mi japonesa. Ten cuidado, ¿me oyes? No la metas en esto o te arrancaré tu maldita alma a pedazos y se la daré de comer a los perros.

Bru se levantó y cogió el cuaderno que había dejado en la estantería.

—Toma.

El enmascarado lo tomó.

—Ve a visitar a mi padre; te está esperando —le dijo con un desprecio que no pudo disimular.

El enmascarado hizo ademán de irse.

—Por el ascensor interior. No quiero que nadie del servicio te vea. Pensarán que hay fantasmas en la casa. Y, por favor, otra vez llama antes de entrar.

No habría otra vez, se dijo el enmascarado mientras se alejaba. Había llegado el tiempo de la venganza.

43

Taimatsu llevaba un buen rato intentando atar cabos. Concentrada en el despacho de su pequeño piso, de vez en cuando se levantaba y buscaba algún libro en la estantería. Sobre la mesa tenía las fotocopias que había hecho del manuscrito; el ordenador, con algunas páginas de internet abiertas, parpadeaba.

Desde que dejó a sus amigos y después de leer con detenimiento aquellas fotocopias, una idea, aún vaga, crecía en su cabeza. Taimatsu intentaba darle forma y coherencia; en aquellas hojas y dibujos estaba la clave de lo que andaban buscando. La idea había empezado a crecer en ella desde la noche que dejó a sus amigos, después de la visita de su primo.

Pensativa, recordó el número, los símbolos que el padre Jonás escribió con su propia sangre antes de morir. Miguel estaba obsesionado con eso. Recordaba perfectamente la conversación. Delante de la primera cifra había un signo más grande... Miguel creía que era un cinco. Sólo era legible la parte inferior, ondulante. Taitmatsu se centró en ese aspecto... «¿Un cinco? No, no creo que Miguel esté equivocado... Podría ser un signo, quizá una letra... Una letra parecida a un cinco, veamos. ¿Una mayúscula...? ¿Una *c* al revés? ¿Qué sentido tiene? No, tampoco; Miguel estaba muy seguro, la letra o el signo del principio continuaban hacia arriba, se ondulaba... —Entonces puso delante de la cifra otro signo, la letra más sinuosa del alfabeto, es decir, la letra S—. S 118.22... Sí, podría ser, veamos lo que nos dice Google...»

Al primer intento no encontró nada, sólo páginas de estadísticas, reglamentos, catálogos... Reflexionó un instante. «Tengo que meter otra referencia... El padre Jonás muere asesinado y escribe S 118.22, dentro de una gran uve invertida... Probaré con Jonás S 118.22.»

Taimatsu tuvo un pequeño sobresalto al ver las referencias que aparecían en internet... entre ellas una página bíblica, con entradas a Jonás, pero también hay algo que la sorprendió: «¡Claro! ¡Un salmo!... El salmo 118.22». Tecleó y le apareció sobre la pantalla el texto que andaba buscando: «La piedra que desecharon los edificadores ha venido a ser la cabeza del ángulo». Estaba muy excitada y se preguntaba en silencio por qué el padre Jonás, antes de morir, hizo referencia al salmo 118.22 ¿Qué quería decir? No tenía ningún sentido. Continuó buscando en la red, notas sobre este salmo, párrafos que iba seleccionando y que copiaba en un documento que había abierto. Le aparecía mucha información, pero tenía que seleccionar; el caos de la red podía engullirla. Algunas informaciones hacían referencia a los Hechos de los Apóstoles, las Cartas de San Pedro y de San Pablo, y al mismo Jesucristo, quien hacía mención del salmo... Después de un buen rato de búsqueda, intentando no perderse entre tanto documento, encontró la siguiente explicación en la página web de una organización católica:

> El simbolismo de la roca no fue sólo un juego de palabras con el nombre de Pedro, sino que viene de la tradición del Antiguo Testamento y aun anterior a éste. En Is. 28, 16 leemos: «He aquí que yo he puesto en Sión por fundamento una pie-

dra, piedra probada, angular, preciosa, de cimiento estable» (Is. 28, 16). Voy a poner en Sión una piedra escogida y muy valiosa, que será la piedra principal y servirá de fundamento.

A partir de ese momento, en la mente de Taimatsu nació una nueva intuición, quizá una hipótesis. Pero aún no podía cantar victoria. Buscó entre las fotocopias el dibujo de una montaña; lo recordaba bien porque, en un principio, al verlo, pensó en el volcán Fujiyama. Aunque aparentemente, el monte más alto y más emblemático de Japón no guardaba ningún parecido con el monte Hermón, que era el que aparecía en el dibujo. El abuelo había escrito algo en aquel dibujo. ¡Allí estaba! Lo encontró. Sí, el dibujo y, debajo, la frase enigmática que había escrito: «A los pies del Hermón, en Cesarea de Filipo… El tercer ser viviente de la adoración celestial… 16,18».

Esta vez echó mano del Espasa para buscar información sobre el monte Hermón… Era el monte más alto de Palestina. En realidad, un volcán como el Fujiyama, pensó, sólo por eso le atrajo su atención. Según los geólogos se trataba de la roca más antigua de Canaán, donde nacía el río Jordán. La Biblia se refería a esta cumbre como un lugar celestial, de ascensión, y por tanto tenía una significación especial; un carácter místico para las tres grandes religiones monoteístas: judíos, mahometanos y cristianos. Y Cesarea de Filipo era la región que se encontraba precisamente a los pies del Hermón… De momento ya había establecido una relación, así que continuó investigando… «Bien, ahora veamos qué quiere decir "el tercer ser viviente de la adoración celestial". A partir de ese momento Taimatsu adquirió velocidad consultando los diccionarios y su ejemplar de la Biblia, pero al cabo de un rato desistió y volvió a internet. Introdujo en un buscador los términos «adoración celestial» y no tardó en hallar varias páginas del Apocalipsis de San Juan. La adoración celestial era concretamente el cuarto capítulo. Lo leyó en silencio desde el principio y cuando llegó al versículo 7 encontró lo que andaba buscando:

> 4, 7: El primer ser viviente era semejante a un león, el segundo era semejante a un becerro, el tercero tenía rostro como de hombre; y el cuarto era semejante a un águila volando.

A partir de aquí no le fue difícil comprender que estos cuatro seres vivientes relacionados con un símbolo eran los evangelistas. El primer ser viviente, el león, era Marcos; el segundo, el becerro, era Lucas; el cuarto, el águila, era Juan, y el tercero, el hombre, era Mateo. Taimatsu estaba tan satisfecha como una niña en una fiesta de cumpleaños: había logrado descifrar la frase del abuelo. Ahora ya sabía que el hombre, el tercer ser viviente de la adoración celestial, era el evangelista san Mateo. Le faltaba relacionarlo con el monte Hermón, con Cesarea de Filipo y con aquellos dos números 16, 18 del final de la frase.

Taimatsu lo vio muy claro: San Mateo, 16, 18. Era una cita evangélica: San Mateo, 16, 18. Buscó en el Nuevo Testamento el capítulo 16 y empezó a leerlo; a partir del versículo 13 el corazón le dio un vuelco:

> 16, 13: Viniendo Jesús a la región de Cesarea de Filipo, preguntó a sus discípulos, diciendo: ¿quién dicen los hombres que es el Hijo del Hombre?
>
> 16, 14: Ellos dijeron: unos, Juan el Bautista; otros, Elías; y otros, Jeremías, o alguno de los profetas.
>
> 16, 15: Él les dijo: y vosotros, ¿quién decís que soy yo?
>
> 16, 16: Respondiendo Simón Pedro, dijo: tú eres el Cristo, el Hijo del Dios viviente.
>
> 16, 17: Entonces le respondió Jesús: bienaventurado seas, Simón, hijo de Jonás, porque no te lo reveló carne ni sangre, sino mi Padre que está en los cielos.

16, 18: Y yo también te digo que tú eres Pedro, y sobre esta roca edificaré mi Iglesia; y las puertas del Hades no prevalecerán contra ella.

16, 19: Y a ti te daré las llaves del reino de los cielos; y todo lo que atares en la tierra será atado en los cielos; y todo lo que desatares en la tierra será desatado en los cielos.

El reloj de su ordenador marcaba las tres de la madrugada. Taimatsu llevaba no sabía ya cuántas horas buscando y por fin lo había encontrado. Volvió a repasar todas las notas, el salmo 118.22, la piedra desechada por los edificadores… la referencia a Isaías: «He aquí que yo he puesto en Sión por fundamento una piedra, piedra probada, angular, preciosa, de cimiento estable…». El monte Hermón, en Cesarea de Filipo, el tercer ser viviente, san Mateo… Todo conducía a… «¡Una piedra!», exclamó Taimatsu en la soledad de su estudio. Además, comprobó también que los otros evangelistas no hacían mención a este episodio. San Mateo era el único que hablaba de Cesarea de Filipo. ¡La piedra! «Gaudí le dio una piedra al abuelo de María. Ésta es la clave, el secreto… Sí, quizá fuera la roca que tocó Jesucristo cuando dijo: Pedro, sobre esta piedra edificaré mi Iglesia… ¡Una piedra que tocó el mismísimo Jesús de Galilea, el Hijo de Dios cuando anunció la creación de la Iglesia! Es extraordinario… ¡Una simple piedra, el fundamento de la Iglesia!»

En este instante se detuvo, no podía contenerse, su cerebro seguía adelante; tenía que llegar más lejos… Por su cabeza pasaban, se mezclaban muchas cosas, pensaba en el suiseki, el arte japonés… ¿Cómo sería esa pequeña piedra? Un fragmento de vida, una verdadera maravilla entre maravillas… Gaudí la tenía y la iba a utilizar para culminar su obra. La clave de bóveda de toda una vida dedicada a la arquitectura mística y cuya culminación sería un fragmento de piedra desechada por las grandes religiones monoteístas… Y los desechados de nuestro mundo, ¿quiénes eran? Los miserables, los desheredados, los pobres, los que no tienen nada… Sí, Gaudí iba a colocarla en algún lugar… El templo… «¡Lo tengo! ¡Estoy segura! No podría ser en otro lugar… Pero murió y el abuelo de María la escondió…»

Taimatsu, aunque no era católica, conocía perfectamente el simbolismo y la historia del arte cristiano, sus construcciones. Estaba realmente contenta. Había encontrado el secreto, no tenía dudas, sabía que esto era de capital importancia para Miguel y María; ahora ya sabían lo que estaban buscando. Sin más demora abrió el correo electrónico para mandarle a María un mensaje. Al teclear su contraseña, «hipóstila», tuvo una corazonada… Recordó el parque Güell. Ella, como experta en Modernismo, lo conocía muy bien de hecho, su contraseña para el e-mail la escogió pensando precisamente en la sala hipóstila del parque Güell, la sala con las ochenta y seis columnas de orden dórico que sostienen la gran plaza con el banco dragón ondulante. Taimatsu recordó la gran sala hipóstila de Ramsés II, que había visitado con Bru. Después de las pirámides ésta era la estructura más espectacular y significativa de la arquitectura egipcia. Y entonces vio claro que Gaudí, un cristiano con vocación mística, de alguna manera había introducido esta idea egipcia en su obra, aunque fuera simbólicamente… La Sagrada Familia era el templo abierto al pueblo. En cambio, había otro conjunto arquitectónico que por toda la simbología contenida en él, respondía claramente a un templo restringido a los iniciados… El parque Güell. La prueba era la columnata de la sala hipóstila que sostenía la terraza, el dragón, los bancos. En los templos restringidos al pueblo, los antiguos egipcios construían siempre una sala hipóstila, de techumbre sostenida por columnas. Era una sala de paso, de transición, previa al sanctasanctórum, donde sólo el faraón y algunos sacerdotes tenían acceso.

Por la mente de Taimatsu pasaron imágenes del parque Güell, referencias, libros, documentos que había leído… De repente, levantó la cabeza: «El compás… en el parque se hicieron rectificaciones… Creo recordar que había un compás en la escalinata principal. Sí, claro… Lo retiraron. Hicieron lo mismo con el huevo cósmico, que sustituyeron por el atanor al final de la escalinata… El compás… el padre Jonás en su mensaje dibujó un compás encima justo del salmo 118… Por tanto, la piedra está en el parque Güell, en el lugar en el que estaba el…

Con gran excitación escribió en el e-mail preparado para María:

> Es una piedra, no hay duda. La clave está en el Evangelio de San Mateo, 16, 18. Jonás dibujó un compás encima de la cita del salmo 118.22… Está en el parque Güell. Se hicieron varias rectificaciones, en la escalinata principal había un compás…

Un estremecimiento recorrió a Taimatsu. El enmascarado había entrado en su casa, en su estudio, y se encontraba detrás de ella. Notaba su aliento.

—No muevas ni un dedo.

Taimatsu, ante aquella voz imperativa, no pudo completar la frase, aunque ya había escrito lo más importante, la información que María y Miguel necesitaban.

Asmodeo se acercó a ella lentamente.

Taimatsu continuaba con las manos sobre el teclado. Estaba muy asustada… No podía escribir nada más. En la pantalla parpadeaba el cursor. Armándose de valor, sólo tuvo tiempo de desplazar un dedo y pulsar la tecla «intro». Envió el mensaje. Pero sus palabras quedaron grabadas en la pantalla. Entonces, para evitar que el enmascarado las viera y descubriera la clave, tiró del cable y el ordenador se apagó. En ese instante un bastón golpeó su mano e hizo trizas el teclado.

Otro bastonazo la alcanzó en la cabeza; se desmoronó pero no perdió el sentido y pudo oír la exclamación de aquel ser abominable.

—¡Maldita zorra japonesa! No importa… Tarde o temprano lo iban a descubrir… Todo está previsto.

Sintió dolor cuando le golpeó en las rodillas con precisión y Taimatsu pudo oír el chasquido de sus huesos al romperse. Luego la golpeó en los codos y la arrastró por el pelo brutalmente. Ella lloró, intentó gritar pero no pudo. Otro golpe sobre el hombro a la altura del cuello hizo que perdiera el conocimiento.

Cuando despertó la cabeza le daba vueltas y sentía dolor en las extremidades; era como si por el interior de sus piernas y brazos corrieran serpientes de cristal que desgarraban todos sus tejidos… Estaba atada a una silla de estilo modernista que le había regalado Bru. Un diseño de Gaudí, una verdadera joya. No podía ver nada, la lámpara de la mesa la tenía enfocada en su cara… Oyó la voz susurrándole al oído:

—Ahora vas a ser una niña buena… Y me vas a decir qué significan estos trazos sobre el plano de Barcelona… Estos círculos… Me vas a decir dónde está la piedra.

Taimatsu se miró los brazos y el horror la dejó casi sin aliento. En la muñeca tenía clavadas cuatro varillas o alambres metálicos que, por el interior de su cuerpo, le llegaban hasta los hombros. Las varillas estaban conectadas a un cable de corriente eléctrica y a una batería que ella no podía ver… Bajó la cabeza: otros alambres se introducían en sus piernas. Intentó forcejear y gritó con todas sus fuerzas presa de un espanto escalofriante. Un puñetazo en pleno rostro acabó con sus gritos. Luego notó una tremenda descarga eléctrica, breve pero con una intensidad tan dolorosa que le quebró la voz.

—Dios mío, ¿qué me está haciendo? Por favor, no… yo no sé nada…

Taimatsu inició un llanto agudo irreprimible. El enmascarado, tiernamente, le secó las lágrimas con un pañuelo blanco inmaculado y perfumado de agua de azahar, la flor del naranjo.

—Vas a ser una niña buena… Sólo quiero que me digas todo lo que sabes… Nada más… Si no contestas, voy a apretar de nuevo el pequeño interruptor que tengo en mi mano, la corriente eléctrica pasará por tus brazos, por tus piernas, por debajo de tu piel… No, no es de alta tensión… Qué barbaridad… No… la corriente eléctrica entrará en tu cuerpo y despacio, muy despacito, irá quemando tus tejidos internos, músculos, tendones, venas, capilares, todo… Todo al rojo vivo… ¿Comprendes? Te quemarás por dentro, hija mía, te asaré viva… pero no morirás; aunque sufrirás mucho, eso te lo garantizo… Notarás el fuego dentro de ti… Algunos que han experimentado este suplicio dicen que es el peor de los sufrimientos que un ser humano puede soportar sin perder la conciencia; claro que de esto se trata, mi querida niña.

—Por favor… Yo no sé nada… No quiero morir así. ¡Por favor, tenga piedad!

Taimatsu no quería volver a sentir aquella especie de cosquilleo, un hormigueo interno que le recorría los brazos y las piernas, igual que cuando se duermen; una sensación que fue aumentando hasta sentir un dolor intenso pero soportable.

Pero el enmascarado apretó de nuevo el interruptor. Taimatsu, al cabo de un par de minutos, gritó de rabia, después vino la desesperación… Náuseas, vómito y aquel dolor imposible de soportar… Espasmos. Movimientos bruscos e incontrolados. Taimatsu sentía como si millones de insectos se la estuvieran comiendo viva.

El enmascarado le limpió suavemente los labios mientras le iba diciendo:

—¿Sabes? El principio de este pequeño invento es muy sencillo, se trata de estimular el mayor número posible de terminaciones nerviosas, excitarlas, sin piedad… Es como un inmenso dolor de muelas por todo el cuerpo… Infinitas agujas de ponzoña perforando tu piel, barrenándola… ¿No sientes algo así como si fueras un cadáver en descomposición?… Millones de gusanos te comen por dentro, ¿verdad?

—Está loco —dijo ella débilmente.

—Sí, bueno; tal vez. Pero ése no es el tema. Hija mía, no entiendes nada. Quiero que experimentes en vida cómo va a ser la descomposición de tu propio cuerpo. El dolor producido por los gusanos devorándote, eso es lo que vas a sentir. Mi amigo, el doctor Mengele, médico de Auschwitz, fue el inventor de esta máquina y también de su maravilloso concepto… La idea es lo más importante. Él lo experimentó con cientos de niños judíos, incluso con recién nacidos unidos aún a sus madres por el cordón umbilical. ¿No te parece una genialidad? Su equipo médico realizaba el experimento con la madre y con el recién nacido al mismo tiempo. El doctor Mengele tenía la opinión de que éste era el momento sublime de la idea… El nacimiento y la muerte se tocan, son la misma cosa… Principio y fin. Se trata de invertir el tiempo biológico, caminar hacia atrás. De la muerte al nacimiento… ¿Comprendes? Tú ya estás muy crecidita para convertirte en un bebé, sin embargo, el experimento te va a hacer regresar mentalmente al pasado, quizá incluso podamos llegar al vientre de tu mamá. ¿Quién sabe?

—¡Dios, Dios! ¡Está realmente loco! —gritaba Taimatsu, quien, a pesar de su inmenso dolor, no podía creer que aquella barbaridad le estaba ocurriendo realmente—. Por favor… Se lo diré todo, todo… ¿Me quiere a mí? Puedo hacerle lo que quiera. Pero, por favor, no siga… ¿No tiene piedad? ¡Máteme de una vez si quiere! —Taimatsu dijo con verdadera rabia y decisión esta última frase.

El hombre de la máscara la miró a los ojos.

—No me interesa poseer tu cuerpo, sino tu alma… Voy a penetrar tu espíritu… Éste es el resultado del experimento, según las notas del cuaderno de Mengele… Por cierto, un cuaderno mucho más interesante que el que intentáis descifrar… Me lo vas a contar todo, ¿verdad?

—Sí, todo, todo lo que sé, se lo juro… No me importa que me mate… pero, por favor, otra vez no…

—Entonces sé buena chica y dime lo que quiero saber… ¿Dónde está?

—No lo sé, se lo digo de verdad… Créame. Pero sí sé de qué se trata.

—¡Y yo también, estúpida! ¡Pero lo que quiero saber es dónde ocultó el viejo la maldita piedra!

Taimatsu empezó a hablar. Le contó todo hasta donde habían llegado los tres paso a paso y el fruto de sus investigaciones.

—Sé que está en el parque Güell, si me da un poco de tiempo tal vez logre descubrir dónde.

—Tú ya no tienes tiempo. Tus amigos lo harán por ti.

—No podré resistirlo —imploró Taimatsu.

—Lo sé, hija mía, lo sé… De eso se trata.

Fueron tres largas horas de sufrimiento indescriptible. Lamentos, súplicas, vómitos, caricias. Pero había intervalos, minutos de descanso, que hablaron animadamente, incluso ella creía haber conseguido que el enmascarado cambiase de opinión, se compadeciese. Era un espejismo. Aquellos intervalos formaban parte de su maldad, de su perversidad y de su juego. El enmascarado disfrutaba.

—No tiene sentido que me haga esto.

—Más del que tú crees.

Y en el momento más inesperado llegaba de nuevo el dolor y el sufrimiento.

—Tranquila, no te preocupes, sé que sufres mucho… Esta

vez va a durar un poco menos, ya lo verás. Estoy entrando dentro de ti, preciosa... Te estoy penetrando.

El proceso siempre era el mismo. Y ella se iba desmoronando física y psíquicamente. Incluso lloraba y gritaba como una niña. El enmascarado presionaba el botón y después le secaba el sudor de la frente, hablaba con ella tiernamente. En algunos momentos Taimatsu creía que eran dos hombres distintos, uno bueno, muy bueno, y el otro un demonio. Taimatsu ya deliraba. Los niveles de vejación, de depravación en las palabras del enmascarado, en su modo de proceder, eran infrahumanos. El dolor laceraba sus extremidades. Ella ya no podía gritar y su voz se moría lentamente al igual que su cuerpo. Pero continuaba hablando, respondía a toda clase de preguntas y esperaba de nuevo el momento terrible.

En algún intervalo pensaba en su tierra, veía el monte Fujiyama y el monte Hermón, las dos montañas transparentes se superponían una encima de otra. También deseó ser un samurái y abrirse las tripas, hacerse el harakiri. Taimatsu ya no tenía fuerzas para seguir resistiendo, el enmascarado era paciente, lento de movimientos, se lo tomaba todo con mucha calma, incluso le acariciaba el pelo, la mejilla...

—Venga, un poco más. Lo estás haciendo muy bien... Eres una niña muy valiente. Ya casi he llegado al orgasmo, qué placer... ¿No notas cómo entro dentro de ti ahora que ya te estás convirtiendo en un bebé?

—Está loco, loco. —Y no sabía si lo decía en voz alta o para sí misma.

Y el suplicio continuó.

Al fin, cuando rayaba el día el enmascarado le arrancó brutalmente, de un tirón, los alambres introducidos en el cuerpo. Ella ya no sentía ningún dolor. Notó cómo los alambres salían de sus brazos y piernas y descansó. Respiraba con ronquidos forzados. Pero ya había pasado todo, pensó.

—Una verdadera lástima… Ahora ya no hay vuelta atrás, hija mía… Sé que me has dicho la verdad. Estoy convencido… ¿Quieres que empecemos de nuevo?

Taimatsu negó con la cabeza, tenía los ojos en blanco. No podía hablar, sólo emitir un balbuceo agónico. El enmascarado la acarició y la besó en la frente presionando suavemente con los labios metálicos de la máscara. Ella tenía la mirada perdida, los ojos entreabiertos, jadeaba… Unas gotas de sangre caían lentamente por los orificios de las muñecas y los tobillos. El enmascarado secó pulcramente las gotas con su pañuelo.

—Lo siento; los desgarros, las quemaduras internas son tan graves que ya no puedes salvarte… Vas a morir, hija mía, y descansarás… Toma, besa mi anillo, te reconfortará y luego bebe un poco… Ahora estás llena de mí.

Sin voluntad abrió los labios, abultados y amoratados. El hombre de la máscara veneciana le embutió violentamente la botella por la garganta, antes que pudiera cerrar la boca. Después, ya vacía, la retiró de su boca y le introdujo un pañuelo blanco empapado del mismo líquido… Era alcohol de azahar.

—Tranquila, será un momento… Hay que acabar la función.

Prendió fuego al pañuelo con un mechero y se apartó.

Una llama azulada salió por la boca de Taimatsu. El tórax y el abdomen vibraron unos segundos. Por debajo de su piel, el color cambió bruscamente. Se estaban quemando sus vísceras, su estómago, su garganta… El dolor era muy intenso, la quemazón duró unos minutos insufribles, ella resistía despierta hasta la extenuación. El hombre de la máscara miró por la ventana, la luz crecía aprisa, le hubiese gustado mantenerla viva hasta el fin, quizá hubiese durado una hora más. Pero tenía que irse; levantó su bastón y golpeó; con precisión en la clavícula de la muchacha. Perdió el conocimiento con un ahogo de voz de ultratumba.

Pero no murió, aunque ya no despertaría jamás.

44

—Me siento mal.

—María, no podemos dar marcha atrás. Esto es importante, no podemos perderlo de vista. Sabes perfectamente que soy una persona escéptica. Dudé mucho antes de meterme pero ahora no podemos abandonar —dijo Miguel y dejó el juego de fotocopias del cuaderno sobre la mesa.

Miguel se había instalado prácticamente en casa de María. No estaba dispuesto a dejarla sola ni un instante.

—Han muerto demasiadas personas, mi abuelo, el padre Jonás… Además, he metido en este asunto a los que más quiero en el mundo, quizá hasta Taimatsu esté en peligro por mi culpa. Nunca me lo perdonaría. Y tengo la sensación de que no hemos avanzado nada… La historia del cuaderno, los acertijos… No sabemos nada. Es como si en todo este tiempo no nos hubiésemos movido. Estoy desconcertada, creo que entramos dentro del laberinto y ahora nos es imposible salir, nadie puede hacerlo, ni mi abuelo…

—No. Ahora sabemos qué buscamos. Es una piedra. Lo que debemos averiguar es dónde se encuentra. Te olvidas de una cosa, María… Recuerda la frase que había escrita en el cuaderno… «Lee con el corazón y no con la razón y encontrarás la verdad en la última puerta que se cierra detrás de mí.»

El epitafio de la tumba de tu abuelo. Ahí creo que está la clave de todo.

—Ahora vemos en un espejo, en enigma…

—Sí, María… Estamos atrapados en el reflejo de los espejos, éste es el peor de los laberintos, el infinito. Por favor, escúchame… Cada vez lo veo más claro, tu abuelo no podía hablar abiertamente, tenía que esconder el secreto. Él también lo comprendió observando la obra de su maestro Gaudí. Es demasiado grande, hay demasiada gente interesada en que todo fracase.

—No te entiendo, Miguel…

—Yo tampoco tengo respuestas. Pero creo que la llave para salir del laberinto, del enigma, está en ti… sólo tú, María, puedes encontrarla. Tenemos que pensar, encontrar un camino.

—El camino de las estrellas.

—¿Cómo dices?

—En el cuaderno hay muchas referencias a las estrellas. Ellas dibujan todos los caminos. Hänsel y Gretel volvieron a casa porque descubrieron esto, como los antiguos navegantes, cada estrella era la llave de una puerta… Porque el verdadero tesoro es el camino… Venimos de las estrellas y vamos hacia ellas… ¿Qué piensas?

—Estoy dándole vueltas a todo. Espera un segundo… Como sabemos, Gaudí en sus estructuras utilizaba el arco paraboloide hiperbólico, un arco raramente utilizado por los arquitectos por ser considerado antiestético… Sin embargo, Albert Einstein en su teoría de la relatividad dio forma de paraboloide hiperbólica al universo. Además, Gaudí en su forma de trabajar, en sus maquetas… existe también una relación entre lo que está arriba y lo que está abajo. Gaudí construía sus modelos en maquetas funiculares.

—Creo que *funiculum* en latín es cordel. Una maqueta de cordel. Sí, algo de esto nos explicó Conesa.

—La maqueta funicular —prosiguió él— es una aportación de Gaudí para el sistema de cálculo de estructuras equilibradas. Así es como los antiguos descubrieron la geometría, la matemática…

—Con un cordel.

—Sí, María, Gaudí ataba un cordel al techo por dos extremos, quedaba suspendido en el aire; entonces colgaba pesos, éstas eran las cargas. La intensidad, la dirección de estas cargas que actúan sobre el cordel establece una curva funicular, una paraboloide que tiene su propia ecuación. Sabemos que Gaudí, cuando tenía establecido todo el complejo equilibrio de cargas en esta maqueta de cordeles, utilizaba papel de seda para darle volumen. Y también que hacía fotografías, las invertía y ya tenía una proyección, una o varias imágenes del edificio que quería construir. Así de fácil. Pero Gaudí sobre todo aprendió mirando la naturaleza, no se trata de la forma exterior sino de la estructura interna. En la naturaleza, en el código genético de todas las criaturas vivas existe un modelo de crecimiento basado en el arco paraboloide… En los animales, los huesos, tendones, los músculos, y en los vegetales, las fibras, tejidos leñosos, todas las células de los seres vivos forman un complejo sistema en donde las fuerzas, las estructuras vivas establecen un equilibrio dinámico. Es un equilibrio radicalmente distinto al de la balanza, que es estático. La naturaleza siempre cambiante debe sostenerse, busca a cada momento su centro de gravedad. Todos los seres vivos construyen su arquitectura orgánica con este modelo interno, en donde se funde la geométrica, la física, la mecánica… Todo está justificado, todo es racional, nada sobra ni falta, cada pieza tiene su sentido… Gaudí aprendió y aplicó eso, la arquitectura interna de la vida, éste era su modelo geométrico en donde se funde la estética y la estática, sus formas arquitectónicas son un reflejo, un espejo de la naturaleza. Quizá sólo sea una casualidad pero existe en esa concepción global de la arquitectura, incluso en esa peculiar forma de trabajar que tenía el maestro, una extraña simetría…

—¿Adónde quieres llegar?

—El reflejo, siempre el reflejo. La arquitectura concebida en todos sus momentos como un inmenso espejo de la creación del universo, de la realidad… Incluso en las maquetas. Así en la tierra como en el cielo…

—Lo que está arriba es como lo que está abajo. ¿La simetría de los espejos? Ahora vemos en espejos, en enigma… La carta de San Pablo a los Corintios.

—Puede que todo tenga algún sentido. La arquitectura entendida como el arte sublime, un reflejo humano, la construcción de un espejo de lo divino. Creo que tu abuelo en el epitafio te dio la última respuesta, una respuesta que está en ti, María… Además, tu nombre. ¿Sabes que María significa «Espejo del Cielo»?

Miguel tenía un presentimiento. Era sólo una intuición, una corazonada perdida en aquella noche sin luna. Una tormenta de verano había provocado diversos apagones en la ciudad, sobre todo en las farolas de las vías públicas. Una avería que en poco tiempo estaría arreglada, al menos eso habían dicho las autoridades. Barcelona sin luz en la calle era distinta, incluso desde el paseo de Gracia se podían ver muchas más estrellas que en otras noches…

—María, vamos a Montjuïc… Tengo que mirar una cosa. No puedo decirte nada. Vamos.

Ella lo siguió, tomaron el coche y en pocos minutos estaban aparcando en una explanada, tenían Barcelona a sus pies, con muy pocas luces, sólo las de las casas y edificios, las farolas públicas estaban apagadas, eso sólo era suficiente para contemplar un cielo estrellado como nunca habían visto.

No salieron del coche, se miraron, se amaban, desde hacía

un tiempo intentaban salir del laberinto sin encontrar nada. Se sentían perdidos, sólo se tenían el uno al otro. Se abrazaron. María estaba desolada; sin embargo, la presencia de Miguel a su lado le transmitía un sentimiento inexplicable. Más que nunca tenía ganas de hacer el amor con él. Miguel la besó tiernamente en los labios.

En el coche, se quitaron la ropa y sus cuerpos temblaron uno junto al otro, como si fueran dos adolescentes. Hicieron el amor sin pensar en nada. Todo se había detenido, incluso aquel cielo estrellado de Barcelona parecía estancado en una laguna del tiempo. El relámpago del orgasmo los dejó exhaustos. María se recostó contra el pecho de Miguel. Él acariciaba su espalda desnuda; mientras contemplaba las estrellas, pensaba en muchas cosas a la vez. Su mirada se quedó fija en un punto del firmamento, era la constelación de la Osa Mayor, que estaba justo encima mismo del cielo de Barcelona. Aquélla era la constelación del Dragón, el guardián del Jardín de las Hespérides. El que le había transformado una noche parecida a aquélla. Los párpados se cerraron pero en su imaginación resplandecían los puntos luminosos del Carro, de las estrellas que forman la Osa Mayor. Recostó su cabeza sobre el cuello de ella. Lentamente abrió los ojos, la espalda de María era blanca como la nieve y resaltaba en la oscuridad de la noche. Miguel la recorrió con la vista, fue siguiendo el grupo de pecas dispersas que la cubrían. Esas mismas pecas que había descubierto en su cuerpo el mismo día que supo que la amaba con todas sus fuerzas. De repente, tuvo un sobresalto se apartó un poco para ver mejor la espalda. María notó el cambio.

—¿Qué pasa, Miguel?

—María, las pecas de tu espalda…

—¿Qué les pasa? Sí, soy muy pecosa, de pequeña aún lo era más, ya lo sabes…

—Es que no me lo puedo creer.

346

—Pero dime, ¿qué está pasando?

—Es la Osa Mayor, María, en tu espalda: ¡coinciden con la Osa Mayor!... En tu piel... Mira el cielo.

María se incorporó y miró por el cristal delantero: la Osa Mayor estaba justo encima de la ciudad.

—No puede ser... No es posible...

—¿Qué pasa?

—Eres tú, María, en ti está la clave... Ahora lo comprendo todo. Precisamente en tu espalda está dibujado un mapa estelar, la Osa Mayor. Tu abuelo lo sabía. Te lo dijo, pero no supimos entenderle.

—Puede que sólo sea una casualidad... Pero ¿qué tiene que ver todo esto con...?

—Así en la tierra como en el cielo. Ahora vemos a través del espejo... ¿No lo comprendes? Salgamos fuera, quiero comprobar algo y si estoy en lo cierto creo que podremos salir del laberinto...

—¡Pero es que estoy desnuda!

—¡Pues ponte algo!

Se vistieron. Miguel extendió sobre el capó del coche un plano de Barcelona y fue marcando con un círculo las obras más importantes que construyó Gaudí. Luego unió los círculos entre sí a través de líneas rectas.

—¡Esto es increíble!... Las principales obras de Gaudí construidas en Barcelona forman una constelación que coincide con la Osa Mayor... Mira el cielo, María, es como un inmenso espejo. Así en la tierra como en el cielo.

—Pero...

—Ahora todo parece más claro. Sólo nos falta comprobar una última cosa. Recuerda las palabras de aquel hombre. Era uno de los siete caballeros, llevaba el medallón con la letra Beta, él descifró el mensaje del padre Jonás. ¿Lo recuerdas?

—Meeerac... ¿no fue ésa la palabra que dijo antes de morir?

—Sí… Tengo un presentimiento, si este nombre está relacionado con la Osa Mayor, ya no tendré dudas. Creo que podremos descifrar los siete acertijos del cuaderno de tu abuelo.

María estaba desconcertada. Los ojos de Miguel se iluminaron.

—Debemos volver a casa inmediatamente.

Entraron en el coche y sin decir palabra regresaron al límite de la velocidad permitida. Quince minutos después estaban delante del ordenador. Poco después ya tenía lo que quería.

—¡Eureka!

María estaba a su lado y pronunció:

—Dubhe, Merac, Pechda, Megrez, Aliot, Mizar/Alcor, Alcaid… Los nombres de las estrellas de la Osa Mayor. Pero además, las constelaciones se ordenan con las letras del alfabeto griego…

—Merac… Era Merac, que corresponde a la letra beta.

—No te comprendo…

—Cuando salí de la biblioteca, el monje me habló del padre Jonás y nos ayudó a descifrar el mensaje. Cuando le dispararon por la espalda…

—Sí…

—Murió en mis brazos pronunciando esta palabra… Merac. Es realmente alucinante. ¿Lo ves? Merac es una de las siete estrellas de la Osa Mayor… Y cada estrella está asociada a una letra del alfabeto griego y a cada uno de los siete caballeros: alfa, beta, gamma, delta, épsilon, zeta y eta… ¿Te dice algo esto, María?

—¿Los acertijos del cuaderno? Sí, son siete y tienen estos nombres…

—No puede ser una simple casualidad, María, no lo creo. La Osa Mayor está en ti, tú eres el reflejo del cielo. Gaudí construía sus edificios en Barcelona siguiendo la constelación de la Osa Mayor, la misma que tú llevas grabada en la piel…

Una constelación en donde cada estrella tiene un nombre…

—Y una letra del alfabeto griego… En total, siete. Creo que todo encaja. Ahora sí que reconozco a mi abuelo. Estoy segura, los siete acertijos corresponden a las siete estrellas… ¿Pero?

—Ya tenemos las pistas para resolver los acertijos… Ahora ya sabemos dónde buscarlos. Tú eras el mapa.

—La mitad del mapa, ¿recuerdas? —dijo María.

—Sí, la otra mitad estaba en el dragón. Eso decía el cuaderno.

Miguel buscó en la estantería.

—¿Qué haces?

No contestó. Era un libro de fotografías de las obras de Gaudí. Miguel buscó la imagen del dragón de la finca Güell y entonces lo vio claro.

—¡Dios! ¡Estaba claro y no supimos verlo! ¡El dragón nos lo estaba diciendo! —decía Miguel vivamente excitado mientras con un lápiz rojo trazaba líneas sobre la fotografía del dragón.

—¿Qué estaba claro?

—La forma del dragón de la tercera puerta es la misma que la posición de las estrellas en la constelación del Dragón y de Hércules. Su cola describe la Osa Menor y señala la posición de las estrellas mediante las bolas puntiagudas —dijo mostrándole el dibujo.

—¡Es cierto! —exclamó ella con un asombro que no pudo disimular.

—Y tú eres la parte del mapa que faltaba: la Osa Mayor. Mira.

Entonces volvió a coger el mapa estelar y el mapa de Barcelona donde había señalado la constelación.

—Así en la tierra como en el cielo. Lo que está arriba es como lo que está abajo… Ahora vemos a través de espejos. Estas dos claves coinciden plenamente. No puede estar más claro… La estrella Dubhe es alfa, Merac es beta, Pechda es gamma, Megrez es delta… Éste es el carro y los tres bueyes que lo arrastran son Aliot, que corresponde a la letra épsilon, Mizar/Alcor es zeta y la última, Alcaid, es la letra eta…

Miguel tomó el plano de la ciudad con los edificios construidos por Gaudí marcados con un círculo y les fue asignando la estrella de la Osa Mayor que le correspondía, con la letra del alfabeto griego.

María, de repente, lo comprendió todo.

—Es realmente increíble. La Casa Vicens es alfa; beta el parque Güell; gamma, la Sagrada Familia; delta La Pedrera…

Miguel continuó:

—Épsilon, la Casa Batlló; zeta es la Casa Calvet y eta el palacio Güell…

—Las siete letras del alfabeto griego corresponden a una estrella de la Osa Mayor y a una obra de Gaudí…

—Creo que hemos hallado la manera de resolver los acertijos…

—¡Y sólo nos queda un día!

Tenían ganas de llamar a Taimatsu para contárselo todo. Habían encontrado un sentido, una relación y quizá podrían descifrar los siete enigmas del cuaderno. Era ya muy tarde y decidieron no molestarla a esas horas; al día siguiente viajaba a París con el primer avión, la llamarían por la mañana. Aunque sabían que Taimatsu debía ausentarse unos días de la ciudad, seguramente le alegraría saber lo que habían descubierto; además, sus conocimientos sobre la obra de Gaudí les serían de gran ayuda, si todo lo que pasaba por la mente de Miguel y María se confirmaba…

María fue a buscar las fotocopias que, previsoramente, hizo su amiga. Buscó la página de los acertijos, hizo una copia en la impresora multifunción y en cada letra escribió el edificio correspondiente:

ALFA. Casa Vicens
Entre palmeras y claveles gira el sol del alma.

BETA. Parque Güell
Vida le da la luz, aunque no tenga cien pies, para encender el horno de la noche que alumbra los frutos del Jardín de las Hespérides.

GAMMA. Sagrada Familia
Debes contar el número de una escalera sin peldaños para poder ver el signo que encierran los cuatro lados.

DELTA. La Pedrera
Tu madre es el agua, tu padre es el fuego. No eres nave y viajas en el tiempo hundida en los cimientos de la nueva ciudad que contemplan los guerreros.

ÉPSILON. Casa Batlló
Ni los fuegos de San Telmo pueden iluminar tus ojos perdidos en las tinieblas.

ZETA. Casa Calvet
Sabia locura es, aunque la veas, no la encontrarás encima del ciprés.

ETA. Palacio Güell
En la primera letra de esta morada, los magos vieron la cruz y el corazón de la luz de María Inmaculada.

—Tenemos trabajo, debemos recorrer Barcelona, buscando en las obras las estrellas que forman la Osa Mayor, la resolución de los acertijos.

—Pero antes tenemos que pensar, buscar información de los edificios.

—Y no podemos perder el tiempo.

45

Amanecía cuando aún estaban dándole vueltas a los enigmas. Miguel miró su reloj. Eran las seis de la mañana. Veinticuatro horas. Ése era el tiempo que les quedaba.

Pero ¿qué sentido tenía el recorrido? ¿Por qué el abuelo les obligaba a ir de edificio en edificio? ¿Les llevaría hasta la piedra? Estaba claro que debían ponerse en marcha, ya habían perdido demasiado tiempo estudiando las fotocopias, dándole vueltas a los acertijos.

—Debemos movernos —dijo Miguel después de hacer una fotocopia de la página de los acertijos y guardársela en el bolsillo.

María no contestó.

Miguel se volvió hacia ella. Se había quedado adormilada sobre la mesa sin que él se diera cuenta.

Iba a despertarla cuando sonó el móvil.

—Soy Álvaro. Tenéis que pasar por la librería. Es importante.

—¿Ahora?

—Ahora.

—¿De qué se trata?

—Por teléfono no. He estado investigando y creo que tengo algo.

—Bien, en una hora.

—En media. Y no tardes.

Álvaro Climent colgó. Miguel miró su reloj. Eran las nueve y cuarto. Tenían menos de veinticuatro horas.

Miguel despertó a María besándola en el cuello y dándole un ligero masaje en la espalda.

—Debemos irnos. Ha llamado Álvaro y parece que tiene algo importante que contarnos.

Un coche de policía esperaba en el portal. Mortimer quería verles en las dependencias policiales de Vía Layetana, les informó el agente. Miguel iba a negarse, pero lo mejor era quitarse a la policía cuanto antes y encontrarse con Álvaro.

—Tienen que explicarme muchas cosas —dijo Mortimer después de hacerles entrar en uno de los despachos de la primera planta.

—No sé por dónde empezar —dijo Miguel.

—Empezando —añadió Mortimer en un tono poco conciliador.

Nogués observaba toda la escena en silencio.

El interrogatorio fue largo y pesado. María y Miguel estuvieron echando balones fuera en todo momento. No se fiaban de aquel policía. Además, ¿qué podían decirle? La historia era como para que les encerraran no en una cárcel sino en un manicomio.

—¿Saben que ocultar pruebas en una investigación policial es un delito? —dijo Mortimer después de media hora de incesante interrogatorio.

—Le digo que no tenemos nada. No sabemos qué pintamos en esta historia. Ni siquiera sabemos de qué va.

—Para no saber de qué va ha estado usted en todos los lugares donde se ha cometido un crimen. ¡No me cuente películas y dígame lo que sabe!

—¿Cree que yo he participado en todos esos crímenes?

—No. Lo que creemos es que usted sabe algo que puede echar luz sobre todos ellos, que pueden ayudarnos en nuestras investigaciones y no comprendo por qué no lo hacen —intervino Nogués con un tono mucho más amable que el de su jefe.

—A mi abuelo lo mataron y ustedes deben averiguar quién lo hizo —dijo María.

—Sí, ya sé que es nuestro trabajo. Pero nos facilitaría las cosas el hecho de que no nos ocultaran nada, que nos ayudaran a establecer la conexión entre todos esos crímenes. ¿Cómo está tan segura de que su abuelo fue asesinado?

—No pudo suicidarse. De eso sí estoy segura.

Continuaron haciéndoles preguntas. Pero ellos se mantenían en sus trece.

—¿Sabe que con lo que tenemos podemos encerrarle? —dijo Mortimer a Miguel.

No contestó.

—Pueden irse —dijo Mortimer con un tono de pocos amigos.

Cuando salieron del despacho, Nogués abrió una carpeta que tenía sobre la mesa.

—Están limpios, jefe. Son dos ciudadanos normales. Hemos investigado sus cuentas, les hemos rastreado. Nada fuera de lo normal. No pertenecen a ninguna secta ni partido político. Se gastan el dinero como todo el mundo, votan a la izquierda, pagan hipotecas. Los tenemos controlados. Expedientes brillantes. Ya sabe, ella es historiadora y él un prestigioso matemático que da clases en la universidad. Un auténtico cerebro. Va para el Nobel. Ningún vicio inconfesable. La última película que alquilaron en el videoclub fue *Jules et Jim*.

—¿Qué es eso?

—Una vieja película francesa. Va de amor.

Nogués siguió revisando el expediente. Mortimer, de reojo, contempló la maldita marca del anillo que Nogués se quitaba para trabajar. Decididamente se dio cuenta de que su duda, aquella pequeña obsesión que se filtraba en su pensamiento, no era nada, un fantasma que se desvanecía nada más contemplarlo o escuchar su vocabulario.

—Hay un dato curioso. El matemático, de joven, fue campeón de España de esgrima.

—¿Esgrima?

—Eso he dicho, jefe.

—O sea, que son dos buenos ciudadanos que pagan impuestos y están sujetos a una nómina.

—Normales, jefe; ya le digo.

—Pues estamos jodidos; seguimos sin tener nada.

Mortimer salió y Nogués se quedó solo leyendo el expediente. Desde luego se trataba del caso más extraño que había caído en sus manos. ¿En qué lío se habían metido aquellos dos tortolitos? Si jugaban a detectives lo tenían bastante mal. Aquello pintaba chungo, pensó Nogués. Debería revisar los archivos que tenían en las dependencias sobre sectas satánicas. El último cadáver encontrado en el aparcamiento le había desconcertado. ¿Qué hacía un ucraniano metido también en aquel asunto? Porque era claro que se trataba del mismo caso. No era un ajuste de cuentas entre bandas del Este. Aquellos tipos violentos se freían a tiros entre ellos y no andaban cortándose la cabeza con una espada. En eso estaba cuando entró su jefe de nuevo.

—Tenemos dos más.

—¿Dos más? ¡Menuda mañana nos espera, jefe!

—Un tipo quemado vivo en el interior de una librería y una japonesa.

—¿También quemada viva?

—Sí, pero por dentro.

—¿Dónde vamos primero?

—Tú a la librería. Yo me encargo de la japonesa.

46

Bru no podía creer lo que un policía le comunicó por teléfono. Cuando llegó a la casa de Taimatsu ya no estaba; una ambulancia la había llevado al Hospital del Mar.

Él mismo condujo el vehículo. Aparcó en batería frente al mar. Se presentó como jefe y amigo de la chica y le condujeron hasta el depósito. Al verla quiso morir. Taimatsu era como una quebrada flor de loto sobre una mesa de disección. La reconoció. Hizo esfuerzos por no llorar y no derrumbarse delante de toda aquella gente. Bru no había llorado desde que era un niño. Ni siquiera lo hizo cuando murió su madre. El odio que experimentó hacia su padre en aquel momento fue más fuerte que todo el dolor que sintió cuando se enteró de la muerte de su madre. Aquel cabrón no le permitió ir a verla.

Salió del hospital y se acercó al paseo Marítimo que daba a la playa de la Barceloneta. Deseaba tirarse al mar. Nadar y nadar hasta agotarse, adentrándose en él. Y luego hundirse en él hasta no sentir ningún dolor. Pero antes tenía algo que hacer. Aquella salvajada la pagarían cara. Acabaría con todos ellos.

Al acercarse a su coche vio llegar al tío de su chica. Ahora no podía ni debía enfrentarse a él. Los asuntos con Fumiko quedarían para más tarde. No opondría resistencia. Ya no le quedaba nada.

47

Un cordón policial impedía el acceso a la calle Freixures des- de Sant Pere Més Baix. Dentro de la calle un camión de bom- beros acababa el trabajo. Un humo negro y espeso lo invadía todo.

Miguel y María se acercaron hasta la cinta amarilla. Un po- licía les impidió el paso.

—¿Qué ha ocurrido? —preguntó Miguel.

—Se ha quemado una librería.

—¿Había alguien dentro?

—El librero. Por favor, márchense; no estoy autorizado a dar ningún tipo de información.

—Le conocemos; somos amigos del librero.

—Lo eran; al parecer ha muerto. Se han llevado el cadáver en una ambulancia.

Se separaron de la cinta. Miguel miró hacia el fondo. Le pa- reció reconocer al ayudante de Mortimer entre los policías y bomberos que se habían agolpado en la entrada del estableci- miento.

—Tenemos que irnos de aquí. No podemos exponernos a que Nogués nos vea —dijo Miguel.

—Le han asesinado.

—Eso es evidente; no se trata de un incendio fortuito.

Cuando me llamó parecía muy nervioso. Había descubierto algo y quería pasarnos la información.

—¿Y ahora qué hacemos?

—Irnos. Tenemos mucho que hacer… antes de que también nos maten a nosotros.

48

Le anunciaron la visita y Bru ordenó que les dejaran pasar. Les estaba esperando; Bru sabía que no tardarían en presentarse frente a él para pedirle cuentas. No le importaba. Casi lo deseaba. Sólo entró Yasunari, los otros dos japoneses esperaron fuera.

Yasunari y Bru se miraron, pero sin odio. Yasunari, mientras se dirigía a casa de Bru, había imaginado mil y un tormentos. Pero su padre había sido claro: Bru debía morir con dignidad; la que le negaron a Taimatsu. Se lo debía a ella. Yasunari no estaba de acuerdo; él le había hecho sufrir. Pero cuando Yasunari se enfrentó a la mirada de aquel hombre abatido, se dio cuenta de que estaba equivocado. Bru amaba a Taimatsu. Bru ya no estaba en este mundo y sólo anhelaba, si es que existía un más allá, reunirse con Taimatsu.

—Es la hora —dijo Yasunari ofreciéndole el estuche que contenía la espada de samurái.

—Lo sé; pero necesito diez minutos. No temas; no escaparé.

El japonés dudó.

—Diez minutos, Yasu. Si no me los concedes me veré obligado a matarte. Y no dudes que lo haré. Diez minutos —repitió—. Luego puedes hacer conmigo lo que quieras.

—Bien, esperaré.

Bru salió del despacho.

Bru le ordenó a la enfermera que abandonara la habitación. Ella dejó el libro que le estaba leyendo al enfermo sobre el sofá y salió.

—Debe de ser muy importante lo que tienes que decirme para venir a visitarme a estas horas e interrumpir la lectura —dijo el esqueleto viviente con un hilo de voz.

Bru no pudo evitar leer el título de la portada del libro. A aquel cerdo le estaban leyendo a san Juan de la Cruz.

> *Y si me gozo, Señor,*
> *con esperanza de verte,*
> *en ver que puedo perderte*
> *se me dobla mi dolor;*
> *viviendo en tanto pavor,*
> *y esperando como espero,*
> *muérome porque no muero.*

Tras recitar los versos, el viejo decrépito dijo, chasqueando la lengua:

—Un excelente poeta. Ninguno ha hablado de nuestro Dios como él del suyo.

—Yo no tengo Dios.

—¿Has venido a hablarme de teología? —bromeó el viejo.

Bru le hubiera arrancado el corazón en aquel momento con sus propias manos.

—¿Por qué ordenaste matarla? ¿Qué daño te había hecho? Y de una forma tan… —Se le quebró la voz y no pudo continuar.

—…¿Brutal? Yo no ordené hacerlo; pero me pareció una excelente idea.

—¿Por qué?

—¡Por qué! No hay un porqué. O quizá sí. Eres débil, hijo. No has aprendido nada.

—La amaba.

El viejo le miró con odio y con asco.

—Ésa es la razón. ¿No te has dado cuenta de que el amor te convierte en un esclavo?… ¿Qué querías?… ¿Compartir el resto de tu vida con ella? ¿Eso es lo que te he enseñado?

—Tú… tú… —Bru no sabía cómo continuar—. ¡Tú no me has enseñado nada! Tú nunca quisiste un hijo sino un animal con un corazón salvaje.

—Te equivocas. Siempre he pretendido tu ascenso espiritual. Tenemos un alma y la tuya pertenecía al infierno. Si hubieras comprendido alguna vez la enorme dicha que encierra el mal; ese estado de gracia infinito, ese fuego interior que te quema por dentro incesantemente… ¡Bah! En el fondo tú no puedes comprenderlo porque… eres bueno. Ni siquiera cuando murió tu madre y te di la oportunidad fuiste capaz de hacerlo, de romper vínculos; de descender a los infiernos.

Aquel bastardo había matado a las dos mujeres que más quería. Cierto que Bru no podía comprender. Aquel monstruo, aquella bestia inmunda no podía ser su padre. Lo que realmente le dolía era no poder matar a aquel bicho mil veces. Sólo podía hacerlo una vez. ¡Una maldita vez! El mundo era nauseabundo e injusto. La furia salvaje crecía en su interior y entonces sintió dentro de sí un huracán que le empujaba a aporrear todas aquellas máquinas que mantenían con vida a aquel ángel del mal, a arrancar los cables que le permitían a aquella alimaña de los abismos seguir viviendo. La furia de Bru se multiplicó; levantaba una máquina y la golpeaba contra otra. Bru era un vendaval que lo arrasaba todo mientras gritaba:

—¡Vete con tu Dios! ¡Entra en los infiernos, maldito bastardo, y siéntate a la izquierda de Satanás!

El viejo, antes de morir, profirió un bramido que no era de este mundo. Un grito atroz y violento donde dolor y dicha se mezclaban a partes iguales mientras su rostro adquiría una expresión de profunda paz. Con una sacudida última que estremeció lo que quedaba de su cuerpo, entregó su alma al señor de los infiernos.

Tres enfermeras, alertadas por el jaleo que partía de la habitación, acudieron. Se quedaron horrorizadas junto a la puerta. Bru había destrozado la habitación y el enfermo yacía sin vida con una de las máquinas clavada en el pecho.

—¡Fuera, fuera! —gritó Bru.

Su rostro despedía fuego y aquel grito ordenándoles que se marcharan sonó desmedido, descomunal. Las enfermeras, ante aquella bestia furibunda, echaron a correr.

Bru, sudoroso y con un aspecto de lobo mutilado, salió al pasillo. Tenía las manos llenas de heridas y ensangrentadas. Entró en el ascensor y descendió hasta su planta.

El criado se apartó cuando le vio de aquella guisa, con la mirada perdida, avanzar hasta su despacho.

El japonés le esperaba de pie, en la misma postura en que se había quedado cuando Bru le pidió diez minutos. Bru ni siquiera lo miró. Descolgó el teléfono y marcó un número.

—¡Mátalos a todos, Yuri! ¡A todos! Ya sabes dónde se reúnen. No importa el precio; te pagaré el doble de lo que me pidas. ¡Mátalos como a perros!

Colgó.

Entonces Bru se desfondó. Se hundió en la silla y se abandonó sobre la mesa, dejando caer la cabeza y los brazos sobre ella.

—¡Taimatsu, Taimatsu! —imploraba.

Al levantar la cabeza, con los ojos nublados por el llanto

vio, como a través de un espejo empañado, la figura de Yasunari frente a él, con el estuche en las manos.

—Es la hora —dijo Yasunari ofreciéndole la espada.

—Sí, es la hora.

Bru abrió el cajón central de su escritorio.

—Nosotros lo hacemos así.

Introdujo la mano derecha en el cajón, sacó un arma, apuntó a su cabeza y se levantó la tapa de los sesos.

49

Nogués pensó que había días que era mejor no salir de casa; aquél era uno de esos días. Una japonesa asesinada, un librero calcinado y ahora una ensalada de tiros en la plaza de Palacio.

Llegaron al lugar de los hechos cuatro minutos después de recibir la llamada en jefatura. Le acompañaban tres agentes. Cuando descendieron del vehículo los pájaros habían volado. Durante el trayecto intentó localizar a su jefe a través del móvil. ¿Dónde narices estaba Mortimer?, pensó Nogués. No le había visto desde que se marchó a cubrir el asesinato de la japonesa.

Los empleados y dueños de los bazares se agolpaban en los soportales, así como una legión de curiosos que tuvieron que despejar para abrirse paso.

—Fui yo quien llamó, jefe —le dijo un paquistaní nada más verlo.

Era un hombre joven, desdentado y que vestía de oscuro al modo occidental. Era el propietario de una tienda de electrodomésticos cuya mitad del género, presumió Nogués, era material procedente de los chorizos de poca monta que pululaban por los alrededores desvalijando a los turistas. Pero Nogués no se había desplazado allí para eso.

—Muchos tiros, jefe; muchos… tenía la tienda llena y sonaron muchos tiros —repetía machaconamente señalando un portal situado entre una pensión de mala muerte y un comercio de baratijas—. Luego salieron corriendo, patrón. Muchos hombres. Seis, ocho…

—¿En qué quedamos? ¿Eran seis u ocho?

—Ocho, eran ocho —dijo otro individuo.

—Se fueron en dos coches, allí aparcados —dijo el paquistaní señalando las cadenas que rodeaban la Escuela Náutica, al otro lado de la calle.

Nogués y los policías entraron en el inmueble desenfundando sus armas. Debajo del ascensor había una puerta abierta. Al traspasarla descendieron por unas escaleras manchadas de sangre y que, al final, daban acceso a los sótanos del edificio.

—¡Policía! —gritó Nogués.

Era la expresión que más le gustaba. A veces pensaba que se había hecho policía sólo por poder pronunciarla; como en las películas.

Nadie contestó.

Al final de la escalera se encontraron en una especie de bodega llena de pasillos y vericuetos. Avanzaron cubriéndose los unos a los otros hasta llegar a una sala bastante amplia. Al fondo, a pesar de la oscuridad, Nogués vislumbró lo que le pareció un altar; tenía una forma hexagonal y era de mármol negro. Sacaron las linternas, pero antes de que le diera tiempo a encenderla, su pie derecho tropezó con algo blando. Enfocó. El cadáver de un encapuchado estaba tendido en el suelo sobre un charco de sangre. Uno de los policías buscó el interruptor. Al iluminarse la sala, Nogués y sus compañeros se quedaron asombrados ante lo que presenciaron. Más de una docena de cadáveres repartidos por la habitación; les habían frito a tiros.

—¡Qué brutalidad!

—Esto parece *El Padrino*, jefe —dijo uno de los policías.

Nogués no contestó; avanzó con mucho tiento mientras se ponía los guantes. ¿Qué diablos había pasado allí?

—No toquéis nada hasta que acuda la policía científica —ordenó Nogués.

Uno de sus subordinados se adelantó a su orden.

—Éste parece ruso, jefe.

El policía había registrado el único cadáver que iba vestido con un traje oscuro cruzado. Tenía la cartera en la mano y rebuscó en el interior.

—Ucraniano —afirmó el policía ofreciéndole la documentación a Nogués.

—Están todos muertos, jefe —dijo otro de los agentes.

—Registrad todo esto y luego salid fuera. ¡Y no toquéis nada!

Los policías se repartieron por el sótano y empezaron a inspeccionar por todas partes. Nogués no se movió de allí. Contó los cadáveres: diecisiete contando al ucraniano.

—¡Joder! —exclamó Nogués sin poder reprimirse—. ¡Lo que disfrutaría Tarantino con esta animalada!

—No hay nadie más, jefe. Pero tendría que ver esto. Ahí dentro hay una especie de aparato de tortura metálico colgado del techo y, debajo, una escultura que da miedo verla.

—Una especie de ídolo —apuntó otro policía.

—Esperadme fuera —ordenó Nogués.

Cuando se quedó a solas se dedicó a hacer una inspección ocular del escenario. Se movía entre los cadáveres buscando algún indicio. La cosa estaba clara, allí se reunían un grupo de tarados que adoraban al diablo o a la madre que lo parió y se dedicaban a rituales satánicos. En mitad de la fiesta irrumpieron los ucranianos y les cazaron a tiros como conejos. Muchos de los cadáveres presentaban orificios de entrada por la espalda y estaban tendidos boca abajo. Al llegar los ucranianos y empezar a disparar los encapuchados corrieron en todas direcciones. No les sirvió de nada. Sólo uno de los agresores había muerto, alcanzado por un par de balas que le atravesaron el pecho. Los demás escaparon una vez cumplido el trabajo. Lo que Nogués no sabía era el porqué de aquella matanza.

Entonces lo vio, en el suelo, en un rincón junto al altar: un palito de chupa-chups. Se agachó, sacó el bolígrafo y separó el palito del rincón. Luego extrajo una bolsa y lo introdujo en su interior. Guardó la prueba en uno de los bolsillos de su americana.

Nogués levantó la tapa de su móvil y marcó un número. Esperó. Fueron dos breves segundos hasta que empezó a sonar el tono de *City Life*, una tonadilla que le era conocida, a pocos metros de donde se encontraba. Nogués miró a su izquierda y avanzó entre los cadáveres. *City Life* continuaba sonando cada vez más cerca. Nogués le dio la vuelta al cuarto cadáver.

—¡Joder, joder, joder! —exclamó Nogués, que no podía creer lo que estaba viendo.

50

Miguel y María salieron de la boca de metro de Fontana. Otro muerto; habían matado a Álvaro y seguramente irían a por ellos, pensaban mientras subían corriendo por Mayor de Gràcia hasta la plaza Trilla. Cruzaron a la izquierda, entraron en la calle Carolines y avanzaron hasta el número 18. Pudieron ver el bello edificio mucho antes de llegar. Era una lástima que quedara encerrado en aquella calle tan estrecha, pensó Miguel. Cruzaron al otro lado de la calle para admirar mejor el edificio.

La Casa Vicens era la primera obra construida por Gaudí; un edificio de inspiración mudéjar situado en Gracia, cuando el barrio era una villa separada de Barcelona. La fachada estaba cubierta de cerámica decorada. Las líneas horizontales de la planta baja y primera contrastaban con la azotea adornada con líneas verticales.

Lo primero que atrajo las miradas de ambos fue la reja, la forja hecha con una variedad de palmeras autóctonas que tienen por nombre *fulles de margalló*... Hojas de palmito.

—Palmeras... Miguel, ya hemos encontrado las palmeras...

—Alfa: «Entre palmeras y claveles gira el sol del alma» —recitó Miguel.

—Ahora debemos buscar los claveles.

Miguel, al mismo tiempo, vigilaba ambos lados de la calle. «Son como los indios: nos vigilan pero no se les ve», pensó.

—¿Qué ocurre?

—Están por aquí; estoy seguro.

—Pero no harán nada… hasta que encontremos lo que quieren.

—No estoy tan seguro —contestó con un deje de inquietud en la voz—. Si nos matan ahora, se acaba la carrera y la ganan —añadió.

—Pero no tendrían aquello que han buscado durante siglos.

—Puede que tengas razón, pero no podemos confiarnos.

Miguel había conseguido inquietarla.

Cruzaron de nuevo la calle, acercándose al edificio, recorriendo su fachada.

La casa, en el proyecto inicial, tenía un considerable jardín que llegaba hasta la avenida del Príncipe de Asturias, además de una fuente impresionante, parterres y un pabellón en la esquina…

—Creo que en el parque Güell está la parte de la verja del jardín que quitaron para hacer reformas. De hecho, el aspecto de la casa no es ni mucho menos el que proyectó Gaudí —dijo María sin dejar de recorrer la fachada—. Esperemos que con las reformas no hayan eliminado las pistas… —comentó la joven.

Estaban excitados, con los cinco sentidos alerta y centrados en la obra que tenían frente a ellos. Estuvieron buscando claveles y no encontraron ninguno. Miguel decidió consultar sus notas reunidas la noche anterior. En ellas había anotado que en el solar donde se construyó la Casa Vicens crecían unas flores que tienen por nombre *clavells de moro*, clavelón de la

India, de color amarillo. Gaudí decidió decorar los azulejos de la fachada con esas flores…

—¡Aquí están! Ya tenemos los claveles, María. Son las flores amarillas de los azulejos… *clavells de moro…* Las flores que crecían en el solar antes de la construcción —dijo cuando consiguió localizarlos.

María dijo:

—A mi abuelo le gustaba hacer juegos de palabras. A veces me lo ponía difícil.

—¿Entonces… gira el sol del alma?

—Creo que ya lo tengo… Ésta es fácil: gira el sol… girasol.

—¡Claro!, podría ser, girasol del alma…

—Seguro que en la simbología de Gaudí el girasol debe estar relacionado con el alma.

Continuaron buscando. ¿Qué sentido tenía aquel recorrido?, pensaba Miguel. Le sorprendió la lagartija, o el pequeño dragón forjado en una de las ventanas, que parecía amenazar a los transeúntes que pasaban por la acera. La verja de la casa, situada a mano izquierda, estaba abierta con un coche aparcado al fondo. María entró. En la zona había grandes palmeras; dominaba la penumbra. Allí estaba la tribuna, se dijo María. El corazón le golpeaba con fuerza, notaba cómo la excitación iba creciendo… pero aún no habían encontrado los girasoles. María alzó la vista y se quedó unos instantes paralizada.

—Miguel, Miguel…

—¿Qué pasa?

Ella estaba con la cabeza levantada.

—¡Los girasoles!

Entre las ingenuas frases: «*Sol solet, vinam a veure*», «*Oh, la sombra de l'istiu*» y «*De la llart lo foch, visca lo foch de l'amor*», justo en lo alto de la tribuna adosada a la casa, y que daba al interior de lo que debió ser el antiguo jardín, en lo alto estaba la cerámica en relieve.

—¡Girasoles! La representación del alma —apuntó Miguel con una sensación de triunfo.

—Bien, ya tenemos alfa… La primera estrella de la constelación de la Osa Mayor. El girasol. Vamos al parque Güell: a la estrella beta.

Regresaron sobre sus pasos hasta el metro de Fontana, una parada más en la misma línea verde y el metro les dejaría en Lesseps. El vagón estaba lleno y María se apretó contra él intentando separarse del resto de los viajeros. Miguel, en la Casa Vicens, consiguió inquietarla. En aquella situación sería muy fácil acabar con ellos; un par de cuchilladas rápidas… confusión… se abren las puertas y el asesino sale del vagón con total impunidad mientras sus cuerpos sin vida caen al suelo como sacos, bañados en sangre. Las luces se apagaron un instante y María gritó.

—¿Qué ocurre? —dijo Miguel azorado al iluminarse de nuevo el vagón y ante la mirada inquisitiva de los viajeros que se encontraban más cerca.

—¡Nada, nada! No es nada.

—Cálmate, María —dijo abrazándola mientras intentaba tranquilizarla sin dejar de mirar a todos los que les rodeaban.

Salieron del metro y sortearon algunas calles hasta llegar a la calle Olot, a las puertas del parque.

Se plantaron frente a la verja de entrada, flanqueada por dos pabellones que, en origen, uno estaba destinado al portero del parque y, otro, el de la izquierda, de una volumetría que parecía tener movimiento, destinado a sala de espera. Estaba coronado por una alta aguja de diecisiete metros y finalizaba en la característica cruz de cuatro brazos del arquitecto. Frente a ellos se abría el parque Güell con sus plazas, caminos, viaductos, puentes, escaleras y grutas.

María recordó:

—La estrella Merac… El acertijo dice:

BETA

Vida le da la luz, aunque no tenga cien pies, para encender el horno de la noche que alumbra los frutos del Jardín de las Hespérides.

Traspasaron la pequeña placeta, situada a un lado de la puerta principal, y se dirigieron hacia la enorme escalinata que se dividía en dos brazos y conducía hasta la gran plaza del teatro griego. El sol, en ese momento, quedó cubierto por una capa de nubes.

—¿Estás bien?

—Sí, lo estoy. Sigamos.

Al remontar las escaleras principales coincidieron en la respuesta y dijeron al mismo tiempo:

—¿La salamandra?

Miguel se detuvo frente al espectacular reptil construido con fragmentos de cerámica de colores y afirmó:

—Es el símbolo del fuego para los alquimistas, además… Ahí arriba está el atanor, el horno donde se realiza la gran obra, la piedra filosofal… «para encender el horno de la noche que alumbra los frutos del Jardín de las Hespérides» —recitó y luego añadió—: María, tiene que ser la salamandra.

—Es cierto, pero hay algo que no encaja… No sé, creo que debemos continuar buscando. Algo que baila en mi cabeza… es demasiado… fácil. Además, dice: «Vida le da la luz, aunque no tenga cien pies».

Estuvieron durante un buen rato buscando. En extensión se encontraban ante el proyecto más ambicioso de Gaudí y, sin duda, la obra civil más importante; una urbanización, una ciudad jardín, protegida y también defendida por la verja y los dos singulares pabellones de la entrada, al estilo de las que por aquella época se construían en Inglaterra. Una actuación integral sobre una extensión de veinte hectáreas.

—La simbología del parque es realmente fascinante... Inicialmente Gaudí proyectó siete puertas, como la mítica ciudad de Tebas. Pero al final el proyecto de urbanización fracasó. Sólo Gaudí vivió aquí... Veinte años... —comentó Miguel, aunque todo eso ella ya lo sabía.

—Mi abuelo y yo paseamos miles de veces por aquí cuando era niña. ¿Cómo podía saber que él vivió aquí, con su maestro?... Es como si me hubiese estado preparando toda su vida para este momento.

Estaban muy cerca de la Torre Rosa, allí había vivido Gaudí desde 1906 hasta 1925, un año antes de su muerte. El pequeño Juan Givell, con once años cuando llegó de Riudoms con el maestro, se instaló allí, vivió unos meses en esa casa hasta que se trasladadaron al taller de la Sagrada Familia. Gaudí no construyó la Torre Rosa sino que lo hizo su ayudante Francesc Berenguer con la intención de hacer una vivienda prototipo de aquella singular urbanización, la ciudad jardín del parque Güell. El nombre venía por la devoción del maestro a la Virgen del Roser. La casa fue comprada en 1963 por la Asociación «Amics de Gaudí» y convertida en Casa Museo Gaudí, con muebles y dibujos del arquitecto.

María dijo:

—Hänsel y Gretel se liberan, consiguen quemar a la bruja en la cocina y vuelven a casa con un gran tesoro...

Aquella idea no dejaba de darle vueltas en la cabeza.

—Vamos, nos queda mucho trabajo —dijo Miguel.

Aunque, como dijo María, había algo que no les acababa de encajar, decidieron tomar por buena la primera respuesta: de momento el segundo símbolo, que correspondía a la estrella beta, el parque Güell, era la salamandra.

Cuando iban a salir el cielo se despejó, los rayos del sol ahora incidían directamente en los fragmentos de cerámica que parecían brillar con una intensidad fulgurante. María se giró, alzó la cabeza y desde abajo contempló los bancos de la gran plaza, las crestas escamosas del dragón ondulante. La reverberación de la luz creó un efecto óptico fugaz y por un instante creyó que el dragón se había movido. Miguel, unos pasos más adelante, la llamó:

—María, vamos… ¿Qué ocurre?

—Espera un segundo, Miguel, creo que nos hemos equivocado…

La luz le había dado vida al dragón, cuyas escamas estaban formadas por el peculiar *trencadís* de Gaudí. Además, María observó otra cosa. El dragón estaba encima de la sala hipóstila, sobre el templo dórico del parque, compuesta por ochenta y seis columnas dóricas, y aunque el proyecto original tenía cien columnas, debía hacer las funciones de mercado de la ciudad jardín. María sonrió y exclamó:

—Mi abuelo no podía ponérmelo tan fácil. Siempre decía que a veces la verdad la tenemos tan cerca de los ojos que no somos capaces de verla. El símbolo, beta, no es la salamandra, Miguel…

—¿Entonces?

—Es el dragón. El dragón ígneo… Mira, ¿lo ves? —dijo señalando los bancos y continuó—: Fíjate en la luz, los rayos del sol. La luz le da vida. Además, no es un ciempiés aunque está sostenido por ochenta y seis columnas.

—El dragón ígneo no es un ciempiés, tiene…

—…ochenta y seis patas —completó María.

51

Recorrieron a pie el tramo hasta la siguiente estrella, gamma, que correspondía a la Sagrada Familia. Tomaron la calle Sant Josep de la Muntanya y doblaron por la Travessera de Dalt y Mare de Déu de Montserrat hasta llegar a Cartagena, continuaron en dirección al mar y llegaron a la avenida de Gaudí. Había sido un buen recorrido, aunque la excitación les impidió darse cuenta de la distancia recorrida. Tropezaban con la gente a cada paso. Pero allí estaba el templo, al final de la avenida.

El acertijo era:

GAMMA
Debes contar el número de una escalera sin peldaños para poder ver el signo que encierran los cuatro lados.

No creyeron necesario entrar en el templo. Hasta el momento todos los acertijos se iban resolviendo en el exterior de los edificios. La Sagrada Familia, pensaron, no sería una excepción. El resto de la mañana deambularon mirando y remirando cada rincón de las fachadas, sin encontrar nada. María, mientras él continuaba explorando, decidió llamar a Taimatsu. Tal vez su amiga podía darles algunas respuestas clave sobre el significado de aquel recorrido, aquellla carrera contrarreloj, con la constante sensación de que alguien los vigilaba de cerca. Necesitaban su ayuda. Probó varias veces, pero continuamente le saltaba el contestador automático.

—Es extraño que no conteste. ¿No le habrá ocurrido algo grave?

—Taimatsu a esta hora ya está en París. Seguro que cuando se instale en el hotel nos llama, no te preocupes. Ahora lo que debemos hacer es concentrarnos en encontrar una escalera sin peldaños, el signo que encierran los cuatro lados.

María asintió y, después de un rato, meneó la cabeza y arqueó las cejas.

—¿Qué ocurre?

—Nada, es que el signo que encierran los cuatro lados...

Miguel la entendió sin que hicieran falta más palabras y exclamó:

—¡Es verdad...! Un signo encerrado por cuatro lados es un signo dentro de un cuadrilátero.

—¿Un cuadrado?

—Sí, y también un rombo, un rectángulo, un trapecio, un trapezoide. Pero me gusta más un cuadrado, además sé dónde hay uno...

Cruzaron la nave central de la Sagrada Familia y se situaron justo en la fachada de la Pasión que daba a la calle Cerdeña. Las esculturas eran obra de Subirachs, pero la idea, el plan y la simbología que debían contener los había trazado Gaudí antes de morir.

La fachada de la Pasión estaba orientada a poniente y representaba la pasión y muerte de Jesucristo. Tenía tres puertas de entrada con un porche formado por seis columnas y cuatro campanarios. Dedicada a las virtudes teologales. Todas las esculturas de Subirachs eran de líneas geométricas cortantes, duras, desnudas. María le tomó la mano a Miguel. Tenía miedo, el corazón le latía con fuerza. No tardaron en situarse frente a la puerta principal. En el dintel el símbolo de los cuatro elementos, dos triángulos unidos por la base. Era un rombo… Estuvieron mirándolo. Pero aquella figura no era un rombo, eran dos triángulos unidos por la base, otro claro ejemplo de la simetría de los espejos. A mano derecha, dos grupos de esculturas representaban escenas de la pasión, el Cristo yacente; arriba y en el nivel inferior, un grupo de mujeres llorando, a la izquierda un hombre que tomaba lo que parecía una extraña cruz, aunque desde abajo se asemejaba a una escuadra. A sus pies y encarado hacia la entrada principal el pilón cuadrado seccionado oblicuamente a noventa grados, con el laberinto visible…

María se situó delante del dintel de la puerta principal mientras él miraba a un lado y a otro… Ella tenía una idea a la que no dejaba de darle vueltas y se dijo: «Si lo que está arriba es como lo que está abajo, ¿no podría ser que lo que está a la izquierda fuese como lo que está a la derecha?».

—Así en el este como en el oeste…

Miguel se acercó:

—Aquí tenemos el cuadrado mágico. Conozco el famoso grabado *Melancolía* de Alberto Durero, en donde también aparece un cuadrado mágico… Un palíndromo, la suma de las casillas verticales y horizontales es treinta y cuatro…

El cuadrado estaba en la pared.

—Sí, pero en éste la suma de los números siempre es treinta y tres… Derecha e izquierda, arriba y abajo. En cruz, ¿comprendes?

—¡Eso es lo que hay encerrado en los cuatro lados! ¡Ésta es la escalera sin peldaños!… Debes contar el número.

—Ya lo hice, treinta y tres —repitió Miguel y añadió—: Pero se trata de un signo y… espera… ¿cuál es el símbolo de Cristo que fue crucificado a la edad de treinta y tres años?

—La Pasión… ¡Una cruz!

—La cruz característica de Gaudí, la de cuatro brazos, corona casi todos sus edificios. Este cuadrado encierra una cruz de cuatro direcciones… En todas la suma es treinta y tres.

—Una cruz espacial.

—Exacto, María, creo que ya tenemos el tercer símbolo.

Ya tenían el girasol, el dragón y la cruz espacial, que correspondían a las estrellas alfa, beta y gamma. Sólo les faltaban cuatro acertijos para completar el juego.

Tenían que darse prisa. Aunque no podían verles, sabían que los Hombres Ménsula estaban al acecho. Les quedaban pocas horas.

52

Estaban muy cerca de la estrella delta; la Casa Milà: La Pedrera. María volvió a llamar a Taimatsu, pero el móvil de su amiga seguía sin responder. Él intentó tranquilizarla mientras seguían corriendo. No podían detenerse.

—Tenía trabajo en París, quizá el avión se retrasó y aún no ha llegado al hotel. Ya la conoces, se toma el trabajo muy a pecho. Es capaz de aislarse completamente del mundo.

A Miguel le invadió de pronto una sensación de incomodidad. Ella se dio cuenta.

—¿Qué ocurre?

—Nada.

—A mí no puedes engañarme.

Se decidió a contárselo.

—¿No te has dado cuenta de que hemos descifrado tres enigmas a plena luz del día y sin ningún tipo de problemas?…

María miró alrededor. Nadie sospechoso.

—Nos observan, María; estoy seguro.

—Pero esperarán a que resolvamos los acertijos y a que tengamos la piedra. Entonces nos matarán.

—Bueno, hasta ahora no han podido. Y yo no permitiré que te ocurra nada.

—Son asesinos, Miguel, y van armados.

—No pensemos en eso ahora; estamos tan cerca… Creo que deberíamos concentrarnos en el siguiente acertijo.

—La Pedrera, delta.

DELTA

Tu madre es el agua, tu padre es el fuego. No eres nave y viajas en el tiempo hundida en los cimientos de la nueva ciudad que contemplan los guerreros.

—Tengo una idea de lo que puede ser —dijo María después de acabar el bocadillo, que era todo su almuerzo.

—¿Ya has resuelto este acertijo? —preguntó él con asombro.

—No lo sé con seguridad. La clave está en encontrar una relación con el edificio. En este caso es toda la casa la que hace referencia a un solo símbolo. ¿Recuerdas la conversación con Taimatsu sobre las artes de Japón?

—Sí, el bonsái, el ikebana, el teatro de títeres… pero no soy capaz de ver… de encontrar alguna respuesta.

—No te impacientes, no quiero influenciarte. Para cerciorarme debemos contemplar La Pedrera de cerca.

El edificio que, desde su piso, tantas noches habían contemplado iluminado se encontraba inundado de grupos de turistas que no dejaban de hacer fotografías. Ambos estudiaron el edificio repitiendo mentalmente el acertijo hasta que María dijo:

—Creo que las palabras de Taimatsu tienen sentido.

—¿A qué te refieres? No te comprendo.

—Al suiseki…

—¿El arte de las piedras?

—Exacto… Recuerda, ella nos lo dijo. ¿No te das cuenta? ¡Es una piedra! Un edificio cuyas paredes son piedras sin pulir, su forma ondulante. Su nombre…

—Sí, puede ser un acantilado, o una roca… Claro…

—Y ahora te pregunto: ¿qué puede haber hundido en los cimientos de una ciudad?

—¿Una piedra?… La primera piedra.

—Sí, Miguel. Una piedra…

—Claro, y los guerreros del tejado, lo que miran es…

—La Sagrada Familia. La nueva ciudad.

—Es una piedra sin desbastar… Un suiseki. La piedra donde realizan la obra los alquimistas.

—Ya tenemos el cuarto símbolo…

—El carro de la Osa Mayor al completo: girasol, dragón, cruz espacial y piedra.

Continuaron corriendo por el paseo de Gracia con dirección a épsilon, en el número 43.

María cayó al suelo.

—¿Estás bien?

—Sí, no es nada; un simple traspié. Continuemos.

La Casa Batlló, justo al lado de la Casa Ametller, de bella fachada escalonada de inspiración flamenca y obra de Josep Puig i Cadafalch; juntas formaban uno de los conjuntos más hermosos de la ciudad, al verlas se tenía la sensación de visitar otro mundo. Miguel sacó el papel y leyó:

ÉPSILON
Ni los fuegos de San Telmo pueden iluminar tus ojos perdidos en las tinieblas.

María dividió la fachada y la tribuna del piso principal en fragmentos, intentando alejarse del conjunto. Colocó ambas manos alrededor de su ojo derecho probando a limitar el campo de visión. Él la observaba con curiosidad. Le hubiera gustado dar con alguna respuesta pero no había duda de que la experta en acertijos era su amada. Una idea le vino a la cabeza al pensar de nuevo en Taimatsu: la obra de los suicidas de Sonezaki; pensaba en los ojos del cuervo, negros y brillantes, en los que quedaba impresa la imagen terrible del suicidio.

—¿Qué podrá ser? —preguntó Miguel.

Ella ya intuía la respuesta, era evidente. El secreto estaba en relacionar el acertijo con la casa que le correspondía. Ahora lo veía claro, estaba allí delante de sus ojos, en la fachada. Pero quiso asegurarse y puso a prueba a Miguel:

—Los fuegos de San Telmo… ¿Dónde aparecen?

—En los cementerios. En realidad es el fósforo de los huesos de las calaveras que emana en forma de vapor de las tumbas…

—Esta casa era conocida popularmente como la Casa de los Huesos, ¿recuerdas? Nos lo explicó Taimatsu… —dijo María y añadió—: Bien, ya tenemos el fuego de San Telmo.

—Los huesos —dijo Miguel con expresión pensativa.

—Un fuego que no consigue iluminar unos ojos perdidos en las tinieblas… —prosiguió intentando que fuera él quien diera con la respuesta que ella ya tenía en mente.

—¿Ojos oscuros, quizá?

—Puede, pero… Tú tienes los ojos negros y sin embargo no están perdidos en las tinieblas, Miguel.

«Eso es evidente y, sobre todo, desde que te conocí», estuvo a punto de contestarle él.

—¿Ojos vacíos? —preguntó.

—Un rostro de ojos vacíos… ¿Qué es?

—¿Un muerto, una calavera?

—Mira la fachada y lo verás…

—No consigo concentrarme, María, estoy bloqueado, ¿dónde quieres llegar?

—Recuerda la conversación con Taimatsu, hablamos del teatro de títeres de Japón…

—Los balcones, los balcones… ¡Claro! ¡Son máscaras! Era tan evidente… Todo el mundo lo sabe.

—Los fuegos de San Telmo no consiguen iluminar los ojos de la máscara. No existe ningún fuego que pueda iluminarlos, porque no hay ojos. Sólo tinieblas…

—Tú ya lo sabías, ¿verdad?

—Quería asegurarme. Ya tenemos otro más: la máscara.

53

Sabia locura es, aunque la veas no la encontrarás encima
del ciprés.

Leyeron el acertijo cuando llegaron a la Casa Calvet, en la
calle Caspe. Eran las cinco de la tarde. Les faltaban trece horas
y aún no tenían nada, pensó Miguel, pero no debían agobiarse,
sino concentrarse en el edificio.

La casa había pertenecido al señor Calvet, rico industrial
textil y militante de Solidaritat Catalana, quien compartía con
Gaudí el amor a su patria y a su lengua.

Según los especialistas, se trataba de la obra menos representativa de la estética de Gaudí, aunque el arquitecto imprimió su personalidad en el interior y no en la fachada.

María miró el ciprés que había encima de la entrada principal.

—¿Sabes? Cuando leí por primera vez este acertijo pensé
en el ciprés de la Sagrada Familia...

—A mí me ocurrió lo mismo. Pensé en el portal de la Caridad, en la fachada de la Natividad, decorado con unas palomas
blancas símbolo de pureza. También lo es de la hospitalidad, y
por su forma de alzarse hacia el cielo simboliza asimismo la

elevación espiritual. Sus raíces crecen de igual forma, rectas hacia el corazón de la tierra; símbolo del inframundo, de ahí su relación con los cementerios. Pero la clave para resolver éste y todos los acertijos está en buscar en el edificio que señala la estrella.

—Mira, encima del ciprés, la reja forjada: setas, Miguel; son setas.

—Tienes razón. Parece ser que el señor Calvet era un gran aficionado a recoger setas y, además, es toda una tradición en Cataluña… ¿Quizá se refiera a eso? Claro, las setas crecen debajo del bosque, bajo los árboles. Por eso el acertijo dice que… «aunque la veas no la encontrarás encima del ciprés».

—Podría ser una seta… Pero la más representativa de Gaudí es la *amanita muscaria*.

—Está en los edificios de la entrada del parque Güell —comentó él y prosiguió—: Hay quien afirma que el arquitecto también consumió *amanita muscaria*; en la época muchos artistas del Modernismo la probaron. Alucinaban…

—Es sólo una leyenda; además, recuerda lo que nos dijo Conesa. Pero el acertijo…

—María, creo que está claro; solo nos falta comprobar una cosa.

—¿Qué?

—Quiero saber a qué se refiere con la…

—¿Sabia locura?

—De momento aceptemos como válida la *amanita muscaria*. La seta de los cuentos, donde viven los enanos y los gnomos… O la seta de los locos… De hecho, en Cataluña se la conoce como *ou de foll*, algo así como, *huevo de loco*. Esta seta nace en forma de huevo de color naranja, como su hermana la *amanita cesarea*; comestible, exquisita y la preferida de los césares, y cuyo nombre es *ou de reig, huevo de rey*.

—No conocía esta faceta tuya; que supieras tanto sobre setas.

—Bueno, mi padre era el experto; yo sólo le acompañaba.

Era tarde cuando llegaron al último edificio de la Osa Mayor: el palacio Güell, que correspondía a la letra eta. Gaudí lo construyó para su mecenas, Eusebio Güell y Bacigalupi. Además de como vivienda para sus protectores, lo ideó como sede para los actos sociales más importantes, veladas y encuentros culturales que gustaban a Güell. Gaudí le presentó al conde muchos proyectos sobre la resolución de la fachada y el magnate catalán eligió el mismo que prefería su arquitecto. La fachada, en la planta baja y en el entresuelo, estaba revestida de mármol, la posterior era de mampostería. Dos arcos parabólicos de perfecta simetría daban acceso al palacio por la entrada principal.

Leyeron el acertijo:

ETA

En la primera letra de esta morada, los magos vieron la cruz y el corazón de la luz de María Inmaculada.

—Éste es quizá el acertijo más complicado, el más hermético —dijo Miguel.

—Sí, pero alguna relación ha de tener con este edificio.

Ambos se encontraban bajo del escudo de Cataluña, con un aguilucho en lo alto; un escudo singular. Al parecer, en el momento que lo colocaban Gaudí preguntó a un transeúnte cómo quedaba y éste le contestó que horroroso. Entonces fue cuando el arquitecto decidió definitivamente dejarlo ahí.

Miguel se acercó a las dos puertas de acceso principal. Miraba con atención las letras de la forja. Una E encima de una puerta, y en la otra una G.

—María, aquí tenemos las iniciales de Eusebio Güell. La primera letra de esta morada es una E… Los magos vieron la cruz, el corazón de la luz de María Inmaculada. Yo diría que se refiere a la E, de estrella… La estrella de los Reyes Magos, de cinco puntas.

—Hay otra posibilidad. La primera letra de esta morada podría referirse simplemente al palacio, una P.

María continuó pensando en voz alta.

—Los magos vieron la cruz y el corazón de la luz… La estrella de los Reyes Magos… ¿Y dónde viven los reyes?

—En un palacio… palacio Güell.

—Creo que si suponemos que se trata de la P de palacio, habríamos de encontrar una relación entre la estrella de los Reyes Magos y la primera letra de la morada, es decir la letra P de padre, de palacio.

Algo pasó raudo por la mente de Miguel.

—María, el símbolo por excelencia del cristianismo es el crismón… Lo usaban los constructores para la clave de vuelta de ermitas, iglesias, templos. La P está en el corazón de la hostia, es el padre, tiene cruzada una X que simboliza al hijo, y a un lado alfa y al otro omega… Es decir, principio y fin. Todo está contenido en este símbolo. Es la letra de la inicial Eusebio, una E… pero no de estrella sino de eucaristía.

—La eucaristía, representada en la hostia con el crismón. Un círculo. Sí, podría ser el símbolo. Además, el círculo es un símbolo femenino…

De todas formas, María dudaba. Intuía que, de nuevo, su abuelo no podía ponérselo tan fácil. Recordó que cuando era una niña, él solía poner alguna pequeña trampa en uno de los acertijos, sembrar una duda. Era típico de él y ella siempre estaba prevenida.

Aunque llevaban todo el día, de momento habían resuelto los enigmas sin grandes complicaciones. Y eso era precisamente lo que la hacía dudar. No encajaba con la personalidad del abuelo. Miguel por su lado continuaba relacionando, pensando, buscando…

—Gaudí utilizó letras, iniciales como símbolos… La G de Gaudí o de Güell se encuentra en diferentes lugares de sus obras…

—Y también la P, pero no de palacio, sino de… parque Güell.

—En la entrada. Mira, la tengo aquí…

Miguel consultó la guía de Gaudí, con fotografías de los edificios más emblemáticos. Buscó en el parque Güell y allí estaba. Entonces se quedó atónito.

—Mira… La inicial del parque, la letra P.

Efectivamente dentro había una estrella de cinco puntas, la de los Reyes Magos, y además, en el corazón de la luz, un pentágono negro, es decir, un pentágono invertido. María, al verlo, dijo:

—Los magos vieron el corazón de la luz, el corazón de la estrella de cinco puntas, Miguel…

—En realidad es un pentagrama, conocido como tentáculo o pentalfa… Se forma a partir del pentágono que está en su interior y a su vez dentro se forma otro pentágono… El proceso es infinito, es un fractal geométrico. Debemos consultar, cerciorarnos si el pentágono está relacionado de alguna manera con la Virgen María. Aunque el pentagrama, más que con la simbología de la Iglesia, creo que se asocia sobre todo con cultos satánicos. Es más, creo que la Iglesia lo ha demonizado… María, tenemos dos opciones, o quizá tres: eucaristía, pentágono o la estrella de cinco puntas… El pentáculo o pentagrama.

—No… Sólo son dos… El corazón de la estrella, ahí está la figura del pentágono… Y efectivamente el círculo, la eucaristía. Ésta es la pequeña trampa que introdujo mi abuelo en el séptimo acertijo.

54

Regresaron a casa. Necesitaban un minuto de sosiego y, sobre todo, después de todo el día resolviendo acertijos de un edificio a otro, lo que necesitaban era pensar. María volvió a llamar a Taimatsu; ahora estaba realmente preocupada, ya era muy tarde y su móvil continuaba sin responder. Miguel aprovechó para investigar sobre la figura del pentagrama, consultó en internet y tomó algunas notas.

—María, escucha lo que he encontrado:

> Existe la relación del número áureo también en el pentáculo, un símbolo pagano, más tarde acogido por la Iglesia católica para representar a la Virgen María, y también por Leonardo da Vinci para asentar en él al hombre de Vitrubio.

»...Y en otra página sobre literatura inglesa, donde se comenta el poema cíclico artúrico medieval titulado *Sir Gawain y el Caballero Verde*, en referencia al pentágono dice:

> Es una estrella de cinco puntas que puede trazarse sin levantar la pluma del papel. Esta figura, que los ingleses llaman, según nos indica el poeta, nudo interminable (de claro significado esotérico), se considera símbolo de Salomón. Contiene cinco cincos, los cinco sentidos, los cinco dedos (representan-

do la destreza), las cinco heridas de Cristo, los cinco gozos de la Virgen (Gawain lleva grabada en el interior de su escudo la imagen de la Reina del Cielo) y las cinco virtudes del caballero (liberalidad, ternura y consideración hacia los inferiores, continencia, cortesía y piedad). El cinco, número impar, es, pues, número de perfección, y, además, el pentágono es una figura que puede inscribirse en la circunferencia, representación una vez más del ciclo cerrado.

Miguel, después de leer esto, afirmó:

—La confusión está servida... ¿Círculo, estrella, pentágono?

—Perdóname, no te escuchaba. Estoy muy preocupada por Taimatsu, todo el día la he estado llamando al móvil y no ha respondido. Deberíamos acercarnos a su casa, a la Fundación, no sé... Podríamos preguntar a Bru, el empresario.

—¿A las once de la noche? —preguntó Miguel.

—Está bien; cierro el ordenador y nos vamos.

—Espera, antes quiero entrar en mi correo electrónico, quiero dejarle un mensaje, quizá ha perdido el móvil...

María abrió su correo electrónico y vio un mensaje nuevo. Era de Taimatsu; buscó la hora de envío: las tres de la madrugada. Habían pasado veinte horas...

—Ven, quiero enseñarte esto.

Los dos leyeron en la pantalla:

Es una piedra, no hay duda. La clave es el Evangelio de San Mateo, 16, 18. Jonás se refería al salmo 118.22... Está en el parque Güell. Allí se efectuaron varias rectificaciones, en la escalinata principal había un compás...

55

Cuando abandonaron el edificio donde vivía Taimatsu fueron directamente al Hospital del Mar. Una vecina les informó de lo sucedido después de llamar repetidas veces al timbre del portero automático. «Se la llevaron esta mañana en ambulancia —dijo—. Sí, al parecer una muerte horrible.»

La desolación se apoderó de ella mientras en un taxi se dirigían al hospital. María flotaba como en un mal sueño. No podía creer que hubieran matado a su amiga. ¿Por qué no? No era la primera vida que se cobraban aquellos asesinos. Habían empezado con su abuelo y no pararían hasta dar con la piedra; hasta dar con ellos.

—Nos matarán a los dos —dijo María—. En cuanto tengan la piedra nos matarán.

Miguel no contestó. Se sentía impotente pero, a un tiempo, tenía la rabia suficiente para enfrentarse con todos aquellos locos asesinos. No, él no estaba dispuesto a morir, sino a vencer.

Cuando llegaron al hospital preguntaron en recepción y allí les confirmaron lo sucedido.

María estalló en llanto. Miguel la arropó con un abrazo.

—Vamos, siéntate… esto ha llegado demasiado lejos. Debes ser fuerte.

—Miguel, es por culpa mía… Lo sabía… ¿Qué le habrán hecho?

—Vamos, tenemos que salir de aquí —dijo.

Acababa de ver un rostro conocido al fondo del pasillo. Era Nogués, el segundo del inspector Mortimer; estaba hablando con un empleado del hospital.

—María, tenemos que irnos enseguida —repitió él señalando a Nogués.

Pero ella no se movía.

—No puedo.

—Sí, sí puedes. Si ahora no continuamos hasta el final todo esto no tendrá ningún sentido. ¿Crees que a Taimatsu le hubiese gustado que abandonáramos ahora que estamos tan cerca?

—Pero ella… ella está muerta…

—Pero nosotros no y no podemos hacer nada. En cambio si ahora no continuamos, Taimatsu habrá perdido, tu abuelo habrá perdido, todos habremos perdido… Recuerda lo que te dijo tu abuelo: no debes llorar, debes seguir adelante… Ya sabemos que no perdonan, bien, pues iremos a por ellos. Pero antes tenemos que terminar el trabajo. ¡Vamos!

Nogués les vio salir, pero no hizo ningún gesto para detenerlos; sacó su móvil.

Ellos decidieron volver a casa, recapitular, pensar bien cuál debía ser el siguiente paso. Se acercaron a la parada de taxis en la entrada del hospital.

Un coche les siguió de cerca.

56

Subieron al piso pero no encendieron las luces. Comprendieron que el peligro estaba cerca. Ella respiró profundamente, intentó reponerse mientras regresaban, extraer fuerzas de alguna parte; Miguel tenía razón: debían continuar hasta llegar al fondo. Habían empezado una carrera contrarreloj y no les quedaba mucho tiempo. Ahora sabían que tenían que ir al parque Güell. Taimatsu confirmó la intuición del librero. Quizá él, antes de que también lo mataran, había llegado a la misma conclusión. El secreto estaba allí y en la cocina de la Casa Encantada les estaba esperando el juego.

Tomaron un café cargado, la noche iba a ser larga. Miguel miró por la ventana.

—Son ellos… Los he visto.

María reaccionó enseguida:

—¿Están ahí?

—Ahora no logro verles, pero seguro que vigilan la entrada.

—¿Tienes el número del taxista?… El que nos acercó a la verja del dragón de la finca Güell… ¿Recuerdas que nos dio el teléfono antes de irse?

Miguel no comprendía cuál era el plan de María. De todas maneras tendrían que salir a la calle. Ella le dijo:

—Sé que el taxista nos ayudará.

—¿Cómo lo sabes? A estas alturas dudo de todo el mundo.

—Lo sé, Miguel: es uno de los siete caballeros; estoy convencida.

—Está bien.

—Explícale la situación. Él sabrá qué hacer.

—¿Cómo puedes estar tan segura? ¿Cómo voy a contarle a un taxista toda esta historia?

—Sé que debemos confiar en él.

Miguel habló por el móvil, no acertó a saber si era el mismo taxista. No le contó que los estaban persiguiendo, simplemente le dijo que necesitaba el taxi urgentemente. Le dijo que esperara en la acera con los cuatro intermitentes y que ellos bajarían inmediatamente. El taxista no preguntó nada. Simplemente le dijo que en media hora estaría allí.

—¿Media hora? —exclamó Miguel desconcertado, le pareció una eternidad.

El taxista esperó unos instantes y contestó:

—Así en la tierra como en el cielo.

—¿Qué pasa? —preguntó ella.

Miguel la miró y continuó hablando por teléfono:

—Lo que está arriba es como lo que está abajo.

Ella lo comprendió enseguida. Estaba en lo cierto: se trataba de un aliado; uno de los Siete Caballeros Moria.

—Tenías razón, es de los nuestros. Estará aquí en media hora…

—Hemos de volver al parque Güell, ahora ya sabemos dónde buscar, y tenemos los acertijos.

—Antes nos detendremos en la Sagrada Familia. La clave está en la Sagrada Familia. Además de ser un compendio de todas las innovaciones arquitectónicas que fue desarrollando en el resto de obra civil, Gaudí la transformó en un libro…

—Que hay que leer con el corazón.

—Es realmente increíble. Ahora voy entendiendo. Las cruces espaciales que Gaudí colocó en casi todos sus edificios. Una cruz de cuatro brazos que señala las seis direcciones del espacio...

—El espacio, las estrellas.

—Exacto, María. Gaudí construyó sobre la ciudad un inmenso templo. Un templo de estrellas, una... plataforma espacial. Pero ¿para qué? ¿Qué debemos hacer con la piedra?... La clave de todo está en la Sagrada Familia. La catedral de los pobres; un libro de piedra, como hicieron también los constructores de las catedrales góticas...

Miguel abrió el ordenador portátil mientras le decía:

—La estrella Pechda, que tiene asignada la letra gamma, corresponde a la Sagrada Familia.

—Miguel, creo que aquí tenemos algo...

—Podría ser... La estrella Pechda alineada con Megrez, marca la dirección de Leo, la estrella Regulus en el corazón del León...

—El signo de Cristo, del Redentor... El rey, Regulus, el sol...

—Leo: donde la obra magna se realiza. La fuerza cósmica... la corriente de luz. El hijo del sol, el Redentor. En el núcleo de cada semilla hay algo de sol y a eso llamamos vida, puesto que la vida viene del sol... la fuerza cristónica. La palabra Cristo proviene del griego y no sólo significa *ungido*, sino también luz. El Redentor es la fuerza crística que dentro de nosotros nos redime, nos salva y nos sublima cuando se conectan con el sol central, el padre...

—Es suficiente, María... No entiendo para qué y qué debemos hacer con la piedra...

—...Es colocarla en algún lugar de la Sagrada Familia, alineada con Megrez señalando Leo, el Sol... Cristo, el Rey, el Redentor.

—En algún lugar del templo —prosiguió Miguel— debe haber algo, algún símbolo que nos indique el lugar exacto. Creo que Guillermo de París, el maestro constructor de Notre Dame, también escogió un lugar concreto donde esconder la piedra filosofal.

—Nosotros debemos encontrar la piedra de Cesarea de Filipo, Miguel. La piedra que el mismo Cristo tocó con sus manos. La piedra angular que desecharon los constructores y que ha de servir… ¿para qué?

—No lo sé; pero muy pronto lo sabremos… La catedral de los pobres, la Sagrada Familia. Todo encajará, estoy seguro. Pero nos quedan cinco horas. Ha de ser esta noche o Aquiles nos alcanzará y perderemos la carrera.

María estaba escuchando y al mismo tiempo buscaba en el ordenador…

—Miguel, es realmente sorprendente… Las pirámides de Egipto también se construyeron con esta alineación, Megrez, Pechda; es decir, en dirección a Leo… Es la línea que separa el meridiano cósmico. El firmamento.

Un coche paró delante de la casa, Miguel miró el reloj, había pasado media hora justa. El automóvil puso los cuatro intermitentes y esperó con dos de sus ruedas laterales encima de la acera.

—Vamos, ya está aquí…

Salieron corriendo del portal sin mirar. El taxista abrió la puerta y arrancó a gran velocidad.

—A la Sagrada Familia… aunque imagino que eso usted ya lo sabe.

Por el espejo retrovisor María contempló la cara del taxista; éste sonreía. Sí, era el mismo que la ayudó en el autobús y, posiblemente, el que les salvó en el aparcamiento cuando les robaron el cuaderno.

Miguel le preguntó:

—¿Usted puede ayudarnos? Hemos descifrado gran parte del enigma, tenemos los símbolos, pero aún no sabemos exactamente dónde está el secreto... Debe estar en algún lugar de la escalinata del parque Güell, donde había un compás.

—No creo que les sirva de gran ayuda... Pero les protegeré hasta el final, ésta es mi misión. En el parque Güell se han hecho algunas reformas.

Miguel se dirigió a María:

—En la Sagrada Familia también hay un laberinto, ¿no?

—Sí, en el portal de la Pasión... Justo delante del cuadrado mágico; donde descubrimos el símbolo de gamma, la cruz de cuatro brazos.

—Gaudí sabía muy bien lo que se hacía. Construyó un laberinto de símbolos, una especie de caos, de ilusión, una alucinación psicodélica. Por eso colocó la *amanita muscaria* coronando los edificios de la entrada del parque. Él sabía que quizá muchos llegarían hasta allí en busca de la piedra. Pero sólo en ti, en tu cuerpo, estaba escrita la clave para resolver el enigma del laberinto. No podemos perder de vista la frase del Padrenuestro, la regla de oro de los alquimistas...

—No acabo de entenderte.

—Debemos ascender. Mirar las estrellas. Nosotros también hemos estado dando vueltas, perdidos en la alucinación, el engaño de la razón, los sentidos, todo es lo mismo, la realidad es sólo un reflejo. Ahora ya sabemos que para ver la verdad, para superar la ilusión de la realidad, debemos ascender, debemos escalar hasta un grado superior de conciencia que supere las trampas de la razón, de los sentidos, de la ilusión. Éste es el espejo de los enigmas, como en Borges... Y, pregunto: ¿qué es lo que utilizamos para ascender?

—¿Una escalera?

—Exacto... Es uno de los símbolos masónicos. Pero también un símbolo cristiano que utilizó Gaudí.

—Pero en el portal de la Pasión hay una escalera.

—Sí, una escalera por la que se accede al laberinto… Pero la Sagrada Familia no es más que el libro de instrucciones… En realidad, hemos de buscar a Merac. Beta: el parque Güell.

—En el parque Güell hay más de una escalera.

—Sí… Tenemos la principal, pero también hay otras… Podría ser cualquiera. Nuestra búsqueda se va reduciendo. En el portal de la Pasión debemos encontrar qué escalera es… dónde está orientada. Hemos de encontrar algo, un signo, una pista que nos conduzca a la verdadera escalera. Vamos, no perdamos tiempo…

—Esperen un momento.

Ambos guardaron silencio expectantes; sabían que cualquier cosa que les dijera uno de los siete caballeros les sería de gran utilidad. Estaban ya muy cerca de la Sagrada Familia. El taxista les dijo.

—También han de saber que el parque Güell desde hace mucho tiempo está controlado por nuestros enemigos… Nosotros siempre hemos sabido que es un laberinto. Es cierto, Miguel, pero ellos han buscado allí durante años. En las reformas, se cambió el atanor de las escalinatas, que inicialmente había puesto el maestro, por un huevo cósmico. También borraron el compás.

—¡Entonces ellos también lo saben! ¡Han descifrado el mensaje del padre Jonás!

—Asmodeo es muy listo, saben muchas cosas, no pueden fiarse de nadie, él le sacó toda la información a Taimatsu antes de asesinarla… Creo que si ya tienen los símbolos, deben confiar en ustedes mismos.

—Recuerda el acertijo de gamma… la Sagrada Familia: «Debes contar el número de una escalera sin peldaños para poder ver el signo que encierran los cuatro lados».

—Treinta y tres… Treinta y tres peldaños. La escalinata del parque Güell.

Miguel, con los ojos muy abiertos, dijo:

—Volvamos al parque, tiene que estar allí.

Un vehículo negro les siguió. Ellos estaban demasiado excitados para darse cuenta de que les seguían.

No tardaron mucho en llegar. Escalaron por uno de los muros. El taxista los ayudó y les dijo que estaría esperando. Una vez dentro, Miguel dijo:

—María, creo que ellos también están aquí. Tenemos que actuar deprisa.

Se dirigieron a la entrada principal y, cogidos de la mano, empezaron a remontar la escalera contando los peldaños a medida que iban subiendo. El corazón les palpitaba con más fuerza. Muchas imágenes les pasaron por la cabeza… La salamandra, el fuego, el dragón… Tenían la sensación que aquella ascensión no sólo era física sino también espiritual. Llegaron al final y los dos al unísono, en voz baja, dijeron:

—Treinta y tres peldaños…

Allí enfrente tenían el atanor, el horno de los alquimistas, el mismo horno que Gaudí reprodujo copiándolo quizá del medallón de la catedral de Notre Dame. Ahora era todo muy diferente, habían seguido los pasos correctos. Sin embargo, algo continuaba sin encajar. Los símbolos, los acertijos… Todo daba vueltas en la cabeza de Miguel.

—Espera un momento… El cuadrado mágico es una escalera sin peldaños y justo enfrente está el laberinto. Son dos espejos encarados, el peor de los laberintos. —Entonces hizo un gesto con la cabeza y afirmó—: ¡El secreto no está aquí! Es otra de las pistas falsas de tu abuelo; el padre Jonás lo sabía y murió, se sacrificó por eso…

—¿Y dónde vamos?

—Vamos a la casa donde vivió Gaudí.

En este momento se oyeron ruidos ahogados por los alrededores. Ellos se agacharon sin hacer ruido y vieron unas sombras que se movían deprisa. Miguel contó dos secuaces que, le pareció, llevaban pistolas y otro individuo que parecía dirigirlos mientras ascendían lentamente la escalinata. Ellos se ocultaron en el otro brazo de la escalinata, pegados al atanor. Los asesinos estaban al otro lado; cuando dejaron de oírles, descendieron despacio y sin hacer ruido y cuando llegaron al pie de la escalera, tiraron por el camino de la derecha, dejando la plaza tras ellos y en dirección a la Casa Encantada. Llegaron en pocos minutos. Todo estaba oscuro. Rodearon la casa. Miguel buscaba alguna forma de entrar en ella. María permaneció agachada junto a la puerta mientras él continuaba inspeccionando. María tocó la puerta de entrada y, ante su sorpresa, se abrió.

—Miguel… —susurró en voz muy baja.

—¿Qué pasa? Espera, me parece que tendré que romper el cristal.

Ella se acercó hasta donde estaba y le dijo:

—No… la puerta está abierta…

—¿Abierta? Entonces vamos… Pero ¿quién pudo dejar esta puerta abierta? Tendremos que ir con precaución… creo que ellos saben tanto como nosotros y tengo la sensación de que nos están observando.

Agachados, mientras escuchaban algunas voces que se alejaban de allí, entraron en la casa… Miguel sabía que la cocina se encontraba en la primera planta en lo que actualmente era un almacén, que quedaba detrás de la pequeña tienda de la entrada. De hecho, al final sobresalía una chimenea y, por lo tanto, allí tendría que estar la cocina de Gaudí.

Buscaron por todas partes y subieron a las plantas superiores sin encontrar nada. Finalmente bajaron al sótano, donde antiguamente estuvo la despensa. La puerta también estaba abierta. Miguel enfocaba a un lado y a otro. Parecía un trastero.

Había cajas de cartón y de madera con un cordel. Un par de armarios y al fondo, cerca de una pequeña ventana, un respiradero que debía quedar a ras de suelo y donde estaban apilados unos cuantos armarios más pequeños... Un rayo de luz de luna entró por el ventanuco e iluminó un pequeño mueble de color oscuro con cuatro patas. Miguel enfocó con su linterna.

—¡María, es la cocina!...

Ella se acercó lentamente. Era una vieja cocina de carbón, no tenía nada de particular; un modelo de la época en que Gaudí vivió allí durante veinte años. Seguramente el nuevo propietario la retiró... Nada en ella llamaba especialmente la atención. En la parte frontal se abría la compuerta para introducir el carbón, a un lado un pequeño horno y justo encima dos tapas también de hierro.

—Aquí no hay nada —dijo Miguel decepcionado.

María permanecía callada, pensaba en muchas cosas a la vez mientras Miguel inspeccionaba insistentemente la cocina enfocándola de cerca sin descubrir nada. Pero ella le daba vueltas al cuento: Hänsel y Gretel; quemar a la bruja, al dragón. Sabía que no seguían una pista falsa, que no estaban equivocados.

—Espera un momento... Creo que sé dónde está el juego —dijo ella.

Abrió el bolso y sacó el espejo que siempre llevaba junto con un pintalabios.

—Quiero comprobarlo.

Ambos estaban delante de la cocina y María situó el pequeño espejo justo debajo de la cocina, encarado hacia arriba.

Miguel enfocó la linterna hacia la parte de debajo.

En un primer momento no vieron gran cosa, había como un relieve. Miguel metió la cabeza por debajo; con una mano sostenía la linterna y con la otra resiguió los relieves...

—¡Es increíble!... ¡María, está aquí!... ¡El juego está justo debajo de la cocina!...

—¡Lo sabía! —exclamó ella dominada por una sensación de triunfo.

Allí estaba el tablero, incrustado debajo, con sus casillas en relieve que había que presionar en el orden correcto.

—No podía ser casual, ¡la simetría de los espejos!... Todo encaja. Lo que está arriba es como lo que está abajo. —Miguel la abrazó y añadió—: Bien, ahora tienes que jugar...

—Lo sé...

María se agachó mientras él enfocaba con su linterna. Con unos pañuelos de papel limpiaron con cuidado algunos de los símbolos de aquel tablero de sesenta y cuatro escaques. En cada uno, un símbolo de los utilizados por Gaudí.

Estaba tranquila cuando, ya en posición, ella oprimió el primero: el girasol. La casilla se hundió lentamente; había acertado. Miguel le dijo:

—Mira, en esta esquina está el dragón.

—Espera, debemos asegurarnos, puede que exista más de uno, además de la salamandra... No podemos equivocarnos; recuerda que sólo disponemos de una oportunidad. Tiene que ser un dragón ígneo, con una llama saliendo de su boca; no puede ser otro.

Efectivamente había más de un dragón, y una salamandra y una serpiente enroscada que se comía la cola, otra con alas, un Ouroboros. Al fin descubrieron, muy cerca del girasol, al dragón sacando fuego por la boca abierta. El dragón ígneo que buscaban. María apretó y el símbolo se hundió un centímetro.

Con el siguiente símbolo no tuvo problema, allí estaba la cruz de cuatro brazos. Dudó un poco antes de localizar la piedra sin desbastar... Después presionó la máscara y la *amanita muscaria*. Todo encajaba; las celdas se hundían lentamente.

Sólo faltaba un símbolo para completar el juego. Miguel enfocaba con la linterna. Localizaron los dos símbolos, la eucaristía, es decir, la hostia con el crismón grabado y un pentágono. Ambas casillas estaban juntas. María dudó, pero tenía que decidirse por una de ellas.

—Confía en ti.

—Miguel, debo pensar un momento… Creo que puedo resolver esta nueva pequeña trampa de mi abuelo… Imagínate que alguien hubiese descubierto los enigmas, como nosotros… Ellos nos robaron el cuaderno ayer por la noche… Son más listos de lo que creemos y por tanto quizá han podido resolver los enigmas, pero en el último acertijo…

—Se han encontrado con dos posibles respuestas… El crismón y el pentágono; y sólo pueden elegir una o todo está perdido.

—Sin embargo, lo podían haber hecho. Era la solución más fácil para que todo se perdiera y el plan de Gaudí fracasara.

—Pero ¿quién es capaz de tirarlo todo por la borda estando tan cerca? No, debían continuar… o permitirnos que nosotros lo hiciéramos en su lugar. Nos han dado cuerda, María. Es ahora cuando nos matarán, cuando demos con la última clave… porque ellos sí saben, desde hace siglos, qué hay que hacer con la piedra.

—Exacto, Miguel, ponte en su lugar: el pentágono es el símbolo que utilizan en sus rituales… Es el espacio que trazan con sangre en el suelo donde invocan a Satán… En cambio, el crismón es el símbolo por excelencia del Cristianismo… Es la eucaristía… El mensaje de Cristo, en él está contenido todo…

—Ellos hubiesen descartado su propio símbolo; habrían elegido el crismón, la eucaristía, sin dudarlo, es el más lógico…

—No, Miguel, a ellos les ha pasado lo mismo que a mí ahora… Han dudado… un error y quién sabe lo que puede pasar. La misión es demasiado importante. Una equivocación y no vivimos para contarlo. Así debe de estar protegido el secreto. Nos jugamos la vida, Miguel.

—¿La duda?

—Éste es el propósito del último enigma... Por eso estamos aquí, Miguel.

En ese momento lo comprendió todo y se estremeció... Apagó la linterna y le susurró:

—La puerta estaba abierta, hemos tenido demasiadas facilidades para entrar.

—Sí, ellos han estado aquí antes que nosotros. Han buscado y no han encontrado nada. Pero ahora tienen el cuaderno, han resuelto los acertijos pero, en el último de los símbolos, la duda les ha impedido continuar, no han querido arriesgarlo todo a una carta porque saben que sólo tienen una oportunidad. Tú tienes razón...

—Están esperando que nosotros... ¿Tú?

—Sí... Eso es.

—Y están ahí fuera, esperando.

—Nosotros tenemos que hacerles el trabajo.

Miguel notó el vibrador del móvil, buscó en el bolsillo y dijo:

—Es el taxista...

Miguel contestó.

—Estamos en la Torre Rosa y seguramente nos vigilan; nos cogerán cuando salgamos y nos matarán... Necesitamos ayuda... De acuerdo... No, aún no... Dentro de unos minutos. Cuando entre en la casa, si es que lo consigue, ya sabe en qué habitación le esperamos...

—¿Qué te ha dicho?

—Nos ayudará a escapar de aquí.

—¿Y qué haremos?

—Él nos protegerá. Viene hacia aquí...

—¿Crees que es uno de ellos?

—No lo sé, María; no sé si debemos confiar en alguien que no seamos nosotros mismos. Pero ahora ha llegado la hora de la verdad: debes decidirte por uno de los dos símbolos.

No pudo reprimirse y la abrazó.

—Quiero que sepas que…

—Lo sé —dijo ella mientras se le iluminaba el rostro.

Él la abrazaba, la acariciaba con ternura.

—No, no lo sabes. Quiero que sepas que te amo. Te amo como jamás amé a nadie. Has sufrido mucho y…

—Tú también —cortó ella besándole.

Miguel no podía parar, estaba transfigurado y eufórico.

—Estamos a punto de conseguirlo. ¡Lo hemos hecho juntos! Después de tantas aventuras, de tanto esfuerzo, al fin estamos a un paso de conseguirlo.

—Pero nos matarán.

—¡No, no lo harán! ¡Juntos podemos con todo! María, créeme, me veo envejeciendo contigo. Lo veo, María… ¡Puedo verlo!

—¡Estás loco!

—Sí, loco. Loco por ti, mi amor. Pero puedo verlo… ¡Tendremos dos niños… ¡no, tres! Estudiarán música y se llamarán Olga, Pol, Ferran, Andreu, Àngel.

—¡Eso son cinco niños! ¡Por Dios! ¡Qué loco estás!

—¡Vamos a conseguirlo, María! Lo sé… Y ahora, juega.

Se separaron. Con el dedo, María señalaba el crismón pero dudaba; luego el pentágono, no se atrevía…

—Debes decidirte, no podemos esperar más. Yo no puedo ayudarte en esto… Vamos, puedes hacerlo.

Por fin, temblando, con la garganta seca, cerró los ojos y eligió el pentágono, el símbolo que utilizaban los oscuros; éste era su símbolo y por ese motivo dudaron.

Miguel contuvo la respiración, confiaba ciegamente en ella, aunque pasara lo peor y el secreto se perdiera para siempre, amaba a aquella mujer como jamás había amado a nadie.

La casilla se hundió; entonces oyeron un pequeño crujido metálico, como si un mecanismo interno de la cocina se hubiese puesto en marcha. Y de repente, en la parte inferior de la cocina, el reborde se abrió con un chasquido… y una especie de cajón se abrió por acción de algún muelle. Miguel enfocó el interior con la linterna… Allí estaba el secreto dentro de un saquito de tela. María introdujo la mano y lo sacó.

Sobre la misma cocina desenvolvió la tela y contemplaron la piedra. No tenía nada de sobrenatural. Era una piedra vulgar, de color negruzco; parecía un fragmento de meteorito, pero no lo era. Sabían que aquélla era la piedra que tocó Jesús en Cesarea de Filipo, la que le entregó a Pedro, su discípulo, cuando le dijo: «Pedro, sobre esta piedra edificaré mi Iglesia».

La estuvieron contemplando unos segundos. Después vieron en el interior de la tela unos símbolos, le dieron la vuelta y Miguel la enfocó con la linterna… Ahí estaba la Osa Mayor, cada estrella tenía una letra del alfabeto griego… Pero la letra gamma, que correspondía a la Sagrada Familia, era mucho más grande que las demás y, encima, un símbolo que ellos reconocieron sin dificultad:

—¡Un pelícano!… El mensaje es claro: la piedra debe ser depositada en el pelícano de la Sagrada Familia… —dijo Miguel y continuó—: El pelícano es el símbolo de Cristo y de los rosacruces… ¡La rosa sangrante! Es ahí donde debemos dejar la piedra: en el templo de los pobres.

En la parte inferior de la tela aparecía impresa una frase. Un fragmento que reconocieron enseguida y que pertenecía a la carta de San Pablo a los Corintios:

Videmus nunc per especulum in aenigmate: tunc autem facie ad faciem. Nunc cognosco exparte: tunc autem cognoscam sicut et cognitus sum.

—Ahora vemos a través de los espejos, después veremos cara a cara —tradujo María y exclamó—: ¡El epitafio de mi abuelo!

—Sí, María, creo que Gaudí recibió este mismo mensaje y lo interpretó. Por eso construyó el gran templo: ¡a imagen y semejanza del cielo!

—¿Para qué?

Miguel no tuvo tiempo de contestar, oyeron un ruido. Alguien había entrado en la casa. Miguel apagó la linterna. María envolvió el secreto en la misma tela, lo retuvo fuertemente en la mano y en voz baja preguntó:

—¿Es el taxista?

—No lo sé… Confiemos en que sea él, es el único que nos puede ayudar a salir de aquí con vida. No podemos fiarnos de nadie, pero si es uno de los Hombres Ménsula vendrá directo hacia aquí… A nuestro amigo no le he dicho en qué parte de la casa estábamos. ¿Comprendes?

—Nos han dejado entrar para que les resolvamos la duda —volvió a recordar María.

—Si es el guardián que nos protege, nos estará esperando en la puerta.

Dejaron pasar unos minutos. Después Miguel subió solo, sin hacer ruido. Vio la silueta de alguien junto a la puerta, esperando. Con un susurro le dijo:

—Así en la tierra como en el cielo.

El hombre contestó:

—Lo que está arriba es como lo que está abajo…

—Debemos protegerla a ella —dijo Miguel.

—Muy bien. Todas las precauciones son pocas, el mal nos acecha… Hasta que todo se cumpla ella corre un gran peligro.

Era el taxista, era alto y fuerte, pero no le pudo ver bien la cara, llevaba al cuello un medallón que mostró a Miguel.

—Épsilon.

—Es mi símbolo… Ellos están por todas partes, yo he conseguido entrar sin ser visto… Pero ahora somos tres. Nos será más difícil salir… ¿Sabes dónde hay que ir?

El hombre miró a Miguel y él le respondió con otra pregunta:

—¿Y cómo vamos a salir de aquí?

—Los restantes hermanos llegarán de un momento a otro. Nos protegerán mientras intentamos escapar.

—¿Cuántos?

—Cinco —dijo sin dudar y añadió—: Sabemos lo que tenemos que hacer, estamos preparados. A una señal de mis compañeros escaparemos.

—Bien —dijo Miguel alejándose.

—¿Dónde vas?

—A por mi compañera; le contaré el plan.

—No tardéis.

Miguel descendió de nuevo enfocando el suelo con la linterna. Entró en el trastero y vio la silueta de María esperándolo al fondo. Llevaba la linterna en la mano y por un momento, enfocando hacia un lado y hacia otro, creyó ver algo extraño, un reflejo. María estaba frente a él y también lo vio.

—Miguel, detrás de la puerta…

Se dio la vuelta y enfocó en la pared, detrás de la puerta de entrada. Había un gran óvalo, de un metro y medio de alto, parecía un espejo de metal pegado a la pared; en el reborde aparecía algo escrito, grabado. A María también le sorprendió aquel objeto, no recordaba haberlo visto antes. En silencio leyeron:

> Videmus nunc per especulum in aenigmate: tunc autem facie ad faciem. Nunc cognosco exparte: tunc autem cognoscam sicut et cognitus sum.

—El epitafio del abuelo, Miguel. ¡Es la última puerta! Es la misma frase de la tela que envuelve la piedra…

—Sí… Antes no estaba aquí. Puede que se accionara algún mecanismo conectado al juego de la cocina…

Oyeron pasos, alguien bajaba. Miguel cogió a María por el brazo.

—¿Es el taxista?

—No. Es uno de ellos. Al principio me mostró un medallón y me confundió, pensé que tal vez podía ser un compañero. Pero cuando le pregunté cuántos acudían a ayudarnos lo tuve claro.

—¿Qué dijo?

—Cinco. Es imposible. Son siete caballeros y, contándole a él, sólo quedan cuatro. Los Hombres Ménsula eliminaron a los demás; a tu abuelo entre ellos.

—¿Y qué hacemos ahora?

—Seguir las instrucciones de tu abuelo antes de que ese tipo nos encuentre. Ésta es la salida, como en *Alicia en el país de las maravillas* —dijo señalando lo que tenían delante.

Presionó el espejo de metal ovalado y éste se abrió. Al atravesarlo se volvió a cerrar detrás de ellos con un chasquido. Ya no había vuelta atrás: la puerta se había sellado. Con la linterna enfocó y vio las escaleras que bajaban… María estaba muy asustada. Descendieron… Escucharon voces lejanas, golpes sordos sobre el metal.

El túnel excavado en el subsuelo era de un par de metros de ancho por dos de alto; enfocaron con la linterna: más adelante torcía a mano derecha.

—El mensaje de la tela que envuelve la piedra, María… Cuando se abrió el juego, el cajón de la cocina, escuché un ruido extraño; pero estábamos demasiado pendientes del juego…

—Gaudí lo planeó todo…

—Exacto… Ésta es la salida secreta. Al abrirse el pequeño cajón de la cocina se accionó el mecanismo de abertura de esta última puerta. Tu abuelo también te lo dijo, María… Ésta es la última puerta. Todo cobra sentido.

57

¿Quién podía sospechar que en el subsuelo del parque Güell hubiese una cripta? ¿La construyó Gaudí? ¿Quizá era natural, ya estaba allí? Era una pregunta sin respuesta. El interés de Gaudí y de su mecenas Eusebio Güell en la compra de aquel lugar era patente. En un mosaico hexagonal de la entrada del parque, hoy desaparecido, figuraba escrito un lugar y una fecha: Reus, 1898... Esta misma inscripción con unas copas de champán estaba también en el palacio Güell.

La compra de aquella finca rústica, una montaña encarada al mar, cerca del Tibidabo, que tenía por nombre Can Muntaner de Dalt, era propiedad de Salvador Samá, marqués de Marianao, y se realizó en el hotel Londres de Reus. Gaudí y su mecenas Eusebio Güell estaban realmente entusiasmados. Las obras de esta ciudad jardín empezaron en 1900. Desde el inicio, el arquitecto se negó a allanar la montaña, respetó el entorno natural, se adaptó a él.

Miguel recordaba todo esto mientras enfocaba los inmensos fósiles que decoraban la gran cripta. Los dos tenían esa duda; no sabían si eran esculturas o bien obra de la naturaleza, pero el resultado era sorprendentemente bello y extraño. Esqueletos de animales protohistóricos sostenían caracolas y, en el interior de sus estrías, colgaban estalactitas; como una

especie de serpentines acabados en flores de cinco puntas igual
a estrellas... Todo estaba petrificado, pero había diferentes to-
nalidades que armonizaban con el conjunto. Un inmenso caparazón de tortuga formaba una especie de capilla, justo en
medio de esta grandiosa sala. La pareja pasó bajo ella y enfocaron el techo. Se quedaron paralizados: vieron como si por
dentro del caparazón corriesen infinidad de venas transparentes por donde circulaba agua. Miraron a los lados y, efectivamente, goteaba. Entonces comprobaron también que el suelo
estaba decorado por infinidad de peces petrificados como si
fuese un mosaico. Al salir del caparazón, el sonido del agua les
sorprendió, pero se quedaron maravillados... Del techo de
esta nueva galería colgaba el esqueleto de un ser extraño, gran-
dioso, con las alas replegadas como una momia. El agua caía
del techo formando pequeñas cascadas a su alrededor que le
daban una apariencia fantasmagórica porque parecía moverse, tener vida propia. Debajo un pequeño lago de aguas platea-
das, por efecto de las rocas de su entorno, reflejaba esa escultura o ese ser antediluviano colgado del techo. Pensaron que se
trataba de un enorme murciélago. Gaudí representó algunos
en sus edificios. María recordó el que estaba situado en la ve-
leta del palacio Güell, debajo de la cruz y simbolizando el poder de Cristo sobre el mal, las tinieblas. Pero este ser era una
mezcla deforme. A Miguel le recordó una de las maquetas funiculares de Gaudí ideadas para la cripta Güell...

No podían detenerse, debían cumplir una misión; se acababa el tiempo. Tenían menos de dos horas. Cruzaron otras
galerías con todo tipo de formas animales fosilizadas en las paredes, suelos y techo y que se adaptaban a aquellos habitácu-
los de piedra natural de una forma sorprendente, formando
espacios, galerías, y como edificios de un barroquismo inusi-
tado que compartían el espacio con jardines de majestuosos
árboles de piedra que extendían sus ramas en las bóvedas de

la caverna; todo ello junto con un sinfín de detalles de hojas diversas, plantas, frutos exóticos y aves fosilizadas. Otras cuevas estaban formadas por escaleras imposibles de huesos tan pulidos como el mármol. Capiteles, cornisas, armazones esqueléticos de especies extinguidas que formaban grandes paraboloides que sobresalían como galerías en las altas paredes. Hileras de columnas inclinadas, bóvedas decoradas con incrustaciones de cristales oscuros. En otras partes de la gruta, los grandes fósiles colgados del techo se entrelazaban entre sí, formando una selva de lianas, como si fueran las raíces pétreas de un bosque descomunal. En una de las galerías tenían la sensación de que estaban dentro del vientre de un animal marino. Infinidad de animales, conchas, peces y otros seres estaban impresos por el suelo, el techo y los laterales formando una especie de mosaico gigantesco. Miguel iba enfocando con su pobre linterna y eso les creaba una sensación de pequeñez. Sentimientos inquietantes les sobrevenían al contemplar un nuevo conjunto escultórico que se aferraba en una de las paredes y se proyectaba horizontalmente en la caverna, formando caprichosas formas de animales, esqueletos estilizados, alargados como agujas, que parecían mantenerse en el vacío. La caverna se estrechó de repente y cruzaron una especie de pasadizo formado por columnas laterales altísimas que parecía que iban a caerse y se mantenían firmes en un equilibrio que desafiaba todas las leyes de la física. Era una obra arquitectónica de una belleza sorprendente, un santuario, una catedral de las entrañas de la misma vida. Ahora ya no tenían ninguna duda: aquella obra superaba toda la capacidad humana. Ni la fuerza creativa de Gaudí, el mejor arquitecto de todos los tiempos, podía compararse al trabajo que la propia naturaleza había realizado allí. Sin duda se trataba de un yacimiento de animales fosilizados. El santuario donde Gaudí, posiblemente, quedó extasiado contemplando a su gran maestra la naturaleza.

María, mientras caminaba contemplando aquella caverna y las extrañas formaciones fosilizadas en las paredes, pensó en la cosmogonía de Hesíodo, en la leyenda del principio, en Gaya, la madre Tierra, que engendró a Urano y luego se unió a él para crear a los cíclopes y a los titanes, entre ellos al indomable Cronos, el Tiempo. Cronos cortó los genitales a su padre con la guadaña que había fabricado su madre, la Tierra Gaya. Esa caverna que ahora atravesaban podía ser el centro de la vida, el Ónfalos, el vientre de la vida, el lugar donde había caído del cielo toda la semilla de Urano, la nueva vida que fecundó el mundo; porque la evolución tenía que seguir su curso. Cronos fue otro tirano que devoraba a todos los hijos de Gaya. Pero la madre Tierra, cuando engendró a Zeus, para salvarlo de la muerte le dio a Cronos una piedra envuelta en pañales... Zeus mató a su padre y acabó con la tiranía. Zeus era el principio del mundo... El dios que gobernaba el Olimpo con el rayo. María recordó también que Zeus pudo escapar de la muerte gracias a una piedra...

Miguel, mientras atravesaban la caverna, no pensaba en los mitos griegos de la formación del universo. Por el contrario, aquel lugar fascinante era como un sueño de Lovecraft; recordó una lectura de juventud, un pasaje de una de las obras que más le impresionaron: *En las montañas de la locura* y le venía a la mente un lugar subterráneo, un vasto depósito de conchas y huesos, una selva desconocida de helechos gigantescos, hongos mesozoicos, bosques petrificados de cicadas y palmeras terciarias y angioespermos, especies extinguidas del cretáceo, el eoceno, el silúrico o el ordovícico... Una puerta abierta a los secretos de la tierra y de edades desaparecidas.

Al final de este largo pasadizo que se iba estrechando progresivamente vieron una abertura en la pared de forma ovalada. Se dirigieron hacia allí. Miguel enfocó con la linterna: era una escalera de caracol deformada que ascendía. Subieron por ella hasta llegar a una oscura cámara de forma completamente redonda. Quedaba poca batería en la linterna, pero aún tenía la suficiente luz para distinguir una especie de disco de un metro de diámetro que parecía recortado en la pared, con una argolla metálica en medio.

—María, creo que ésta es la salida; sujétame la linterna.

Intentó tirar de ella pero no había forma y en uno de los intentos notó cómo la argolla podía moverse hacia uno de los lados. Presionó con fuerza y el disco de piedra se desplazó hacia un lado.

—Vamos…

Con la linterna en la mano María fue la primera en salir; la siguió Miguel. Se encontraban en un conducto de cloacas; no muy alto pero lo suficiente para poder caminar erguido. Enfocaron hacia todos lados.

—Tenemos que encontrar una salida.

Cuando aún no habían dado tres pasos, un ruido a su espalda les sorprendió. La puerta redonda por donde habían salido se cerró herméticamente quedando perfectamente camuflada en la pared.

Caminaron un trecho hasta encontrar unas escaleras de hierro oxidado.

—Por aquí… —dijo Miguel.

Salieron a la calle por una boca de alcantarilla que quedaba justo en la esquina de un callejón que salía a la Travessera de Dalt. No tenían noción del tiempo que habían estado caminando por aquellas galerías subterráneas, pero al mirar el reloj comprobaron que tenían poco menos de una hora para que empezara a amanecer y cumplir con la profecía.

58

—Tenemos que ir a gamma: la Sagrada Familia —dijo ella sopesando la piedra en su mano.

La circulación a esa hora era muy escasa. Corrieron hacia la Sagrada Familia en dirección al mar. De vez en cuando se detenían para comprobar que, efectivamente, nadie les seguía. Fue una carrera agotadora en la que sombras amenazadoras les salían de cada esquina pero, al fin, se encontraron ante la catedral de los pobres.

Estaban agotados y muertos de cansancio.

Miguel besó tiernamente a María y después le dijo:

—Yo no puedo acompañarte ahora... tienes que cumplir la profecía tú sola. Busca el pelícano; te indicará el lugar donde hay que colocar la piedra...

—¿El pelícano?

—Sí, María, mientras huíamos lo he comprendido: la mirada del cuervo de la catedral de Notre Dame indicaba el lugar donde su constructor Guillermo de París escondió la piedra filosofal... En la alquimia el cuervo significa la corrupción; la corrupción del hombre que busca la piedra filosofal por codicia. En cambio, el pelícano es el ave de los rosacruces... Es el animal que se abre el pecho formando una rosa para alimentar a sus crías, ¿no lo entiendes? ¡Es el símbolo del Sagrado Corazón de Jesús!… ¡El Corazón del León, el Redentor!… Ahí tienes que colocar la piedra que han desechado los constructores, aunque aún no sé por qué. Pero debes hacerlo y casi no tenemos tiempo; está a punto de amanecer.

No se veía a nadie por los alrededores. Miguel la ayudó a salvar la verja exterior; él se quedó fuera y ella se encaminó hacia la puerta del Nacimiento. Palpó con la mano. Estaba abierta. Fuera en la calle en esos momentos se oyó el chirriar de las ruedas de un coche. Se oían gritos y temió por Miguel. El corazón le saltaba en el pecho. Cruzó el templo con la piedra en la mano. Estaba muy asustada, desconcertada, pero una fuerza la impulsaba hacia delante. Creyó oír unas voces, una especie de canto muy bajo y profundo. Miró hacia el techo: el ábside, la luz del alba, del color de la rosa, ahora se filtraba por los ventanales y se esparcía por todo el templo creando una sucesión de columnas evanescentes… Era un bosque encantado. Sintió un pequeño desfallecimiento, su mano apretaba fuertemente la piedra. Debía encontrar el pelícano.

Caminó por el bosque como por tierras de penumbra, buscando la luz hasta que cayó de rodillas.

—¡Dios mío, no puedo más…! ¡No puedo más!

De repente, detrás de ella, una voz grave le dijo:

—María, ya has llegado; no sufras. Te estaba esperando. Tú eres la elegida…

María dudó un momento. Aquella voz la sedujo e interiormente se dijo: «Por fin»; entonces se giró y vio la figura. Era un hombre vestido con un hábito gris raído, la cabeza cubierta y las manos escondidas dentro de las amplias mangas. El personaje avanzó lentamente hacia ella. El graznido de una bestia se oyó en la lejanía y eso la espantó.

—No temas, María. Aquí estás a salvo, nadie puede hacerte nada.

El encapuchado se situó frente a ella y sacó las manos de

entre las mangas. Un rayo de luz, quizá el primer rayo de la naciente mañana, iluminó sus manos a la altura del pecho formando una rosa.

—Te hemos guiado hasta aquí para que completes la obra… ¿Quién crees que te abrió las puertas?

María escuchaba el ruido exterior que llegaba hasta allí dentro ya amortiguado, pero pensaba en las palabras de Miguel: la rosacruz, el corazón sangrante del pelícano símbolo de Cristo. ¡Ahí debía dejar la piedra!

—Mira mis manos.

María se acercó lentamente hacia el encapuchado. Estaba cansada, terriblemente cansada, pero convencida de que era allí donde debía depositar la piedra angular. Entonces vio las manos manchadas de rojo sangre, con los dedos entreabiertos y que parecían formar una rosa roja…

—Es la rosa abierta en el pecho; la que estás buscando y donde debes depositar la piedra.

María ya no dudaba, avanzaba hacia el monje con paso lento. Pero una voz, un grito, creció en intensidad extendiéndose por el templo, resonando entre el bosque de columnas. El encapuchado levantó la cabeza. Fue entonces cuando María contempló su mirada y se estremeció. Vio en los ojos negros de aquel hombre que formaba con sus manos sangrantes una rosa una imagen aterradora. Su amiga Taimatsu acudía en su ayuda para ponerla en guardia: en ese momento recordó cuando Taimatsu contó aquella triste leyenda de los enamorados de Sonezaki que se pierden en el bosque y con las primeras luces de la mañana se suicidan y sólo un cuervo es testigo de su muerte y, en su mirada, queda impresa esa terrible última imagen.

María vio en la mirada negra del monje su muerte y la de Miguel. Fue un instante terrible. Ellos eran los enamorados perdidos en el bosque.

Comprendió que el monje era el cuervo. Sabía que aquel hombre estaba allí para matarla. Sintió un terrible dolor en el pecho, le faltaba el aliento, sin embargo, escuchó en su interior la voz de Miguel, la voz de su querido abuelo y también la de su amiga Taimatsu que le había traído el recuerdo de aquella leyenda que sirvió para desenmascarar al cuervo, el ave de la corrupción… «María, ten fe… Corre.»

Los gritos eran cada vez más cercanos. Era Miguel que acudía en su ayuda, estaba segura. Reaccionó y dio un paso atrás. El monje, enfurecido, se arrancó la capucha. María, con la vista nublada por el terror, creyó reconocerlo: era el Hombre Ménsula. Pronunciaba palabras de un idioma extraño, graznidos de un cuervo, mientras desenfundaba la gran espada. Ella corrió con todas sus fuerzas y se ocultó, acurrucada al lado de una columna; estaba muy asustada. El monje dio un salto sin hacer ningún ruido, se movía como un gato, sigilosamente; dio la vuelta y estaba justo detrás de ella. Sin decir nada, con una sonrisa macabra en los labios, levantó la espada… María ni se dio cuenta, permanecía acurrucada con la piedra entre las manos y el corazón en un puño. El pánico la hacía temblar, sudaba, intentaba ocultarse de aquel asesino que había desaparecido de su vista. El instinto la hizo volverse y vio los ojos del monje inyectados en sangre, su cara descomunal y una expresión de odio mientras tiraba del mango de su bastón y extraía la hoja de metal que blandió sobre su cabeza. Una espada se cruzó en el camino de la hoja. Ella se apartó a un lado y entonces reconoció al taxista. Era aquel gigante, su protector, ataviado con una gran cruz roja en el pecho… él fue quien, con su espada, detuvo el golpe brutal que le hubiese cortado el cuello.

Los dos espadachines se enfrentaron a muerte, el crujir del metal retronaba por todas partes, saltaban hacia un lado y hacia otro impulsados por una fuerza descomunal.

—¡Maldito entrometido! Acabaré contigo y luego le cortaré la cabeza a la chica.

—He esperado mucho tiempo, Asmodeo. Pero tu fin se acerca.

—Vuestro plan jamás se cumplirá. Cambiaste de señor y lo pagarás caro.

—Elegí al único Señor que merece ser servido. Y ahora su venida se aproxima.

—Pero yo estoy aquí para impedirlo.

Sus grandes espadas danzaban en el aire, cortaban el aliento, desgarraban la piedra en los golpes fallidos y se escuchaba un horrendo estruendo por todas partes. Sin dejar de saltar, lanzaban golpes al adversario. María, acurrucada contra la columna, contemplaba aquel duelo en el que uno de los contendientes terminaría entregando su alma a Dios o al diablo. Sabía que del resultado de aquel duelo dependía también su vida.

Asmodeo consiguió asestarle un golpe certero en el hombro al taxista. Manaba la sangre de aquel tajo, el gigante debía sostener su espada con las dos manos y ya sólo podía levantarla para parar los brutales golpes del acero de su enemigo. El Hombre Ménsula gritaba como una hiena, empujaba a golpes de espada a su rival hacia la columna donde estaba María, temblando de miedo. Cuando ya los tenía a unos pasos, el gigante ya no pudo aguantar el último golpe, la última embestida de su rival, y la espada le cayó de las manos.

Estaba desarmado. Se arrodilló, miró a María como disculpándose por su derrota e hizo la señal de la cruz. El Hombre Ménsula le segó el cuello de un tajo al tiempo que profería un grito de júbilo.

Ella lloraba aterrorizada mientras aquel seguidor de Satanás se le acercaba con pasos lentos y gritaba:

—¡Ramera… Ramera…! Ven con el diablo.

Puso la punta de su espada a un palmo de su pecho y gritó:

—Ahora voy a hundírtela hasta el fondo de tu corazón y, después, destruiré la piedra para siempre. El Ónfalos.

Su carcajada retumbó en el templo, entre el bosque de columnas.

Asmodeo vio cómo Miguel corría desde el fondo de la nave en dirección hacia ellos.

—¡Suéltala! —gritaba.

Era demasiado tarde.

—Yo te dejé todas las puertas abiertas para que hicieras el trabajo. Podía haberte matado hace mucho como hice con tu abuelo, con tu amiga Taimatsu… Pero tú me lo has mostrado todo, tú… Y ahora voy a acabar contigo. Ha llegado el tiempo de mi señor: ¡muere!

El Hombre Ménsula hundió la punta de su espada con fuerza. María se desplomó hacia atrás y la piedra, que tenía apretada fuertemente, cayó al suelo. La sangre empezó a salir muy débilmente de su pecho, como una gran rosa, una rosacruz…

—¡María, María! —gritó Miguel que se encontraba ya a pocos metros.

—Y ahora acabaré contigo —dijo Asmodeo.

Miguel recogió con las dos manos la espada del monje a quien Asmodeo le había cortado la cabeza. Una furia incontrolable le dominaba; pero debía contenerse. La furia no resultaba ser buena compañera si quería acabar con aquel bastardo. Él era un buen espadachín, pero aquella espada era demasiado pesada para manejarla con su habitual destreza… Contempló a María, sentía ganas de llorar, estaba inmóvil con los ojos cerrados y su pecho sangraba. Temió lo peor. Se volvió hacia su oponente y entonces le reconoció:

—¡Tú! ¡Eres tú!

Miguel reconoció a Álvaro; a pesar de que la expresión de su rostro era tan atroz que parecía un calco de la escultura del hombre con la bomba Orsini en la mano. Aquel loco era Álvaro Climent; su amigo de juventud, el librero. No podía ser, había muerto en el incendio de la librería.

Álvaro Climent pareció adivinar todos los pensamientos que, veloces, pasaban por la mente de su antiguo amigo.

—Fue Bitrú a quien encontraron calcinado en mi librería; la última misión que cumplió para nosotros.

—¿Qué tienes que ver con todo esto? Nunca hubiera sospechado que tú...

—¿Aún no lo comprendes? Sirvo a mi Señor como ellos al suyo —dijo señalando a Cristóbal—. Tú siempre has sido un descreído, un loco por la ciencia. Pero yo descubrí que hay algo superior que mueve el mundo: ¡el horror! No puedo morir, amigo mío, debo acabar el trabajo que me ha encomendado mi amo. Que el plan no se complete; destruir la maldita piedra y exterminar de una vez a los Siete Caballeros Moria que, durante siglos, han esperado su momento; que se cumpliera su profecía: la segunda venida de Cristo sobre la tierra. ¡Yo soy el elegido para impedir su llegada y preparar el nuevo reino de mi Señor! Un mundo hecho a base de terror, pánico; un mundo inseguro, arbitrario, salvaje. Un mundo a la medida del diablo.

Asmodeo profirió una carcajada que sonó como el alarido de una bestia inmunda; luego le permitió, con un gesto de su espada, que se aproximara a María.

—Puedes acercarte a ella. Después de matarte voy a cortarle la cabeza y me la llevaré como trofeo.

—¡No harás tal cosa! ¡Antes te mataré! —dijo arrodillándose, rodeándola con sus brazos y acercándola a su pecho.

Asmodeo sonrió con sarcasmo.

—He sido paciente; vosotros me guiasteis hasta aquí. Yo no hubiese podido llegar tan lejos. Pude mataros muchas veces, pero os allané el camino porque trabajabais para mí. Fuiste muy listo resolviendo la paradoja de Zenón. Pero Aquiles ha llegado: ¡te ha alcanzado!

Asmodeo siguió hablando pero Miguel no le escuchaba. Miró el pecho ensangrentado de su amada, como una inmensa rosa roja; la acarició mientras le abría la camisa. En el centro del pecho vio el medallón con la letra alfa cubierto de sangre y con una hendidura en el centro. «Alfa te salvará la vida», recordó. Entonces le puso dos dedos en el cuello y comprobó que no estaba muerta: el corazón le latía. El medallón de su abuelo le había salvado la vida. Intentó disimular su alegría: Aquiles aún no había alcanzado a la tortuga. María estaba a punto de entrar en un espacio y en un tiempo infinitos.

Asmodeo se acercaba lentamente con la hoja de metal, amenazante, mientras continuaba hablando. En ese momento ella abrió los ojos y Miguel la abrazó contra sí y dijo gritando:

—¡Está muerta! ¡La has matado!

—Sí, mi querido amigo, nunca suelo fallar un golpe y lo peor es que no sabes aún por qué y, además, para qué sirve la piedra.

—Pero tú me lo dirás, ¿no es cierto?

—Sí, voy a hacerlo porque vas a morir y mereces conocer cuál era vuestro objetivo. Ya sabes el origen de la piedra, pero lo que no sabes es su finalidad. Gaudí, durante años, construyó un mapa del cielo en Barcelona y un templo: la catedral de los pobres, la Sagrada Familia. Bocabella, el librero que compró los terrenos del templo, estaba en el secreto, al igual que Güell, su maldito mecenas. Gaudí construyó un mapa estelar para guiar de nuevo al Redentor, para propiciar la segunda venida de Cristo sobre la tierra. Para eso sirve la piedra, que debía ser colocada en un lugar determinado de la Sagrada Familia y, en ese momento, nacería de nuevo el Redentor. Otra vez el Verbo se haría carne y, dentro de treinta y tres años, cuando la Sagrada Familia esté terminada, entraría en la nueva Jerusalén, Barcelona, y el reino de Cristo cambiaría la faz de la tierra…

Miguel no podía creer lo que estaba oyendo. Pero todo empezaba a cuadrar, todo encajaba.

—Debes creerme. Así está escrito. Gaudí, un hombre con un pasado izquierdista y que fue contactado por la masonería y tentado por nosotros sin ningún éxito, levantó un monumento a su fe. La fachada del Nacimiento con sus tres puertas: Fe, Esperanza y Caridad, ¿qué crees que indican? Por ellas entrarían los pobres y los hombres de buena voluntad. Gaudí lo dejó escrito; nosotros ya lo sabíamos y él lo confirmó: Gaudí escribió que la salvación de la humanidad estaba en el Nacimiento de Jesús y en su Pasión. Por eso su templo tiene dos fachadas dedicadas a cada una de ellas. —Asmodeo hizo una pausa y cuando se animó a continuar su voz era de triunfo—. Durante años hemos luchado para impedir el regreso de Cristo. Los templarios lo sabían y, con la ayuda del Papa, los destruimos; los cátaros también lo sabían y los exterminamos; los de la teología de la liberación lo intuían y fueron desacreditados. Durante años yo, Asmodeo, me he ido perpetuando sirviendo a las potencias del mal y batiéndome contra los Árboles de Moria: los siete caballeros que debían custodiar el secreto y velar para que la profecía se cumpliera. Y tú eres el último caballero. María, tu María, lleva el mismo nombre de aquella en que se reflejó y se reprodujo Dios por medio de Cristo. ¿No te dice nada eso? María: el Espejo del Cielo. ¿Y acaso la creación entera no se considera una imagen reflejada de la esencia divina? Bien, yo soy el destinado a romper ese espejo e instaurar otro reino: el del Espejo Oscuro, el de la desgracia y la muerte. ¡Yo he matado a tu Dios impidiendo su regreso y le abriré las puertas al mío!

Miguel miró el bosque de columnas donde se encontraban y pronunció un fragmento del Apocalipsis que recogió entre sus notas:

—La Iglesia es un árbol frondoso bajo el cual corren fuentes.

—Sí… y nosotros estamos en él: en la catedral de los pobres… Y ahora prepárate a morir.

Con rabia, se abalanzó con la espada por delante para ensartarlos a los dos juntos. Miguel había previsto esta reacción y empujó a María hacia un lado diciéndole:

—Despierta… Corre… Cumple con tu destino, María…

Miguel pudo esquivar el golpe. Asmodeo golpeó su acero en el suelo, el golpe del metal contra la piedra retronó con un eco. Estaba muy furioso; contemplaba a María y a Miguel, uno a cada lado, y parecía no decidirse a quién atacar primero. Ella tomó la piedra y corrió mientras Miguel se interponía entre ambos blandiendo la espada que había pertenecido a Cristóbal.

Ella, aturdida mientras se alejaba corriendo entre el bosque de columnas, sentía dolor en el pecho. Debía buscar el pelícano que, originariamente, debía estar en el pórtico del Nacimiento, pero que la esperaba olvidado en el corredor del museo de la Sagrada Familia.

Mientras tanto Miguel saltó hacia delante con la espada sujeta con las dos manos y consiguió herir a Asmodeo en un brazo, casi a la altura del hombro izquierdo con el que sujetaba la espada. Esto fue suficiente para desviar su trayectoria. Asmodeo, enfurecido y bramando como un loco, empujó a Miguel como un animal herido. Intentó parar los golpes de su oponente sujetando su arma con las dos manos.

María había desaparecido, pero Asmodeo sabía dónde estaba y corrió tras ella. Unos minutos más y todo concluiría. El tiempo llegaba a su fin. Otras voces resonaron en el interior del templo.

—¡Quietos, policía!

Era Nogués, que empezó a perseguirlos entre las columnas.

María había cruzado el pequeño puente de madera y caminaba deprisa por el interior del museo, entre maquetas, viejas fotografías, planos y dibujos que mostraban todos los trabajos previos del templo. Oía voces que cada vez estaban más cerca. Y entonces lo vio, a su izquierda, frente a ella y con las alas extendidas. Sólo le separaban del pelícano unos pocos metros y una cinta azul sujeta entre dos barras de metal. Ella cruzó la cinta, sacó la piedra del saquito y se acercó con la mano extendida.

Asmodeo llegó en ese momento. Miguel le seguía a corta distancia. María acercó la piedra hacia el pecho del pelícano y, en ese instante, un rayo se filtró a través de las vitrinas del templo; una luz dorada que iluminó la figura del pájaro e indicaba el lugar en el que debía ser depositada la piedra que fue desechada por los constructores.

—¡No! —gritó desesperado Asmodeo, interponiéndose entre el pelícano y María.

La luz le atravesó como una espada flamígera. El bramido fue horrible. Un grito de horror surgido de las tinieblas se elevó entre las torres de la Sagrada Familia. El estruendo acompañado de graznidos de bestia se escuchó por toda la ciudad mientras el cuerpo de Asmodeo se iba deshaciendo hasta quedar convertido en un montoncillo de polvo negruzco que un ligero viento esparció por el museo hasta desaparecer por completo.

Nogués estaba junto a Miguel; inmóviles, habían contemplado los últimos momentos de Asmodeo.

María se postró de rodillas y levantó la piedra con ambas manos dirigiéndolas hacia la luz, hacia el pecho del pelícano. La luz dorada la inundó. La envolvió por completo y, ante los ojos atónitos de Miguel y del inspector Nogués, envuelta en aquella luz dorada, María se desplomó.

—¿Está muerta? —preguntó Nogués.

—No lo sé —dijo Miguel, abrazando a su amada y tomándola entre sus brazos. Ella lo era todo...

Hacía mucho, mucho tiempo que no lloraba, no recordaba la última vez. Sin embargo, ahora luchaba con todas sus fuerzas para contener el mar que se desbordaba por sus ojos. En un instante pasaron por su mente imágenes de ella, de los últimos días. Él no era creyente y, a pesar de todo, la historia que había vivido con María los últimos días le había abierto una puerta hacia algo que no acababa de comprender… Lo hubiese dado todo, su propia vida, pero ahora sólo tenía fuerzas para contemplar su rostro que parecía dibujar una sonrisa… La amaba con locura y esa fuerza, ese sentimiento que nacía en lo más profundo de su ser le arrancó de los ojos una lágrima de esperanza que cayó en los labios de María. Era un milagro.

Alfa, beta, gamma, delta, épsilon, zeta y eta se iluminaron al unísono. Una luz que apartó las nubes iluminó los siete edificios en la noche. Desde el punto más alto de la ciudad, algunos asombrados ciudadanos que salieron al exterior pudieron ver dos constelaciones idénticas. Una de ellas sobre la faz mediterránea de Barcelona, cuyas piedras le indicaban al cielo su camino de regreso.

Nogués y Miguel, con María entre sus brazos, salieron al exterior del templo. La claridad dorada continuaba cegándolos. Se alejaron por la fachada del Nacimiento a través de un camino de luz hasta llegar a la avenida de Gaudí. Miraron hacia el templo. La Sagrada Familia era como una gran llama dorada; sus campanas empezaron a sonar incesantemente. Nunca habían escuchado aquel sonido. La gente empezó a salir a los balcones, a la calle. En pocos minutos la avenida de Gaudí era un hervidero formado por una muchedumbre que no salía de su asombro.

—¿Qué está pasando? —preguntó Nogués.

¿Qué podía decirle? ¿La verdad?

Con el cuerpo de su amada entre los brazos, en el centro de la avenida de Gaudí, se colocó frente al templo iluminado. Aquel templo hecho a semejanza del cielo. La catedral de los pobres.

Luego miró el rostro de María. Era el de una virgen.

59

África, 2006

«Una noche se detendrá el Carro del Cielo en la cima del monte Pechda y descenderá la Viajera de las Estrellas. Ella traerá la luz para alumbrar la choza donde nazca el niño.» Esta leyenda, avivada con el aliento de la palabra de los ancianos, se iba repitiendo generación tras generación. Sin embargo el hambre de los últimos años, las plagas, la terrible sequía, el demonio del sida habían diezmado al poblado. Eran pocos los que escuchaban al calor de la lumbre, que ardía en el centro del poblado. Niños escuálidos, mujeres y viejos que no llegaban a los cuarenta años. En sus rostros no había esperanza, ni desolación ni impotencia, no había nada, porque nada tenían, sólo la leyenda parecía mantenerlos con vida.

Cada noche contaban la misma historia, señalaban el firmamento. Los más pequeños se quedaban mirando el cielo con los ojos muy abiertos y, casi sin respirar, esperaban unos instantes en silencio, anhelando el milagro. Pero durante años el Carro seguía su curso y se alejaba del monte para perderse en el horizonte. Algunos pensaban que era sólo un cuento, la antorcha de la memoria de un pueblo que ellos y las generaciones que les precedieron habían mantenido viva. Y el Carro detuvo su curso en el monte Pechda, la cima rocosa, erosionada por el viento.

Esa noche los instantes de silencio fueron eternos. Algo había pasado. Los ancianos se levantaron sin dejar de mirar a las estrellas. No creían lo que sus ojos estaban contemplando. Murmuraban entre ellos. Las mujeres se pusieron a cantar y a danzar alrededor de la hoguera. No tenían ninguna duda, el resto de estrellas seguían girando. Pero allí estaba el Carro. Había llegado el momento. Una extraña agitación iluminaba los rostros. Los más pequeños corrieron, se escaparon del regazo de sus madres, salieron fuera del poblado, fueron a buscar a la viajera. La profecía se iba a cumplir.

Uno de los ancianos preguntó en voz baja si faltaba alguien. Le dijeron que esa noche una de las mujeres estaba a punto de dar a luz. Entonces el viejo alzó su bastón y detuvo la algarabía. Dos mujeres permanecían con la parturienta. Ellas siempre habían ayudado a traer nuevas vidas al mundo. El anciano dio las instrucciones precisas. Cuatro hombres, los mejores, corrieron en las cuatro direcciones para anunciar el milagro. Uno de ellos avisaría a los tres padres de la misión cercana.

El griterío de los niños fue creciendo, los espasmos de la parturienta también. Entonces a lo lejos la vieron aparecer, era la Viajera de las Estrellas: la mujer blanca que anunciaba la profecía. Entre sus manos traía un fragmento de estrella. Los niños la rodearon, contentos y felices en su desnuda inocencia. Los ancianos se adelantaron y con sus bastones señalaron la choza. Todos esperaron fuera, sentados frente a la cabaña.

La mujer blanca, la Viajera de las Estrellas, entró. Las viejas no la miraron pues estaban demasiado ocupadas ayudando a la mujer que en ese momento estaba dando a luz. La Viajera de las Estrellas levantó una pequeña losa del suelo y allí depositó la piedra, hundiéndola en la tierra en el mismo momento en que el primer rayo de sol iluminaba aquel lugar apartado y remoto. El primer llanto de la criatura provocó una reacción de alegría incontenible en el resto del poblado que esperaba afuera. Los tambores empezaron a sonar. No cesarían durante tres días y tres noches.

El recién nacido, envuelto en paños limpios, fue depositado sobre la losa; después su madre lo amamantó. Ella, la mujer blanca, permaneció allí de pie, contemplando al niño. Sólo cuando entraron los tres padres de la misión reaccionó. Uno de ellos hablaba su lengua y le preguntó quién era.

—Vengo de muy lejos y las estrellas me han guiado hasta el poblado.

—Viene usted de las brasas de una leyenda de esperanza. Sabíamos de usted desde hace muchos siglos —contestó uno de los padres, cuyo nombre era Baltasar.

Otro de los padres blancos se acercó al todoterreno y trajo unos presentes.

—De parte de la misión —le dijeron a la madre.

—Es para el niño —añadieron.

—Puede usted venir con nosotros, su tarea ha finalizado —dijo el padre Baltasar.

—Sí, es hora de volver a casa —contestó la Viajera de las Estrellas.

La profecía se había cumplido. Aquel niño nacido en el corazón de África, en una pobre aldea olvidada del mundo, a los pies del monte Pechda, una zona castigada por el hambre y la miseria, un día, a los treinta y tres años, entraría en la catedral de los pobres y cambiaría el mundo.

60

Barcelona, 2006

María abrió los ojos. Miguel la observaba. Había pasado horas mirándola.

—Mi amor, lo has conseguido.

Agradecimientos

En primer lugar le damos las gracias a Ramón Conesa, de la agencia Carmen Balcells, que desde el principio confió en esta historia.

A nuestras esposas, que soportaron horas de soledad mientras trabajábamos en ella.

A nuestros hijos, con el deseo de que comprendan, como hizo Albert Camus, que los seres humanos tienen más cosas dignas de admiración que de desprecio.

A Raquel Gisbert, nuestra editora, y a Antonio Quintanilla.

Y también a los siguientes autores y medios que, con sus obras y trabajos, hicieron posible esta historia:

Consol Bancells; Joan Bassegoda Nonell; Hans Biedermann; Jorge Luis Borges; Bertolt Brecht; José Calvo Poyato; Francesc Candel; Josep Maria Carandell; Xavi Casinos; san Juan de la Cruz; *Diccionario de Historia de España* de Revista de Occidente; Umberto Eco; Carlos Flores; Fulcanelli; Gustavo García Gabarró; hermanos Grimm; Xavier Güell; Hesíodo; Homero; Horacio; Lovecraft; Ernesto Milá; Howard Phillips; Oriol Pi de Cabanyes; Isidre Puig-Boada; Javier Sierra; Junichiro Tanizaki; Manuel Tuñón de Lara; *La Vanguardia*; Oscar Wilde.